MARIE ADAMS
Das Haus der Hebammen – Susannes Sehnsucht

AF196710

Autorin

Marie Adams ist das Pseudonym der Kölner Autorin Daniela Nagel. Unter beiden Namen hat sie bereits diverse Romane und Sachbücher verfasst. Zudem schreibt sie Artikel über das Autorendasein für Fachzeitschriften. In ihrer neuen Trilogie »Das Haus der Hebammen« behandelt sie ein echtes Herzensthema: die Geburt und das Glück werdender Mütter. Die Autorin ist selbst Mutter von fünf Kindern, von denen einige in eben jenem Geburtshaus zur Welt kamen, das als Vorbild für die Romantrilogie diente.

Von Marie Adams bereits erschienen

Das Café der guten Wünsche · Glück schmeckt nach Popcorn · Der kleine Buchladen der guten Wünsche

Besuchen Sie uns auch auf
www.instagram.com/blanvalet.verlag und
www.facebook.com/blanvalet.

MARIE ADAMS

Das Haus der Hebammen

Susannes Sehnsucht

ROMAN

blanvalet

Sollte diese Publikation Links auf Webseiten Dritter enthalten,
so übernehmen wir für deren Inhalte keine Haftung, da wir uns
diese nicht zu eigen machen, sondern lediglich auf deren
Stand zum Zeitpunkt der Erstveröffentlichung verweisen.

Penguin Random House Verlagsgruppe FSC® N001967

1. Auflage 2022
Copyright © 2022 by Marie Adams
Dieses Buch wurde vermittelt von der Literaturagentur
erzähl:perspektive, München (www.erzaehlperspektive.de).
© 2022 by Blanvalet in der
Penguin Random House Verlagsgruppe GmbH,
Neumarkter Straße 28, 81673 München
Redaktion: René Stein
Umschlaggestaltung und -motiv:
© Johannes Wiebel | punchdesign,
unter Verwendung von Motiven von stock.adobe.com
(Monica Ivanica, contrastwerkstatt, Anatoliy, kulniz,
WavebreakMediaMicro, ajr_images) und Katong/Shutterstock.com
JA · Herstellung: sam
Satz: KCFG – Medienagentur, Neuss
Druck und Bindung: GGP Media GmbH, Pößneck
Printed in Germany
ISBN 978-3-7341-1037-5

www.blanvalet.de

Für meine Familie

Das Kölner Geburtshaus existiert seit 1989, und vieles hat sich tatsächlich ähnlich zugetragen, aber alle Figuren sind genauso wie manche Örtlichkeiten – etwa das St.-Laurentius-Krankenhaus – frei erfunden.

Kapitel Eins

Susanne

Susanne wärmte ihre Hände am Kaffeebecher und betrachtete aus dem Fenster des vierten Stocks des St.-Laurentius-Krankenhauses den Sonnenaufgang. Blutrot stand die Sonne über der Stadt, wunderschön und doch von den allermeisten Menschen unbeobachtet. Wer war schon um diese Zeit mitten in der Woche unterwegs? Menschen, die dafür arbeiteten, dass alles funktionierte. Bäcker. Polizisten. Rettungssanitäter. Zeitungsausträger. Krankenschwestern. Und Hebammen, so wie sie. Und all diese Leute hatten meist kaum Zeit, den Sonnenaufgang zu beobachten, weil ihr Blick fest auf die Straße, den nächsten Briefkasten oder auch den Verletzten gerichtet war, den sie versorgen mussten. Noch war es ruhig. Der Vollmond vor zwei Tagen hatte wohl alle überfälligen Fruchtblasen platzen lassen und allein auf ihrer Geburtsstation den Tag für zwölf Kinder zum ersten Geburtstag gemacht. Ein Blaulicht störte das Bild. Oder nein, es stört das Bild nicht, es rückt es wieder gerade, dachte Susanne. Das Leben war eben kein friedlicher Sonnenaufgang, sondern ein ständiges Auf und

Ab mit unendlich vielen Momenten zwischen Leben und Tod. Und doch fühlte sich Susanne immer getröstet, wenn sie den Sonnenaufgang beobachtete. Schließlich ging die Sonne über jedem Menschen auf. Auch über einem ganz besonderen, den sie schon viel zu lange nicht gesehen hatte und in diesen Momenten einen stillen Gruß schickte.

Susanne wandte ihren Blick vom Fenster ab, um ihren Rundgang bei den Wöchnerinnen zu starten. Um sechs Uhr wurden den frischgebackenen Müttern das erste Mal die Babybettchen herangeschoben – sofern sie es wollten. Die meisten Mütter waren froh, dass sie so kurz nach der Geburt wenigstens im Krankenhaus das Füttern und Wickeln den Schwestern überlassen konnten. Noch lagen alle Babys im Säuglingszimmer. Susanne warf einen Blick durch das Fenster des schalldichten Raumes, in dem ein Kind neben dem anderen im Bettchen lag. Eine Reihe rosafarbener Strampler und Mützchen, eine Reihe hellblau verpackter Babys. Susanne wunderte sich jedes Mal, wie die meisten seelenruhig weiterschliefen, während ein paar andere die Münder aufgerissen hatten und aus Leibeskräften brüllten. Antje, die Säuglingsschwester, kam mit einem Tablett voller Fläschchen den Flur entlang.

»Hilfst du mir, die kleinen Mäuler zu stopfen?« Antje schaute auf die Kaffeetasse in Susannes Hand, als habe sie sich einen Drink gegönnt, während die anderen schufteten. Susanne war es gewohnt. Antje war dafür bekannt, dass sie ihren Kolleginnen schnell ein schlechtes Gewissen unterjubelte. Sie war jung, ehrgeizig, wartete sowieso nur auf ihren Medizinstudienplatz und liebte den Arbeitsplatz Krankenhaus mehr als die neuen Erdenbürger.

»Na klar, sie sollen unsretwegen nicht verhungern!«, antwortete Susanne, stellte den Kaffeebecher ab und öffnete die Tür. Sofort wurde es laut. An manchen Betten klebte eine Notiz, die verriet, dass die Mütter stillen wollten. Antje griff zielstrebig nach dem Würmchen im blauen Strampler, das der Stimme nach einmal Opernsänger oder Löwenbändiger werden würde, um ihm den Sauger in den kleinen Mund zu stopfen. Susanne hob ein schmales Bündel aus seinem Bettchen, das nur wimmerte, und legte es in ihre Armbeuge, um ihm die Flasche zu geben.

»Hallo, meine kleine Nicole«, flüsterte Susanne beim Blick auf das Armbändchen, das jedes Baby vor Verwechselungen schützte. Susanne war heilfroh, dass sie in den fünfzehn Jahren, die sie schon als Hebamme arbeitete, noch nie eins der Kinder vertauscht hatte. Zumindest hatte noch kein Elternpaar Nachforschungen angestellt, aber ganz sicher konnte man sich nie sein. Der Säugling schaute Susanne aus winzigen braunen Knopfaugen an. Unter dem Mützchen lugten ein paar kupferrote Haare hervor. Welch ein Leben diesem Mädchen wohl beschert war? Waren seine Wege schon vorherbestimmt, oder würde es selbst seines Glückes Schmied sein müssen? Oder dürfen? Nicole war in der letzten Schicht geboren worden, sodass Susanne die Mutter noch nicht kannte.

Die Tür wurde wieder aufgerissen. Oberschwester Hilde, die trotz ihres beträchtlichen Leibesumfangs stets wie ein Wiesel über den Flur flitzte, stand im Türrahmen.

»Susanne, hier bist du! Für diesen Job ist Antje zuständig. Du wirst im Kreißsaal gebraucht, und zwar sofort!«

Trotz Hildes besorgter Miene legte Susanne das Baby

behutsam zurück in sein Bettchen und folgte dann der Oberschwester über den Flur.

»Dr. Kramer ist im OP, und bei der jungen Frau stimmt etwas nicht! Ganz davon abgesehen, brauchst du dich nicht um die Babys zu kümmern. Es ist völlig egal, wenn die nach Milch schreien, es ist hier noch keines verhungert! Bei den Frauen dagegen geht es um Leben und Tod! Jawohl! Meine Güte, was bin ich froh, dass ich mir diese Strapaze nie angetan habe!«

Und reden kann sie auch noch wie ein Wasserfall, selbst wenn sie über den Flur rennt, dachte Susanne.

»Tja, scheint vielen Frauen irgendwie Freude zu machen. Im Wöchnerinnenzimmer liegt eine mit dem dritten Kind und meinte gestern, dass sie sich sicher sei, noch mal wiederzukommen«, entgegnete Susanne. Sie selbst war jetzt mit vierunddreißig in einem Alter, in dem die Fragen zunahmen, ob sie sich nicht lieber um ein eigenes als um fremder Leute Kinder kümmern wollte. Und da dieser Gedanke so schmerzvoll war, dass sie mit niemandem darüber sprach, war sie fast froh, wenn sie einfach antworten konnte, ihr fehle dafür einfach der passende Partner. Vermisste sie einen Mann? Wenn sie die glücklichen Paare sah, wurde sie daran erinnert, dass Liebe und eine glückliche Familie möglich waren. Aber auch daran, dass in ihrem Leben etwas vollkommen schiefgelaufen war.

Schwester Hilde sah sie einen Moment skeptisch an, als könnte sie Gedanken lesen. Doch dann schüttelte sie nur den Kopf.

»Nach drei Kindern noch ein viertes? Selbst schuld. Für den Karnickelpass reichen doch drei.«

Selbst schuld. *Bin ich auch an allem selbst schuld?*, fragte sich Susanne auf dem Weg zum Kreißsaal und wappnete sich für die werdende Mutter, die in Schwierigkeiten steckte.

Auweia, dieser Mutter geht es gar nicht gut, dachte Susanne, als sie den Kreißsaal betrat. Die Hochschwangere hatte bereits eines dieser Krankenhausleibchen an, die nur im Nacken zugebunden waren und den Blick auf den blanken Po freigaben. Sie lag auf dem Bett und hielt die Hände vor die Augen, als würde ihr das grelle Licht Kopfschmerzen verursachen.

Susanne trat an das Bett und legte ihre Hand auf die Schulter der jungen Frau, die sie jetzt ansah wie ein Reh, das sich im Stacheldraht verfangen hatte.

»Ich bin Susanne, Ihre Hebamme für die nächste Schicht.«

Um die Frau nicht mit Fragen zu beunruhigen, nahm sie sich den Mutterpass, der auf dem Nachtkästchen lag, und blätterte ihn durch. Eine unauffällige Schwangerschaft. Ihr Name war Anita Berger.

»Ich möchte den Arzt. Ich glaube, ich sterbe. Mein Schädel platzt.«

Susanne seufzte. Fast alle wollten den Arzt. Und fast alle dachten, sie würden sterben. Beides war meistens Quatsch.

»Dr. Kramer wird gleich kommen, bis dahin kümmere ich mich um Sie.«

Anita Berger nickte und hielt sich wieder die Hände vor die Augen. Laut Schwester Hilde war sie mit starken

Wehen eingeliefert worden, und Wehen waren normalerweise stärker als Kopfschmerzen.

»Sind Sie allein gekommen?« Susanne legte die Blutdruckmanschette um Anita Bergers linken Oberarm.

»Ja, mit dem Taxi. Mein Mann ist auf der Arbeit. Ich wollte ihn nicht stören. Aber ich habe ihm einen Zettel auf den Tisch gelegt.«

Die werdenden Väter waren selten dabei, und wenn, tigerten sie auf dem Flur auf und ab. Manche genehmigten sich im Flur auch eine Zigarette oder eine Flasche Bier. Susanne konnte sich auch an einen Mann mit Schlaghose, langen Haaren und einem Joint zwischen den hübschen Lippen erinnern, der darauf bestanden hatte, mit seiner Freundin im Kreißsaal zu bleiben. Susanne, damals gerade mit dem Abschluss zur Hebamme in der Tasche, hatte es ihm erlaubt, aber natürlich ohne sein Tütchen.

Dr. Kramer, der Oberarzt, fand Väter im Kreißsaal »unpassend«, auch wenn immer mehr Krankenhäuser die Männer dazu ermutigten, bei der Geburt dabei zu sein. Aber zum Glück hatten die Hebammen in unkomplizierten Fällen das Ruder selbst in der Hand.

»Dann wird er sich nach der Arbeit bestimmt sofort auf den Weg machen, und wenn Sie Glück haben, halten Sie Ihr Kind dann schon in den Armen.«

Susanne betrachtete die Frau, die mit angewinkelten Beinen unter der Decke lag und nur den Oberkörper leicht aufgerichtet hatte. Gleich müsste sie ihren intimsten Bereich abtasten, ohne dass sie mit ihr mehr als drei Sätze gewechselt hatte. Susanne hätte ihr gern mehr Zeit gelassen, aber Schwester Hilde hatte wohl recht. Hier stimmte etwas nicht. Ein Blutdruck von 190/110. Die Kopfschmerzen. Die Gesichtsfarbe. Den Urin auf Eiweiß zu untersuchen war fast überflüssig, um ihren Verdacht zu bestätigen.

»Darf ich mir einmal Ihre Beine anschauen?«

Anita Berger lachte kurz hysterisch auf.

»Warum nicht? Wobei mir fast alles wehtut, nur die Beine nicht.«

Susanne schlug die Decke zurück. Sie hatte keinen Vergleich, wie die werdende Mutter sonst aussah, aber trotz des Bambiblicks waren das hier keine grazilen Rehbeine.

»Darf ich?«, sie berührte ihre Unterschenkel, Anita nickte.

Susanne drückte in die Knöchel. Die Dellen blieben, und das war kein gutes Zeichen. Ödeme, ein weiteres Anzeichen für eine Gestose. Unauffällig drückte sie den Piepser in ihrer Tasche, der den Alarm im Schwesternzimmer auslösen würde. Den Alarm, der dafür sorgen würde, dass sich sofort ein Arzt blicken ließ. Wenn Anita Berger nicht bald einen Kaiserschnitt bekommen würde, dann würde der Vater hier am Abend vielleicht nur noch ein leeres Bett vorfinden.

* * *

Carola

Carola überlegte einen Moment, ob sie sich bei *Eduscho* eine Tasse Kaffee gönnen sollte, als sie wie an jedem Arbeitstag durch den Kölner Hauptbahnhof lief. Dann hätte sie sich zehn Minuten an einen der Stehtische stellen können und aus einer weißen Porzellantasse einen richtig guten Kaffee geschlürft und den Duft von frisch gemahlenen Kaffeebohnen eingeatmet. Ein Hörnchen dazu wäre auch nicht schlecht gewesen. Carola spürte erst jetzt, dass ihr Magen knurrte. Dabei hatte sie heute schon sechs Wurst- und Käsebrote geschmiert, noch dazu drei Äpfel kleingeschnitten. Aber alles war in die Brotdosen der Kinder gewandert. Sie selbst hatte nur die Reste von Stefanies Kakao getrunken, während Thomas und Maike sich darum stritten, wer sich zuerst Zucker über die Cornflakes streuen durfte. Dabei war die Öffnung der Zuckerdose nun wirklich groß genug, dass zwei Teelöffel gleichzeitig hineinpassten. Carola schmunzelte. Ihre beiden Kleinen fanden immer einen Grund, sich zu streiten, versöhnten sich aber auch fünf Minuten später gleich wieder. Ob das am Alter lag? Wenn Carola und ihre Schwester stritten, lenkte Carola meist schnell ein, ärgerte sich aber manchmal noch wochenlang über eine blöde Bemerkung ihrer Schwester; die letzte lag gerade erst drei Tage zurück.

Carola nahm die Treppe zur U-Bahn hinunter, um in die Linie 18 Richtung Ebertplatz einzusteigen – für einen Kaffee hätte sie eine S-Bahn früher nehmen müssen. Und bei Eduscho kam ihr heute die Erinnerung, wie sie vorvorgestern mit ihrer Schwester Kaffee getrunken hatte, zum dritten Mal in den Sinn.

Heike, ihr Mann Klaus und ihr Sohn Konrad – trotz seiner zwölf Jahre in Hemd und Cordhose – hatten zehn Minuten vor der Zeit an der Tür geklingelt. Carola fegte gerade die Krümel vom Boden auf; die Kinder machten ihrer Tante sofort auf, sodass Carola ihre Schwester mit Handfeger und Kehrschaufel in der Hand begrüßte.

Die letzten fünf Minuten hatte Carola eigentlich für Wimperntusche und einen Hauch Rouge eingeplant, aber dafür war es nun auch zu spät gewesen.

»Wie schön, euch zu sehen!«, flötete Heike, und Klaus nickte beflissen. Heikes Kostüm schillerte in Blau- und Grüntönen, und die Haare waren bauschig aufgeföhnt. *Sie sieht gut aus*, dachte Carola, als sie ihre ältere Schwester betrachtete. Heike lenkte Carolas Aufmerksamkeit jedoch schnell auf den runden Tupperbehälter mit Henkel, den sie in der Hand hielt.

Sie trug ihn wie einen heiligen Gral zum Esstisch, stellte ihn dort ab und lüftete den Deckel.

»Ich habe mich heute mal ein paar Stunden in die Küche gestellt, um euch eine Nuss-Sahne-Torte mitzubringen. Ich weiß doch, dass du kaum Zeit zum Backen hast.«

»Boah, ey, die sieht ja geil aus!«, rief Thomas angesichts des beigekaramellfarbenen Traums mit Krokantstreuseln. Carola fragte sich, wo Andreas blieb. Der hatte sich vor einer halben Stunde ins Bad eingeschlossen, nachdem er die halbe Nacht geschrieben und dann bis zum Mittag geschlafen hatte.

Carola strich Thomas über die Haare und korrigierte ihn sanft: »Ja, die Torte sieht fantastisch aus.«

»Das hört sich schon besser an«, entgegnete Heike und raunte Carola zu, sie sei froh, dass Konrad nicht in den Hort müsse, da würden sie ja nur solche Ausdrücke aufschnappen, von denen sie gar nicht wüssten, was sie bedeuteten. Na ja, der Hort sei immer noch besser als Schlüsselkinder, plapperte Heike weiter, obwohl Carolas Kinder nach der Schule weder in den Hort noch sich alleine versorgen mussten, sondern vom Vater betreut wurden.

Als Andreas dann endlich mit verwuschelten, noch feuchten Haaren aus dem Bad kam und erst Carola einen flüchtigen Kuss gab, bevor er seine Verwandtschaft begrüßte, verscheuchte eine warme Welle in ihrem Körper den Unmut über Heikes Sticheleien. Eine Weile plauderten sie nett, während die Kinder Erdbeerkaba und die Erwachsenen Kaffee tranken; sie waren zu acht, da war die Prachttorte schnell verputzt. Den eingeschweißten Schokokuchen hatte Carola im Vorratsschrank belassen. Erstens brauchte sie keine Bemerkung darüber, ob sie das Aufreißen von Packungen im Hauswirtschaftskurs gelernt habe, zweitens wollte sie nicht, dass sie die nächsten zwei Tage Kuchenreste in sich reinstopfte. Schließlich hielt sich der Schwangerschaftsspeck hartnäckig, obwohl ihr jüngstes Kind bereits fünf war.

Unter dem Tisch suchte Carola immer wieder Andreas' Hand und fand sie zum Glück bereitwillig, um ihren Händedruck zu erwidern. Ausgerechnet Konrad verschüttete seine rosa Milch auf dem Tischtuch und bat höflich um eine Serviette.

Maike, die ihren Cousin anhimmelte, sprang auf, um den Esszimmerschrank zu öffnen. Carola sprang ebenfalls auf und rief dabei: »Ich hole einen Lappen aus der Küche!«

Doch da war es schon zu spät. Als Maike die obere Tür des Esszimmerschrankes öffnete, purzelten nicht nur Servietten heraus, sondern auch Schulhefte, ein paar bemalte, ausgeblasene Eier, ein Monster aus Fimo, Stifte, halb abgebrannte Kerzen in den unterschiedlichsten Farben und ein Zwerg mit Zipfelmütze, den Carola zwar hässlich, aber zu schade zum Wegwerfen fand. Am Ende ploppte noch das Mundstück einer Holzflöte hinterher. Carola hob alles auf und legte es zu den Sachen, die auf der Anrichte des Schranks liegen geblieben waren. Dabei hatte sie die Fläche gerade noch freigeräumt, alles schnell in den Schrank gestopft und die Tür mit Mühe zugedrückt. Eigentlich war das zum Lachen, wenn Heikes Bemerkung sie nicht fast zum Heulen gebracht hätte.

»Tja, alles auf einmal kann man eben nicht schaffen.«

Dieser Satz hallte in Carola noch nach, als die U-Bahn endlich einfuhr. Gemeinsam mit einer gestressten Mutter wuchtete sie deren Kinderwagen die Stufen der Bahn hoch und suchte sich einen freien Sitzplatz, wenngleich es nur ein paar Stationen waren.

Doch, sie wollte alles auf einmal schaffen! Zumindest alles, was ihr wichtig war! Aber auch sie würde so gern einmal das Gefühl haben, Pause zu haben, Feierabend, wirklichen Urlaub. Einmal innehalten. Einmal das Gefühl, alles geschafft zu haben.

Aber es gab keine Pause, nicht einmal ein kurzes Innehalten. Schon gar nicht, als Carola auf dem üblichen Weg durch das Viertel marschierte, in dem das St. Laurentius lag, in dem sie als Hebamme arbeitete. Die Straße war wegen einer Baustelle gesperrt, das Pflaster, über das sie mehrmals die Woche lief, aufgerissen. Gut, der Asphalt hatte hier und da ein paar Risse, durch die sich ein vorwitziger Löwenzahn drängte. So wie in der Serie mit diesem Peter Lustig, der im Bauwagen wohnte und den Kindern etwas über Umweltschutz erzählte. Und nicht nur wegen der zarten Pflanzen hätte die Straße für Carola einfach so bleiben können, aber irgendjemand musste es ja wieder mal perfekt haben!

Noch schnelleren Schrittes nahm Carola einen Umweg und lief vorbei an hübschen Altbauten, Büdchen, einem Buchladen und einem Café, in dem ein paar Leute das Frühlingswetter für das erste Kännchen Kaffee im Freien nutzten.

Am Ende der Straße hielt sie inne. Es war, als ob das Gebäude, auf das sie zugelaufen war, ihr etwas zuflüsterte. Der hohe, schmale Altbau lag in einer Gabelung, zu beiden Seiten hin gingen ruhigere Straßen ab. Die Holztür in dem Ziegelbau wirkte auf Carola wie ein übergroßer Mund. Ein Mund, der flüsterte: Nimm dieses hässliche Schild über mir weg. Ich bin zu viel mehr bestimmt, als dass hier literweise Kölsch ausgeschenkt werden. Carola fühlte sich ein wenig wie die Goldmarie in Frau Holle. Sollte gerade sie das weiße Plastikschild mit der Aufschrift Schützenhof abnehmen, das so gar nicht zu den Stuckfenstern und der schmucken Fassade passte? Diese Schrift in einer Art modernem Sütterlin, die schon seit dem Beginn der Achtzigerjahre jede zweite Kneipe verunstaltete und so gar nicht mit der würdevollen Ausstrahlung des Hauses harmonierte?

Carola blickte die Fassade empor, die vier Stockwerke bauten sich vor ihr auf wie ein Turm. Selbst wenn sie die drei Steinstufen zur Tür erklimmen würde, reichte sie nicht an das Schild heran, abmontieren könnte sie es ohnehin nicht. Und da war noch ein zweites Schild, das davon zeugte, dass das erste bald verschwinden würde.

Zu vermieten stand darauf zu lesen, darunter eine Telefonnummer mit Kölner Vorwahl.

Carola ging dennoch die Stufen hoch, ja, drehte sogar am Türknauf, ohne dass die Tür nachgegeben hätte. Das kleine Fenster in der Tür gab jedoch einen Blick ins Innere frei. Ein großer Raum mit schrägen Wänden, ein bisschen so, als breite er die Arme aus. Er war leer und schon jetzt recht hell, obwohl die Fenster völlig verstaubt waren. Hier hätte man tanzen können oder einfach in der Mitte des Raumes liegen und die hohe Decke anstarren.

Carola liebte alte Häuser. Natürlich regte eins, das dazu noch leer stand, ihre Fantasie mächtig an. Und natürlich war es vermutlich Blödsinn, sich die Nummer zu notieren, zumal sie weder Zettel noch Stift dabeihatte. Dennoch konnte sie nicht anders, als noch ein wenig auf den Stufen zu verweilen und die Ruhe zu genießen, die sie sich eigentlich gar nicht leisten konnte, wenn sie pünktlich kommen wollte. Irgendwie hatte sie das Gefühl, dass dieses Haus in der Cranachstraße 21 noch eine Rolle in ihrem Leben spielen würde.

* * *

Ella

Ella war es gewöhnt, dass die Menschen sie anstarrten, selbst wenn sie die altrosafarbene Hebammentracht trug. Nicht einmal die weite Hose und das lose Oberteil aus festem Stoff konnten ihre weiblichen Rundungen verstecken, und auch das von einem krausen Samtband gebändigte schwarze Haar konnte ihre südländische Schönheit nicht verbergen. Die vollen Lippen und dunklen Augen hatte sie von ihrem Vater geerbt, der 1956 als Gastarbeiter nach Köln gekommen und seiner Aussage nach nur der Liebe wegen geblieben war. Die meisten seiner Kollegen waren auch ohne Liebe geblieben, aber Ernesto war glücklich hier. Immer noch.

Gegen den anfänglichen Widerstand der Eltern mütterlicherseits, die sich gewünscht hätten, dass ihre Tochter ihr Studium zur Deutschlehrerin beendet, hatten er und ihre Mutter Anneliese ein schönes Leben aufgebaut und waren stolze Eltern dreier bezaubernder Töchter geworden, wobei Ella immer mehr das Gefühl hatte, dass ihrer Mutter etwas fehlte, seit alle Kinder fast erwachsen waren. Ella lag mit ihren zweiundzwanzig Jahren in der Mitte und teilte sich mit ihrer jüngeren Schwester Carla ein Zimmer, obwohl auch Carla bald erwachsen sein würde.

Falls einer der Männer, die in ihren Pyjamas im Raucherraum eine Zigarette rauchten, oder einer der Ärzte sie zu lange anstarrte, starrte Ella einfach zurück. Und wenn der Mann nett aussah, lächelte sie, was die meisten endgültig dazu brachte wegzuschauen. Bei Dr. Christian Wiedemeyer hatte sie diese Strategie nicht beherzigt, sondern anfangs immer weggeschaut, weil sie niemals etwas mit einem der Ärzte anfangen wollte. Und sie wusste vom ersten Moment an, dass sie sich in ihn verlieben würde, wenn sie nur einmal zu lange hinschaute. Genau das hatte ihn wohl dazu animiert, ihr so lange nachzustellen, bis er sie schließlich doch auf einen Kaffee einladen durfte, bei dem sie den Blick nicht mehr abgewendet hatte. Tja, und am Ende hatte er ihr das Herz gebrochen, wenn auch nicht so sehr, dass sie ihren Glauben an die große Liebe verloren hatte, die irgendwo auf sie warten würde. Ella war nicht zuletzt deshalb Hebamme geworden, weil sie Babys liebte und selbst einmal mindestens drei Kinder haben wollte. Durch einen Zufall oder eine glückliche Fügung – Ella glaubte eher an Letzteres – war sie dabei gewesen, als ihre älteste Schwester Maria ihre Tochter zur Welt gebracht hatte.

Ella nahm den Aufzug in die Geburts- und Wöchnerinnenstation, die nicht nur nach Desinfektionsmitteln, Windeln und Babymilch roch, sondern auch nach Glück, Hoffnung und Neuanfang. Auf der Geburtsstation starrte sie auch kaum ein Mann an, weil die allermeisten ihre Babys anhimmelten, als wären sie das Schönste der Welt. Und genau so sollte es schließlich sein!

Es war Ellas zweite Woche im St.-Laurentius-Krankenhaus, nachdem sie ihr Examen mit Bravour bestanden hatte. Dennoch durfte sie erst einmal keine Geburt allein begleiten, aber sie war zuversichtlich, dass es bald so weit wäre. Spätestens wenn der Kreißsaal überfüllt war, würde sie schon beweisen können, dass es für diesen natürlichen Vorgang weder einen Arzt noch eine erfahrene Hebamme brauchte, die ihr auf die Finger sah.

Ella desinfizierte sich die Hände und saugte den Geruch ein, der sie an die Ausflüge mit ihrem Vater erinnerte. Tankstellengeruch eben. An der Tankstelle hatten sie immer gehalten, um sich ein Eis zu holen. Bevor sie noch mit jemandem über die Aufgaben des Tages sprechen konnte, bemerkte sie einen kleinen Tumult vor dem Patientenaufzug. Susanne, die immer freundliche Hebamme, die sich stets mit einer Engelsgeduld Zeit für ihre Fragen nahm, und eine der Schwestern schoben eine Frau in den Fahrstuhl. Ella brauchte gar nicht erst zu fragen, als sie in Susannes angespanntes Gesicht sah. Ein Notkaiserschnitt. Die Patientinnen mit geplantem Kaiserschnitt lagen längst im Aufwachraum und ihre Babys im Säuglingszimmer.

»Alles in Ordnung?«, fragte sie dennoch im Schwesternzimmer Oberschwester Hilde, die sich gerade eine Mon-Chérie-Praline in den Mund steckte. Ein frischgebackener Vater hatte eine Schachtel mit Konfekt für die »fleißigen Helferinnen« bei ihr abgegeben.

»Natürlich nicht! Wir sind hier im Krankenhaus und die meisten Frauen in einer Situation, in der sie bereuen, dass sie den Kerl rangelassen haben! So viel Scherereien für zehn Minuten Vergnügen!« Die Oberschwester lachte über ihre eigene Bemerkung, so schlimm konnte es also nicht sein. Ella fragte sich, warum diese an sich so gutmütige Frau, die auch noch auf einer Geburtsstation arbeitete, oft so redete, als ließen sich die Frauen die Gallenblase und kein zauberhaftes kleines Wunder aus dem Bauch holen. Vielleicht war sie aber auch nur auf dieser Station gelandet, weil es auf allen anderen keine freien Stellen mehr gab. Und organisieren konnte Schwester Hilde, keine Frage! Das war auf der Geburtsstation ein besonderes Kunststück, da hier selten etwas nach Plan lief.

»Ella, genug geredet! Gut, dass du da bist, mach bitte die Nachsorge in den Zimmern 25 bis 30, es gibt ein paar Brustprobleme, Abstillmedikamente sind noch genug da, und bei Patientin 27 muss die Dammrissnaht kontrolliert werden. Und verteil die Schmerzmittel bitte großzügig, ich kann das Gejammer nicht ertragen.«

»Aye, aye!«, antwortete Ella ironisch, weil ihr jede andere Reaktion albern vorgekommen wäre. Schwester Hilde hatte einen sanften Kern, der irgendwo tief in ihren Speckschichten versteckt war. Speckschichten, die jeder italienischen Mamma, die die Hälfte der Pasta für ihre Kinder immer selber verspeiste, weil sie die doppelte Menge gekocht hatte, alle Ehre gemacht hätten.

Bevor Ella sich im Schwesternzimmer ihre Unterlagen und Hilfsmittel holen konnte, kam ihr ein Mann in Jeans und Hawaiihemd entgegen, dessen Miene so gar nicht zu den Sonnen und Palmen auf dem Stoff passte, die eher nach Kummerwolken aussah.

»Ich suche meine Frau. Anita Berger.«

Er war nicht viel älter als Ella. Wahrscheinlich sein erstes Kind. Beim dritten würde er dann wohl entspannt den Anruf des Krankenhauses abwarten. Ella hatte noch keinen Überblick über die heutigen Patientinnen.

»Keine Sorge, Herr Berger, ich helfe gern. Ich schaue eben nach, ob wir die Patientin schon aufgenommen haben.«

»Wissen Sie, eigentlich wäre ich erst heute Nachmittag nach Hause gekommen, aber ich hatte so ein ganz komisches Gefühl und hab sie versucht anzurufen. Meine Frau ging nicht ran, obwohl sie sonst immer rangeht. Sie fühlte sich heute Morgen nicht gut, aber sie meinte, das wäre normal in ihrem Zustand. Und dann bin ich nach Hause gefahren, und da lag nur der Zettel, dass sie ins Krankenhaus fährt!«

Ella musste lächeln, weil der Mann so rührend aufgeregt war. Er würde mit Sicherheit ein fürsorglicher Vater werden.

»Ja, Herr Berger, vielleicht bekommt sie gerade ihr Baby, und Sie dürfen ihr bald gratulieren.«

Ella schaute dem jungen Mann aufmerksam in die Augen. Es war selten, dass einer der Männer so auf seine innere Stimme hörte, dass er sogar seine Arbeit liegen ließ. Die Frau auf dem Krankenbett vor dem Aufzug kam ihr in den Sinn. Susannes besorgter Ausdruck. Die Eile. Ella legte ihm die Hand auf die Schulter.

»Warten Sie ab, es wird alles gut werden! Bestimmt dürfen Sie noch heute Ihr Baby im Arm halten.«

Und das meinte Ella auch so. Der liebe Gott würde dem armen Mann nicht eine innere Stimme schicken, damit er seine Frau aufsucht, um es dann trotzdem zu spät sein zu lassen. Oder sollte die innere Stimme nur den letzten Abschied ermöglichen?

»Glauben Sie wirklich?« Er sah sie flehentlich an, als hätte sie das Schicksal in der Hand.

»Ja, das glaube ich wirklich!«, sagte Ella fest.

* * *

Susanne stand wieder an dem Fenster, von dem aus sie heute den Sonnenaufgang beobachtet hatte. Jetzt leuchtete die Mittagssonne um die Wette mit den Narzissenrabatten vor dem Krankenhaus, die um die Patientenbänke herum in Orange, Gelb und Weiß blühten. Wie schnell das Leben doch auf der Kippe stand! Wie schnell veränderte sich alles! Wie schnell war die falsche Entscheidung getroffen! Aber hatte sie wirklich eine Wahl gehabt?

»Susanne!«

Wer rief nach ihr? Sie erkannte die Stimme nicht gleich.

Von den Müttern nannte sie kaum eine mit Namen, die meisten sagten nur »Schwester«. Wahrscheinlich war es schon schwer genug, sich auf den Namen für das Kind zu einigen, da auch noch die Namen der wechselnden Hebammen und Krankenschwestern im Kopf zu behalten wäre selbst ihr schwergefallen. Als Susanne sich umdrehte, erkannte sie die neue Hebamme, die noch frisch aus der Ausbildung kam.

»Ach, Ella!« Sie mochte diese junge, leidenschaftliche Frau, die sie in jeder Pause mit Fragen löcherte.

»Susanne, bitte sag mir, dass Anita Berger wohlauf ist!«

Anita Berger. In diesem Fall hatte sie die richtige Entscheidung getroffen. Ella stand mit großen, dunklen Augen vor ihr. Entschlossen, als könnte sie eine schlechte Nachricht einfach abschmettern. Susanne lächelte.

»Anita Berger wird wieder ganz gesund werden. Gestose. Sectio war gerade noch rechtzeitig.«

»Und das Kind?«

»Ist quietschfidel. Die Säuglingsschwester badet den Kleinen gerade.«

»Gott sei Dank! Ich hatte schon Schlimmes befürchtet, als ich euch vor dem Aufzug gesehen habe! Der Vater sitzt im Besucherzimmer, und ich habe ihm versprochen, nach seiner Frau zu schauen. Er hatte so eine komische Ahnung, mit der er ja auch recht hatte! Ich bin so froh, dass es Mutter und Kind gut geht!«

Susanne sah ein, zwei Tränen in Ellas Augen glitzern, und als Ella sie umarmte, musste sie um ein Haar selbst heulen.

»Ich auch«, antwortete sie, löste sich aus ihrem Arm und

starrte verlegen auf den grauen Linoleumboden. Wie sollte Ella die Arbeit als Hebamme auf Dauer überstehen, wenn sie jeden Fall so nah an sich heranließ? Irgendwann würde der Moment kommen, in dem sie Mutter oder Kind nicht helfen konnte. Das geschah zum Glück selten, dafür war es umso schmerzhafter. Das Herz brauchte einen Panzer, eigentlich nicht nur für diesen Job, sondern für das ganze Leben, dachte Susanne. Und um Ellas Herz würde dieser Schutz vermutlich auch ganz von allein wachsen, dafür sorgte jedes Jahr, das verging.

Eine ältere Dame kam in den Flur und suchte in einem der Schränke nach einer Vase, als handele es sich um ihren eigenen Schrank. Vielleicht besuchte sie gerade ihr fünftes Enkelkind und fühlte sich hier schon wie zu Hause. Hinter der Dame kam Carola herein. Ihr blondes, zum Zopf gebundenes Haar war verschwitzt, obwohl sie doch erst ein paar Stunden im Dienst war.

»Mann, war das eine schnelle Geburt! Die Frau musste nur noch dreimal pressen, nachdem ich sie untersucht hatte. Es hätte nicht viel gefehlt, und sie hätte ihr Baby im Aufzug bekommen! Außerdem sterbe ich vor Hunger, machen wir gleich zusammen Mittagspause?«

Später saß Susanne mit Ella und Carola in der Krankenhauskantine, die sowohl von den Mitarbeitern als auch von Patienten genutzt wurde. Auch hier war alles weiß, grau und vor allem leicht abwaschbar, da halfen auch die hässlichen Clownsbilder in hektisch hingeklatschten Farben nichts, sie ließen die Kantine nicht fröhlicher wirken. Aber die meisten Besucher waren ohnehin genug mit sich selbst beschäftigt, sodass ein geschmackloses Interieur ihr geringstes Problem war.

»Ich hätte ja die Schnapspralinen aus dem Schwesternzimmer aufessen können, aber auf nüchternen Magen wäre ich wohl schnell beschwipst gewesen.«

Carola verschlang die lauwarme Kantinenlasagne, als hätte sie drei Tage nichts gegessen. Susanne musste schmunzeln, als sie Carolas rote Wangen und verschwitzte Haare sah. Und sie musste daran denken, dass Carola ihr gerade zugeraunt hatte, dass sie lieber mit Susanne allein gegessen hätte, als sich Ella noch etwas zu trinken geholt hatte. Wahrscheinlich wollte Carola wieder ihr Herz über ihre chaotische Familie ausschütten. »So kann es nicht weitergehen, sonst werde ich demnächst selbst eingewiesen. Allerdings nicht auf die Geburtsstation!«, hatte sie noch gesagt.

»Ach was, Carola, du bist der glücklichste Mensch unter der Sonne! Warte mal ab, wie gern du an jetzt zurückdenkst, wenn deine Kinder groß sind.«

Für Susanne waren die Kolleginnen ihre Familie und sie hatte Ella ebenso schnell ins Herz geschlossen, während Carola ihr eine wirkliche Freundin geworden war.

»I wanna dance with somebody... with somebody to love me«, sang Ella leise den Hit von Whitney Houston mit, der aus der Lautsprecherbox hinter ihnen erklang.

Carola starrte die junge Frau an, die alle familiären Entscheidungen noch vor sich hatte.

»Ich würde auch gern mal wieder tanzen. Und der Kerl müsste mich noch nicht mal lieben, solange er mir nicht auf die Füße tritt. Ach, im Grunde würde es mir schon reichen, ganz allein zu tanzen! Wie habe ich es früher geliebt, als ich noch jedes Wochenende in einem Club war. Und als ich mal zu Hause tanzen wollte, hat Thomas den Plattenspielerarm einmal quer übers Vinyl gezogen, daraufhin klang Prince noch höher als ohnehin schon.«

Das konnte sich Susanne lebhaft vorstellen! Carolas Sohn Thomas war ein ganz Wilder, wahrscheinlich war er als Kleinkind nur so süß gewesen, damit seine Mutter ihm all die Experimente und Trotzausbrüche verzieh.

»Dann mach das halt! Nimm Andreas mit, und ich passe auf die Kinder auf!« Von Susanne aus würde sie viel öfter aushelfen und bei Carola babysitten. Sie spießte eine der Kroketten auf, die zusammen mit dem Salat und einem Schnitzel auf ihrem Teller lagen. Nur Ella biss unter dem Tisch heimlich immer wieder von dem Brot ab, das sie von zu Hause mitgebracht hatte.

»Ach ich weiß gar nicht, ob die uns noch in eine Disco reinlassen. Ein paar Jahre noch, und ich kann meine Kinder da abholen«, bügelte Carola das Thema wieder ab, sobald es ernst wurde. Susanne musste schlucken, als ihr bewusst wurde, was Carola da gerade gesagt hatte. Ellas Gesichtsausdruck dagegen erheiterte Susanne wieder: Ella guckte nämlich so, als wäre allein der Gedanke, dass Frauen wie Carola oder Susanne in eine Disco gingen, wirklich absurd.

»Wir könnten auch einfach mal zu dritt ein Glas Wein trinken gehen. In einem etwas gemütlicheren Ambiente als hier«, schlug Susanne vor, die sich auch in keinen Tanzclub mehr wagen würde.

»Wisst ihr was? Ich habe heute ein Haus mit dem passenden Tanzsaal gesehen. In der Cranachstraße 21, direkt auf der Ecke. Ist zu vermieten. Ich miete das Haus für einen Monat, und wir veranstalten jeden Abend eine Disco in der Eingangshalle!« Carola strahlte, als strotze sie ganz gegen ihre Behauptung nur vor Energie. »Was meint ihr?«

»Das klingt wunderbar!«, rief Ella und machte ein paar Tanzbewegungen zur Musik aus dem Radio.

»Du bist verrückt!«, lachte Susanne und winkte ab.

Susanne war die Erste von ihnen, die Feierabend hatte. Sie konnte nicht anders, als ebenfalls einen Umweg zu nehmen, um dieses leer stehende Haus anzuschauen. Alte Häuser beherbergten für sie Geschichten, in denen sie fast so etwas wie Hauptdarsteller waren. Die Cranachstraße lag in der entgegengesetzten Richtung von ihrer Wohnung, aber in den eigenen vier Wänden erwartete sie ohnehin nichts Spannendes. Nicht einmal eine Katze, die sich an ihre Beine schmiegen würde, sobald sie die Tür aufschloss. Susanne reagierte allergisch auf Tierhaare, sonst hätte sie mit Sicherheit ein Haustier gehabt. Nett war es hier, alte Häuser, ein nettes Café und ganz am Ende, schräg gegenüber dem Eckhaus, gab es eine Buchhandlung, die Nippeser Bücherstube. Susanne lief zweimal den Halbkreis um das Eckhaus, bevor sie sich die drei Stufen hochwagte. Tatsächlich. Es war zu vermieten, wie das Schild in der Tür verriet. Ob sie sich die Nummer notieren sollte? Aber wofür?

Sie lugte durch das Fenster in den Raum. Wie schön es hier war! Selbst die Leere und der Staub konnten nichts daran ändern, dass der Raum fast so einladend wie ein Festsaal wirkte. Carola hatte recht. Hier konnte man tanzen! Oder Schwangerenkurse veranstalten! Wer weiß, ob das Haus nicht auch Zimmer für Geburten bereithielt? Susanne erschrak. Nein, diese Idee war verrückt. Die Holländer machten sowas vielleicht, aber bei denen durfte man auch nach Lust und Laune kiffen.

Sie lachte, als hätte sie selbst etwas geraucht, und tätschelte die Hauswand, als handele es sich um eine alte Bekannte. Der Ziegelstein war warm von der Frühlingssonne.

»Nichts für ungut! Du gefällst mir zwar, aber ich glaube, mein Gedanke ist mehr als verrückt!«

»Alles in Ordnung bei Ihnen?«

Susanne fuhr herum und stolperte die drei Stufen hinunter. Ein paar starke Arme fing sie dabei auf. Die Hitze stieg ihr in die Wangen. Nicht weil der Mann, der sie festhielt, Ähnlichkeit mit dem Schauspieler Jeremy Irons hatte, den sie durchaus attraktiv fand, sondern weil ausgerechnet sie, die immer beherrscht war, wie eine Verrückte wirken musste. Andererseits konnte es ihr egal sein, was dieser Typ mit dem frechen Grinsen über sie dachte.

»Ich mein ja nur, weil Sie mit einem Haus sprechen.«

»Eigentlich habe ich eher mit mir selbst gesprochen.«

»Und es hörte sich an, als geben Sie ihm einen Korb?«, fragte er und trat einen Schritt zurück, als sie wieder mit beiden Beinen stabil auf dem Boden stand.

»Wem?«

»Na, dem Haus.«

»Ach, so gesehen ist es kein Korb, weil wir nicht mal eine Verabredung hatten.«

Oh, nein. Jetzt musste sie noch viel durchgeknallter klingen, konnte aber nicht anders, als zu grinsen. Es kam schließlich selten genug vor, dass sie sich so unbeschwert albern fühlte. Vielleicht kam das auch daher, dass sie noch völlig durch den Wind war, nachdem sie erst heute Morgen einer Frau und ihrem Kind das Leben gerettet hatte.

»Na, dann bin ich ja beruhigt.«

»Warum?« Warum ging sie nicht einfach weiter? Warum ließ sie sich von einem wildfremden Mann in ein Gespräch verwickeln?

»Weil ich selbst ein Auge auf dieses Haus geworfen habe.«

»Ach ja?«

»Ja, es könnte eine zauberhafte Buchhandlung abgeben.«

»Da haben Sie recht«, und sofort sah Susanne vor ihrem inneren Auge Bücherregale und einen gemütlichen Lesesessel statt Schwangere auf Pezzibällen.

»Lesen Sie gerne?«

»Ja, sehr gerne«, antwortete Susanne spontan. Sie liebte es, sich nach Feierabend auf ihr Sofa zu lümmeln und in einem Schmöker zu versinken, in dem am Ende immer alles gut ausging, egal wie sehr die Figuren vorher leiden mussten.

»Dann schauen Sie doch mal bei mir rein«, er zeigte die Straße hinunter. Vor dem Schaufenster der Buchhandlung stand ein Tischchen mit reduzierten Büchern, wie ein rotes Schild verriet.

»Wozu brauchen Sie einen zweiten Laden?«, entgegnete sie und spürte, wie sie sich innerlich ein Stück in ihr Schneckenhaus zurückzog. Wollte dieser Mann mit ihr anbandeln? Oder wollte er sie nur als Kundin gewinnen? Für das Zweite wäre sie eher zu haben.

»Keinen zweiten, aber das Ladenlokal hier ist um einiges größer. Und schöner.«

Etwas auszutauschen, nur weil es schöner war, kam Susanne etwas übertrieben vor. »Wissen Sie, was die Miete kosten soll?«, fragte sie, weil ein anderes Bild die Bücherregale in dem sonnendurchfluteten Raum hinter der Tür der Cranachstraße 21 verdrängte.

»Sie sind also doch interessiert?«, fragte er. Musste er nicht langsam wieder in seinen Laden?

»Nur theoretisch.«

»Für das ganze Untergeschoss 1.500 Mark. Der Vermieter hat es mir schon gezeigt. Es gibt noch weitere Räume. Man könnte die Wände einreißen, dann könnte ich fast Gonski am Neumarkt Konkurrenz machen!«

»Dann viel Glück!« Susanne lächelte den Mann mit dem eindringlichen Blick noch einmal unverbindlich an und überlegte, in welche Richtung sie nun gehen sollte.

»Und wie gesagt, falls Sie neues Lesefutter brauchen, dann schauen Sie bei mir vorbei.«

»Vielleicht«, sagte sie, während sie sich für die Richtung entschied, die vom Buchladen wegführte. Sie würde nicht dort vorbeigehen, auch wenn sie sich während des kurzen Plauschs so unbeschwert gefühlt hatte wie Jahre nicht mehr. Und sie wusste, dass ein Mann, der aussah wie Jeremy Irons und dabei noch eine Buchhandlung betrieb, ihr gefährlich werden konnte. Und nie wieder im Leben würde Susanne die Kontrolle über ihre Gefühle aus der Hand geben.

»Werde ich nie wieder ein Kind bekommen können?« Susanne war gerade dabei, die Kaiserschnittnaht zu untersuchen, die Anita Bergers Bauch für immer zeichnen würde. Der Säugling lag im Kinderzimmer, genauso wie das Kind ihrer Zimmernachbarin, die schon aufrecht im Bett saß und ein Jäckchen strickte. Dabei trug sie Kopfhörer, deren Kabel zu einem Walkman auf ihrer Bettdecke führten.

»Ich würde erst einmal die vollständige Heilung abwarten, aber die Meinung ist längst überholt, dass Frauen nach einem Kaiserschnitt nicht mehr schwanger werden sollten.« Susanne betupfte die wulstige Wunde mit Jod. »Aber ein Jahr sollten Sie mindestens warten, Frau Berger. Zumindest bis Sie es noch mal auf ein Baby anlegen. Intim dürften Sie nach rund sechs Wochen wieder werden, wenn es Ihnen gut geht.« Damit wäre dieser Punkt auf der Nachsorgeliste auch angesprochen. Von sich aus trauten sich die wenigsten Frauen nach dem ersten Kind zu fragen, wann sie wieder mit ihrem Partner schlafen könnten. Und wahrscheinlich war den meisten auch erst einmal nicht danach.

»Wenn er mich denn noch anschauen mag mit dieser Narbe«, bemerkte Anita Berger seufzend.

»Ihr Mann macht einen sehr netten Eindruck. Die Narbe wird ihn immer daran erinnern, was Sie für Ihr gemeinsames Kind geleistet haben. Machen Sie sich darum keine Sorgen.« Susanne lächelte die junge Mutter an. »Und eine tägliche Massage mit Calendulaöl, sobald die Narbe verheilt ist, sorgt dafür, dass sie sich weiter zurückbildet.«

Anita Berger griff nach Susannes Hand. Etwas, was die meisten Frauen nur unter der Geburt taten. »Sie haben mir das Leben gerettet. Der Doktor hat mir gesagt, dass es keine fünf Minuten hätte später sein dürfen. Danke.«

Die Worte waren wie eine warme Dusche nach einem Wintertag.

»Ja, es war tatsächlich knapp, aber ich denke, Ihr Schutzengel hatte die Lage von Anfang an im Griff. Und der Ihres Sohnes auch.«

»Nicht auszudenken, wenn ich nicht in die Klinik gefahren wäre.«

Susanne spürte, wie wichtig es für die Mutter war, über ihr Erlebnis zu sprechen. »Ja, es war gut, dass Sie auf Ihre innere Stimme gehört haben.« Susanne drückte ihre Hand.

»Haben Sie eigentlich auch Kinder?«

Die Frage aus dem Nichts erwischte Susanne kalt. Hier ging es nicht um sie, sondern nur um ihre Patientin. Bevor Susanne antworten konnte, platzte Gott sei Dank Schwester Hilde mit Dr. Kramer und zwei weiteren jungen Männern in Arztkitteln herein. Die beiden Assistenzärzte waren vielleicht Anfang zwanzig und schauten etwas verschüchtert.

»Guten Morgen, die Damen«, ergriff Dr. Kramer das Wort. »Ich hoffe, Sie haben nichts dagegen, dass ich zur morgendlichen Visite zwei angehende Ärzte mitbringe, die vielleicht in ein paar Jahren Ihr nächstes Kind entbinden.«

Anita Berger öffnete den Mund und klappte ihn wieder zu, als wisse sie nicht, ob sie protestieren dürfte. Die Mutter mit dem Strickzeug schien die Prozedur schon zu kennen und legte Stricknadeln und Walkman auf das Nachttischchen.

»Wir reden beim nächsten Mal weiter«, sagte Susanne

zu Anita Berger. So taktlos sie Dr. Kramers Auftritt fand, der lauthals verkündete, dass sich hier die ideale Gelegenheit böte, den Zustand nach Spontangeburt mit der nach Sectio zu vergleichen, so erleichtert war sie doch, dass sie um eine Antwort herumkam.

Und dachte Susanne noch, dass die nächste Geburt, zu der sie keine drei Minuten später gerufen wurde, sie endgültig von ihren Gedanken ablenken würde, sah sie sich bald noch tiefer in den dunkelsten Moment ihres Lebens zurückgeworfen.

Sie betrat den Kreißsaal, in dem eine hochschwangere, schwer atmende Frau mit ihrem Mann auf und ab ging. Das Krankenhaushemdchen spannte, ihr Mann stützte sie liebevoll.

»Guten Tag, ich bin Susanne Winter, Ihre Hebamme für die nächste Schicht.« Susanne verzichtete darauf, den beiden die Hand zu reichen, weil die beiden einander anscheinend nicht loslassen wollten. Ein herzliches Lächeln reichte. Das Paar wirkte so vertraut und innig. Der werdende Vater hatte so einen offenen Blick, obwohl er noch besorgter als seine Frau schien.

»Danke, dass Sie uns begleiten«, ergriff er das Wort, »das ist meine Frau Heidi, und ich bin der Günther«, ging er direkt zum Vornamen über, was Susanne einen Moment irritierte. Normalerweise sprachen sie sich mit dem Nachnamen an, obwohl sie einen der intimsten Momente im Leben teilten.

»Schön, Sie kennenzulernen, ich bin die Susanne«, entschied sie sich für das Hamburger Sie, um wenigstens etwas Distanz zu wahren. Die Formalien waren schon erledigt, und dem schnellen Atem der Frau nach zu urteilen, würde das Baby in Susannes Schicht noch kommen.

»Ist es normal, dass das Baby mitten am Tag kommen will?«, fragte Günther. »Ich habe gehört, dass die meisten Babys nachts kommen. Vor allem die ersten.«

»Es ist doch ganz egal, wann es kommt, Günther!« Heidi griff sich ins Kreuz. Eine Wehe. Aber Susanne merkte auch, dass es nicht nur körperlicher Schmerz war, der Heidi gerade übermannte. Dass die Schwangeren gereizt waren, war normal. Selbst manch feine Dame beschimpfte ihren Mann unter Wehen wie eine Kesselflickerin; das galt besonders für jene Frauen, die sich im Vorbereitungskurs gar nicht vorstellen können, ausfällig zu werden.

»Das stimmt, die Babys kommen, wann sie wollen«, Susanne schaute sich den Mutterpass an. Erstgebärende, dreißig Jahre alt, fünfundsiebzig Kilogramm schwer, neununddreißigste Schwangerschaftswoche… Zahlen über Zahlen, die alle auf einen unkomplizierten Verlauf hindeuteten.

»Heidi, ich möchte gerne untersuchen, wie weit der Muttermund schon geöffnet ist. Günther, dürfte ich Sie bitten, solange vor der Tür zu warten?«

So war es üblich, auch wenn die Männer bei der Geburt dabei waren. Günther nickte zum Glück, strich Heidi noch einmal über den Rücken und küsste ihr rotblondes Haar, als würde er für eine Woche allein verreisen und nicht fünf Minuten auf dem Flur warten.

Heidi nahm auf dem gynäkologischen Stuhl Platz, den es in jedem Kreißsaal gab. Susanne setzte sich vor Heidis gespreizte Beine und tastete nach dem Muttermund. Das grelle Licht gab den Blick auf Heidis Schambereich unbarmherzig frei.

»Es sind schon sieben Zentimeter. Wirklich gut! Soll ich Sie noch rasieren?«, fragte Susanne, und Heidi nickte. Susanne fand diese Prozedur selbst als Vorbereitung auf einen möglichen Dammschnitt eher überflüssig, aber sie hatte sich als Angestellte des Krankenhauses nun einmal an die Vorgaben zu halten. Wenn ein Baby es eilig hatte, verzichtete sie meist auf solche überflüssigen Maßnahmen, die nur unnötig in die Intimsphäre der Frau eingriffen.

Als Heidi zusammenzuckte, ließ sie den Einmalrasierer sinken, den sie sich gerade aus der Schublade des weißen Schränkchens geholt hatte.

»Ich muss das nicht unbedingt machen.«

»Kein Problem. Bin nur ein bisschen angespannt.« Heidi krallte sich an der Lehne fest. Eine Wehe. Susanne wollte gerade das Krankenhaushemd über ihre Beine ziehen und ihr vom Stuhl helfen, damit sie während der Wehe laufen könnte, da fiel ihr Blick auf den bereits rasierten Teil nahe dem Damm. Eine Narbe. Ihr Damm war einmal verletzt worden. Die Versorgung der Narbe ließ zum Glück vermuten, dass ein Profi am Werk gewesen war. Aber es deutete auf eine vergangene Geburt hin. Sie suchte Heidis Blick, während sie ihr herunterhalf.

»Könnte es sein, dass Sie wissen, was auf Sie zukommt?«, fragte sie sanft.

Heidi sah sie erschrocken an. »Können Sie das für sich behalten?«

Susanne erschauerte. Dieses Paar wirkte so vertraut. Hatte der Mann es verdient, von seiner Frau belogen zu werden? Welchen Grund hatte Heidi, ihm eine vorangegangene Geburt zu verleugnen? Anscheinend nicht nur vor ihrem Partner, sondern auch vor ihrer offenbar nicht sehr sorgfältigen Frauenärztin? Was war mit diesem Kind geschehen? Es gab Vorschriften, Auffälligkeiten zu melden. Oft genug gab es ausgesetzte Kinder. Aber es gab auch Frauen, die ihr Kind ganz bewusst zur Adoption freigaben und alle Spuren verwischen wollten.

»Wie lange ist es her?«, fragte Susanne.

»Fast zehn Jahre. Da kannte ich meinen Mann noch gar nicht.«

Es war schon schlimm, ein Geheimnis mit sich herumzutragen, wenn man allein war, aber Susanne glaubte, so ein Geheimnis vor dem Menschen zu verbergen, den man liebte, musste noch viel schlimmer sein. Es musste den geliebten Menschen so weit weg erscheinen lassen. Es war nicht an ihr zu urteilen. Diese Frau hatte genauso ein Recht auf ihr Geheimnis wie sie selbst.

»Es wird wahrscheinlich trotz der langen Zeit etwas einfacher gehen bei der zweiten Geburt.«

Es klopfte an der Tür. »Alles in Ordnung? Das dauert schon viel länger als fünf Minuten!« Die besorgte Stimme des Ehemanns klang dumpf durch die Tür.

»Alles in Ordnung, es wird nicht mehr lange dauern!«, rief Susanne und wandte sich dann wieder leise an Heidi.

»Es wäre besser, es ihm zu sagen. Er liebt Sie. Er wird es überstehen, und Ihnen wird ein Stein vom Herzen fallen. Aber es ist natürlich Ihre Entscheidung. Ich werde zu niemandem etwas sagen.«

Die nächsten beiden Stunden war es, als gäbe es nur

dieses eine Zimmer auf der Welt. Abgedunkelt und dennoch schwül war es in dem Kreißsaal. Der Duft von Lavendel aus dem Massageöl, das Susanne den werdenden Eltern bereitstellte, vermischte sich mit dem Geruch von Schweiß. Die vorher so akkurat liegenden Haare von Heidi klebten an ihrer Stirn, während sie so konzentriert atmete, dass sie in diesem Moment wohl wirklich alle schmerzhaften Erinnerungen ausblendete. Das musste sie auch, bei so einer Geburt galt es, sich absolut auf die Sache zu konzentrieren. Und der Schrei, der jetzt folgte, war eher mit dem Schrei eines Gewichthebers zu vergleichen, der seit Monaten dafür trainiert hatte, die zweihundert Kilogramm zu stemmen.

Susanne hielt den Kopf des Babys. Der ganze kleine Körper glitt auf einmal schnell heraus. Es war ein wunderschöner, kräftiger Junge. Günther, der die ganze Zeit hinter seiner Frau gestanden hatte, beugte sich vor, um seinen Sohn zu sehen, und berührte ihn vorsichtig, als habe er Angst, ihn anzufassen. Susanne sah die Liebe in seinem Gesicht. Das war nicht bei allen Vätern so. Bei manchen kam es erst später, bei manchen auch nie, aber das war die Ausnahme. Und Susanne sah die wenigsten Eltern noch mehr als einmal wieder, obwohl sie einen so wichtigen Moment im Leben mit ihnen teilte. Der kleine Junge begann zu schreien, und Susanne legte ihn auf Heidis Bauch. Und auch das Gesicht der Mutter verwandelte sich jetzt, als fließe die Liebe über. So lange es ging, schenkte sie den Eltern diesen ersten kostbaren Moment.

»Herzlichen Glückwunsch. Ich glaube, Ihr Sohn wird es sehr gut bei Ihnen haben.«

Heidi weinte. Vor Glück, aber da war auch Schmerz. Günther küsste sie. »Wir bekommen das hin. Egal, was passiert.«

»Möchten Sie die Nabelschnur durchtrennen?«, fragte Susanne, obwohl sie die beiden nur ungern unterbrach. Aber es wurde Zeit, dass der neue Erdenbürger den ersten Schritt in die Unabhängigkeit ging. Während der Vater die feste Nabelschnur durchtrennte, die sein Kind monatelang versorgt hatte, sah Heidi Susanne an.

»Danke«, flüsterte sie. »Danke für alles.«

Susanne nickte. »Sie werden das gut hinbekommen, Heidi. Sie werden wunderbare Eltern sein.«

Von der Nachgeburt und der weiteren Versorgung bekamen die Eltern kaum etwas mit, so sehr waren sie damit beschäftigt, ihr Kind zu betrachten. Bis auf eine leichte Schürfung hatte die Mutter keine Verletzungen, diesmal würden keine Narben bleiben. Es war schon eine absurde Situation, zwischen den Beinen der Frau zu schauen, ob alles in Ordnung war, während das Paar verliebt auf das Baby schaute. Susanne war dieser Moment wichtiger, als das Kind schnell zu baden und anzuziehen. In diesem Moment war sie unsichtbar für die Eltern, und das war auch gut so.

»Günther? Ich muss mit dir reden.« Heidis Stimme ließ sie aufhorchen. Sollte sie Heidi aufhalten? Was war, wenn das Geständnis alles kaputt machen würde?

»Ja?«, antwortete er, als erwarte er nun, dass sie ihm gestehe, dass er nicht der Vater sein könnte. *Soll ich rausgehen? Mit dem Baby? Kann ich die beiden alleine lassen? Wird er ausrasten? Aber warum? Es war vor seiner Zeit. Und dennoch. Es ist ein Vertrauensbruch, so etwas Wichtiges dem Partner zu verschweigen. Und das Baby würde gleich trinken wollen.* Musste sie ausgerechnet diesen Moment für ihre Beichte wählen? Andererseits gab es ihn wohl nicht, den richtigen Moment.

»Heidi, Günther, ich lasse Sie einen Moment allein. Sie brauchen keine Angst zu haben, der Kleine braucht gerade nur Ihre Wärme. Halten Sie ihn einfach fest, ich bin im Flur, rufen Sie, wenn Sie mich brauchen.«

Susanne folgte ihrem Impuls, tätschelte kurz die Schulter des Mannes und lächelte ihn aufmunternd an. Es war richtig so. Er hatte die Wahrheit verdient.

* * *

Einen Vorteil hatte es ja, dass Andreas nicht wie die meisten anderen Männer fest angestellt war, dachte Carola, während sie ihre Jeans und ihre Bluse gegen die altrosa Hebammentracht tauschte. Er konnte auf die Kinder aufpassen, während sie arbeitete. Der Nachteil war, dass sie auch jeden Pfennig verdienen musste und deshalb am liebsten die Nacht- und Wochenendschichten übernahm, die besser bezahlt wurden; das galt gerade jetzt, wo ein Auftrag geplatzt war. Andreas war freier Schriftsteller, und wenn jemand fragte, ob man davon leben könnte, verwies er immer auf seinen berühmteren Kollegen Wolfgang Bittner, der in seinem Buch über den Beruf des Schriftstellers immer wieder betonte, dass die meisten eben nicht davon leben konnten. Trotzdem glaubte Andreas wie fast alle Autoren daran, dass genau ihr nächstes Buch der Lottogewinn werden würde; der Preis, den er für die beste

Science-Fiction-Kurzgeschichte über das Leben im Jahr 2030 erhalten hatte, wurde sogar in einer überregionalen Zeitung erwähnt, entsprach finanziell aber eher den vier als den sechs Richtigen. Und in den Augen der allermeisten war Andreas' Arbeit nicht mehr als pure Zeitverschwendung. Trotzdem unterstützte Carola ihren Mann, weil sie ihn liebte. Und an ihn glaubte. Wenn sie zu Hause war, kümmerte sie sich um Haushalt und Kinder, damit er an dem Schreibtisch im Schlafzimmer an seinem Roman arbeiten konnte. Carolas Bereitschaft war jedoch ziemlich geschrumpft, als sie gestern ohne Klopfen ins Zimmer geplatzt war und einen Blick auf seinen Bildschirm geworfen hatte.

Andreas hatte sie nicht kommen hören und starrte weiter gebannt auf das gelb-schwarze Feld, in dem ein rundes Männchen Gänge durch den Bildschirm fraß. Dazu ein nervtötender, monotoner Sound und eine Begräbnismelodie, als Andreas sich erschrocken umdrehte. Carola war näher gekommen und sah fast mit Befriedigung, dass das Männchen gerade einen Grabstein bekam und das Spiel somit aus war.

»Carola, hast du mich erschreckt! Kannst du nicht anklopfen?«

»Ne, ging nicht, hatte die Hände voll mit einem Kaffee und Keksen für dich, weil ich dachte, ich müsste dir mal eine Stärkung bringen, während du dich für die Familie zu Tode schuftest!«

Andreas hatte sich mit seinem Bürostuhl zu ihr gedreht und entschuldigend mit den Schultern gezuckt. »Das war einfach nur eine kreative Pause. Ehrlich. Das brauche ich, damit meine Festplatte nicht durchbrennt. Ist ein nettes Spiel. *Digger*. Willst du auch mal?«

»Nein danke! Ich habe keine Zeit für kreative Pausen!«, hatte Carola gerufen, Kekse und Kaffee auf den Schreibtisch gestellt und die Tür hinter sich zugeknallt.

Kreative Pause! Carola war froh, wenn sie überhaupt mal irgendeine Pause hatte. Sie liebte ihren Job als Hebamme, sie liebte auch ihren Mann und ihre Kinder sowieso. Aber alles war so durchgetaktet. Und immer rannte sie dem Zeitplan hinterher. Dazu passte es, dass sie in den letzten Wochen ständig Dienstende hatte, bevor das Baby geboren wurde, dessen Mutter sie mit Wehen in Empfang genommen hatte. Die nächste Hebamme machte es in der Regel genauso gut, was Carola das Gefühl gab, in ihrem Job völlig austauschbar zu sein. Als sie einmal mit Oberschwester Hilde darüber diskutiert hatte, ob sie nicht einfach die Geburt zu Ende betreuen konnte (und dafür ein anderes Mal weniger arbeiten konnte), hatte Hilde nur die Hände in die Hüften gestemmt und gesagt, sie wären hier nicht bei *Wünsch Dir was*, sondern bei *So isses*! Wo kämen sie denn hin, wenn jeder die bewährten Pläne umschmeißt? Das wäre doch gar nicht zu organisieren in so einem Krankenhausbetrieb! Sie solle doch froh sein, dass ihre Wünsche bei den Schichten immer berücksichtigt würden, damit sie Beruf und Familie unter einen Hut bekommt. Dann folgte wie immer in solchen Momenten ein Vortrag darüber, warum es schon seinen Sinn hatte, dass in vielen Krankenhäusern Nonnen die Arbeit übernehmen würden, die kein Privatleben hatten.

»Alles auf einmal geht nun mal nicht, Kindchen«, sagte

Hilde dann immer, genau wie ihre Schwester Heike. Ja, Carola sehnte den Tag herbei, an dem Andreas mit seinen Büchern Tausende scheffeln würde. Dann könnte sie vielleicht auch mal kürzertreten.

Carola schloss den Spind ab, obwohl niemand ihre unmodischen Klamotten klauen würde, und zog ihren Zopf noch einmal straff. Susanne kam um die Ecke. Schade, ihre Schicht war schon zu Ende. Es war immer nett, sich die Arbeit mit ihr zu teilen.

»Hallo, Susanne. Glaubst du, die Welt braucht Computerspiele wie *Digger*? In der man auf die Suche nach Diamanten geht und von Kopffüßlern gefressen wird?«

»Keine Ahnung. Ich habe nicht mal einen Computer.«

Carola hielt inne. Warum war sie so unaufmerksam? Susanne war offensichtlich aufgewühlt, und sie faselte was von Bildschirmmännchen!

»Was ist passiert?« Die allermeisten Geburten verliefen gut, doch manchmal gab es auch Situationen, die die Hebammen selbst verarbeiten mussten.

»Ich hatte da gerade eine Frau, die ihrem Mann gestanden hat, dass sie vor Jahren schon ein Kind geboren hatte. Da war sie noch Studentin, der Kindsvater wollte nichts von dem Kind wissen, sie war nicht bereit und hat es zur Adoption freigegeben. Anonym. Ich habe gemerkt, dass sie keine Erstgebärende war. Vielleicht hätte ich mich auch nicht einmischen sollen.«

Susanne zog ihre Hebammentracht mechanisch aus, doch die Sorgen der letzten Schicht schienen immer noch an ihr zu kleben.

»Und wie hat er es aufgenommen?«

»Ich war nicht dabei, und als ich wieder drin war, haben beide geheult. Ich habe ja erst gezweifelt, aber im Grunde hat sie den besten Moment abgepasst. Das Babyglück hat überwogen.« Susanne ließ sich auf die Bank vor ihrem Spind sinken. Sie wirkte in ihrem Unterhemdchen und dem weißen Slip fast mädchenhaft, obwohl sie genau wie Carola eine erwachsene Frau war, allerdings eine Frau, die sich eben nur um ihren Job und sich selbst kümmern musste, dachte Carola.

»Aber dann ist doch alles gut? Es würde sie doch noch mehr belasten, das Geheimnis für sich zu behalten, während sie ihr zweites Kind aufwachsen sieht. Ich kann eh nicht verstehen, warum sie sowas für sich behalten hat.«

Carola spürte, dass Susanne jemanden zum Reden brauchte. Ihre bunte Swatch, ein Geschenk von Andreas zum Geburtstag, zeigte 17 Uhr an. Ihre Schicht hatte seit fünf Minuten begonnen, dafür fehlte ihr jetzt schlicht und einfach die Zeit.

»Susanne, sollen wir uns endlich zu einem Glas Wein außerhalb der Kantine treffen? Nächste Woche?«

Immerhin lachte Susanne jetzt. »Alkohol während der Arbeitszeit wäre eh verboten, reicht ja schon, dass eine der Schwesternschülerinnen immer den Rest der kleinen Sektfläschchen getrunken hat und dann gefeuert wurde! Auf den Besuch beim Arbeitsamt kann ich verzichten.«

Ach ja, der Sekt für die Milchbildung, der jetzt nur noch auf Nachfrage hin aus dem Kühlschrank geholt wurde. Carola hätte es am liebsten komplett verboten, auch wenn selbst mancher Arzt noch behauptete, in Frankreich wären Mütter und Schwangere viel besser drauf, weil sie sich hin und wieder ein Gläschen Rotwein gönnen würden.

»Also dann nächste Woche Mittwochabend im Alten Wartesaal?«, wurde Carola konkret, ehe ihr wieder der Zeitmangel dazwischenkam. Wenn Andreas sich kindische Computerspiele gönnte, würde sie auch mal unter der Woche mit einer Freundin weggehen können!

∗ ∗ ∗

Susanne stand an der Kasse im *Stüssgen* an und verglich den Inhalt ihres Einkaufswagens mit dem Inhalt der beiden Mädchen vor ihr. Ein Paket Nudeln. Drei Tomaten. Getrocknetes Basilikum, weil es den frischen selten gab, eine Packung Mozzarella, ein abgepacktes, geschnittenes halbes Brot, eine Packung Camembert, fünf Äpfel, Joghurt und eine neue Zahnbürste. Morgen hatte sie frei und würde selbst kochen, statt in die Kantine zu gehen. Die Mädchen vor ihr planten wohl eine Party. Erdnussflips, Sekt, Baileys, Salzstangen, Plastikbecher, Strohhalme, Kinderschokolade, Gummibärchen – allein vom Anblick bekam Susanne Bauchschmerzen und einen Kater.

»Einmal den Ausweis bitte«, riss die strenge Stimme der Kassiererin Susanne aus ihren Gedanken. Die eine der beiden, mit bordeauxrot gefärbten Haaren, heller Jeans und roten Chucks, kramte in ihrem Jutebeutel. »Mist, habe ich wohl zu Hause vergessen!«

»Wohl noch nicht achtzehn, Frollein, dann kannst du den Likör gleich wegpacken.«

Die andere holte tatsächlich einen Ausweis aus der Tasche und reichte ihn der Frau hinter der Kasse.

»Na dann, heute achtzehn geworden. Aber trinkt nicht alles auf einmal.« Sie zwinkerte den beiden zu, während sie weiter abkassierte. Die beiden Mädchen würden heute hoffentlich Spaß haben. So wie Julia, schoss es Susanne durch den Kopf. Sie würde nächste Woche auch achtzehn werden.

Mit achtzehn durfte man Alkohol und Zigaretten kaufen, den Führerschein machen, ausgehen, so lange man wollte, ausziehen, wählen gehen … und über seine Herkunft aufgeklärt werden. Mit achtzehn hatten Adoptiveltern kein Recht mehr, die Wahrheit zu verschweigen, obwohl selbst das genau genommen nicht stimmte. Seit 1976 durften schon Sechzehnjährige wissen, wer die leibliche Mutter war.

Das Paar heute war vielleicht ein Zeichen, dachte Susanne und hastete wenig später nach Hause, um mit der Hand einen Brief aufzusetzen und ihn sofort zur Poststelle am Hauptbahnhof zu bringen, die auch noch abends Briefe annahm. Der Brief war an das Jugendamt adressiert, das damals für die Adoption zuständig gewesen war. Per Einschreiben.

In den nächsten Tagen lief Susanne fünfmal am Tag zum Briefkasten, sobald sie zu Hause war. Wenn sie arbeitete, dann dachte sie daran, ob sie nicht jemanden im Haus damit beauftragen könnte, den ganzen Tag aus dem Fenster zu schauen, um den Postboten abfangen zu können. Und dann in die Klinik zu fahren, um ihr den Brief auszuhändigen. Sie würde ihre Tochter wiedersehen. Wie hatte sie es nur all die Jahre ohne sie aushalten können? Oder würde Julia genauso wenig von ihr wissen wollen wie sie von ihren Eltern? Von ihren Eltern, die sie kaum mehr Mama und Papa nennen wollte, weil sie ihr verweigert hatten, Mutter zu sein?

Egal, wie Julia reagieren würde, Susanne würde stark bleiben. Sie war all die Zeit stark gewesen, so stark, dass sie beim Anblick der jungen Mütter und ihrer Babys nicht verbittert, sondern voller Mitgefühl war. Ihre eigene Beziehung zu ihrem Kind war in den ersten Stunden zerstört worden, aber sie hatte die Macht, anderen Müttern und Kindern einen guten Anfang zu schenken. Egal, was sie im Leben noch erwarten würde. Heute war ein guter Tag im Krankenhaus gewesen, drei Geburten, und für jede Mutter hatte sie da sein können. Und schon die ersten Minuten der frischgebackenen Eltern hatten vermuten lassen, dass das weitere Zusammenleben auch gut verlaufen würde. Susanne wurde nicht mehr gebraucht, nachdem alle versorgt und ihre Schicht zu Ende war.

Sie verließ das Krankenhaus das erste Mal im Jahr ohne Jacke, so frühlingshaft warm war es heute. Es würde auch keinen Unterschied machen, wenn sie den Umweg über die Cranachstraße ging, dachte sie. Noch einmal einen Blick auf das leer stehende Gebäude werfen. Und sich in der Buchhandlung ein neues Buch aussuchen. Dann könnte sie den Briefkasten mit einer maximalen Verspätung von einer halben Stunde öffnen und hätte Lesestoff, um sich davon abzulenken, falls immer noch keine Nachricht vom Jugendamt gekommen sein sollte.

Susanne wusste auch nicht, warum sie erleichtert war, als das Zu-vermieten-Schild immer noch an dem Eckhaus hing. Dieses Haus hatte es doch gar nicht nötig, sich anzupreisen wie einer der Kandidaten in der Kuppelshow *Herzblatt*! Nein, der Altbau konnte auf den Prinzen oder vielleicht auch die Prinzessin warten, die es aus dem Dornröschenschlaf erwecken würde. Diesmal begnügte sich Susanne mit einem Blick aus einem gewissen Sicherheitsabstand, statt die Stufen zu der Holztür mit dem Fenster zu erklimmen. Und dann lief sie weiter zu Jeremy Irons' Buchhandlung.

Ein Glöckchen klingelte, als sie durch die schmale Tür trat. Außer ihr stöberte noch eine ältere Frau in einem Regal, über dem *Romane von A bis Z* stand, und ein Mädchen hielt eins der Narnia-Bücher in der Hand, die nach einer unsäglich langatmigen BBC-Verfilmung mit einem Löwen – der wie ein überdimensionales Steifftier aussah – wieder in Mode gekommen waren.

Das Glöckchen lockte auch den Buchhändler an, der aus einem Nebenzimmer kam. Als er Susanne sah, lächelte er.

»Und haben Sie sich für das Haus entschieden?«, fragte er sie, als ginge es nur darum, den richtigen Krimi zu finden.

»Nein, und Sie?«

Susanne sah ihm in die Augen, die voller Lachfältchen waren. In seinen dunklen Haaren blitzten einige graue auf. Er war vielleicht ein paar Jahre älter als sie selbst, und auch sein schelmisches Grinsen konnte nicht darüber hinwegtäuschen, dass seine vereinzelten grauen Haare nicht nur eine Laune der Natur waren. Susanne hatte einen Blick für Menschen, die schon etwas durchgemacht hatten.

»Ich auch noch nicht. Aber ich bin dran.«

»Gut!«

»Warum gut, wenn Sie es auch haben möchten?«

»Ich möchte einfach, dass es in gute Hände kommt. Die Idee, die ich dafür hatte, ist ohnehin zu verrückt«, sprach Susanne etwas aus, was sie sich vorher kaum zu denken erlaubt hatte.

»Sie machen mich neugierig. Verraten Sie mir Ihre Idee?«

»Nein. Jedenfalls noch nicht jetzt.«

Meine Güte, das klang ja, als würde sie hier plaudernde Stammkundin werden wollen oder, schlimmer noch, als flirte sie mit diesem Mann.

»Aber Sie sind bestimmt auch nicht zum Plaudern hier, sondern wollen ein Buch kaufen. Kann ich Ihnen weiterhelfen, oder wollen Sie alleine schauen?«, wechselte er in einen geschäftigen Ton.

»Sie können mir helfen. Ich suche etwas für den achtzehnten Geburtstag eines Mädchens. Was lesen die jungen Frauen denn heute so?«

Das war die beste Idee, und sie war ihr beim Sprechen gekommen! So konnte sie sich damit beschäftigen, in was für Welten eine junge Frau heute lebte.

»Mhm, was liest sie denn gerne? Eher Unterhaltung? Oder vielleicht sogar etwas Politisches? Wie ist sie denn so?«

Tja, wenn Susanne das wüsste! War Julia eine junge Frau, die am liebsten in Schmonzetten versank? Oder war sie eine von denen, die Bücher wie *Die Wand* von Marlen Haushofer lasen und versuchten, die Welt zu verändern? Eine, die zu Friedensdemos ging, die *Emma* las, Atomkraft verurteilte und sich T-Shirts selbst batikte, weil sie keine Lust auf Klamotten von der Stange hatte? Was hatte Julia mehr geprägt? Ihre Gene oder die Erziehung ihrer Eltern?

»Also, am liebsten wäre mir, sie würden mir eine Neuentdeckung empfehlen, die unterhält, aber auch … den Blick weitet!«, antwortete Susanne hastig.

»Dann empfehle ich Ihnen den *Medicus* von Noah Gordon. Ein tolles Buch für alle Altersklassen. Ich habe heute erst ein paar Exemplare nachbestellt.«

Susanne schaute ihn etwas spöttisch an und griff nach dem Titel, der zufällig vor ihr auf dem Tisch lag. Ein eingeschweißtes Buch mit festem Einband für vierundvierzig Mark. Ging es ihm nur darum, den Tisch leer zu bekommen?

»Als Taschenbuch gibt es das leider noch nicht, aber ich kann Ihnen versichern, es gefällt eigentlich allen meinen Kunden. Aber wenn Sie mir mehr von der jungen Frau erzählen, finden wir vielleicht etwas, was genauer passt.«

Am liebsten hätte Susanne ihm davon erzählt, dass sie nichts von ihr wusste, was nach ihrem ersten Lebenstag passiert war.

»Ich nehme das Buch, lese es aber vorher selbst. Wenn es nicht passt, komme ich wieder und hole mir ein neues.«

Er lächelte, als wollte er sagen, dass er hoffe, dass es nicht passen würde. Susanne bezahlte das Buch, ohne darauf einzugehen. Der leiseste Anflug eines Flirtversuchs machte sie grundsätzlich nervös. Ihr fehlte die Leichtigkeit, was das Thema Männer anging. Bei jedem Mann, den sie auch nur ansatzweise attraktiv fand, fragte sie sich, ob sie ihm jemals vollkommen vertrauen könnte. Und wenn sie sich das einmal vorstellen konnte, dann konnte sie sich nicht vorstellen, dass dieser Mann sie noch lieben würde, wenn er die Wahrheit wusste. Andererseits, was hatte sie schon getan?

»Und kommen Sie auch gerne wieder, wenn Ihnen das Buch gefallen hat. Dann weiß ich, ob ich richtiglag.«

Sie nickte und spürte, wie die Hitze in ihrem Gesicht aufstieg. Und hatte auf einmal das Gefühl, in dem voll-gestopften Buchladen eingesperrt zu sein. Verständlich, dass der Buchhändler auf das leer stehende Eckhaus spe-kulierte. Hier wurde es langsam eng. Die ältere Dame kam mit einem Stapel Bücher auf den Mann zu und bat um Hilfe, und Susanne nutzte die Gelegenheit und verließ den Laden.

Der Hausflur in dem Altbau, in dem sie seit zehn Jahren eine kleine Wohnung mit Balkon bewohnte, war kühl, sodass sie sich schon auf ihre Wohnung freute, in der sie heute Morgen die Heizung aufgedreht hatte. Sie atmete durch, bevor sie den Briefkasten öffnete. Werbung vom Pizzataxi und der neueröffneten Videothek. Eine Post-karte von einer alten Schulfreundin, die Urlaub in Rom machte. Und ein grauer Umschlag. Jugendamt der Stadt Köln. Sie stopfte die Post in ihre Tasche und hastete die drei Stockwerke nach oben. Sie brauchte drei Anläufe, um die Wohnungstür aufzuschließen. Drinnen ließ sie sich auf ihr Sofa fallen und riss das Papier auf.

Köln, 18.04.1989

Sehr geehrte Frau Winter,

*anlässlich Ihres Schreibens hat die Stadt Köln zu den
Adoptiveltern Ihrer leiblichen Tochter Kontakt aufgenommen. Sie wünschen keinen Kontakt zwischen Ihnen und
Ihrer Tochter Julia, da Julia nichts davon wissen soll, dass
sie adoptiert wurde. Ich darf Ihnen auch keine Kontakt-
daten weitergeben, die Eltern wären jedoch bereit, sich
einmal mit Ihnen zu treffen, um Ihnen von Ihrer Tochter
zu erzählen. Wenn Sie dazu bereit sind, würde ich Ihnen
folgende Termine umseitig vorschlagen. Das Treffen würde
in den Räumlichkeiten des Jugendamtes stattfinden.*

Mit freundlichen Grüßen

Annegret Schmitz-Eschweiler

Susanne ließ den Brief sinken. Hatten sie überhaupt das
Recht, den Kontakt zu verweigern? Julia war doch achtzehn? Und hatte sie selbst das Recht, das Leben ihrer
Tochter durcheinanderzubringen? Sie aus der heilen Welt
hinauswerfen und den Glauben daran zerstören, dass sie
bei ihren leiblichen Eltern aufwuchs? Susanne war kurz
davor, den Brief zu zerreißen, überlegte es sich jedoch
anders. Sie würde morgen früh, sobald das Jugendamt auf-
hatte, dort einen der Termine erbitten. Vielleicht konnte
sie die Eltern überreden, Julia doch kennenlernen zu dürfen. Und überhaupt musste sie endlich wissen, wer ihre

Tochter achtzehn Jahre lang begleitet hatte. Waren es gute Eltern gewesen? Falls dem nicht so war, dann würde Julia vielleicht froh sein, wenn sie erfahren würde, dass es da draußen noch eine andere Mutter gab. Ob Julia sie einmal hier besuchen würde? Mit ihr an dem kleinen Holztisch vor dem Fenster sitzen, an dem höchstens vier Leute Platz fanden? Würde sie sich neugierig anschauen, welche Bücher ihre leibliche Mutter besaß? Welche Platten sich in dem kleinen Regal neben ihrem Bett stapelten, da sie am liebsten Musik hörte, wenn sie nicht schlafen konnte? Würde sie verstehen, warum Susanne damals nicht anders handeln konnte? Würde sie ihr glauben, dass sie es schon tausendmal bereut hatte? Dass es vergeblich war, diese Erinnerung wegzusperren? Dass sie bei jedem Kind, das sie in Empfang nahm, an Julia dachte? Und sich damit tröstete, dass sie wichtig in dem Leben jedes dieser Kinder war, auch wenn sie sich niemals daran erinnern würden, dass es sie gegeben hatte. Dass sie manchem Kind sogar das Leben gerettet hatte. Dass Julia ihr trotz allem ihr Leben zu verdanken hatte.

Sie musste mit jemandem sprechen, sonst würde sie verrückt werden. Susanne sprang auf, griff zu dem Telefon, das auf dem Nierentischchen, einem Erbstück ihrer Oma, neben dem Sofa stand, blätterte in dem Adressbuch nach Carolas Namen und wählte die Nummer ihrer Freundin. Mit der sie über so vieles geredet hatte, nur nicht über das, was sie einfach nicht laut aussprechen konnte. Es tutete lange, und Susanne wollte gerade auflegen, als sich eine Männerstimme meldete.

»Ja?«

»Ist Carola zu sprechen?«

»Ist es wichtig? Sie bringt gerade die Kleine ins Bett, warte mal …« Im Hintergrund stritten sich wohl die beiden Älteren, genau der richtige Moment für intime Geständnisse. Susanne ließ die Schultern sinken. Sie hätte es ohnehin nicht geschafft, darüber zu reden.

»Susanne? Alles in Ordnung?«, fragte Carola außer Atem.

»Carola, ich würde gerne etwas mit dir besprechen.«

»So ernst? Ist irgendwas passiert?«

Es war, als würde ihre Zunge auf einmal auf Autopilot laufen.

»Du weißt doch noch, das leere Haus in der Cranachstraße.«

»Du willst jetzt nicht wirklich die Ü-30-Disco eröffnen, oder?«, fragte Carola lachend, und Susanne hörte, wie sie den Kindern nebenher noch ein paar Fragen beantwortete. Und zwar alle mit Nein.

»Keine Disco. Ich habe etwas viel Besseres vor!«

»Geburtsvorbereitungskurse in schöner Umgebung? In denen wir den Frauen erzählen können, was wir wirklich glauben?«

»So ähnlich, nur noch viel besser! Lass uns nächsten Mittwoch in Ruhe darüber reden, wenn wir uns treffen! Wie sehen uns doch eh um acht im Alten Wartesaal.«

* * *

Väter kamen mittlerweile immer öfter mit in den Kreißsaal, manchmal waren die Frauen auch allein, selten brachten sie Mutter oder Schwestern mit. Ella, die ihre Eltern nie nackt gesehen hatte, erschauerte bei der Vorstellung, ihre Mutter würde sie schreiend, schwitzend oder pressend sehen ... auch wenn sie ihre Eltern sehr liebte. Aber so etwas Intimes wie die Geburt ihres Kindes würde sie nur mit dem Mann erleben wollen, mit dem sie das Kind auch gezeugt hatte. Und Hebammen und Ärzte waren irgendwie neutral. Profis. Und irgendwann würde sie auch ein richtiger Profi sein und sich von den Beteiligten bei einer Geburt nicht durcheinanderbringen lassen, so wie jetzt. Die Mutter begann, ihr den letzten Nerv zu rauben. Nicht die werdende Mutter, sondern die werdende Großmutter, die am Bett ihrer Tochter stand, einer schüchternen Erstgebärenden.

»Haben Sie den Befund des Muttermundes gemessen?«, fragte die Frau, die auch im Geburtsraum gekleidet war wie bei einem Besuch in der Bank, mit grauem Rock und altrosa Bluse.

»Ja, vor einer halben Stunde.«

Ella beschränkte diese Untersuchungen auf das nötige Minimum, wenn die Frau hörte, dass die ganze Atemarbeit ihr gerade mal einen Zentimeter gebracht hatte, wurde sie nur entmutigt.

»Dann machen Sie es noch mal. Wir müssen wissen, ob es weitergeht!«

Ella ging nicht weiter auf die Mutter ein und trat zu der Tochter. Sie sah sie trotz ihrer achtundzwanzig Jahren an wie ein Schulmädchen, das sich vor der Mathearbeit fürchtete.

»Nadine, Sie machen das ganz wunderbar, und Ihre Geburt verläuft völlig unproblematisch. Dafür, dass es Ihr erstes Baby ist, sind wir schon sehr weit. Der Muttermund war bei der letzten Untersuchung schon bei sieben Zentimetern. Noch drei weitere, dann können Sie pressen und bald Ihr Baby im Arm halten.«

»Aber es tut so weh«, jammerte Nadine, »ich halte das nicht mehr lange aus!«

»Manchmal tut es gut, sich etwas zu bewegen. Wenn Sie möchten, laufen wir etwas auf und ab, dann ist die Schwerkraft auf Ihrer Seite.«

Nadine nickte, und als Ella Nadines Blick auf das leere Wasserglas auf dem Nachttischchen sah, füllte sie es auf und reichte es der werdenden Mutter, die gierig trank.

»Rumlaufen! Von dem neumodischen Quatsch hat meine Nachbarin auch erzählt! Wenn Sie Ihr helfen wollen, dann geben Sie ihr ein Schmerzmittel!«

»Wollen Sie etwas laufen, Nadine?«

Nadine nickte und ließ sich von Ella aus dem Bett helfen. Kaum waren sie ein paar Schritte gegangen, da krümmte sich Nadine vor Schmerzen. Ella hielt ihr beruhigend die Hand auf den unteren Rücken und spürte, dass die Frau ihr vertraute. Es würde nicht mehr lange dauern. Aber wie konnte sie das Vertrauen von Nadines Mutter gewinnen? Sie stand immer noch stocksteif neben dem Bett, als müsse sie ihre Tochter vor der bösen Hebamme beschützen.

»Frau Kunz, ich bewundere es sehr, dass Sie Ihre Tochter in den Kreißsaal begleitet haben. Die Nerven haben die wenigsten Mütter.«

Tatsächlich huschte ein Lächeln über ihr Gesicht. »Na, alleine wollte unsere Nadine nicht, und ihren Mann mitzunehmen habe ich ihr ausgeredet. So ein Kerl hat hier nichts zu suchen, außer er trägt weißen Kittel und einen Doktortitel.«

Nadines Mutter lächelte wissend, aber so, als wäre ihre Tochter noch zu jung für delikate Tatsachen.

»Claudia fand es gut, dass ihr Mann dabei war«, brachte Nadine stöhnend hervor. Ah, ein Hauch der Auflehnung gegen die Mutter. Anscheinend hatte Nadine doch noch eine eigene Meinung, auch wenn sie diese viel zu oft für sich behielt. Aber jetzt war nicht der Moment zu diskutieren.

»Claudia! Ja, das denke ich mir, aber ich wette, damit hat sie dafür gesorgt, dass mein Sohn sie bald nicht mehr anfasst. Der Anblick einer Geburt zerstört die Leidenschaft für immer!«, sprach Frau Kunz so leidenschaftslos, als wäre Leidenschaft auch für sie seit Jahrzehnten kein Thema mehr gewesen. Zu fragen, ob Nadine jüngere Geschwister habe, empfand Ella jetzt jedoch mehr als unhöflich.

Nadine krallte sich an Ellas Arm fest. Und schrie. Ella war das gewohnt. Und vielleicht würde Nadine unter der Geburt spüren, wie viel Kraft und Macht sie hatte! Die würde sie auch brauchen in einem Leben als Mutter.

»Ich kann nicht mehr!«, schrie Nadine, und ihre Stimme verriet, dass sie mittlerweile in den Presswehen war.

»Doch, du kannst das«, wechselte Ella für einen Augenblick ins Du.

»Nein, ich will ein Schmerzmittel.«

Ella atmete tief durch. Es war gut, dass diese Frau etwas wollte, aber für Schmerzmittel war es sowieso zu spät. Und eine PDA war auch nicht risikolos. Wenn sie die Geburt jetzt gut zu Ende bringen würde, würde sie sich am Ende viel besser fühlen.

»Haben Sie nicht gehört? Meine Tochter braucht ein Schmerzmittel, holen Sie den Arzt!«

Was sollte sie nun tun? Ohne diese Einmischungen würde Nadine es wunderbar schaffen! Aber sie konnte kaum die Mutter aus dem Raum werfen.

»Nadine, es ist völlig normal, dass Sie denken, dass Sie es nicht schaffen, aber glauben Sie mir, Sie werden es schaffen!«

Nadine schüttelte den Kopf, bevor sie noch einmal aufschrie, als die nächste Presswehe sie überrollte.

»Oh Gott, ich sterbe!«

»Nein, alles ist gut! Halten Sie sich an mir fest, Sie machen das ganz wunderbar!«

»Merken Sie nicht, dass meine Tochter einen Arzt braucht?«, wurde nun die Mutter laut.

»Nein, sie braucht keinen Arzt, alles ist gut.«

»Wenn Sie so unfähig sind, dann muss ich mich eben selbst kümmern!«, rief die Mutter und verließ den Raum.

Das konnte doch nicht wahr sein! Hoffentlich verlief sie sich auf den Gängen, bis ihr Enkelkind geboren war. Ella konnte ja verstehen, dass es schrecklich sein musste, das eigene Kind so leiden zu sehen, aber so machte sie es nur schlimmer.

»Nadine, bald haben Sie es geschafft.«

»Nein, ich schaffe das nicht allein!«

»Sie sind nicht allein. Ich bin bei Ihnen.«

Nadine nickte. Und presste erneut. Und dann wurde die

Tür aufgerissen. Ella spürte, wie sich Nadine noch mehr verkrampfte.

»So, Nadine, ich habe Hilfe geholt. Herr Doktor, eine Mutter spürt doch, wenn etwas nicht stimmt, übernehmen Sie die Geburt!«

Dr. Kramer suchte nicht einmal Ellas Blick, sondern kam auf Nadine und Ella zu, als handele es sich wirklich um einen Notfall. Wer weiß, was die Mutter erzählt hatte.

»Frau Kunz, kommen Sie bitte auf das Bett, damit ich sie untersuchen kann«, sagte der Gynäkologe.

»Aber, Herr Dr. Kramer …«

»Ella, lassen Sie mich die Lage beurteilen.«

Ella konnte kaum mit ansehen, wie Nadine wieder in Rückenlage lag und von Dr. Kramer in einer Wehenpause untersucht wurde. Und der Kopf des Babys war schon zu sehen.

»Für Schmerzmittel ist es längst zu spät, das Kind ist gleich da.«

»Sehen Sie, da hätten Sie früher reagieren müssen!«, sagte Frau Kunz vorwurfsvoll.

»Aber ich kann die Quälerei abkürzen, indem ich einen Dammschnitt mache«, bot Herr Dr. Kramer an, und Nadine nickte, als hätte er ihr gerade den Himmel auf Erden versprochen. Ein Dammschnitt würde die Geburt etwas abkürzen, aber vielleicht viel länger Schmerzen verursachen.

Dr. Kramer griff zur Epi-Schere, Ella sah nicht hin und hätte sich am liebsten die Ohren zugehalten, als sie das Geräusch des Schnittes hörte. Ja, Dammschnitte waren Alltag, aber oft unnötig.

Als das Baby geboren war, lächelte Nadine glückselig und ihre Mutter auch.

»Danke, Herr Dr. Kramer, danke!«, sagte die frischgebackene Oma mit Tränen in der Stimme. Das Baby, ein gesunder Junge, lag auf Nadines Brust, während Dr. Kramer die Nabelschnur durchtrennte. Nadine heulte vor Erleichterung. »Danke, allein hätte ich das niemals geschafft!«

Dr. Kramer tätschelte ihre Schulter. »Na, dafür sind wir ja hier. Um alles Weitere kann sich unsere Hebamme kümmern. Tut mir leid, dass sie mich nicht früher geholt hat, aber sie ist noch neu hier auf der Station. Meinen herzlichen Glückwunsch zu diesem kleinen Prachtkerl!«

Ella versorgte die Wunden der Mutter und war ganz froh, dass die beiden Frauen nur noch Augen für den Säugling hatten. Sie hatte keine Lust zu reden. Was hieß keine Lust – ein Wort, und ihre Stimme wäre gebrochen. Im Grunde war sie genauso schwach gewesen wie Nadine. Aber was hätte sie tun sollen? Die Mutter aus dem Kreißsaal werfen? Nadine anbrüllen, dass sie sehr wohl stark genug war, um ihr Baby auf die Welt zu bringen? Dr. Kramer sagen, dass er ihr ruhig vertrauen durfte? Dass sie vielleicht neu, aber lange nicht zu blöd war, die Lage zu beurteilen? Nadine hätte eine viel schönere Geburt haben können, aber was sollte es? Hauptsache, das Kind war gesund auf die Welt gekommen. So redeten doch alle, solange das Kind wohlauf war, da hatte die Mutter sich nicht anzustellen, dachte Ella bitter.

Ob Susanne und Carola auch noch von solchen Situationen belastet wurden? Sie wirkten beide so selbstsicher und erfahren. Ja, sie kam sich in Gegenwart der beiden manchmal auch vor wie ein naives Küken, das die Heldin auf der Geburtsstation spielen wollte. Und als sie in der Mittagspause in die Cafeteria kam und die beiden dort vertraut miteinander sitzen sah, fühlte sie sich wie in Schulzeiten, als der Platz neben ihrer Freundin nach den Sommerferien in der achten Klasse schon besetzt war. Sie hatte wie immer ein Brot dabei und war nur in die Cafeteria gekommen in der Hoffnung, die beiden zu treffen. Schließlich war es doch sowas wie eine unausgesprochene Abmachung, dass sie die Pause miteinander verbrachten. Umzudrehen wäre jetzt peinlich, deshalb schlug sie die Augen nieder, als sie zu dem Getränkestand lief, um sich wenigstens einen Saft zu holen.

* * *

Susanne schob sich eine Gabel Risi-Bisi in den Mund, ohne wirklich zu schmecken, was sie da zerkaute. Viel wichtiger war nun, was Carola von ihrer Idee hielt. Von ihren Bemühungen, ihre Tochter nach achtzehn Jahren endlich wiederzusehen, geschweige denn, dass sie überhaupt eine Tochter hatte, fand kein Gedanke den Weg aus ihrem Kopf. Im Gegenteil, in Carolas Gegenwart verdrängte sie den Gedanken wieder in die hinterste Ecke. Gerade als sie die Gabel ablegte, entdeckte sie Ella, die unschlüssig vor dem Getränkestand stand. Susanne winkte ihr zu. Als Carola Susannes Blick bemerkte, drehte sie sich um.

»Ella, komm doch zu uns!«, rief Susanne, obwohl sie gerne Carolas Antwort abgewartet hätte. Aber so wie Carola aussah, würde sie sowieso nicht sofort Ja sagen.

Vielleicht war es gut, wenn die Idee erst einmal Zeit hätte zu sacken.

Ella kam strahlend mit ihrem Glas Saft auf sie zu.

»Meint ihr wirklich? Ich wollte euch nicht bei einem Gespräch stören.«

»Tust du nicht«, sagte Carola eine Spur zu hastig, und Ella setzte sich erst, als auch Susanne noch einmal bestätigend nickte. Diese Frau war nur ein paar Jahre älter als ihre Tochter. Wenn Susanne Ella besser kennenlernen würde, würde sie vielleicht auch die Generation ihrer Tochter besser verstehen. Einen Moment aßen oder tranken alle schweigend und blickten auf die hässlichen Plastiktische. Um sie herum herrschte hektisches Gemurmel, Weiß neben Grau war die häufigste Farbe. Arzt- und Schwesternkittel überall. Die rosa Tracht der Hebammen gehörte schon zu den wärmsten Farben.

»Ich habe gehört, dass du heute Morgen schon eine Geburt betreut hast«, brach Susanne das Schweigen und lächelte Ella aufmunternd an.

»Ja, und es war schrecklich!« Ella seufzte und sah zwischen Carola und Susanne hin und her.

»Schrecklich? Hab gehört, dass heute alle Patienten auf unserer Station wohlauf waren«, mischte sich Carola ein.

»Ja, Mutter und Kind sind gesund, aber für die Mutter war das ein mittelmäßiger Start. Sie war völlig unter der Fuchtel ihrer eigenen Mutter, die kurz vor dem Ziel auf eigene Faust Dr. Kramer geholt hat. Und der meinte, mit einem Dammschnitt die Geburt mal eben abzukürzen wäre die beste Lösung.«

»Aber was hättest du schon tun können? Eine Diskussion im Kreißsaal hätte nur mehr Ärger provoziert. Das ist das Letzte, was die Mutter brauchen kann«, entgegnete Carola.

»Das ist mir klar, aber das ganze System ärgert mich! Weder ich noch Dr. Kramer kannten die Frau! Niemand ist wirklich auf ihre Bedürfnisse eingegangen. Wenn mein Vater von der Hebamme seiner Familie erzählt, die ihn und seine vier Geschwister geholt hat, dann wird klar, dass sie meine Oma wirklich kannte! Sie konnte sie einschätzen! Und alle Kinder kamen ganz ohne Arzt und Komplikationen zur Welt!«, ereiferte sich Ella.

»Ja, aber du hast erzählt, dass dein Vater aus irgendeinem Dorf kam, in dem es weit und breit kein Krankenhaus gab. Seine Familie hatte vielleicht Glück, aber es gibt genug tragische Fälle in Ecken, in denen es keine medizinische Versorgung gibt«, gab Carola zu bedenken, die von allen Hebammen, die Susanne kannte, die pragmatischste war.

»Trotzdem, hätte ich die Mutter heute vorher betreut, hätte ich zum Beispiel gewusst, ob sie nicht doch lieber ihren Mann dabeigehabt hätte als ihre Mutter. Und wenn ich den Mann vorher auch kennengelernt hätte, hätte ich einschätzen können, ob er stark genug für eine Geburtsbegleitung wäre.« Ella nahm ihr Brot aus der Dose und biss herzhaft hinein. Susanne betrachtete die hübsche junge Frau, die sich innerhalb von Minuten vom schüchternen Mädchen in eine Jeanne d'Arc der Geburtsstation verwandelt hatte. Und sie hatte recht mit ihrer Beobachtung. Geburtsbegleitung musste viel mehr sein, als nur während der Geburt dabei zu sein. Und genau das war ja Teil ihrer Idee!

»Ella, hast du morgen Abend Zeit?«, fragte Susanne und nickte Carola aufmunternd zu, als diese sie fragend ansah.

»Klar, was habt ihr vor?«

»Einfach mal in einem weniger klinischen Ambiente quatschen.« Carola packte ihr Geschirr zusammen und sah auf ihre Armbanduhr. »So, und außerdem müssen wir wieder auf Station!«

Susanne stand ebenfalls auf, weil ihre Pause vorbei war. Sie sah Ella an. Susannes Idee würde all die Probleme lösen, die Ella gerade angesprochen hatte. In der jungen Frau brannte ein Feuer, und das würde hier im Krankenhaus gelöscht werden, wenn sie zu oft infrage gestellt wurde. Ohne Zweifel, das Krankenhaus leistete gute Arbeit, und die meisten Mütter und Kinder kamen ohne Komplikationen durch die Geburt, aber es war doch erlaubt, weiter zu träumen. Es ging doch nicht nur um das reine Überleben, sondern darum, den Anfang auf dieser Welt so gut wie möglich zu gestalten! Ihre eigene Vergangenheit konnte Susanne nicht mehr ändern, dafür aber die Zukunft vieler Mütter und Babys. Und wer weiß, hätte sie damals auch eine Hebamme gehabt, der sie sich wirklich hätte anvertrauen können, vielleicht hätte sie Julia dann selbst eine gute Mutter sein können.

Ehe sie der Mut verlassen konnte, hatte Susanne den Vermieter des Hauses in der Cranachstraße angerufen, um einen Besichtigungstermin zu vereinbaren – schon übermorgen konnten sie sich die Räume anschauen, ob nun zu zweit oder zu dritt. Sie hatte glücklicherweise etwas Geld angespart, sodass sie die Miete für ein halbes Jahr und die Renovierungskosten im schlimmsten Fall auch ohne Einnahmen stemmen konnte. Und der Gedanke daran, wie sie dieses zauberhafte Gebäude einrichten würden, lenkte sie auch von der bedrückenden Stimmung ab, die das Jugendamt bestimmt nicht nur wegen dem nüchternen grauen Klotz verbreitete, in dem es untergebracht war. Sie saß im Flur auf einem Stuhl und wartete darauf, aufgerufen zu werden. Was wohl die schwangere Frau neben ihr hier hinführte? Und was war mit dem Paar, das zwei Kinder dabeihatte, die auf dem Boden Autos gegeneinanderknallen ließen? Wie musste es wohl sein, hier Tag für Tag zu arbeiten? Gut, in vielen Fällen ging es nur um etwas Unterstützung, aber oft hatten die Mitarbeiter hier auch mit Fällen zu tun, die den Glauben daran erschüttern mussten, dass Eltern nur das Beste für ihre Kinder wollten.

Eine der Türen in dem langen grauen Flur öffnete sich, und eine Frau in bunten Klamotten trat vor die Tür.

»Frau Winter, kommen Sie mit mir?«, fragte die Dame, deren Namensschild sie als Annegret Schmitz-Eschweiler preisgab.

»Ja, sehr gerne!«, bemühte sich Susanne um einen festen Ton, obwohl sie sich vor dem Termin fürchtete. Und sich auf einmal wieder wie die sechzehnjährige Susanne fühlte, die auf ganzer Linie versagt hatte. Warum sollten Julias Adoptiveltern einer Frau wie ihr Platz in dem Leben ihrer Tochter einräumen?

»Sie haben eine Stunde Zeit, ich werde Sie miteinander allein lassen, sitze aber direkt nebenan, falls es zu Unstimmigkeiten kommen sollte.«

Das klang ja wie ein Knastbesuch. Hatten die Angst, sie würde die Adoptiveltern angreifen, oder umgekehrt?

»Danke«, sagte sie dennoch nur, weil sie grundsätzlich Verständnis für solche Regelungen hatte. Das war einfacher, als jedes Mal individuell zu entscheiden, welches Prozedere nötig sei. So funktionierte es im Krankenhaus schließlich auch.

Am Ende des Flurs erreichten sie eine Tür, auf der *Besucherzimmer* stand. Annegret Schmitz-Eschweiler klopfte erst an und öffnete dann, ohne abzuwarten.

Ein Paar um die fünfzig, das etwas verloren an dem Tisch saß, auf dem eine Flasche Wasser und drei ineinander gestapelte Gläser standen. *Sie wirken genauso aufgeregt wie ich, obwohl sie doch gar nichts zu verlieren haben*, dachte Susanne. Immerhin sahen sie freundlich aus. Susanne reichte ihnen die Hand, der Mann erwiderte ihren Händedruck fest, die Frau, mit akkurater Dauerwelle in Blond und türkisblauer Bluse, ließ nach einer Sekunde los und schaute nach unten.

»Guten Tag, ich bin Susanne Winter und freue mich sehr, dass wir uns heute kennenlernen.«

Noch mehr hätte sie sich gefreut, Julia kennenzulernen, aber sie musste dankbar für jeden Schritt sein. Vielleicht würde sie das Vertrauen der Eltern gewinnen, und sie wären zu mehr bereit?

»Guten Tag. Wir waren auch gespannt, Julias leiblicher Mutter einmal zu begegnen«, sagte der Mann im rheinischen Tonfall, ohne seinen Namen zu nennen. Die schmalen Lippen der Frau straften seine Worte Lügen.

»Julias Eltern haben im Vorfeld entschlossen, anonym

zu bleiben. Es kommt vor, dass die leiblichen Eltern auf eigene Faust Nachforschungen anstellen«, klärte Annegret Schmitz-Eschweiler gleich die Fronten.

»Sie müssen verstehen, dass Ihr plötzliches Interesse für uns nicht einfach ist«, meldete sich die Frau endlich zu Wort.

Susanne hielt den Atem an. Plötzliches Interesse! Jeden Tag dachte sie an Julia, aber es war von Anfang an klar gewesen, dass die Adoption anonym bleiben sollte. Sie hatte nur gehofft, dass sich mit der Volljährigkeit die Karten neu mischen würden.

»Ich lasse Sie nun allein. In einer Stunde hole ich Sie ab. Wie gesagt, wenn Sie Hilfe brauchen, klopfen Sie nebenan.«

In einer Ecke standen mehrere Kisten mit Spielzeug. Hier trafen sich wohl manche Eltern auch mit ihren Kindern, etwa die, die in Pflegefamilien untergekommen waren. Auch im Krankenhaus hatte Susanne manchmal Fälle erlebt, in denen die Babys gleich zu Pflegeeltern kamen, aber es wurde zunehmend darauf geachtet, dass die Mütter Kontakt halten durften. Auch die Drogenabhängigen oder Straffälligen. *Aber ich durfte nichts mit meinem Kind zu tun haben*, dachte sie bitter.

»Es tut mir leid, aber ich denke jeden Tag an meine Tochter und würde sie am liebsten endlich kennenlernen.«

»Wir haben dem Treffen nur zugestimmt unter der Bedingung, dass Sie unserer Tochter weiterhin fernbleiben«, sagte Julias Adoptivmutter, als würde sie jeden Moment aufstehen und das Gespräch abbrechen wollen.

»Angela ...«, der Mann legte seine Hand auf die seiner

Frau. Hoffentlich lebten die beiden Julia eine gute Beziehung vor, schoss es Susanne durch den Kopf, wobei sie sich nicht vorstellen konnte, dass diese Frau eine angenehme Partnerin war. Eine Mischung aus Schüchternheit, Verunsicherung und Ablehnung, dabei pedantisch frisiert und gekleidet. Wie sollte Julia da ein Freigeist werden? Oder lehnte sie sich auf? War sie rebellisch wie die junge Susanne, die trotz des strengen Elternhauses immer einen Weg gefunden hatte, die Regeln zu brechen?

»Ich habe Julia damals nicht freiwillig zur Adoption freigegeben.« Susannes Mund war trocken, und doch konnte sie sich nicht überwinden, eins der Gläser zu nehmen und sich einzuschenken. Fast, als würde sie sich für ihre Entscheidung, die eben nicht ihre war, immer noch bestrafen wollen.

»Und wir sind froh, dass wir dadurch die Chance hatten, Julias Eltern werden zu können«, baute der Mann eine Brücke.

»Warum haben Sie es dann getan, wenn Sie es nicht wollten?«, fragte die Adoptivmutter spitz.

Weil ihre Eltern sie gezwungen hatten. Weil es in dieser Familie, in der immer alles seine Ordnung haben musste, keinen Platz für eine sechzehnjährige Mutter gab, die lediglich wusste, dass der Vater ihres Kindes James hieß. Die von einer Stufenfahrt nach England mehr mitbrachte als eine Tasse mit dem Konterfei der Queen drauf, die davon selbst nichts ahnte, da sie niemals regelmäßig ihre Tage bekam, weil sie so dünn war. Und selbst der Bauch war nach sechs Monaten immer noch winzig, als wollte das Baby sich verstecken. Und als es dann aufflog, wurde

Susanne kurzerhand noch mal nach England geschickt, damit die Einserschülerin ihr Englisch für die Oberstufe perfektionieren konnte. Angeblich. In Wahrheit verbrachte sie die Zeit bis zur Geburt in einem Haus in der Eifel mit Schicksalsgenossinnen, von denen die meisten am Ende tatsächlich froh waren, dass Thema Baby erst einmal von der Agenda streichen zu können. Es war schon ein Wunder, dass 1971 nicht mehr jeder von »gefallenen Mädchen« sprach. So unglücklich Susanne damals über die Schwangerschaft war, sie war trotzdem froh gewesen, dass sie es nicht vorher gewusst hatte. Hätten ihre Eltern nach einem Arzt gesucht, der sich über das Gesetz hinweggesetzt hätte? So wie die Frauen auf dem berühmten *Stern*-Cover, die einen Mediziner gefunden hatten, der die unerwünschte Schwangerschaft beendet hatte. Bei der Untersuchung im Krankenhaus damals, in das sie mit ihren Eltern wegen Verdacht auf eine Blinddarmentzündung eingeliefert worden war, hatte ihre Mutter tatsächlich gefragt, ob man den »Zustand« noch ändern könnte. Der Arzt hatte verneint, aber ihnen einen Zettel gegeben, auf dem die Adresse des Eifeler Heims für minderjährige Mütter stand. Sie schien nicht die Einzige gewesen zu sein.

»Da wirst du gut aufgehoben sein, und danach ist es, als wäre nie etwas gewesen. Deine Eltern wollen nur das Beste für dich!« Dann hatte er Susanne, die immer noch auf dem Untersuchungsstuhl lag, aufmunternd auf die Schulter geklopft.

»Frau Winter, warum haben Sie es dann getan?«, wiederholte die Frau ihre Frage und holte sie in die Gegenwart zurück.

»Meine Eltern wollten nur das Beste für mich. Ich war sechzehn, meine Meinung zählte nicht«, antwortete sie geistesabwesend.

Einen Moment herrschte Schweigen. Meine Güte, als wenn die beiden damals nichts von der »Herkunft« ihres Babys gewusst hätten, immerhin waren die Babys von Minderjährigen besonders beliebt bei Adoptiveltern. Die kamen seltener von Drogensüchtigen oder aus vollkommen zerrütteten Familien. Diese Babys waren in der Regel gesund. Und später nicht allzu kompliziert.

»Julia weiß nichts davon, dass wir nicht ihre leiblichen Eltern sind. Und das muss so bleiben.« Die Adoptivmutter nahm die Gläser auseinander und befüllte alle drei, bevor sie Susanne eins hinschob. So als müsste sie Susanne irgendwas Gutes tun, auch wenn sie ihr den Herzenswunsch verweigerte. Susanne trank hastig, was ihre Kehle beruhigte, aber nicht ihr Herz. Es hatte Momente gegeben, in denen sie sich vorstellte, wie die Adoptiveltern voller Dankbarkeit von Julias »Bauchmama« sprachen. Aber das war wohl naives Wunschdenken gewesen.

»Julia ist zu so einer wunderbaren, jungen Frau herangewachsen. Sie hat gestern ihren achtzehnten Geburtstag gefeiert. Bei uns im Garten. Mit über zwanzig Leuten. Sie hatten einen Riesenspaß bis tief in die Nacht, und trotzdem haben die jungen Leute alles aufgeräumt, bevor wir aufgestanden sind. Sie hat seit zwei Monaten einen richtig netten Freund. Der hat jedoch auf dem Sofa geschlafen. Julia will es langsam angehen lassen«, erzählte der Adoptivvater, als hätte er sich den Text vorher schon zurechtgelegt.

Susanne sackte in ihrem Stuhl zusammen. Hatten sich

die Zeiten geändert, oder waren diese Eltern gar nicht so stocksteif, wie sie aussahen? Und wurden die Kinder immer vernünftiger? Bei ihr hätte ein Freund nicht mal auf dem Sofa schlafen dürfen, und nie und nimmer hätte sie mit ihren Eltern über Jungs reden können! Jungs waren grundsätzlich gefährlich, um die musste man einen Bogen machen. Tja, hatte sie dann ein einziges Mal nicht gemacht und war tatsächlich gestraft fürs Leben.

»Wie geht es ihr denn so? Bitte erzählen Sie mir was von ihr!« Die Stunde hier war kostbar und die einzige Gelegenheit, mehr über Julia zu erfahren.

Die Frau schien sich auch ein wenig zu entspannen. »Sie ist einfach wunderbar, fröhlich, ausgeglichen, und sie ist die Beste in ihrer Klasse. Sie möchte Medizin studieren. Nächstes Jahr macht sie Abitur«, sagte die Adoptivmutter stolz.

Susanne hatte ursprünglich auch Medizin studieren wollen, aber die Lehrer wunderten sich sehr, dass nach ihrem Auslandsaufenthalt eine Zeit lang nicht nur die Englischnoten in den Keller sackten. Ihre Eltern waren sehr enttäuscht, als sie nur eine Ausbildung zur Hebamme machte, statt Ärztin zu werden.

»Wie schön! Erzählen Sie mir bitte alles, ich weiß ja gar nichts.« Susanne sah nervös auf die Uhr an der Wand. In vierzig Minuten würden sie auseinandergehen, und wer weiß, ob sie dann je wieder die Gelegenheit bekommen würde, etwas über Julia zu erfahren.

»Sie haben den Namen damals wirklich gut ausgesucht, wir hätten uns keinen besseren für Julia vorstellen können«, wurde die Frau immer versöhnlicher.

»Und wir haben Ihnen etwas mitgebracht.« Die beiden Eheleute tauschten einen Blick aus, bevor die Frau ein kleines Album aus ihrer Tasche holte.

Wie im Zeitraffer zog nun das bisherige Leben ihrer Tochter an Susannes Augen vorüber. Ja, es waren nur Ausschnitte, aber es war so viel mehr, als sie bisher gehabt hatte. Julia als Baby auf dem Arm ihrer Mutter, an der Hand ihres Vaters bei den ersten Schritten, ein rotgelocktes, strahlendes Mädchen, das Susanne immer mehr ähnelte, je älter sie wurde. Julia mit einem Kaninchen auf dem Arm, mit Schultüte, am Meer, in den Bergen beim Wandern, fast immer waren die Eltern auf den Fotos. Und diese Frau, die Julia wohl immer Mama nennen würde, war auf den Fotos ganz anders als hier. Zugewandt, warmherzig, immer in Reichweite, um ihr Mädchen zu schützen. Sie liebte Julia offensichtlich, und in ihren Augen bedeutete das wohl, Julia auch vor dem Wissen über ihre Vergangenheit zu schützen.

Susanne saugte die Bilder in sich auf. Sie würde davon zehren müssen.

»Danke, danke für alles, was Sie für Julia getan haben!«

Julias Gesicht verschwamm, als Susanne Tränen in die Augen stiegen. Zärtlich strich sie über das Foto, das mit Fotoecken eingeklebt war.

»Können Sie verstehen, warum Julia nichts davon erfahren darf? Ihre Welt würde zusammenbrechen.«

Susanne nickte.

»Sie sieht Ihnen viel ähnlicher als mir«, sagte die Frau, und Susanne konnte ihre Angst verstehen. Sie blätterte weiter. Julia, die vor einer Torte steht und Kerzen ausbläst.

Sechzehn Stück. Sie strahlt. Da war sie so alt wie ihre leibliche Mutter bei ihrer Geburt.

Und dann Julia in einem weißen Kittel und mit Laborbrille. Von den drei Mädchen strahlt sie am hellsten, im Hintergrund ein Schild. Projektwoche am Wilhelm-Busch-Gymnasium. Susannes Herz klopfte. Man hatte ihr nach der Geburt gesagt, dass ihre Tochter im Kölner Umland untergebracht würde. Sie hatte sie also schon lange in der Nähe gewähnt, aber jetzt war sie greifbar wie nie zuvor.

»Sie dürfen das Album behalten. Wir haben noch die Negative von den Fotos«, sagte nun der Mann, und Susanne spürte, dass sie dieses Entgegenkommen nicht enttäuschen durfte. Sie könnte auch nicht zu jedem Wilhelm-Busch-Gymnasium in ganz Deutschland fahren und dort die achtzehnjährigen Julias ausrufen lassen, sofern es welche gab. Die Idee wäre verrückt.

»Danke, danke für alles«, wiederholte sie stattdessen. Dieser Tag war der glücklichste seit Langem. Ihre Tochter war glücklich, das war das Wichtigste.

»Du siehst aus, als wärst du frisch verliebt«, begrüßte Carola Susanne und setzte sich mit rosigen Wangen an den kleinen runden Tisch im alten Wartesaal am Hauptbahnhof. Susanne betrachtete Carola, die sich eindeutig hübsch gemacht hatte. Sie konnte sich nicht daran erinnern, sie auf der Arbeit einmal geschminkt gesehen zu haben.

»Danke, du siehst auch richtig gut aus«, antwortete Susanne etwas verlegen. Von der Begegnung mit Julias Eltern heute wollte und konnte sie noch nichts erzählen.

Sie durfte nicht! Die Welt war ein Dorf, und je mehr Leute von Julias wahrer Herkunft wussten, desto eher konnte es herauskommen. Sie musste sich an die Bitte ihrer Adoptiveltern halten.

»Schieß schon los, Susanne! Du bist schwanger und verlässt unser Team?«, versuchte es Carola mit einem Scherz.

»Weit entfernt.«

»Hey, du wirst rot!«

»Weil es noch viel spannender ist!«

»Dann spanne mich nicht länger auf die Folter!«

»Lass uns auf Ella warten. Ich möchte die Idee direkt mit euch beiden besprechen.«

Susanne schaute auf die Wanduhr. Ella war bereits zehn Minuten zu spät.

»Was kann ich Ihnen bringen?«, fragte ein junger Kellner in einem weißen Hemd.

»Wir warten noch auf jemanden.«

»Aber nicht zum Trinken! Also für mich eine Cola light«, bestellte Carola und fischte eine Marlboro light und ein Feuerzeug aus ihrer Handtasche.

»Jetzt schaue nicht so streng, ich rauche nur noch, wenn ich ausgehe, und das kommt äußerst selten vor.«

Susanne bestellte ein Glas Rotwein. Als Ella durch die Tür trat, schauten sie insbesondere die Männer im Raum bewundernd an, was sie gar nicht zu bemerken schien. Oder sie war einfach schon geübt darin, die schmachtenden Blicke zu ignorieren, dachte Susanne und winkte der jungen Hebamme zu. Ella setzte sich und bestellte ebenfalls ein Glas Wein, worauf Carola den Kellner darum bat, gleich die Flasche und ein weiteres Weinglas zu bringen.

»Erst einmal nur eine ziemlich verrückte Idee«, sagte Susanne, als sie ein paar Minuten später mit den beiden Frauen anstieß.

»Also wir haben doch von dem Haus in der Cranachstraße gesprochen. Dass man da Kurse abhalten könnte«, begann Susanne, »und ihr kennt doch bestimmt auch die Idee der Geburtshäuser, oder?«

»Ja, aber nur aus Holland. Und wer da nicht ins Geburtshaus geht, bekommt sein Kind zu Hause. Bei uns undenkbar«, entgegnete Carola.

»Leider. Aber ich meine, vor ein paar Jahren hat irgendwo das erste Geburtshaus in Deutschland aufgemacht. Ich glaube, in Gießen war das. Stand sogar im *Stadtanzeiger*.« In Ellas Augen glänzte es.

»Ja, und was haltet ihr davon, wenn wir das erste Geburtshaus in Köln eröffnen?« Susanne strahlte die beiden an, und ihr Herz klopfte wie wild. Das Herzensprojekt Geburtshaus würde sie auch von ihrem Herzschmerz mit ihrer Tochter ablenken. Wenigstens ein bisschen.

»*Wir?*«, fragte Carola ungläubig. »Und selbst wenn wir das Haus mieten und eine Genehmigung bekommen würden, unsere Geburtsstation bricht ja zusammen, wenn wir alle drei gleichzeitig kündigen!«

»Also ich finde die Idee fantastisch! Unser eigenes Geburtshaus! Endlich die Frauen über längere Zeit betreuen und sich ausgiebig mit ihnen beschäftigen. Genau dann hätte ich den Mutterdrachen von der letzten Geburt in Schach halten können.«

»Genau, die Drachen lassen wir erst gar nicht rein«, fantasierte Susanne, wobei ihr klar war, dass es wenig Gründe

geben würde, eine Schwangere oder ihre Wunschbeglei-
tung abzulehnen.

Carola griff noch einmal nach ihrer Handtasche, packte
sie aber wieder unter den Tisch, die letzten beiden Kippen
wollte sie sich dann doch lieber für den Rückweg auf-
heben, falls sie länger auf die Bahn warten musste.

»Bestimmt würden wir genug Leute bekommen! Hast
du schon recherchiert, Susanne? Was brauchen wir? Was
kostet das Haus?« Ella strahlte immer noch und warf ihre
langen schwarzen Haare zurück, die sie offen trug. Im
Krankenhaus bändigte sie ihre Mähne immer mit einem
Haargummi.

»Leute, jetzt macht mal langsam. Das hört sich ja in der
Theorie nett an, aber ist das nicht viel zu gefährlich? Und
viel zu viel Verantwortung?« Carola stöhnte.

Klar, dass Carola zuerst immer die Spaßbremse betä-
tigte, dachte Susanne, und genau so jemanden brauchten
sie auch. Allein um Fehler zu vermeiden.

»Klar ist das viel Verantwortung, aber auch viel mehr
Freiheit! Und viel schöner für alle! Also, wer ist dabei?«

»Ich!«, rief Ella.

»Also wenn alle Eckdaten geklärt sind, überlege ich es
mir auch«, antwortete Carola zögerlich, »es muss ja auch
erst mal alles klappen.«

Susanne sah das als Etappensieg und stieß mit den beiden an.

»Morgen könnten wir uns das Haus von innen ansehen,
und morgen Vormittag klemme ich mich hinter das Telefon und kläre, welche Voraussetzungen wir erfüllen müssen. Unser Krankenhaus ist nur fünf Minuten entfernt, für

Notfälle. Und finanzieren können wir uns erst mal über Vorbereitungskurse.«

»Hey, was haltet ihr von einem Kurs *Wie überlebe ich den Familienalltag?*«, fing jetzt auch Carola Feuer. »Die Geburt ist ja eigentlich das Einfachste an der ganzen Angelegenheit.«

Susanne genoss das Hochgefühl, das sich nach so langen Jahren das erste Mal in ihr Leben geschlichen hatte. Sie war ihrer Tochter näher gekommen als je zuvor, und sie hatte eine Mission! Sie liebte ihren Beruf schon immer, aber jetzt konnte sie dafür sorgen, auch die Rahmenbedingungen zu lieben.

»Wir sollten viel früher ansetzen! Eigentlich müssten die Kinder schon im Aufklärungsunterricht davon hören, dass eine Geburt nicht nur ein medizinischer Vorgang ist und die Frauen viel stärker selbst bestimmen dürfen!« Ella nippte noch einmal vorsichtig an dem Glas Wein, als hätte sie Sorge, zu schnell betrunken zu werden. Woher kam es, dass diese junge Frau in Sachen Geburt ihrem Alter und überhaupt der Zeit weit voraus war, aber manchmal eine Unsicherheit an den Tag legte, die nur durch ihre Jugend zu entschuldigen war? Ja, Ella brauchte eine gute Schule, dann könnte sie einmal eine der besten Hebammen überhaupt werden, dachte Susanne. »Absolut, Ella ...«, pflichtete sie bei und wurde von Carola unterbrochen.

»Also wenn ich an den Aufklärungsunterricht meiner Ältesten in der Schule denke, da bekommen die Lehrer einen roten Kopf, wenn sie die Namen der Geschlechtsteile überhaupt in den Mund nehmen müssen. Das Thema

Geburt wurde abgehakt mit den Worten, dass das Kind automatisch den Weg durch den Geburtskanal finden würde, notfalls mit Zange, Saugglocke oder Kaiserschnitt. Den Rest sollten sich die Kinder dann im Biobuch selbst durchlesen.«

Susanne hatte vor der Geburt ihrer Tochter auch schreckliche Angst gehabt, weil sie keine Ahnung gehabt hatte. Und niemanden, mit dem sie darüber reden konnte. Ja selbst in diesem Heim für minderjährige Mütter wurde immer davon ausgegangen, dass die meisten froh waren, wenn sie von der Sache möglichst wenig mitbekamen. Lachgas, schneller Dammschnitt … Hauptsache, das Problem war bald erledigt. Und doch hatte es bei dieser an sich so traumatischen Geburt Momente gegeben, in denen Susanne eine Kraft in sich gespürt hatte, die sie niemals erahnt hätte.

* * *

Carola schloss die Wohnungstür auf und schlich herein, um ja niemanden zu wecken. Zumindest nicht die Kinder, sie hoffte, Andreas noch wach anzutreffen. Jede Minute, die sie den Rückweg zu Fuß oder eben in der nächtlichen S-Bahn verbracht hatte, war ihr Susannes Vorschlag weniger verrückt vorgekommen. Sie liebte ihre Familie, und sie liebte ihren Job, aber in beidem musste sie in erster Linie funktionieren. Der Abend heute war das erste Mal seit Monaten, dass sie ein paar freie Stunden gehabt hatte. Carola tastete nach dem Lichtschalter, als sie vor Schreck den Schlüssel fallen ließ, weil ihr jemand auf die Schulter tippte.

»Andreas! Was hast du mich erschreckt! Lagst du hier etwa auf der Lauer, bis ich wiederkomme?«

»Und ob, es ist schon nach zwölf, und ich habe mir schon die schlimmsten Dinge ausgemalt, was dir alles auf dem Weg passiert sein könnte. Ich war kurz davor, den Weg abzufahren!«

Carola gab ihm einen Kuss. Aufgedreht, wie sie war, hätte sie am liebsten noch die halbe Nacht mit ihm geredet und vielleicht auch noch viel mehr, aber das wäre mehr als unvernünftig. Schließlich klingelte in sechs Stunden wieder der Wecker. Also musste sie direkt zur Sache kommen.

»Andreas, ich glaube, ich mache mich selbstständig!«

Sie hatte trotz drei Kindern zugestimmt, dass er nach der Pleite des Verlags, in dem er zuletzt als Redakteur gearbeitet hatte, sich ganz auf seinen Schriftstellertraum konzentrieren konnte. Mit einigen Aufträgen von verzweifelten Studenten, die Hilfe bei ihren Abschlussarbeiten brauchten, verdiente er immerhin etwas. Seine preisgekrönten Kurzgeschichten in Zeitschriften oder Anthologien brachten jedoch nicht viel mehr ein, als für einen Wocheneinkauf für die fünfköpfige Familie draufging.

Wenn er nicht an seinem Science-Fiction-Roman schrieb, der garantiert ein Bestseller werden würde, wie er an guten Tagen verkündete, fuchste er sich noch in das Thema Computer ein.

Bei aller Belastung war Carola froh, dass Andreas an sein Projekt glaubte. Warum sollte sie also nicht eine Zeit lang die Hauptverdienerin in der Familie sein? Sie mochte es, arbeiten zu gehen, auch wenn das bedeutete, dass sie sich öfter dumme Kommentare anhören musste, etwa dass sie eine Rabenmutter sei, ganz besonders von ihrer Schwester. Und dass sie doch ständig an ihre Rücklagen gehen mussten, die eigentlich dafür gedacht waren, sich irgendwann ein Haus zu kaufen, in dem die Kinder aufwachsen konnten, ohne dass ständig einer meckerte, dass sie im Garten nicht mit Kreide auf die Steine malen oder abends und mittags keinen Lärm machen sollten.

»Selbstständig?« Er sah sie etwas skeptisch an.

»Ja, Susanne hat da so eine Idee. Ich muss mal ein paar Nächte darüber schlafen.«

»Meinst du, es ist nicht zu gefährlich, wenn wir beide nix verdienen?«

Er kratzte sich am Kopf und wirkte wie ein knuddeliger Teddybär mit Knopfaugen, der mitten in der Nacht aufwacht, weil ihm der Honig weggenommen werden sollte. Carola war kurz davor, ihm übers Haar zu streicheln und zu sagen, dass er es vergessen solle! Natürlich würde sie niemals ein Risiko eingehen, für das sich der Rest der Familie einschränken müsste.

»Es kann doch auch gut gehen!«, sie schlüpfte aus den Ballerinas, die schon ziemlich abgelatscht waren, aber immerhin noch als halbwegs schick durchgingen.

»Was ist passiert?«

Musste erst etwas passieren, bevor sie ein Risiko eingehen durfte? Und war es überhaupt ein Risiko? Wenn alles gut lief, könnte es die beste Entscheidung ihres Lebens sein – nach der Entscheidung für Andreas und die Kinder, sagte sie sich selbst noch, bevor sie Andreas die ganze Geschichte erzählte.

* * *

Susanne schaute sich in dem Schwesternzimmer um. Der große Tisch war bis auf den letzten Platz besetzt mit Hebammen, Krankenschwestern und ein paar Lernschwestern. Am Kopfende thronte Oberschwester Hilde, die jeden anstrahlte, als gehörten die Besprechungen zu den Höhepunkten ihres Berufslebens. Sie hatte eigens für ihr Krankenhaus eine Magnettafel anfertigen lassen, auf der sie die einzelnen Angestellten, von denen jeder eigene kleine Magnete zugeordnet bekommen hatte, mit Freude hin und her schob.

»So meine Damen, das war ja mal wieder eine Herausforderung, alle Wünsche zu berücksichtigen, aber jetzt steht der Plan für den nächsten Monat!« Sie nahm noch einen der Kekse auf dem Teller in der Tischmitte, als müsse sie sich nach diesem Kraftakt selbst stärken.

»Und wehe, eine von Ihnen wird noch spontan krank.« Sie wackelte mit dem Zeigefinger und lachte spitzbübisch.

»Es könnte sein, dass ein Termin mit der Uni dazwischenkommt«, meldete sich Antje, die Kinderschwester, die nun endlich die Zusage für einen Medizinstudienplatz bekommen hatte.

»Na, dann sagen Sie mir aber nicht eine Woche vorher Bescheid, wenn die ganze Studiererei dem Fräulein alle Zeit raubt«, seufzte Oberschwester Hilde. Susanne suchte Carolas und Ellas Blick, die beide gegenüber von ihr saßen. Sie dachten wohl alle dasselbe. Bald würden hier drei Frauen weniger sitzen, die auf der Magnettafel verteilt werden konnten. Allerdings konnten sie erst kündigen, wenn wirklich alles unter Dach und Fach war. Ella lächelte ihr aufmunternd zu, und Carola nickte andeutungsweise, auch wenn sie noch etwas ernster dreinschaute. Es hatte wohl einiges an Diskussionen bei ihr zu Hause gegeben, aber sie war fest entschlossen, mit einzusteigen, wie sie beteuert hatte.

»So, und nun bitte ich noch einmal um Ihre Aufmerksamkeit! Ich habe noch eine nette Überraschung für Sie.« Oberschwester Hilde schaute auf die Wanduhr. »Gleich stellt sich der neue Kinderarzt Dr. Christoph Hofert vor«, sie drehte sich zur Tür um, ob er schon im Anmarsch wäre, und beugte sich dann ein wenig über den Tisch, während sie leiser wurde. »Ein äußerst charmanter junger Herr, muss ich schon sagen.«

Wenn sie den jungen Mann meinte, der gerade an die Glastür klopfte, war er wirklich »charmant«. Nein, dazu musste sie ihn erst sprechen hören, schmunzelte Susanne, aber dieser Mann war wirklich ein Hübscher. Sehr jung, große dunkle Augen und dichte fast schwarze Haare, die ihm ziemlich weit über der Stirn hingen.

»Oh, da ist er ja schon!« Hilde öffnete die Tür. »Guten Tag Herr Dr. Hofert, ich habe Sie den Damen schon angekündigt.«

Er war tatsächlich charmant – er nahm sich die Zeit, jeder Einzelnen die Hand zu geben und nach ihrem Namen und ihrer Funktion im Krankenhaus zu fragen. Für Dr. Kramer waren sie alle immer nur »Schwester«.

Als er mit der Runde durch war, stellte er sich an das Kopfende, und Schwester Hilde machte bereitwillig Platz.

»Es freut mich sehr, dass ich jetzt auf der Kinderstation

dieses Krankenhauses tätig sein kann. Ich habe meinen Facharzt gerade an der Uniklinik beendet und kann es kaum erwarten.«

Oha, ein Grünschnabel, dachte Susanne.

»Ich werde eng mit Ihnen zusammenarbeiten, in den meisten Fällen kommt die Geburtshilfe zwar ohne einen Kinderarzt aus, aber je engmaschiger die Kontrollen sind, desto eher fällt uns gemeinsam auf, wenn etwas nicht in Ordnung ist.«

Susanne beteiligte sich nicht an dem zustimmenden Gemurmel. Natürlich war Vorsicht gut, aber manche Ärzte oder auch Schwestern verunsicherten mit ihrem Kontrollwahn die Mütter nur. Genau wie viele Schwestern auch hier die Säuglinge noch vor und nach jeder Mahlzeit auf die Waage legten – das sah man doch auf den ersten Blick, ob ein Kind gedieh oder nicht. Aber was sollte es, er schien nett zu sein, und mit der Zeit würde er schon genug Erfahrung sammeln, um etwas lockerer zu werden. Allerdings würden sie, Ella und Carola dann längst ihre eigene Geburtsstation leiten. Und natürlich würden sie dafür mit den Ärzten hier zusammenarbeiten. Als Susanne bemerkte, wie Dr. Hofert sein letztes Lächeln Ella schenkte und sie rot anlief, befürchtete sie, Ella würde doch lieber im Krankenhaus angestellt bleiben.

Es war das zweite und gleichzeitig letzte Mal, dass die drei Hebammen an der Tür der Cranachstraße 21 klingelten, um in das Gebäude eingelassen zu werden.

Herbert Riemschneider, der Vermieter, öffnete ihnen und trat einen Schritt zurück. »Dann mal rein in die jute

Stube, meine Damen. Näh, isch kann Ihnen sagen, dass isch glücklisch bin, jemanden gefunden zu haben, der hier wieder Leben in die Bude bringt und Cash in de Täsch.«

Susanne lächelte das kölsche Original mit dem gezwirbelten Schnurrbart an. Sie war heilfroh, dass die ehemalige Kneipe monatelang leer gestanden und – als hätte das Haus es mit Absicht getan – auf sie gewartet hatte.

»Und die Leute oben drübber sin och janz unkompliziert, und sie kommen sich nicht in die Quere.« Er pries das Haus an, als müsste er sie erst noch überzeugen, dabei hatten sie sich doch längst entschlossen, ins kalte Wasser zu springen.

»Da machen wir uns auch gar keine Sorgen.« Carola schaute sich um. Ihre Augen leuchteten. Und auch Ella war glücklich. Noch roch es hier nach Baustelle und Staub, aber das Licht ließ sogar den Staub tanzen, und Susannes Herz tanzte sowieso.

»Dann woll'n wir mal.«

Herbert Riemschneider führte sie zu der Fensterbank aus beigem Marmor, auf der die Mietverträge und ein Kuli vom Obi lagen. Susanne nahm das Werbegeschenk aus dem Baumarkt als Erste in die Hand und unterschrieb. Sie musste grinsen wie ein Honigkuchenpferd, auch wenn sie keine Ahnung hatte, ob sie nicht doch scheitern würden mit ihrem Vorhaben. Es hatte genug Leute gegeben, denen sie davon erzählt hatten und die nur schwerlich verbergen konnten, was sie dachten, nämlich: Die spinnen doch! Aber es nicht zu wagen, das fühlte sich viel schlimmer an.

Kapitel Zwei

Ella löste den Klettverschluss des CTG-Gürtels, den sie um den Bauch von Doris Schmidt gespannt hatte. Doris, die sich ein Foto von ihrem ersten Baby auf den Beistelltisch gestellt hatte, lag auf dem Bett im Kreißsaal. Ein ungewöhnlicher Wunsch, aber Ella konnte verstehen, dass der Gedanke an die erste glückliche Geburt ihr Mut machte. Und etwas Mut, eine Geburt allein zu betreuen, brauchte auch Ella immer noch, wobei bisher jede Geburt gut verlaufen war, seit sie auf der Station als vollwertige Hebamme anerkannt wurde. Doris' Muttermund war fast vollständig geöffnet, und die Wehen dennoch erträglich. Aber Ella war angespannt.

»Alles in Ordnung?«, fragte Doris.

»Ja, das heißt, Ihr Sohn scheint Stress zu haben. Seine Herztöne sind auch in den Wehenpausen etwas abgefallen.«

In den Wehenpausen sollte sich auch das Kind entspannen, und solche Dezelerationen zweiten Grades konnten ein Grund sein, die Geburt zu beschleunigen.

Ob sie Dr. Kramer rufen sollte? Wobei der gerade im OP war, Sectio bei Querlage.

»Ach, das war bei dem Ersten genauso, und eine halbe Stunde später war er da!«, sagte Doris, bevor sie sich auf die nächste Wehe konzentrierte. Als die Wehe abgeebbt war, forderte Ella Doris auf, das Bett zu verlassen und etwas herumzulaufen. Die Schwerkraft würde ihren Zweck erfüllen.

Die letzte Geburt lag nur ein gutes Jahr zurück, weshalb der werdende Vater auch zu Hause bei dem großen Bruder in spe geblieben war. Es würde von selbst schnell gehen. Ein Vorteil, wenn die Babys rasch hintereinander kamen, beruhigte sich Ella. Vielleicht hatte eine heftige Wehe kurzzeitig die Sauerstoffzufuhr in der Gebärmutter gedrosselt. Und selbst eine um den Hals gewickelte Nabelschnur wurde selten lebensbedrohlich. Nein, Ella vertraute darauf, dass alles in Ordnung war, und kniete sich neben Doris, die mit den Presswehen instinktiv in die Hocke gegangen war. Und tatsächlich dauerte es nicht lange, bis Ella das Köpfchen sah.

»Sie haben es bald geschafft!«

»Ich weiß!«, antwortete Doris, bevor sie aus Leibeskräften schrie. Im Gegensatz zu dem Baby, das schließlich in Ellas Hände glitt. Es hatte die Nabelschnur tatsächlich um den Hals gewickelt. Lose zwar, aber wer weiß, ob es unter der Geburt nicht doch die Luft abgeschnürt bekommen hatte.

Die Hautfarbe war leicht violett, was nicht ungewöhnlich war. Dennoch durchtrennte Ella hektisch die Nabelschnur. Die Schere fiel ihr auf den Boden. Sie ließ sie liegen und klopfte dem kleinen Jungen auf den Rücken. Mit dem ersten Schrei kehrte auch Farbe in sein Gesicht. Gott sei Dank war der APGAR-Wert nach fünf Minuten bei zehn!

Trotzdem musste sie einen Arzt dazurufen, der sich das Baby ansah, während sie die Mutter versorgte. Sie drückte den Pieper, bevor sie das Baby in Doris' Arme legte.

»Herzlichen Glückwunsch zu Ihrem wunderschönen Baby!«

»Danke«, sagte Doris nur erschöpft, und doch war da sofort diese Verliebtheit in ihren Augen, als sie ihr Kind betrachtete. Ella hatte genau wie Doris Tränen in den Augen. Vor Glück, vor Erleichterung. Vor Liebe. Als sich die Tür öffnete, hatte sie schon ganz vergessen, dass sie nach dem Arzt gerufen hatte. Es war Dr. Hofert.

»Sie haben gerufen?«

Ella konnte nicht anders, als sich zu freuen, ihn zu sehen. Und das lag nicht nur daran, dass sie diesen Mann sehr anziehend fand, sondern auch, weil sie vor Stolz platzte, dass sie die Geburt so gut allein hinbekommen hatte und nicht in Panik verfallen war, weil die Situation doch brenzlig hätte werden können. Doris nickte dem Arzt nur kurz zu und streichelte das Köpfchen ihres Babys.

»Ja, Herr Dr. Hofert, aber es ist alles in bester Ordnung. Der Kleine hat mir nur einen kurzen Schreck eingejagt, weil er die Nabelschnur um den Hals und sich mit dem selbstständigen Atmen etwas Zeit gelassen hatte.«

Statt sie zu loben, griff der junge Arzt nach dem Zettel mit den APGAR-Werten, der auf dem Nachttischchen lag. Jede Geburt wurde penibel protokolliert, dazu gehörte auch der Zustand des Kindes. APGAR stand für Atmung, Puls, Grundtonus, Aussehen und Reflexe.

»Wie war der Verlauf? Gab es Unregelmäßigkeiten vorher?«

»Die Herztöne deuteten auf Stress hin, aber das war bei Frau Schmidts letzter Geburt auch so und ist tatsächlich nicht ungewöhnlich.«

»Stimmt etwas nicht?«, fragte die Mutter und hielt ihren Säugling fest im Arm. Sie hatte sich mit ihrem Kind auf das Bett gesetzt. Ella legte ihr die Hand auf die Schulter.

»Es ist alles gut.«

»Das können Sie nicht wissen. Geben Sie mir das Kind«, forderte Dr. Hofert die Mutter auf.

Ella nahm es der Mutter vorsichtig aus dem Arm und überreichte es Dr. Hofert, der es auf dem Wickeltisch untersuchte. Doris Schmidt blieb erstaunlich ruhig, ließ ihr Baby aber keine Sekunde aus den Augen.

»Die Reaktionen scheinen alle in Ordnung. Glück gehabt. Herzlichen Glückwunsch, Frau Schmidt«, sagte er erst jetzt, als lohne es sich nur, bei einem gesunden Kind zu gratulieren.

»Ella, kümmern Sie sich um die Nachsorge, und danach kommen Sie in mein Sprechzimmer«, raunte er ihr immerhin so leise zu, dass die Mutter nicht hören konnte, dass Ella wohl gleich eine Strafpredigt bekommen würde.

»Ich hätte Sie für verantwortungsbewusster gehalten. Auch ein kurzer Sauerstoffmangel kann zu schweren Beeinträchtigungen führen.« Dr. Hofert saß hinter seinem Schreibtisch, als hätte er den Platz schon seit Jahren inne. Die unausgepackten Kisten und die leeren Wände, an denen noch Quadrate von den abgehängten Bildern zu sehen waren, die gegen den Rest der Wand blütenweiß waren, zeugten davon, dass er noch ein Neuling hier war. Der Ficus benjamina, den er wohl von seinem Vorgänger übernommen hatte, ließ die Blätter hängen.

»Herr Dr. Hofert, ich kann Ihnen versichern, dass ich die Lage im Griff hatte. Der Kristeller-Griff ist nicht ungefährlich, und für eine Sectio wäre es ohnehin viel zu spät gewesen. Und die Folgen wären für die Mutter viel schmerzhafter gewesen, und das ohne Grund.«

»Sie hatten die Lage nicht im Griff, sondern haben einfach nur Glück gehabt! Ja, vielleicht hätte die Mutter etwas Malässen mit den Folgen eines Kaiserschnittes gehabt, aber wenn das Kind durch einen Sauerstoffmangel schwer behindert bleibt, leiden beide. Und zwar das ganze Leben!«

Ellas Stolz und Freude über die gelungene Geburt schmolzen genauso dahin wie ihre Bewunderung für Dr. Hofert. Sein hübsches Gesicht wurde durch die Zornesfalten genauso entzaubert wie sein Wesen, das sie für feinfühliger gehalten hatte.

»Es tut mir leid, beim nächsten Mal hole ich Sie schneller«, antwortete sie und dachte daran, dass sie bald fort sein würde. Sobald ihr Plan wasserdicht war, würden sie alle drei kündigen. Aber was war, wenn er recht gehabt hatte? Wäre ein Eingreifen eines Arztes sicherer gewesen?

»Wissen Sie, Ella, ich habe an der Uniklinik einige Kinder mit Sauerstoffmangel behandelt. Bis kurz vor der Geburt waren sie gesund und danach schwere Pflegefälle.«

»Aber der Junge von Frau Schmidt hat sich schnell erholt.«

»Ja, zum Glück. Aber dennoch ist es nicht ausgeschlossen, dass sein Gehirn Schaden genommen hat. Vielleicht wirkt der kurze Mangel intelligenzmindernd. Vielleicht kommt es später zu Lernschwierigkeiten.«

Ella sackte in sich zusammen. Wäre sie schuld, wenn der Kleine später über seinen Matheaufgaben verzweifelte? »Sollten wir die Mutter auf diese Möglichkeit hinweisen?«

»Nein, es ist ja kaum eindeutig nachweisbar, wenn er in ein paar Jahren auffällig wird. Könnte genauso gut an dem einen oder anderen Gläschen Sekt der Mutter gelegen haben. Und ein vorauseilendes Schuldeingeständnis bringt uns nachher noch eine Klage ein.«

Ella glaubte nicht, dass Doris Schmidt sie verklagen würde. Sie hatte ihr vertraut, und es war alles gut gegangen. Dennoch begann der Zweifel an ihr zu nagen, ob sie nicht doch leichtsinnig gewesen war.

»Und jetzt wollen wir den Ärger vergessen«, auf einmal lächelte er sie wieder an. Doch Ella würde weder zurücklächeln noch die Angelegenheit vergessen.

* * *

Allein die Vorbereitungen rund um ihr geplantes Geburtshaus lenkten Susanne von ihrem Kummer ab, dass sie Julia nicht persönlich kennenlernen durfte. Und das Lesen, redete sie sich ein, als sie an der Buchhandlung in der Cranachstraße vorbeilief und das Geschäft betrat.

Das Glöckchen bimmelte, und Jeremy Irons brauchte langsam einen echten Klarnamen, damit es nicht lächerlich wurde. Er hieß kaum »Herr Bücherstube«, und Susanne vermied bisher immer die Anrede.

»Wie schön, Sie zu sehen! Ich hoffe, Sie kommen nicht,

um mir zu sagen, dass Sie den *Medicus* wieder umtauschen wollen?«, lächelte er sie freundlich an. Lasen so wenige Leute Bücher, dass er sich merken konnte, welches Buch sie bei ihm gekauft hatte?

»Nein, es war wirklich ein außergewöhnliches Buch. Vielen Dank für die Empfehlung!«

»Und hat sich auch das Geburtstagskind darüber gefreut?«

Er sortierte nebenbei ein paar Bücher auf einem Tisch neu, die Kunden vorher wohl durcheinandergebracht hatten. Susanne sah sich um. Hier gab es wirklich nur Bücher zu kaufen, nicht so wie in den großen Buchhandlungen am Neumarkt oder auf der Schildergasse, die letztens eine kleine Ecke mit Spielzeug eingerichtet hatten.

»Die Feier ist ausgefallen.« Jedenfalls für mich, dachte Susanne und erschrak über ihre Offenheit, auch wenn sie noch weit von der ganzen Wahrheit entfernt war.

»Das tut mir leid«, antwortete er, als ob er hinter ihre Fassade blicken könnte. Sie schwiegen einen Moment. Dann lächelte er sie an.

»Ich habe gesehen, dass das Schild *Zu vermieten* verschwunden ist.«

»Und darüber freuen Sie sich?«

»Nur wenn Sie der Grund sind.«

»Tja, dann dürfen Sie sich freuen!«

Und sie freute sich selbst über die Tatsache, dass sie als Hauptmieterin den Vertrag unterschrieben hatte. Bis auf Weiteres war es ihr Haus!

»Herzlichen Glückwunsch! Und verraten Sie mir, was Sie dort vorhaben?«

»Sobald es offiziell ist.«

Er streckte ihr seine Hand hin, und sie erwiderte seinen Händedruck, der angenehm warm und fest war.

»Dann auf gute Nachbarschaft. Ich bin übrigens Antonius Schmidtbauer.«

»Waren Ihre Eltern auch Buchhändler?«

»Nein, aber fromme Katholiken, die alles verlegt haben!«

»Freut mich, Herr Schmidtbauer.«

»Was? Dass meine Eltern so schusselig waren?«

»Nein, dass wir uns kennenlernen.«

»Ja, das freut mich auch.« Er sah sie aufmerksam an.

Susanne strich sich die Haare zurück und lächelte. Und bekam einen roten Kopf. Das war genau die Reaktion, von der jede *Brigitte* oder *Petra* behauptete, dass es ein Flirtindiz wäre, als passiere das ganz automatisch wie die Wehen vor einer Geburt. Dieser Gedanke ließ sie wieder nüchterner werden. Keine Ahnung, was ihr Unterbewusstsein da vorhatte, Susanne wollte sich nur freundlich unterhalten. Und ein neues Buch kaufen. »Könnten Sie mir noch einen richtig guten Schmöker empfehlen?«

»Aber natürlich. In welche Richtung?«

»Irgendwas mit Familiengeheimnissen.«

»Bösen oder tragischen?«

Sie sah, dass sich ein Wimpernhärchen von seinen Wimpern gelöst hatte und nun an seinem Wangenknochen festhing. Ob er Wünsche hatte, die sich erfüllen würden, wenn er die Wimper vom Finger pustete? Das war doch so ein alberner Aberglaube, noch keine der weggepusteten Wimpern hatte jemals ihre Wünsche erfüllt.

»Lieber tragisch.«

Ihre Eltern hatten das absolut Falsche getan. Sie hatte falsche Entscheidungen getroffen. Aber wirklich böse war niemand gewesen.

»Und möchten Sie, dass es am Ende versöhnlich ausgeht?«

»Natürlich möchte ich das! Aber nehmen Sie mir nicht die Spannung.«

Oh ja, sie wollte, dass diese Geschichte gut ausging! Ihre Geschichte!

»Das würde ich nie tun. Ich möchte Ihnen nur ein gutes Gefühl geben.«

Bevor sie nur ein Buch in der Hand hatte, war da schon ein wohliges Gefühl, das sie einhüllte wie ein Badehandtuch, nachdem sie zitternd aus dem See gestiegen war. Wie lange war sie nicht mehr schwimmen gewesen? Wie es wohl wäre, an einem heißen Sommertag mit ihm am See zu liegen?

»Alles in Ordnung? Ich wollte Ihnen nicht zu nahe treten.«

»Das tun Sie nicht. Es ist einfach so, dass ich wirklich etwas Ablenkung und ein gutes Gefühl brauche.«

In diesem Moment kamen zwei Kinder mit Schulranzen auf dem Rücken in die Buchhandlung und hauten mit ihren viereckigen Scout-Ranzen fast die Bücher vom Tisch, als sie sich umdrehten. Zwei Mütter kamen hinterher.

»Karin! Stefan! Seid vorsichtig! Die Bücher dürfen nicht beschädigt werden!«, schimpfte eine der beiden und raunte dann der anderen zu: »Heute sind die beiden unausstehlich. Wenn ich nicht wüsste, dass heute Nacht Vollmond ist und sie dann immer bekloppt sind, würde ich sie sofort zur Adoption freigeben.«

Susanne wich den neuen Kunden aus und nickte Antonius Schmidtbauer zu, um sich zu verabschieden.

»Vielleicht komme ich morgen noch mal wieder, ich möchte Sie nicht aufhalten.

»Nein, das tun Sie nicht. Wo waren wir stehen geblieben? Ach ja, bei tragischen Familiengeheimnissen.«

* * *

Als Carola mit Susanne und Ella in Dr. Kramers Büro saß, dachte sie, dass sie ihr Vorhaben gestern lieber hätte für sich behalten sollen. Manchmal waren Geheimnisse eben doch gut. Aber sie hatte nicht anders gekonnt, als ihrer Schwester von ihren Plänen zu erzählen.

»Aber dann hast du ja noch weniger Zeit für die Familie. Und außerdem ist das Risiko viel zu hoch. Stell dir mal vor, ihr sitzt demnächst auf der Straße, weil ihr die Miete nicht bezahlen könnt!«

Carola hatte sich nicht verkneifen können, dass das kein Problem wäre, dann würden sie eben mit Sack und Pack bei ihr einziehen. Heikes entsetzter Gesichtsausdruck war es jedoch nicht wert gewesen, dass Carola jetzt selbst von Zweifeln geplagt wurde.

»Meine Damen, was führt Sie zu mir?«

Dr. Kramer saß ihnen an seinem wuchtigen Schreibtisch gegenüber, hinter ihm die Wand voller Landschaftsbilder. Berge. Schluchten. Endlose Wälder. Auf einer Weihnachtsfeier hatte er mal erzählt, dass die Fotografie sein Hobby sei. Aber warum um alles in der Welt hing er die Bilder *hinter* sich auf? Damit die Besucher darauf starren konnten? Die Wand gegenüber von ihm zierte nur ein großer Jahreskalender, der einen Überblick über die Termine verschaffte. Seine Sekretärin stellte ein Tablett mit Kaffee und Keksen auf dem kleinen Tischchen ab, das zwischen dem Schreibtisch und den drei Hebammen stand.

»Wir möchten uns mit einer Hebammenpraxis selbstständig machen«, ergriff Susanne das Wort.

»Oh. Das heißt, Sie kündigen?«

»Natürlich innerhalb der Fristen. Wir könnten unsere Nachfolgerinnen noch einarbeiten.«

Carola überlegte, ob sie vielleicht doch anbieten sollte, wenigstens aushilfsweise im Krankenhaus weiterzuarbeiten. Falls ihre Pläne nicht aufgingen.

»Schade, ich schätze Sie alle drei sehr als Hebammen in unserem Krankenhaus.«

Carola betrachtete das Foto auf seinem Schreibtisch. Er hatte also auch drei Kinder. Und einen Hund. War wohl aber eher die Frau, die mit ihm Gassi ging, schließlich war Dr. Kramer immer hier.

»Ich hoffe, es liegt nicht an den Arbeitsbedingungen hier. Wir versuchen immer Rücksicht auf die Wünsche unserer Mitarbeiter zu nehmen.«

Das ging Carola viel zu einfach. Bot er ihnen etwa gleich eine Gehaltserhöhung an? Oder schlimmer noch, er ließ sie einfach ziehen, weil sie völlig austauschbar waren?

»Und das wissen wir zu schätzen«, übernahm Susanne das Wort. »Daher würden wir sehr gerne auch weiterhin mit Ihnen zusammenarbeiten. Wir haben ganz in der

Nähe eine passende Räumlichkeit gefunden, und sollten bei den werdenden Müttern Fragen auftauchen, für die sie einen Arzt brauchen, würden wir sie gerne an Sie überweisen.«

Dr. Kramer zog seine buschigen grauen Augenbrauen hoch. »Sie fangen aber nicht mit diesem Hausgeburtenquatsch an, und wir können dann die Folgen ausbaden?«, lachte er, als wäre das ein Witz.

»Wir fangen erst einmal mit der Schwangerenbetreuung und Vorbereitungskursen an.«

Sie hatten vorab abgemacht, dass Susanne die Gesprächsführung übernehmen würde. War wohl besser, dachte Carola. Ella sagte die ganze Zeit nichts, sondern nickte oder lächelte nur immer wieder. Und sie selbst wäre jetzt am liebsten vorgeprescht, dass sie nicht nur Hausgeburten betreuen würden, sondern Kölns erstes Geburtshaus gründen würden!

»Erst einmal? Werden Sie nicht übermütig!«, meinte Dr. Kramer jovial.

Susanne lächelte zurück. Mit einem Pokerface, als wäre sie darin geübt, Geheimnisse für sich zu behalten.

Aber es war kein Geheimnis! Es war nur ihre eigene wunderbare Idee, die geschützt werden musste, bis es so weit war! Und sie waren darüber niemandem Rechenschaft schuldig, solange sie die Verantwortung übernahmen!

»Keine Sorge, Herr Dr. Kramer, das Wohl der werdenden Mütter steht für uns an allererster Stelle. Und ambulante, außerklinische Geburten stehen dem nicht im Wege.«

Dr. Kramer schüttelte den Kopf. »Ich kann mir kaum

vorstellen, dass allzu viele Frauen das Risiko eingehen möchten.«

* * *

Susanne fühlte sich hellwach und aufgedreht, obwohl sie die letzte Nacht nur drei Stunden geschlafen hatte. Daran war zum einen das Buch schuld, das Antonius Schmidtbauer ihr verkauft hatte. Sie hatte gelesen, bis ihr die Augen immer wieder zufielen. Und zum anderen war sie aufgeregt. Die Kündigung schaffte Tatsachen. Und sie fragte sich, ob sie Ella und Carola nicht zu viel zugemutet hatte. Carola hatte eine Familie zu ernähren. Und Ella war noch sehr jung und durfte sich ihre Laufbahn nicht verbauen. Dennoch fühlte es sich gut an, die Verantwortung zu übernehmen. Nun mussten sie die Hütte nur voll bekommen. Flyer in Praxen auslegen, in Kindergärten, vielleicht sogar in Schulen. War es nicht ohnehin vernünftig, die Schüler frühzeitig auch über Geburten aufzuklären? Sex war dank der *BRAVO*-Hefte immer weniger ein Tabu, Geburten dagegen schon. Susanne, Ella und Carola liefen durch den Garten, der hinter dem Krankenhaus lag. Mit Café und Raucherecke.

»Was ist, wenn wir tatsächlich mal danebenliegen und das Wohl einer Mutter gefährden? Und einen Fehler machen?«, fragte Ella.

»Wir sind Menschen! Alle machen mal Fehler. Auch Ärzte«, sagte Carola.

»Aber unter der Geburt können Fehler schreckliche Folgen haben«, fuhr Ella fort, und auf ihrer sonst so jugendlich glatten Stirn bildete sich eine Falte.

»Genau deshalb gründen wir das Geburtshaus. Um einen Raum zu schaffen, in dem wir die Frauen wirklich durch die Schwangerschaft begleiten können. Sie und ihre Kinder kennen- und damit besser einschätzen lernen. Und wir werden uns die Krankenhäuser in der Nähe als Rückhalt an die Seite stellen. Auch auf den Geburtsstationen sind nicht immer Ärzte verfügbar.«

»Ella, du hast doch selbst erst letztens über die Geburt erzählt, die so schiefflief, weil du die Frau nicht wirklich kanntest und Dr. Hofert übertrieben reagiert hat«, ergänzte Carola.

»Meint ihr, ich bin zu ängstlich?«, fragte Ella unsicher.

»Nein!«, sagte Susanne vehement. Sie glaubte an Ella und war sich sicher, dass sie ihre Unsicherheit immer mehr ablegen würde.

»Ja! Geburten sind ein absolut natürlicher Vorgang, der umso besser läuft, je mehr man die Frauen in Ruhe lässt«, widersprach Carola.

»Und wozu sind wir dann überhaupt gut?«, fragte Ella.

»Damit wir den Frauen die Sicherheit geben, dass sie auf ihren eigenen Körper vertrauen können.«

Susanne wusste immer mehr, dass diese Mission notwendig war. Wie schlimm war es noch zu Beginn ihrer Ausbildung als Hebamme gewesen, damals wurden auch mal mehrere Frauen in einen Kreißsaal gesteckt. Die spanischen Wände zwischen den Betten bewahrten vielleicht vor Blicken, aber das Stöhnen und Schreien bekam jeder mit. Eine Gebärende in einem frühen Stadium könnte doch nur verkrampfen, wenn sie rechts und links von sich Geschrei hörte. Wenn das nicht durch irgendwelche Mittel unterbunden wurde. Dank Wehenhemmern oder auch dem Wehentropf wurden die Geburten den Dienstplänen der Ärzte angepasst. Seit den Siebzigern hatte sich vieles zum Besseren gewandelt, aber der Idealform einer selbstbestimmten Geburt entsprach das alles kein bisschen. Und dennoch taten viele Ärzte so, als wäre die Geburt eines Menschen bis vor Kurzem ein barbarischer Akt gewesen. Ja, manchem wäre es wohl lieber, Menschen würden produziert wie in *Schöne neue Welt*.

* * *

Für diese drei Neugeborenen wäre der Start in einem Geburtshaus nicht möglich gewesen, und auch vor der Kaiserschnittgeburt hatten alle gezittert – die Drillinge mussten nach einem vorzeitigen Blasensprung geholt werden. Als Dr. Kramer den dritten Säugling aus der Gebärmutter herauszog, atmeten alle erleichtert auf. Die Mutter war noch unter Vollnarkose, und Dr. Kramer schickte Ella nach draußen, um dem Vater die frohe Botschaft zu überbringen.

Als sie wieder hineinwollte, um die Kleinen zu versorgen, denen jeder Babyspeck fehlte und die noch eine Zeit im Brutkasten würden aufwachsen müssen, stieß sie mit Dr. Hofert zusammen.

»Ella, ich habe es mitbekommen, alle drei sind wohlauf!«, er strahlte, als habe er befürchtet, es könnte anders ausgehen.

»Ja, sie sind zwar winzig, aber kleine Kämpfer. Zwei Mädchen und ein Junge. Der wird es schwer haben«, meinte Ella lachend, die sich auch immer einen Bruder gewünscht hatte, aber mit ihren zwei manchmal sehr anstrengenden Schwestern vorliebnehmen musste.

»Hoffen wir, dass er nicht so ein Rüpel wird wie ich!«

Ella stutzte. »Wie meinen Sie das?« Sie beschleunigte ihre Schritte, schließlich wurde sie im Kreißsaal gebraucht.

»Ich habe mich Ihnen gegenüber im Ton ziemlich vergriffen letztens.«

»Sie waren nur besorgt.« Sie wollte gerade die Tür zum Kreißsaal öffnen, da fasste er sie an der Schulter. Die harmlose Berührung ließ sie erschauern.

»Ich möchte es wiedergutmachen.«

»Dafür reicht Ihre Entschuldigung.«

Sie würden ohnehin bald nicht mehr zusammenarbeiten. Und sie hatte nicht vor, ihre Pläne mit ihm zu diskutieren. Und noch weniger hatte sie vor, auf ihren Körper zu reagieren, der diesen Mann anscheinend für äußerst geeignet zur Familiengründung hielt. Innerlich musste sie grinsen.

»Bei einem Essen? In der Mittagspause morgen?«

Sie hielt ihm die Tür auf, was er anscheinend nicht kapierte, weil er sie fast wieder zufallen ließ, bevor er mit in den Raum geschlüpft war. Ob er ihr »Vielleicht« gehört hatte, wusste sie nicht.

Doch während sie mit der Kinderschwester Antje die Babys vorsichtig badete und dann eins nach dem anderen in die Hände des jungen Kinderarztes legte, konnte sie nicht anders, als sich vorzustellen, dass es ihre gemeinsamen Kinder wären. Dabei sagte ihr Verstand ihr, dass sie niemals mit einem Mann Kinder wollte, der ihr so wenig zutraute und sie behandelt hatte wie ein Dummchen. Halt, sagte sie sich. Er wollte sich entschuldigen. Er hatte seinen Fehler eingesehen. Und wir machten alle Fehler.

* * *

Susanne hätte Ella am liebsten gewarnt. Mit den Ärzten anzubändeln kam fast immer einem Fehler gleich. Und sie wusste nicht, ob sie diesem Dr. Hofert trauen durfte. Er genoss es offensichtlich, dass fast alle Frauen ihn anhimmelten, und hielt sich für ziemlich unfehlbar. Darüber konnte auch nicht seine Entschuldigung hinwegtäuschen. Susannes Meinung nach nutzte er sie nur als Vorwand, um sich mit Ella zu treffen. Und überhaupt, die Mittagspause nutzten doch eher Männer, die liiert waren und unauffällig baggern wollten. Carola war für ihn in die Bresche gesprungen und hatte gemeint, er trage keinen Ehering. Und bei ihrer Bemerkung, Susanne sei nur so vorsichtig, weil sie ein schlechtes Männerbild habe, hatte Susanne sich auf die Zunge gebissen, schließlich hatte sie andere Baustellen als das Thema Männer. Auch heute hatte sie ihre Freizeit wieder dazu genutzt, Flyer in den Frauenarztpraxen zu verteilen, und da sie an ihrem freien Tag immer noch ein Paket Flyer und Stunden Zeit hatte, klapperte sie wieder einmal ein paar Schulen ab. Und nachdem sie ganz bewusst erst alle anderen Schulen angefahren hatte und eben nicht das Wilhelm-Busch-Gymnasium, an dem ihre Tochter vermutlich Schülerin war, hatte sie keine Ausrede mehr, es nicht zu tun.

Sie lief die Stufen zu dem wuchtigen Betongebäude hoch, das eher so aussah, als würde man hier mit Wissen erschlagen statt Wissen vermittelt. Wie jung all diese

Menschen im Atrium waren, die sich so lässig umschauten, als hätten sie längst kapiert, worum es im echten Leben ging. Immer noch waren die Röhrenjeans modern, von denen Susanne sich einmal eine im *Jeanspalast* auf der Schildergasse gekauft hatte. Sie traute sich aber kaum, den Mädchen, die sie ansprach, ins Gesicht zu schauen, nachher war eine von ihnen noch Julia.

»Entschuldigung, könntet ihr mir sagen, wo das Sekretariat ist?«, wendete sie sich an eine Gruppe Schüler.

»Ich zeige es Ihnen gerne«, sagte eine hübsche Blonde im Karohemd, die definitiv nicht Julia war.

Susanne folgte ihr und sah sich einer mürrischen Sekretärin gegenüber.

»Was gibt es?«

»Entschuldigen Sie, ich bin Hebamme im St.-Laurentius-Krankenhaus und mache mich mit Kolleginnen mit einer Hebammenpraxis selbstständig. Gerne würde ich …«

»Hören Sie auf! Das Letzte, was wir hier wollen, sind schwangere Teenager! Das muss doch heute nun wirklich nicht mehr sein!«, knurrte die Frau, als hätte Susanne persönlich dafür sorgen wollen, dass sie neue Kundschaft bekam.

»Hören Sie, Frau Kurtenbach!« Susannes Augen waren zum Glück gut genug, das Schildchen an der Bluse der Sekretärin zu entziffern. »Mir geht es eher darum, die Mädchen und auch Jungs nicht nur darüber aufzuklären, was es bedeutet, Kinder zu bekommen, sondern auch dafür zu sorgen, dass sie bei uns immer ein offenes Ohr finden. Ich glaube, wenn ich eine Stunde Biounterricht zum Thema Schwangerschaft übernehme, dann gehen die Jugendlichen verantwortungsvoller mit dem Thema Sexualität um!«, improvisierte Susanne. Das war überhaupt die Idee! Gegen eine Spende für das Geburtshaus würde sie regelmäßig Stunden in Schulen anbieten! Sowas hätte ihr früher mit Sicherheit mehr geholfen als der trockene Biounterricht.

»Ah, verstehe, Sie erzählen Horrorgeschichten aus dem Kreißsaal, damit die jungen Froilleins sich kein Kind andrehen lassen. Na, zeigen Sie mal die Flyer, auf ein paar mehr oder weniger an der Infotafel kommt es hier ja auch nicht mehr an.«

Sie grapschte nach den Flyern, und Susanne hoffte, sie würden nicht direkt im Papiermüll landen.

* * *

Ella hatte ihre Hebammentracht im Spind verstaut, stand nun im Foyer des Krankenhauses und wartete auf Dr. Hofert. Sie hatte eine hübsche, aber hochgeschlossene Bluse zu ihrer Stonewashed-Jeans gewählt und die Haare mit einem Haarreif gebändigt, als wollte sie zeigen, dass sie die Situation unter Kontrolle behalten würde.

Auch er hatte den Arztkittel abgelegt und sah in Jeans und Hemd wirklich gut aus.

»Ella, wie schön, dass Sie hier sind! Sollen wir?« Er steuerte den Ausgang an.

»Nicht in unsere hauseigene Kantine?«, fragte sie, als wäre es absurd, dass sie beide sich außerhalb der Krankenhauswelt begegnen könnten.

»Nein, ich muss jetzt nicht hundert Kollegen begegnen.« Ob es wirklich ein Geheimnis bleiben sollte, dass sie sich trafen? Sie schielte noch einmal unauffällig nach seiner rechten, unberingten Hand. Wobei das nichts heißen musste. *Ella, bleib locker, es geht hier nur um ein nettes Entschuldigungsessen unter Kollegen*, sagte sie sich.

Und nett war das Lokal, in das er sie führte, tatsächlich. Ein kleines Bistro um die Ecke, das auf jedem Tisch hübsche Fliedersträuße stehen hatte, sodass es herrlich duftete. Es gab Crêpes und Salate, Waffeln und Kuchen. Er zog den Stuhl für sie beiseite, und hätte sie einen Mantel getragen, hätte er ihn ihr abgenommen. Ella war froh, dass es warm war, weil sie nicht wusste, ob sie diese Geste mochte. Irgendwie kam ihr das in Zeiten der Emanzipation albern vor.

»Hier ist es wirklich wunderschön, Herr Dr. Hofert«, sagte sie und schlug die Beine übereinander.

»Eigentlich ist es unfair, dass ich Ella zu Ihnen sage und Sie mich Dr. Hofert nennen. Alle nennen die Schwestern beim Vornamen, aber die Ärzte nicht«, erwiderte er und setzte sich lächelnd.

»Sie können mich gerne Frau Valero nennen.« Sie grinste ihn an. Er schien die alten Strukturen also auch zu hinterfragen.

»Oder Sie mich Christoph«, gab er grinsend zurück.

»Meinen Sie nicht, das würde auf der Station für Fragen sorgen?«, forderte sie ihn heraus.

Die Kellnerin brachte die Karte, und Ella überlegte, wie viel Geld sie eingesteckt hatte. Zehn Mark für ein paar Pfannkuchen! Andererseits wollte er sie doch einladen. Als Entschuldigung. Sicherheitshalber entschied sie sich jedoch für den preiswerten Apfelcrêpe statt für den mit

Lachs und Spinat, auf den sie viel mehr Appetit gehabt hätte. Ausgerechnet den bestellte sich ihr Gegenüber!

»Vielleicht ist mir das ja egal?«, antwortete er, als die Kellnerin die Bestellung entgegengenommen hatte.

»Ich finde es gut, dass Sie Ihr Verhalten auf der Geburtsstation infrage stellen«, leitete Ella über, doch Dr. Hofert legte kurz seine Hand auf ihre.

»Ich habe eine Bitte, können wir heute über nichts reden, was mit Geburt oder Krankenhaus zu tun hat? Ich träume nachts schon von schreienden Babys. Ich möchte einfach eine nette Zeit hier mit Ihnen verbringen und mein Verhalten wiedergutmachen.«

Genau über dieses Verhalten und seine Einstellung, die dazu geführt hatte, wollte Ella mit ihm am liebsten reden. Auf Augenhöhe mit ihm darüber diskutieren, damit sie beide dazulernen konnten. Andererseits war es einfach verführerisch, sich mit einem attraktiven Mann zu treffen und eben keine Arbeitsprobleme zu diskutieren.

»Gut, ich möchte nicht an Ihren Albträumen schuld sein, dann lass uns heute über alles andere als die Arbeit im Krankenhaus reden … Christoph.« Sie musste lächeln, so gewagt klang es, diesen Mann zu duzen.

* * *

Nach und nach erwachte die Cranachstraße 21 aus ihrem Dornröschenschlaf. Susanne bewachte den Schlüssel zu dem Altbau wie einen heiligen Gral. Und jede freie Minute nutzten die drei Frauen, um das Haus zu renovieren und an ihrem Konzept zu feilen. Antonius Schmidtbauer hatte mehrmals seine Hilfe angeboten, doch die einzige Hilfe, die Susanne annahm, waren ein paar Bücher mit Titeln wie *Handwerkern leicht gemacht* und *Selbst ist der Mann*. Hier hatten sie auch eine gute Anleitung gefunden, wie sie den neuesten Schrei auf die Wände bekamen, die Schwammtechnik. Da musste die mandarinenfarbene Grundierung auch nicht perfekt sein, da sie sowieso auf der ganzen Wand mit Farbe getränkte Schwämme in einem etwas dunkleren Ton andrückten. Andreas packte auch immer wieder mit an, aber meist bestand seine Unterstützung darin, Carola den Rücken freizuhalten, indem er die Kinder bändigte – und jede Menge Computer spielen ließ. Alles in Gelb und Schwarz und mit viereckigen Konturen, wie Carola Ella und Susanne seufzend erzählte, als habe sie ein schlechtes Gewissen, dass *Digger* und *Kings Quest* ihre Kinder für immer verderben könnten.

Die Thermoskanne Kaffee und die Krapfen, die Antonius Schmidtbauer ihnen in diesem Augenblick brachte, nahm Susanne gerne entgegen und verteilte orange Farbe in ihrem Haar, als sie sich die Strähnen aus dem Gesicht wischte, bevor sie das Tablett mit beiden Händen festhielt und versuchte, die Balance zu halten, damit die schwere Kanne nicht runterkippte …

»Danke, genau das, was jetzt guttut!«

»Gerne, seit Sie die ganze Zeit renovieren, kaufen Sie gar keine neuen Bücher mehr. Ist also reiner Egoismus, wenn ich Ihnen wenigstens mit einem Kaffee helfe, schneller fertig zu werden.« Er lächelte sie an. Susanne gestand sich immerhin selbst ein, dass sie seine Gegenwart und jedes Lächeln genoss. Sie mochte ihn. Sehr sogar.

»Also ich hätte nichts dagegen, wenn Sie auch kurz mit

anpacken, die Schränke aufzustellen«, mischte sich Carola ein, nachdem sie gierig eine Tasse heißen Kaffee getrunken hatte, »ich bin schon froh, wenn ich hier Feierabend machen kann, meine Kinder sehe ich gerade kaum noch!«

Antonius Schmidtbauer krempelte die Ärmel hoch. »Na klar, ein paar Minuten länger wird es der Buchladen auch ohne mich aushalten.«

»Das wäre wirklich nett!« Susanne konnte nicht umhin zu bemerken, dass sich einige Muskeln abzeichneten, als er den wuchtigen Holzschrank gemeinsam mit Carola und ihr anhob. Ella schob schnell noch ein paar Filzgleiter unter die Füße des Schranks, damit der Parkettboden nicht zerkratzt wurde.

»Super, der steht schon mal, aber nun möchten wir Sie auch nicht länger von der Arbeit abhalten.« Susannes Herz pochte von der körperlichen Anstrengung.

»Gern geschehen. Und falls Sie nicht mehr zum Lesen kommen, ich habe auch ein paar Hörbücher auf CD, die kann man auch nebenbei hören.«

»Vielleicht eine schöne Alternative.«

»Nun dann.«

Sie schauten sich an. Unsicher. Und gleichzeitig sehr sicher. So als wäre es der selbstverständlichste Schritt, sich nun auch einmal zu verabreden.

»Nun denn.«

»Na, dann gehe ich jetzt mal an die Arbeit, die Kanne können Sie gerne später zurückbringen.« Er deutete eine Verbeugung an und verließ den Raum, nicht ohne sich noch einmal nach Susanne umzudrehen.

»Susanne, bist du eigentlich taub und blind?« Carola

hatte was von einem Känguruweibchen mit der am Bauch ausgehöhlten Latzhose, die sie mangels neuer Schwangerschaften nur noch für Dreckarbeit aus dem Schrank holte.

»Nö. Alle Sinnesorgane funktionieren bestens. Und wenn ich auf die Uhr schaue, sollten wir uns beeilen, fertig zu werden, bevor die Sonne untergeht. Nächste Woche kommen die ersten Interessentinnen, und in einem Monat feiern wir Eröffnung!« Susanne räumte Abdeckfolie und Klebestreifen zusammen und stopfte sie in eine große Mülltüte.

»Lenk nicht ab. Dieser wirklich attraktive Mann will was von dir. Und du bist Mitte dreißig. Wenn du noch mal selbst erleben willst, wie es ist, ein Kind zu haben, könnte es ja nicht schaden, sich mal umzuschauen«, plapperte Carola drauflos. Susannes Miene verfinsterte sich.

»Carola, nicht jede Frau möchte Kinder«, sagte Ella ganz sanft, was Susanne fast die Tränen in die Augen trieb. Sie stopfte weiter Müll in den Sack, bis er riss und ein Teil des Inhalts wieder herausquoll.

»Und vor allem möchte keine Frau gesagt bekommen, was sie zu wollen hat! Ich habe kein persönliches Interesse an Antonius Schmidtbauer. Keins. Und auch an keinem anderen Mann!«

»Nie?«, fragte Carola verblüfft.

»Carola, nicht jede Frau …«, fing Ella wieder an.

»Stopp! Es reicht! Ich möchte im Moment einfach keine Beziehung. Und ich habe keine Lust, darüber zu reden.«

Susanne riss einen zweiten Müllbeutel auf, wobei sie ihn versehentlich in zwei Teile riss. Wie sollten sie hier aufs Engste zusammenarbeiten, wenn sie sich nicht vollkommen vertrauten? Obwohl ihr Vertrauen kein Maßstab war. Sie konnte über diese Sache einfach mit niemandem reden, ganz egal, wie vertrauenswürdig er oder sie war.

»Es tut mir leid.« Carola öffnete einen neuen Müllbeutel routiniert, und er blieb ganz, als sie ihn Susanne reichte.

»Kein Problem. Lasst uns einfach den Kaffee trinken, solange er noch heiß ist.« Susanne hängte den neuen Müllbeutel an die Türklinke und setzte sich auf den Boden.

Als sie fertig waren, schlug Susanne Carolas Angebot aus, das Tablett mit der leeren Kanne rüberzubringen. Sie wollte zwar keine Beziehung mit dem Buchhändler, aber sie wollte ihn auch nicht vor den Kopf stoßen. Aber da er längst weg war, als sie das Tablett vor die verschlossene Tür stellte, war es im Grunde egal gewesen, wer es zurückgebracht hatte.

»Frau Winter!«

Sie guckte nach oben und sah den Buchhändler aus dem Fenster schauen.

»Warten Sie!« Bevor sie antworten konnte, war er verschwunden. Bald darauf hörte sie Schritte, die Tür öffnete sich, und er strahlte sie an. Also freute er sich wirklich, sie auch außerhalb der Öffnungszeiten zu sehen.

»Danke für den Kaffee und die Krapfen. Das hat gutgetan.« Er war einfach ein so netter Mensch. Wahrscheinlich war seine Buchhandlung deshalb so gut besucht, weil jeder sich in seiner Nähe wohlfühlte.

»Gern geschehen!«

Er stand im Hausflur und sie auf dem Bürgersteig.

»Und Sie haben recht, ich brauche dringend neuen Lesestoff.«

Mit diesen Worten wollte sie sich verabschieden, doch er trat heraus und griff nach dem Schlüssel in seiner Hosentasche.

»Wenn Sie möchten, suchen Sie sich gerne jetzt was aus. Kein Buch mehr zum Lesen zu haben ist schrecklich.«

Sie folgte ihm in die dunkle Buchhandlung, die nach bedrucktem Papier roch. Was ihr bewusst werden ließ, dass sie einen Dunst von Farbe und Schweiß verbreiten musste. Sie blieb ein ganzes Stück hinter ihm und blinzelte mit den Augen, als das Licht sie auf einmal blendete.

»Womit kann ich Ihnen diesmal eine Lesefreude bereiten?«

Nun, vielleicht mit einem Buch über eine verwirrte Frau? Eine, die einen neuen Weg beschreiten wollte und versuchte, den alten Schmerz unter der Begeisterung für den Neuanfang zu begraben? Eine, die sich nicht scheute, anderen in Momenten beizustehen, in denen es um Leben und Tod ging? Die aber selbst vor einem Teil des Lebens davonlief, als habe sie sich das Recht verwirkt, selbst glücklich zu sein? Einen Partner zu finden, der mit ihr durchs Leben ging? Einen besten Freund und Liebhaber zugleich? Einen, mit dem sie alles teilen konnte, was sie bewegte? Ach, könnte er doch Gedanken lesen! Und könnte ein Buch nur ihre Seele heilen.

»Haben Sie ein Buch, das glücklich macht? Das mir erklärt, wie das Glück funktioniert?« Frage mich jetzt nicht, ob ich unglücklich bin! Susanne lächelte, obwohl sie sich gerade am liebsten in seine Arme geworfen hätte, um sich auszuweinen.

»Ich wäre ein schlechter Buchhändler, wenn ich behaupten würde, dass ich darauf so schnell eine Antwort hätte. Ich werde darüber nachdenken.«

Und dabei sah er sie so traurig an, dass sie wusste, dass er selbst noch auf der Suche war.

* * *

»Christoph, ich würde gerne mal mit dir über unsere Arbeit sprechen!« Ella verbrachte wieder einmal ihre Pause mit dem Kinderarzt, der nach wie vor Gesprächen über ihre Arbeit aus dem Weg ging. Sie spazierten um den Block, Hebammentracht und Arztkittel hingen im Spind. An der Ecke an der Ampel stand ein Kasten vom *EXPRESS*, aus dem man sich Zeitungen nehmen konnte, wenn man eine Mark in den Automaten warf. Die Schlagzeile galt Christoph Daum. Der Trainer hatte es geschafft, dass der 1. FC Köln zur ernsten Konkurrenz für den FC Bayern München herangewachsen war.

»Und ich würde dich gerne mal küssen.«

Nicht dass Ella nicht selbst schon davon träumte, aber in ihren Träumen standen sie dabei nicht an einer roten Ampel. Ihr Blick war ihm wohl Antwort genug. Er nahm ihr Gesicht in seine Hände und küsste sie ganz sanft, aber doch bestimmt. Ein wohliger Schauer durchfuhr sie bis zu den Zehenspitzen. Und doch löste sie sich von ihm.

»Wow. Das kam überraschend.«

»Wirklich?«

Es war grün, und die Leute liefen auf die andere Seite. Nur sie blieben stehen.

»Na ja, nicht ganz. Ich weiß nicht, ob wir das überhaupt dürfen.«

Sie philosophierten während ihrer Gespräche zwar über Gott und die Welt, aber so wirklich viel wusste sie über Christoph ganz persönlich nicht. Und in der Gegenwart der anderen Krankenhausmitarbeiter fielen sie mit einem verschmitzten Lächeln ins Siezen zurück.

»Wir müssen es ja nicht öffentlich machen.«

Ella seufzte. Ein harmloser Kuss, der Fragen aufwarf. Warum konnte sie es nicht einfach genießen? Weil die meisten Beziehungen unter Ärzten und Schwestern oder eben Hebammen von Anfang an völlig ungleich waren. Und der Frau entweder den Ring am Finger oder nur blöde Sprüche der restlichen Belegschaft einbrachten. Es wurde dann schnell kompliziert. Und einmal hatte sie sich wirklich Hoffnungen gemacht, und der Arzt hatte sie umworben, als wäre sie seine große Liebe. Sie war heilfroh, dass nicht mehr als ein Kuss passiert war, als sie ausgerechnet von einer anderen Hebamme gesteckt bekam, dass er Frau und zwei Kinder zu Hause hatte. Einen Ring hatte er genauso wenig getragen wie Christoph. Aber ihm deshalb ebenfalls zu unterstellen, sie an der Nase herumzuführen, war unfair.

Sie nahm seine Hände in ihre.

»Christoph, bald kann es uns egal sein, was die anderen denken, weil ich gekündigt habe. Wir gründen eine Hebammenpraxis. Susanne, Carola und ich. Und deshalb möchte ich auch mit dir über unsere Arbeit reden!«

»Dann ist das also kein Gerücht.«

Sie hatten Dr. Kramer darum gebeten, es erst einmal für sich zu behalten, bis alles offiziell wäre.

»Nein, in weniger als einem Monat ist die Eröffnungsfeier. Und ich würde mich freuen, wenn wir in Notfällen auf deine Hilfe bauen könnten.«

»Ella, eine hübsche Hebammenpraxis für die einfachen Voruntersuchungen und Babykurse ist bestimmt schön, aber Notfälle haben da nichts zu suchen! Ich hoffe, ihr kommt nicht auf die Idee, auch noch ambulant Geburten zu betreuen.«

So wie er redete, war das Thema wohl schon Teil des Flurtratsches.

»Erst einmal fangen wir mit der Vorbereitung an.«

»Ella! *Erst mal!* Du weißt doch selbst, wie schnell ihr bei einer Geburt die Kontrolle verlieren könnt. Eine Geburt ist kein Waldspaziergang, sondern ein medizinischer Fall.«

»Nein, eben nicht, die allermeisten Mütter und Kinder brauchen gar keine medizinische Hilfe!«

»Aber ohne unseren Fortschritt hätten wir es niemals geschafft, die Kinder- und Müttersterblichkeit gegen null zu senken! Es ist auch bei uns gar nicht so lange her, dass es ein Glücksspiel für die Mutter war, eine Geburt zu überleben.«

»Vielleicht, aber zu diesen Zeiten lagen auch ganz andere Sachen im Argen. Viele der Mütter, die gestorben sind, lebten vorher in sehr ärmlichen Verhältnissen. Und es gab eine Zeit, da sind die Mütter vor allem im Krankenhaus am Kindbettfieber gestorben, weil die ach so weite Medizin Händewaschen für überflüssig hielt.«

Ja, Ignaz Semmelweis, der die einfache Hygieneregel gefordert hatte, dass Ärzte sich zwischen jeder Untersuchung die Hände mit Seife waschen sollten, war sogar für verrückt erklärt worden. Er wollte sich nicht mit der hohen Müttersterblichkeit abfinden, die in den 1840er-Jahren in dem Krankenhaus in Wien herrschte, in dem er arbeitete. In dem Spital gab es zwei Entbindungsstationen, eine wurde von Hebammen, die andere von Ärzten geführt, und bei den Ärzten verstarben viel mehr Mütter. Semmelweis fand den Grund: Die Ärzte wechselten zwischen Autopsien und Entbindungen, ohne sich dazwischen die Hände zu waschen.

»Der Vergleich hinkt. Heute wissen wir mehr. Geburten außerhalb des Krankenhauses sind ein unnötiges Risiko. Punkt.«

Punkt? Ella konnte nicht fassen, wie stur Christoph in diesem Punkt war! »Es gibt Untersuchungen darüber, dass es Kindern und Müttern nach außerklinischen Geburten genauso gut geht. In Holland zum Beispiel kommen die meisten Kinder zu Hause zur Welt.«

Wieder lief ein Schwung Menschen an ihnen vorbei auf die andere Straßenseite.

»Ella, willst du wirklich die Verantwortung dafür übernehmen, wenn etwas schiefläuft?«

»Im Krankenhaus passieren auch Fehler.«

»Ja, aber es läuft alles unter engmaschiger Überwachung. Es kann jederzeit eingegriffen werden. Und rein rechtlich sind wir im Krankenhaus auf der sicheren Seite, wenn das Schicksal einer Gebärenden übel mitspielt.«

»Ach, dann ist es Schicksal, und bei uns wäre es unsere eigene Fahrlässigkeit?« Ella verschränkte die Arme vor der Brust und fragte sich, wie die Situation vom romantischen Kuss nur so schnell in eine Diskussion abdriften konnte.

»Ja, so sind nun einmal die Umstände. Sei doch froh, dass wir nicht mehr im Mittelalter leben. Da war das Überleben wirklich Schicksal!«

Obwohl es sommerlich warm war, fröstelte es Ella.

»Unsere Mittagspause ist fast vorbei. Wir sollten den Rückweg antreten.« Unpünktlich zu sein wäre wirklich fahrlässig, dachte Ella, schließlich rechnete das Krankenhausteam mit ihnen, und gerade Oberschwester Hilde bestrafte Unpünktlichkeit gern mit den übelsten Schichten auf dem Dienstplan.

»Wir hätten nicht über die Arbeit reden sollen«, bemühte sich Christoph, die Wogen zu glätten.

Den Rest des Weges redeten sie überhaupt nicht mehr. Ella war wütend. Sie mochte ihn. Ja, sie hatte sogar geglaubt, verliebt in ihn zu sein. Aber jetzt dachte sie nur noch, was für ein Idiot da neben ihr herlief! Einer, der dachte, sein Arztkittel mache ihn automatisch zum weisen Mann! Einer, der ihr nicht zutraute, Geburten selbst zu betreuen. Einer, der Meinungsverschiedenheiten lieber ausschwieg.

Kurz bevor sie das Krankenhaus wieder erreichten, nahm Christoph sie an der Hand. Sie bemerkte sehr wohl, dass er sich vorher umschaute.

»Hey, du siehst süß aus, wenn du wütend bist.«

Ella löste ihre Hand aus seiner. »Lass das.«

»Ich mache mir doch nur Sorgen um dich. Du stellst gerade deine Zukunft aufs Spiel. Und die von Schwangeren und ihren Babys gleich mit. Glaube mir, die Arbeit auf einer Kinderintensivstation hat mir gezeigt, dass es nicht die Regel ist, dass alles gut geht.«

»Dr. Kramer hat uns zu unserem Schritt beglückwünscht.«

»Ja, er geht auch davon aus, dass es außer ein paar Hechelkursen und etwas Vor- und Nachbereitung nie etwas in eurer Praxis geben wird. Er meinte, die Krankenkasse wird sich querstellen. Wer kommt dann schon freiwillig?«

Dass sich schon einige Frauen zum Kennenlernen angemeldet hatten, verschwieg sie. Und das mulmige Gefühl im Bauch auch. Was war, wenn er recht hatte?

»Ella, du bedeutest mir etwas!«

✳ ✳ ✳

Susanne saß gemütlich in ihrem Lesesessel. Auf ihrem Schoß lag *Das Geisterhaus* von Isabell Allende, das Antonius Schmidtbauer ihr in die Hand gedrückt hatte – damit sie damit die Zeit überbrücken konnte, bis er das Buch gefunden hätte, dass sie glücklich machen würde. Häuser besaßen eine Seele. Davon war sie fest überzeugt. Alles in der Cranachstraße 21 flüsterte ihr zu, dass die starken Mauern sie umarmen würden, bis jedes Leben, das ihnen dort anvertraut war, seinen Weg gefunden hätte in eine neue Welt. Ihr Geburtshaus würde nach der Gebärmutter der zweite Kokon sein.

Durch das offene Fenster war Kinderlachen zu hören. Bei dem sommerlichen Wetter waren die Straßen voll von Kindern, die mit den Rädern durch das Viertel strolchten und ihr Taschengeld am Büdchen gegen ein Mini-Milk oder Flutschfinger tauschten. In wenigen Tagen war ihr erster Infoabend, den sie in mehreren lokalen Zeitungen inseriert hatten. Ob jemand kommen würde? Ein paar Nachfragen hatte es schon gegeben. Sie hielt die Stille nicht mehr aus, konnte sich nicht konzentrieren auf das Figurenensemble in dem Wälzer. Schaltete das Radio an. Konnte sich auch darauf nicht konzentrieren. Anstieg der Flüchtlingszahlen aus der DDR. Menschen, die nicht mehr im eigenen Land eingesperrt sein wollten und die Schlupflöcher über Ungarn nutzten, die sich auf einmal auftaten. Susanne konnte sich nicht vorstellen, wie die Bürger der DDR sich fühlen mussten. Sie selbst war theoretisch frei, verließ die Stadtgrenzen aber so gut wie nie. Aber nicht einmal die Option zu haben musste bedrückend sein. Dann der Wetterbericht. Es würde wechselhaft werden, mehr bekam sie nicht mit, denn das Telefon klingelte. Das Telefon, das seit dem Inserat öfter geklingelt hatte, weil sie Susannes Nummer für weitere Infos angegeben hatten. Sie würden eine Sekretärin im Geburtshaus brauchen oder einen Anrufbeantworter.

»Hebamme Susanne Winter?«

»Guten Tag, hier ist Sigrun Kurtenbach vom Wilhelm-Busch-Gymnasium. Sie hatten vor einiger Zeit Flyer hier abgegeben.«

Susannes Atem setzte einen Moment aus. Sie hatte schon ein paar Termine mit Schulen absolviert. Und auch wenn der Zweck ursprünglich gewesen war, Julia nahe zu sein, hatte sie direkt beim ersten Mal gespürt, dass es eine gute Idee war. Und dennoch – das hier war wie die wochenlange Organisation einer Party zu Schulzeiten. Ihre beste Freundin hatte damals einen bestimmten Jungen zu sich nach Hause einladen wollen, und damit das nicht auffiel, hatte sie die ganze Klasse zu einer Fete eingeladen.

»Ja, ich erinnere mich«, sie wickelte das Telefonkabel um ihren Finger, das sich kringelte wie eine Nabelschnur.

»Und nun will unsere Biofachschaft Sie gerne für so einen Vortrag buchen. Damit die jungen Herren und Frauen wissen, um was es geht!« Sie lachte dreckig.

»Sehr gerne, noch haben wir Kapazitäten frei.«

»Wir haben uns überlegt, dass wir einfach alle Oberstufenschüler in die Aula packen, statt das Ganze klassenweise zu machen. Ist dann auch billiger und schneller, als wenn Sie von Klasse zu Klasse wandern«, brummte die Schulsekretärin.

Susanne sah sich in Gedanken auf der Bühne stehen, die Leinwand für den Diaprojektor hinter sich, die Schülerschaft in der dunklen Aula vor sich. Höchstens die Gesichter in der ersten Reihe würde sie erkennen können.

»Natürlich, das können wir gerne so machen«, hörte sie sich sagen. Vielleicht war es besser so, wenn sie ihre Tochter nicht von Nahem sehen würde. Und wenn das Schicksal es so wollte, dann würde Julia der Vortrag so fesseln, dass sie selbst Hebamme werden wollte und sich direkt bei ihr vorstellte, um ein Praktikum zu machen. Ob sie das dann annehmen durfte? Was war, wenn Julia sie als ihre Mutter erkannte?

»Frau Winter, hören Sie mich noch?«

»Ja, natürlich. Haben Sie denn schon Terminvorschläge? Von mir aus gerne bald.«

Sie würde das erste Mal nach achtzehn Jahren mit ihrer Tochter in einem Raum sein. Mehr durfte sie nicht hoffen.

Erst mal. Alles andere musste sie dem Schicksal überlassen.

* * *

Heute war einer dieser Tage, an denen Carola nicht verstand, warum so viel Aufhebens um die Glückseligkeit der Elternschaft gemacht wurde. Vor der Arbeit hatte sie das Vergnügen gehabt, in der Schule Frau Bielstein gegenüberzusitzen, die sich über Stefanie beschwerte. Stefanies Klassenlehrerin trug eine exakt gebügelte Bundfaltenhose in dem Grauton ihrer kurzen Dauerwelle, die auch dann noch unbeweglich auf dem Kopf saß, wenn sie ihn missbilligend schüttelte. Carola nahm ihre Tochter als in sich gekehrtes, fantasievolles Mädchen wahr, das sich lieber Geschichten ausdachte und dazu Bilder malte, als mit Barbies zu spielen oder an Völkerballturnieren teilzunehmen. Die Klassenlehrerin ihrer Tochter sah das anders. Stefanie könne sich nicht in die Gruppe einordnen, sie habe Lernschwierigkeiten und drifte im Unterricht ab, sie sei linkisch und unbeholfen.

»Sie zuckt zusammen, wenn ihr jemand den Ball zuwirft. Da muss sie sich nicht wundern, wenn keiner sie in die Mannschaft wählt! Ein bisschen Anstrengung gehört schon dazu, wenn man in der Gruppe weiterkommen will! Und darauf, dass ihre Hausaufgaben und Materialien immer vollständig sind, müssten Sie als Mutter achten. Aber mir scheint, beides geht einfach nicht. Arbeiten und Kinder großziehen.« Frau Bielsteins Lippen kräuselten sich wie ein vertrockneter Regenwurm.

»Stefanie lebt nicht auf der Straße. Wenn ich nicht da

bin, ist mein Mann da und kümmert sich!«, hatte sie geantwortet und auf die Uhr geschaut, die über der Tafel im Klassenzimmer hing.

»Männer. Männer sind mit sowas überfordert. Das müssten Sie doch merken, wenn Sie denn mal zu Hause sind.«

Dass Andreas sich geweigert hatte, zum Sprechtermin zu gehen, passte zu der unverschämten Bemerkung der Lehrerin. Meine Güte, dass Männer ihren Frauen verbieten konnten, auswärts zu arbeiten, wenn der Haushalt und die Familie darunter litten, war ja nun schon zwanzig Jahre vorbei, aber die Lehrerin gehörte wohl zu denen, die die Zeit am liebsten zurückgedreht hätten. Carola hingegen hätte lieber vorgespult, sie hoffte, dass spätestens zum Jahrtausendwechsel das Thema Gleichberechtigung vom Tisch sein würde. Ja, Stefanie und Maike sollten es niemals als Nachteil empfinden, als Frau geboren worden zu sein! Und Thomas sollte das Glück haben, sich genauso um seine Kinder kümmern zu können wie seine Frau, wenn er mal eine hatte. Obwohl, Andreas machte auch nicht immer den Eindruck, als fühle er sich als feministisch orientierter Mann sonderlich befreit.

»Frau Bielstein, ich sehe in Stefanie ein kreatives, begabtes Mädchen, das uns viel Freude macht! Sie wird ihren Weg gehen!« Dass Stefanie erst heute Morgen gesagt hatte, dass sie ihre Familie hasse, vor allem weil sie sich mit Maike ein Zimmer teilen musste, schmälerte die grundsätzliche Freude an der Kinderschar, aber über sowas sprach sie ganz bestimmt nicht mit Frau Bielstein, die das Messer in der Wunde nur umdrehen würde.

»Wenn Sie das so sehen.«

»Ja, ich sehe das so!«

»Dann sorgen Sie dafür, dass Ihre Tochter ihre Begabungen auch in der Schule auslebt, im stillen Kämmerlein nützen sie niemandem was.«

Und auf dem ganzen Weg von der Schule zum Krankenhaus hatte Carola darüber gegrübelt, ob sie nicht doch eine schlechte Mutter war. Würden Thomas und Maike sich sonst dauernd streiten, was manchmal sogar so weit ging, bis einer einen Kratzer hatte? War es normal, dass Maike nachts mit fünf Jahren manchmal immer noch ins Bett machte? Hasste Stefanie ihre Familie wirklich, oder traute sie sich das nur zu sagen, weil sie wusste, dass die Liebe ihrer Eltern bedingungslos war?

Und Carola grübelte immer noch, während sie ihren Rundgang auf der Wöchnerinnenstation machte und sich die Sorgen der frischgebackenen Eltern anhörte. Ganz besonders regte sie das junge Paar auf, das gemeinsam auf dem Bett der Mutter saß und darauf bestanden hatte, dass das Baby in waschbare Stoffwindeln verpackt wurde.

»Wir wollen, dass Shirin-Lumina niemals mit schädlichen Chemikalien in Berührung kommt.« Das sagten sie nicht, sondern flüsterten sie nur, sodass Carola dreimal nachfragen musste. An sich war das ja ein lobenswerter Ansatz, aber heute hatte Carola einfach kein Verständnis dafür, dass Eltern es perfekt machen wollten.

»Sie können Ihr Kind nicht vor allem Schlechten schützen«, antwortete sie harsch und konnte sich selbst in diesem Moment nicht leiden.

»Ich bitte Sie! Was sind wir für Eltern, wenn wir es nicht wenigstens versuchen, solange es geht?«, fragte der frischgebackene Vater und hielt seinen Arm um seine Frau, als müsse er sie auch vor Carola schützen.

»Ganz normale Eltern sind Sie dann, ganz normale.«

Carola wäre beinahe in Tränen ausgebrochen. Und sie wollte ein Geburtshaus gründen? Es besser machen als der Krankenhausbetrieb, der kaum Zeit für die einzelne Frau hatte? Was war, wenn sie sich heillos überforderte? Eins aber wusste sie: Die Frage, ob es Stoffwindeln oder Pampers geben sollte, gehörte nun wirklich zu den geringsten Problemen des Elternseins. Diese Eltern der Neugeborenen meinten, sie müssten nur die ersten Nächte mit Geschrei, Windeln und Wundheilung überleben, dann hätten sie die Elternschaft gemeistert! Carola brauchte gar nicht in den Spiegel über dem Waschbecken an der Wand zu gucken, um zu wissen, dass ihre Lippen zum schmalen Strich geworden waren. *Ihr habt doch alle keine Ahnung!*, hätte sie am liebsten gerufen. Dieses junge Paar nicht; ihre Schwester Heike nicht, mit einem Kind, Hausfrau mit Putzfrau, die einmal die Woche kam; Susanne nicht, die zwar immer ein offenes Ohr für die Nöte anderer hatte, aber sich im Grunde doch nur um sich selbst kümmern musste; Ella nicht, die noch behütet in der eigenen Familie aufwuchs und dort Kind sein durfte. Sie alle hatten keine Ahnung, wie es war, schon lange aufgegeben zu haben, sein Bestes zu geben, sondern einfach nur überleben zu wollen.

Shirin-Lumina begann zu schreien, die junge Mutter begann sie zu schaukeln, und der Vater sah Carola vorwurfsvoll an, als hätte ihre Gegenwart die neue Erdenbürgerin verunsichert. Im Bett daneben lag eine Frau und heulte. Weder Mann noch Kind waren bei ihr.

»Alles in Ordnung?«, fragte Carola und fühlte sich dieser Frau näher als den perfekten Eltern, die zum Glück mit sich selbst beschäftigt waren.

»Geht schon«, lächelte sie. Ihre Haare waren frisch gewaschen, obwohl die Geburt erst zwei Tage her war, und sie hatte sogar Wimperntusche in einem knalligen Blau aufgetragen, was durch die Tränen jedoch nur schlimmer wirkte.

»Haben Sie irgendwelche Beschwerden? Ich müsste mir noch den Verlauf der Heilung anschauen«, ging Carola zum Praktischen über. Heulen nach der Geburt war völlig normal, das ging auch wieder vorbei. Die Frau würde noch ein paar Tage hierbleiben, wenn es zur Entlassung nicht besser wäre, müsste sie vielleicht mit Dr. Kramer sprechen. In seltenen Fällen wurde aus dem Babyblues mal ein richtig schwarzes Loch.

Sie schüttelte den Kopf.

»Wie geht es denn Ihrem Kleinen?«, fragte Carola, während sie die Dammnaht untersuchte. Wahrscheinlich lag das Baby gerade mit allen anderen Neugeborenen, die von ihren Müttern auch mal ganz gern abgegeben wurden, im Säuglingszimmer. Shirin-Luminas Eltern waren da eine Ausnahme. Um diese Zeit waren alle frisch gefüttert und gewickelt, damit es in der Besuchszeit nicht wirkte, als wäre man in einem Waisenhaus aus dem vorletzten Jahrhundert.

»Guhuuut«, schluchzte die Mutter. Carola nahm die Hände von ihrem Unterleib und deckte sie zu. Sie schaute auf das Namensschild.

»Nicole, sagen Sie mir, was los ist. Es gibt für alles eine

Lösung.« Sie setzte sich auf den Besucherstuhl ans Kopfende.

»Das ist ja das Schlimme. Alles ist gut. Mein Baby ist gesund. Meine Mutter passt auf die Große auf, während mein Mann arbeiten geht. Und mein Mann ist ganz stolz auf mich! Er hat gestern alle Kollegen auf ein Bier eingeladen, und mir hat er nach der Geburt den hier geschenkt.« Sie streckte ihren Finger aus, an dem neben dem Ehering noch ein Ring mit einem blauen Stein funkelte.

»In meiner Augenfarbe. Und in Blau, weil es ein Junge ist.«

Sie schluchzte wieder auf, und Carola verkniff sich die Frage, ob es für die Tochter einen rosafarbenen Stein gegeben hätte.

»Ein wirklich schöner Ring. Und Geschenke von den Männern zur Geburt sind nicht die Regel.«

Das Einzige, was Carola sich zu den Geburten von Andreas gewünscht hatte, war seine Gegenwart. Und da war er immer gewesen. Es wurde ihr wieder wärmer ums Herz, als sie daran dachte.

»Ich weiß, ich habe so ein Glück mit Kurt und überhaupt mit allem. Und das ist ja das Schlimme. Ich bin so unglücklich, weil ich doch eigentlich glücklich sein müsste.« Sie schluchzte hemmungslos.

Carola legte ihr die Hand auf die Schulter. »Nicole, Sie müssen sich um Ihr Kind kümmern. Und um sich selbst. Aber was wirklich kein Mensch muss, ist, dauernd glücklich zu sein. Nicht mal, wenn er allen Grund dazu hätte.«

»Meinen Sie, ich bin keine schlechte Ehefrau und Mutter?«

Das konnte Carola natürlich nicht beurteilen, aber wahrscheinlich war sie so gut oder schlecht wie jede andere.

»Ach, was! Sie werden das schon alles gut meistern.«

»Danke.« Sie zog schniefend die Nase hoch und lächelte.

Als sich Carola auf den Weg zu dem nächsten Wöchnerinnenzimmer machte, warf sie den Eltern von Shirin-Lumina noch einen mahnenden Blick zu. Sie sollten bloß nicht auf die Idee kommen, Nicole vom Gegenteil zu überzeugen.

***

Auch jetzt noch flutete der Anblick des Eckhauses in der Cranachstraße Susannes Herz mit einem Licht, das alle ihre Grübeleien unwichtiger erscheinen ließ. Sie hatte es sich nicht nehmen lassen, links und rechts von der Treppe noch einen Blumenkübel hinzustellen und mit Rosenstämmchen zu bepflanzen, die nun üppig blühten. Es war, als flüstere das Haus: »Danke für das neue Leben, das ihr mir schenkt.«

»Ich glaube, das war die beste Entscheidung, die wir treffen konnten.« Susanne stand in der Mitte zwischen Ella und Carola, die beide ebenfalls stolz auf das Gebäude blickten.

»Ja, das denke ich auch«, strahlte Ella, und Carola nickte seufzend, bevor sie auch noch einmal bestätigte: »Ja, da könntet ihr recht haben.«

Susanne bemerkte, wie Carola sich eine Träne aus den Augenwinkeln wischte.

»Ist alles in Ordnung?«

»Ja, aber es ist einfach alles etwas viel. Und ich habe fast

Angst davor, so glücklich zu sein! Was ist, wenn all unsere Pläne aufgehen und wir gar keinen Grund mehr haben zu jammern?«

»Ach, warte mal ab, es wird immer noch genug Baustellen geben!«, erwiderte Susanne und umarmte Carola. Und dann Ella.

»Ihr seid irgendwie verrückt! Natürlich wird das der beste Ort der ganzen Stadt!«, rief Ella.

Susanne spürte selbst eine Mischung aus Lachen und Weinen in sich aufsteigen. Sie waren fertig mit den Vorbereitungen. Die Räumlichkeiten glänzten und blitzten. Zwei Geburtszimmer waren fertig eingerichtet und erinnerten eher an gemütliche Schlafzimmer; dass der Boden nass abwischbar war, unter dem Laken eine Abdeckfolie lag, neben dem üblichen Müll auch ein separater Eimer für Kanülen und Ampullen, damit sich keiner verletzte, und ein Behälter für blutige Laken bereitstand, fiel auf den ersten Blick gar nicht auf. Die Plazenten würden sie nicht in den Müll werfen, sondern die Mütter fragen, ob sie sie nach Hause nehmen wollten. Manche vergruben sie in der Erde neben einem neu gepflanzten Baum für ihr Kind. Der Großteil würde jedoch in eine Kühltruhe wandern. Alle paar Monate wurden die Mutterkuchen abgeholt. Damit konnten sie ihre Kaffeekasse aufbessern und Frauen ihre Fältchen aufpolstern. Und Namen wie Placentubex und Hormocenta auf Cremetiegeln versuchten noch nicht mal zu verheimlichen, was manche Frauen sich ins Gesicht schmierten.

Es gab den sonnigen Kursraum, einen Büroraum und einen gemütlichen Cafébereich inklusive einer kleinen

Bibliothek, bestückt mit Büchern rund um die Geburt und Mutterschaft. In jedem Winkel sollten sich die Frauen so wohl fühlen wie ein Baby im warmen Fruchtwasser der Gebärmutter. Aber das Schönste, das Allerschönste war der Schriftzug über der Tür. In Messingbuchstaben stand dort:

Das Haus der guten Hoffnung –
Hebammenpraxis und Geburtshaus

Ja, das war der beste Name, den dieses Haus haben konnte. Die Hoffnung hielt doch die ganze Welt am Leben, die Hoffnung, dass die Welt für jedes Kind, das geboren wurde, immer ein Stück besser wurde, dass sie jedem den besten Start ins Leben mitgeben würden, dass all ihre Mühen nicht umsonst waren. Die Hoffnung überstand alles Elend der Realität, mehr noch als die Liebe. Susanne versuchte nicht mehr, die nächste Träne aufzuhalten. Wie oft hatte sie im Leben gehofft oder auch gebangt, damals, als sie spürte, dass sich etwas Merkwürdiges in ihrem Körper abspielte, und sie einerseits hoffte, nicht Mutter zu werden, später hingegen nichts mehr wollte, als dieses Kind zu sehen; die Hoffnung, anders arbeiten zu dürfen, als sie es bisher getan hatte, die Hoffnung, dass die alten Wunden endlich heilen würden.

Und auf einmal hatte sie die alte Passivität hinter sich gelassen. Sie hatte sich um dieses Haus bemüht, sie hatte das Jugendamt kontaktiert, sie hatte Kontakt zu Julias Schule aufgenommen. Sie konnte aus Hoffnung Wirklichkeit werden lassen.

»Ich glaube, jetzt ist es aber mal gut mit der Rührseligkeit. Wir bringen Ella sonst auch noch zum Heulen«, riss Carola sie aus der melancholischen Stimmung.

»Und außerdem haben wir Post!«, sie tippte auf den Briefkasten, über dem auf einem kleinen Schild *Das Haus der guten Hoffnung – Hebammenpraxis und Geburtshaus* stand.

Tatsächlich ragten da ein paar Prospekte raus. Susanne zückte den Schlüsselbund und brauchte etwas, bis sie den kleinen Postkastenschlüssel gefunden hatte.

Werbung, ein paar offizielle Briefe, auch vom Gesundheitsamt. Eine Zeitung. Und ein dicker Briefumschlag, auf dem *Für Susanne Winter* geschrieben stand. Jemand musste ihn persönlich eingeworfen haben, frankiert war er nicht.

Ella und Carola schauten neugierig, während Susanne, die gar keine Idee hatte, von wem er sein könnte, den Umschlag aufriss. Sie holte ein Buch heraus. Einen Titel fand sie auf dem dunkelblauen Leineneinband nicht, also schlug sie das Buch auf. Ein Buch konnte eigentlich nur von Antonius Schmidtbauer sein, aber ein leeres Notizbuch? Sie blätterte vor und zurück und fand erst beim zweiten Zurückblättern eine kleine Widmung. Ihre beiden Kolleginnen lächelten sich an, als hätten sie die Überraschung organisiert und traten einen Schritt zurück, um nicht mitzulesen.

Liebe Susanne, Sie haben mich nach einem Buch gefragt, das Ihnen das Glück beibringt. Ich glaube, es liegt in Ihnen, und nur dort können Sie es finden. Aber ich würde mich freuen, wenn Sie es in diesem Buch festhalten

könnten und Ihr ganz persönliches Glücksbuch verfassen.
Ich wünsche Ihnen alles Glück der Welt und alles Gute für
die Eröffnung Ihres Hauses,
Ihr Antonius

Susanne setzte sich auf die Stufen, als könnte das Haus allein ihr jetzt Halt geben. Er hatte den Nachnamen weggelassen. Ihr Antonius. Sie konnte sich nicht daran erinnern, jemals ein Geschenk bekommen zu haben, über das sie sich so gefreut hatte. Und doch machte es ihr etwas Angst.

»Vom Buchhändler, oder?«, fragte Carola, die sich längst wieder gefangen hatte.

Susanne nickte.

»Ich glaube, er mag dich sehr«, sagte Ella.

Das glaubte Susanne auch. Und genau das machte ihr auch Angst, sosehr sie sich auch darüber freute.

Wieder und wieder hatte Susanne die Widmung gelesen, mit den Fingern über die Tinte gestrichen, darüber nachgedacht, was sie ihm antworten sollte. Jetzt lag das Buch jedoch zu Hause auf ihrem Nachttisch, und sie wollte sich auf ihren ersten Infoabend im Geburtshaus konzentrieren. Es waren immerhin dreißig Leute gekommen, zwölf Frauen waren unübersehbar schwanger, manche hatten ihren Partner dabei, aber es waren auch ein paar Männer allein da. Einer stellte sich als Nachbar vor, der einfach sein Interesse zeigen wollte, einem anderen baumelte die Kamera um den Hals, es war ein Redakteur der Lokalzeitung. Und eine sehr alte Frau nahm ebenfalls teil, die sich als eine der ältesten Hebammen Kölns vorstellte und zu den wenigen gehörte, die noch Hausgeburten betreute, soweit es ihre Gesundheit zuließ.

Sie hatten am Ende noch Stühle aus dem Café um die Ecke geliehen, weil sich schon zwanzig Minuten vor dem Start zeigte, dass ihre nicht reichen würden. Bei den meisten Kursen würden die Teilnehmerinnen auf Matten sitzen, davon hatten sie genug besorgt.

Als Susanne noch einmal tief durchatmete, huschte noch eine Schwangere durch die Tür. Sie hatte ein so verschmitztes, fröhliches Lächeln, viel unbeschwerter als die meisten der Schwangeren, die zum Teil so ernst dreinschauten, als hätten sie schon als Kinder gehört, dass so eine Geburt ganz furchteinflößend wäre.

»Oh, Entschuldigung, ich habe mich ein wenig verlaufen.« Trotz des Bäuchleins bewegte sie sich flink und setzte sich auf den Klappstuhl, den Carola ihr an die Seite stellte.

»Kein Problem, für uns ist auch noch alles ungewohnt«, begrüßte Susanne sie und stellte sie dann alle drei vor. Das Gemurmel verebbte, und es herrschte eine fast andächtige Stille unter den werdenden Eltern.

»Wir möchten hier einen sicheren und schönen Ort schaffen, an dem wir Frauen und ihre Familien am besten durch die ganze Schwangerschaft begleiten und für einen guten Start in das Leben ihrer Babys sorgen. Für uns stehen die Bedürfnisse der Schwangeren im Vordergrund, und wir sind fest davon überzeugt, dass ein Höchstmaß an Selbstbestimmung bei gleichzeitiger guter Betreuung zu einfacheren und sichereren Geburten führt.« Susannes Stimme blieb fest, obwohl sie noch nie vor so vielen

Menschen gesprochen hatte. »Und natürlich arbeiten wir eng mit den umliegenden Krankenhäusern zusammen, bei Komplikationen gibt es ein Sicherheitsnetz«, ergänzte Carola. Trotz aller Vorbehalte hatte nicht nur Dr. Kramer seine Unterstützung zugesagt. Was die Hebammen vorhatten, war nicht verboten, auch wenn es nicht üblich war.

Ella erzählte noch etwas von den Kursen, die sie anbieten würden, und alle drei beantworteten Fragen rund um die Organisation im Geburtshaus.

»Und sie sind wirklich von Anfang bis Ende für jede Frau da?«, fragte eine Frau, die noch ein Kleinkind auf dem Schoß hatte.

»Auf jeden Fall. Deswegen nehmen wir auch nur eine begrenzte Anzahl von Schwangeren auf, damit wir wirklich für sie da sein können. Und zu unserem Angebot zählt auch die Rufbereitschaft. Das heißt, jede von uns hat einen Piepser, den sie vom Telefon aus erreichen können.«

»Und was ist, wenn Sie gerade bei einer anderen Geburt oder im Stau stecken?«, fragte der Journalist und fummelte an seiner Kamera herum.

»Zum Glück dauert es in der Regel von der ersten Wehe bis zur Geburt ein paar Stunden, aber im Notfall springen wir auch füreinander ein.« Susannes Wangen glühten nicht nur, weil die vielen Menschen den Raum erhitzten.

Den Dienstplan würden hier die Babys machen und keine Oberschwester Hilde. Susanne dachte an diesen einen magischen Moment, in dem die Idee wie eine Sternschnuppe an ihr vorbeigezischt war, um immer wieder zu kommen. So lange, bis sie sie in die Tat umgesetzt hatte.

Am Ende des Abends hatten sich tatsächlich zehn

Schwangere für die Geburtsbetreuung im Haus der guten Hoffnung angemeldet. Die Erste war Monika Hofert, obwohl sie diejenige gewesen war, die als Letzte hereingeplatzt war. Susanne notierte ihre Personalien auf der Anmeldeliste, während Ella bei einem sehr interessierten, aber auch besorgten Paar noch alle Fragen beantwortete. Carola unterhielt sich noch mit der betagten Hebamme, die ihre Unterstützung anbot, schließlich konnte sie schon auf über neuntausend von ihr betreute Geburten zurückblicken.

Sie konnten auf jeden Fall jede Unterstützung gebrauchen, dachte Susanne und heftete die Anmeldeliste in einem Ordner ab. Die drei Frauen ließen sich erschöpft auf das Sofa im Cafébereich fallen, nachdem sie die Stühle alle weggeräumt hatten.

»Das war ein voller Erfolg!«, freute sich Susanne.

Ella klappte den Ordner auf. »Zehn Anmeldungen. Monika Hofert? Hoffentlich ist die nicht mit unserem Kinderarzt verwandt. Der rät ihr sonst noch ab.«

»Dr. Kramer wird uns den Kopf abreißen, wenn er hört, dass wir direkt mit der Geburtsbetreuung durchstarten«, sagte Carola.

»Das kann er nicht. Es ist schließlich nicht verboten, dass die Frauen selbst entscheiden, wo sie ihr Kind bekommen möchten«, entgegnete Susanne, »zum Glück! Ich danke euch, dass wir zusammen diesen wunderbaren Ort zum Leben erweckt haben! Lasst uns unser gemeinsames Projekt feiern!«

Sie freute sich so sehr auf diese neue Herausforderung und war absolut davon überzeugt, das Richtige zu tun – auch wenn sie für die neue Freiheit einige alte Freiheiten abgeben mussten. Bald gäbe es keine festen Dienstpläne mehr, sondern sie würden ständig abrufbereit sein. Und sie würden viel mehr Verantwortung tragen. Aber Susanne fürchtete sich nicht davor, ganz im Gegenteil, es fühlte sich an, als ob sie Zugang zu einer Kraftquelle hätte, die vorher verschüttet gewesen war.

Erst einmal kam es ihnen so vor, als hätten sie alle Zeit der Welt. Bis auf einen Termin lagen die Geburtstermine noch Monate in der Zukunft, die Vorsorgeuntersuchungen waren gut planbar. Anne, ihre Schwangere, deren Schwangerschaft schon weit fortgeschritten war, wusste nach dem Infoabend, warum sie sich für kein Krankenhaus entscheiden hatte können, nachdem sie sich bei dem ersten Kind eine Hebamme mit drei anderen Müttern hatte teilen müssen. Einmal die Woche gab es abends einen Kurs. Carola arbeitete an einem Konzept, das Mütter stärken sollte, und sie hatte vor, regelmäßig einen offenen Treff anzubieten, mit Kaffee und der Möglichkeit, Kinder mitzunehmen und sich auszutauschen. Und natürlich erforderte der Start des Geburtshauses auch jede Menge bürokratischen Aufwand, um den sich vor allem Susanne kümmerte. Auch jetzt saß sie in dem Büro des Geburtshauses an den Unterlagen und redete sich ein, dass all der Papierkram so dringend sei, dass sie unmöglich sofort zur Buchhandlung konnte, um sich bei Antonius zu bedanken. Ihrem Antonius. Sie seufzte und schlug das Notizbuch noch mal auf, um seine Widmung zu lesen. Bisher hatte sie keine Zeile auf die leeren Seiten geschrieben.

In dem Regal neben ihr standen schon leere Ordner

bereit, jeder Schwangerschaftsverlauf musste genau wie im Krankenhaus dokumentiert werden, um später nachverfolgen zu können, ob es irgendwelche Besonderheiten gab. Carola hatte einen ausrangierten Computer gespendet, auch einen Drucker und ein Faxgerät. Susanne fand dieses Ding äußerst praktisch, da ein Brief damit in Minutenschnelle sein Ziel erreichen konnte, auch wenn das Geräusch, das das Gerät dabei machte, so klang, als hätte man einer Katze auf den Schwanz getreten. Ein paar Dienste standen noch im Krankenhaus bevor, dann wäre sie endgültig ihre eigene Chefin. Das Fax kündigte quietschend eine neue Nachricht an, sodass Susanne das kleine Büro verließ und im Eingangsbereich nach dem Rechten sah. Auch hier war alles schon perfekt. Sie gab sich einen Ruck, steckte den Schlüssel ein, zog ihre Jeansjacke über und zog die Eingangstür hinter sich zu. Sie würde sich doch auf nichts anderes konzentrieren können, bis sie sich bei Antonius bedankt hatte.

Sie wartete, bis er den Stapel Bücher, den eine junge Frau ihm auf die Kasse legte, abgerechnet hatte. Als er sie entdeckte, strahlte er über das ganze Gesicht, sodass Lachfältchen die sonst ernsten Augen umrahmten. Sie platzierte sich vor den Reiseführern und nahm den erstbesten in die Hand, obwohl der Gedanke an eine Reise das Letzte war, was sie gerade umtrieb. Er kam auf sie zu.

»Waren Sie schon einmal in Amerika?«

Sie schaute auf den Bildband in ihren Händen. San Francisco. Die Golden Gate Bridge auf dem Cover hatte sie gar nicht wirklich wahrgenommen.

»Nein, Sie?«

»Ja, mit meiner Frau auf unserer Hochzeitsreise.«

Gerade hatte sich Susanne noch Gedanken gemacht, ob er vielleicht mehr als nur freundlich zu ihr sein wollte. Gerade hatte ihr dieser Gedanke Schmetterlinge im Bauch beschert. Und auf einmal war es wie ein Schlag in die Magengrube, dass dieser Gedanke offensichtlich komplett lächerlich war. Sie hatte seine Freundlichkeit offensichtlich total falsch interpretiert. Sie klappte das Buch zu und stellte es wieder in das Regal.

»Das war bestimmt aufregend.« Was Besseres fiel ihr nicht ein. Sie trat einen Schritt zurück.

»Ja, das war es.«

Sie sahen sich an.

»Leider war es unsere letzte große Reise.«

»Das tut mir leid.«

Sie war doch gekommen, um sich für das Buch zu bedanken. Auch, um ihre innere Aufruhr zu besänftigen. Ja, genau das hatte sie sich von seiner Gegenwart versprochen.

»Danke.«

Mehr sagte er nicht. Und sie traute sich nicht nachzufragen. Vielleicht hatte seine Frau einen Mann gefunden, den sie aufregender fand als jemanden, der den ganzen Tag nur in einem Raum mit Büchern verbrachte.

»Ich wollte mich noch für Ihr Geschenk bedanken.«

»Gerne.«

Dieser Moment, in dem es so aussah, als wäre Antonius für sie völlig unerreichbar, hatte ihr klargemacht, dass sie auf dem besten Wege war, sich zu verlieben.

»Und ich bräuchte noch etwas Neues zu lesen.«

»Immer wieder gerne. In welche Richtung soll es denn gehen?«

Neue Kunden kamen in den Laden, und Antonius nickte ihnen zu.

»Etwas über völlig verkorkste Frauen, die unfähig sind, sich auf Beziehungen einzulassen«, antwortete Susanne. Ein Schatten huschte über Antonius' Gesicht. Er interpretierte das wohl als klares Nein auf eine Frage, die er noch gar nicht gestellt hatte.

»Wie soll es denn ausgehen? Wird sie am Ende die Liebe finden?«

»Das weiß ich noch nicht. Aber ich hoffe es.«

✳ ✳ ✳

»Und hier wird meine Tochter vielleicht zur Welt kommen?«, fragte Monika Hofert Ella, während sie auf dem breiten Bett lag und sich den Bauch abtasten ließ. Ella spürte den Fötus durch die Bauchdecke. Ein leichtes Zucken verriet, dass das Kind Schluckauf hatte. Auf jeden Fall schien es sich prächtig zu entwickeln.

»Ja, sehr wahrscheinlich. Wir haben zwei Geburtszimmer, das andere ist genauso gemütlich.«

Diese Zimmer erinnerten tatsächlich mehr an heimelige Schlafzimmer als an einen Kreißsaal. Das Seil an der Decke, der Wickeltisch, ein Pezziball wiesen jedoch darauf hin, wozu dieser Raum wirklich bestimmt war.

»Sie sind übrigens meine erste Schwangere, die ich hier bis zur Geburt betreue«, sagte Ella, die schon etwas Respekt vor der Herausforderung hatte.

»Und das ist das erste Kind, das ich bekomme. Aber wir bekommen das zusammen schon hin!«

Ella sah der jungen Frau in die hübschen blauen Augen. Sie würde sie nicht enttäuschen und ihr eine wundervolle Geburt bereiten!

»Auf jeden Fall, Sie können sich auf mich verlassen.«

»Danke! Ich fühle mich bei Ihnen wirklich sehr gut aufgehoben.«

Ella bekam einen Tritt durch die Bauchdecke, und beide lachten über das aktive Baby.

»Ich fürchte, sie wird mich ganz schön auf Trab halten.«

»Das kann schon sein, aber es wird auch wunderschön werden. Möchten Sie Ihren Mann eigentlich mal mitbringen? Damit er überlegen kann, ob er mit zur Geburt möchte?«

»Ach, mein Mann! Der ist ziemlich angespannt, wenn es um solche Situationen geht. Ich weiß gar nicht, ob es nicht besser wäre, eine Freundin mitzubringen.«

»Sie haben ja noch ein paar Monate Zeit, das zu entscheiden«, sagte Ella und zog Monikas T-Shirt wieder über ihren Bauch.

»Wollen Sie auch einmal Kinder, Ella?«

»Auf jeden Fall! Allerdings fehlt mir dazu noch der passende Partner.«

»Kann ich mir kaum vorstellen«, sagte Monika, ohne dass es zu neugierig klang.

»Ist aber so, obwohl, ich habe da jemanden kennengelernt, der eventuell infrage kommen könnte.«

Christoph hatte ihr gesagt, dass sie ihm was bedeute. Und daraufhin hatte sie ihm auch gestanden, dass es umgekehrt genauso sei, auch wenn sie in manchen Punkten nicht seiner Meinung sei. Ja, sie hatte sich über ihn geärgert, aber dennoch, da konnte sich etwas zwischen ihnen entwickeln.

»Ella, er wäre dumm, wenn er nicht um Sie kämpft!«

»Vielleicht«, antwortete sie und stand auf. Ob Christoph wirklich der Richtige war, wusste sie nicht, aber sie wusste, dass Monika und sie wunderbar miteinander klarkommen würden. Monika war unkompliziert und fröhlich, dazu jung und fit, was sollte da schon passieren?

Die Vorsorgen im Geburtshaus waren für Susanne fast schon zur Routine geworden. Zu einer wunderschönen Routine, die sie darin bestätigte, dass ihr Plan richtig gewesen war. Doch bei all der wunderbaren Ablenkung hatte sie ihren Plan, ihre Tochter kennenzulernen, auch nicht vergessen. Ihr Herz klopfte, als sie sich nun auf den Weg zum Wilhelm-Busch-Gymnasium machte. In der Hand trug sie ein kleines Köfferchen mit Anschauungsmaterial, darunter ein aufklappbarer Torso aus Plastik mit Fötus darin. Ihre erste Schwangere, Anne, die auch auf dem Infoabend war, sollte schon in einem Monat ihr Kind bekommen. Da es das zweite war, wusste sie, was sie erwartete. Susanne war zuversichtlich, was Annes Betreuung anging, viel aufgeregter war sie, nun gleich vielleicht vor ihrer Tochter zu stehen. Zum Glück begleitete Carola sie.

»Alles in Ordnung, Susanne? Beim letzten Mal hat doch alles super geklappt, es gibt doch keinen Grund, nervös zu sein.«

Leider gab es den sehr wohl, und es wurde noch schlimmer, als sie in der Aula auf der Bühne standen und über Schwangerschaft und Geburt redeten, während einige Schüler kicherten. Vielleicht war das doch keine gute Idee gewesen, Jugendlichen was vom Geburtskanal oder dem Wochenbett zu erzählen.

»Liegt man da die ganze Woche im Bett?«, fragte einer der Klassenclowns.

»Nicht eine, sondern wochenlang, du Schlauberger«, sprang eine Schülerin für Susanne in die Bresche. Ob das Julia war? Die Schüler in den hinteren Reihen waren kaum zu erkennen.

»In manchen Kulturen wird der Mutter tatsächlich erst mal wochenlange Ruhe gegönnt, damit sie sich erholen und ihr Kind kennenlernen kann. Das ist bei uns leider ganz anders«, dozierte Carola gelassen.

Susanne überließ ihr den restlichen Vortrag. Am Ende würden sie noch für Fragen bereitstehen.

Tatsächlich kamen einige Schülerinnen am Ende zu ihrem Tisch und nahmen sich Flyer mit oder stellten Fragen.

»Kann man bei Ihnen auch ein Praktikum machen?«, fragte eine rundliche Schülerin, die einen Flyer in ihren Rucksack steckte.

»Bisher leider nicht, weil wir die größtmögliche Privatsphäre für die Mütter wünschen, aber zu den Infoabenden sind Sie immer herzlich willkommen.« Susanne scannte gleichzeitig alle anderen im Raum ab. Ja, sie war fahrig und nervös und alles andere als konzentriert, nicht die beste Werbung für ihren Job.

»Und natürlich sind Sie jederzeit bei uns willkommen,

wenn Sie selbst einmal eine Schwangerschafts- und Geburtsbegleitung brauchen«, baute Carola eine Brücke, worauf ein paar der Mädchen verlegen kicherten. Verständlich, denn auch heutzutage wurden Mütter unter fünfundzwanzig eigentlich nur bemitleidet. Da musste irgendwas schiefgelaufen sein. Und die eigene Zukunft galt dann erst einmal als vergeigt. Mütter, die studierten? Oder sich was Eigenes aufbauten? Die absolute Ausnahme. Es war immer noch so, dass spätestens mit der Geburt die Eigenständigkeit der Mutter abgegeben wurde. Carola war vielleicht eine Ausnahme, aber auch nur, weil sie einen Mann hatte, der zu Hause blieb und ihr die Kinder abnahm, wenn sie arbeiten musste. Kindergärten und Grundschulen waren mittags zu, und vor dem dritten Lebensjahr gab es kaum Betreuungsmöglichkeiten, vielleicht einmal abgesehen von der eigenen Mutter oder Schwiegermutter. Hatten ihre Eltern sie einfach davor bewahren wollen, alle eigenen Träume aufzugeben? Aber war es das wert gewesen, das mit einem immerwährenden Albtraum zu erkaufen?

»Wie eng arbeiten Sie denn mit Ärzten zusammen?«, riss eine junge Stimme sie aus den Gedanken. Die eigene Stimme kam einem nie bekannt vor. So war es doch auch, wenn man sich selbst auf Kassette hörte. Das klang doch immer wie jemand Fremdes. Aber als Susanne aufblickte, erschrak sie, weil sie in zwei Augen blickte, die ihren so ähnlich waren.

»Ddddas kommt ganz darauf an, wie gut wir zusammenarbeiten könnten«, antwortete Susanne. Ihr Herz raste, und ihre Hände zitterten, sodass sie sie in ihre Hosentaschen steckte. Sie wandte selbst an, was sie nervösen Schwangeren unter der Geburt riet. In den Bauch atmen, das löste die Angst. Der nächste Satz gelang ihr besser, und die Angst wurde von der Freude abgelöst. Diese junge Frau sah auch in echt so glücklich wie auf den Fotos aus, entspannt, aufgeräumt, nicht so verkorkst wie ihre Mutter. Vielleicht war es ja besser, dass sie bei ihren Adoptiveltern aufgewachsen war.

»Wir glauben daran, dass eine Geburt eher ein familiärer als ein medizinischer Prozess ist, und daher greifen wir nur in Notfällen auf Ärzte zurück«, warf Carola ein.

»Aber Ärzte, die das genauso sehen, könnten Geburten vielleicht genauso gut betreuen! Wissen Sie, ich träume davon, Medizin zu studieren, und würde sehr gerne mit Schwangeren arbeiten.«

Susannes Herz hüpfte vor Freude. Vielleicht hatte sie rein genetisch ihrer Tochter auch etwas von ihren eigenen Interessen weitergegeben.

»Das hört sich wunderbar an! Machen Sie das, und wenn ich vielleicht Kontakt zu unseren Ärzten für ein Praktikum herstellen kann, dann melden Sie sich gerne!« Susanne reichte dem Mädchen mit den rotbraunen Locken und braunen Augen den Flyer, auf dem auch ihre Telefonnummer neben der Büronummer des Geburtshauses angegeben war.

»Das wäre toll. Meine Eltern sehen das total skeptisch mit dem Medizinstudium. Sie meinen, das wäre nichts für eine Frau, viel zu langes Studium und harte Arbeitszeiten, und man würde zu schlimme Sachen zu sehen bekommen. Sie würden mich am liebsten vor allem bewahren.«

Deine Eltern haben kein Recht, dir deinen Traum zu ver-wehren, ich bin deine Mutter! War sie das wirklich, fragte sich Susanne, hatte sie nicht alles Recht verwirkt? Es war noch gar nicht so lange her, da übernahm der Staat sogar für ledige Frauen die Vormundschaft für die Kinder, selbst wenn die Mütter längst erwachsen waren. Aber auch über eine Sechzehnjährige durfte man nicht einfach bestimmen.

»Einfach ist es nicht, aber es ist ein toller Beruf! Wenn Sie das wirklich wollen, dann bleiben Sie dran!«

Die Biolehrerin, mit der sie im Vorfeld den Vortrag organisiert hatten, kam mit einem weiteren Lehrer im Schlepptau an den Tisch und unterbrach Susanne und Julia.

»Wirklich ein sehr anschaulicher und kurzweiliger Vortrag! Es ist doch mal etwas anderes, wenn die Schüler aus erster Hand erfahren, wie der menschliche Körper funktioniert. Letztes Jahr waren zwei ehemalige Drogenabhängige hier, die direkt aus *Wir Kinder vom Bahnhof Zoo* hätten stammen können und Dias gezeigt haben. Ich glaube, danach haben die Kids das Haschisch links liegen gelassen.«

Die Biolehrerin mit den rotgefärbten kurzen Haaren und Federohrringen lachte, obwohl es doch eher zum Heulen war.

»Und da meinen Sie, nach unserem Vortrag lassen die Mädchen den Johannes vom Freund auch links liegen?«, fragte Carola trocken.

»Das ist zumindest unsere Hoffnung!«

»Aber es geht doch hier um viel mehr! Natürlich hoffe ich, dass keins der Mädchen ungewollt schwanger wird, aber ich hoffe, dass sie sich eines Tages richtig darauf freuen können und verantwortungsvoll damit umgehen!«, war Susanne wieder in ihrem Element. Nicht nur ihre Tochter sollte es einmal besser haben als sie, sondern alle Mädchen und Frauen!

Julia stand immer noch an dem Tisch und lauschte dem Gespräch. Wie gern hätte Susanne wirklich mit ihrer Tochter über die Geheimnisse des Lebens gesprochen und konnte doch nichts bieten als einen Start ins Leben, der an Klischeehaftigkeit kaum zu überbieten war.

»Na, wie Sie meinen. Auf jeden Fall vielen Dank. Sollen wir Ihnen noch helfen, die Sachen ins Auto zu tragen? Julia, Constanze, packt ihr mal mit an? Dafür könnt ihr auch fünf Minuten später in die nächste Unterrichtsstunde kommen!«

* * *

Ella wollte es mit Christoph vorsichtig angehen lassen, auch wenn sie sich eingestehen musste, dass er sie anzog. Aber sein Verhalten ihrer Arbeit gegenüber prangte auf der rosaroten Brille wie ein Schmierfleck. Gestern waren sie das erste Mal gemeinsam wirklich aus gewesen, im Kino auf der Hohe Straße. Sie hatten sich *Rain Man* angesehen, ein Film über zwei Brüder, von denen einer Autist war. Ella hatte der Film gut gefallen und noch mehr, dass sie die ganze Zeit Händchen gehalten hatten. Und zum Abschied hatten sie sich geküsst. Er hatte sie nach Hause bringen wollen, doch sie hatte abgelehnt. Ihre jüngere Schwester Carla, mit der sie auch noch ihr Zimmer teilte, würde ohnehin die ganze Zeit neugierig am Fenster stehen und sie danach mit Fragen löchern. Privatsphäre war Mangelware im Hause Valero. Das einzige Telefon stand im Flur, und jeder konnte hören, was sie dort erzählte.

Heute galt es, noch ein paar Dinge im Krankenhaus zu erledigen, ein paar Unterlagen bei Oberschwester Hilde abzuholen. Und vielleicht hätte sie auch fünf Minuten Zeit, mit Christoph zu reden. Er hatte jetzt Dienst und gleich sogar Pause.

Als sie auf das Krankenhausgelände zulief, kam es ihr vor wie eine Zeitreise in ihr früheres Leben. So weit weg schien es zu sein. Wie laut und voll es hier war. Gerade fuhr ein Krankenwagen vor, Besucher nutzten das enge Zeitfenster der Besuchsvorschriften, sodass sich alles knubbelte.

»Na, macht es noch Spaß mit eurer verrückten Idee? Ich sag dem Doktor immer, dass er euch ein Plätzchen freihalten soll, wenn ihr es euch doch anders überlegt!« Oberschwester Hilde drückte Ella, als sie ins Schwesternzimmer trat, das hatte sie noch nie getan.

»Das wird nicht passieren, es ist einfach wunderbar!« Und dennoch war es schön, die alten Gesichter wiederzusehen. Auch Antje, die gerade im Säuglingszimmer war und völlig genervt zwischen einem Dutzend Babys hin und her lief, sagte sie Hallo.

»Recht hast du gehabt, von hier abzuhauen, ich glaube, im nächsten Semester suche ich mir einen Job in einer Kneipe und stille lieber durstige Männer mit Bier. Die plärren wenigstens nicht so rum wie die Zwerge hier.«

»Wie läuft es denn mit dem Medizinstudium?«, fragte Ella, der die Babys leidtaten, die hier so gottverlassen ihren Start verbrachten und vor allem die Decke anstarrten.

»Gut, aber anstrengend. Bin trotzdem froh, wenn ich irgendwann zu den Chefs gehöre, wobei sie hier ja auch nur wenige Ärztinnen einstellen.«

»Ich wünsche dir viel Erfolg! Apropos Ärzte, weißt du, wo Dr. Hofert gerade steckt?«

Ella bemerkte, dass Antje ihrem Blick auswich.

»Keine Ahnung. Meine, er wäre gerade im Garten gewesen, ist aber heute ziemlich viel los auf der Kinderstation, ich weiß nicht, ob er Zeit hat.«

»Na, das kann ich ihn ja auch selbst fragen.« Ella beeilte sich, in den Garten zu kommen. Das Sommerwetter hatte einige Leute dort hingelockt. Auf der Bank saßen zwei alte Frauen mit einer Decke über den Beinen, die rauchende Belegschaft hatte sich wie immer dort gruppiert, und auch Christoph erblickte sie durch die Glasscheibe. Sie wollte gerade loslaufen, da sah sie noch jemanden, den sie kannte. Sie wollte das nicht sehen. Und vielleicht hatte es auch gar nichts zu bedeuten. Er umarmte die Frau. Strich ihr über den Bauch, in dem aller Wahrscheinlichkeit nach das gemeinsame Kind heranwuchs. Es war nicht irgendeine Frau, und Ella hätte sich ohrfeigen können. Sie hatte alle Anzeichen ignoriert. Es war Monika Hofert. Wie hatte sie sich nur einreden können, dass Hofert ein Name wie Müller oder Schmitz war? Warum hatte sie nicht nachgefragt? Sie macht kehrt, ohne Christoph anzusprechen.

* * *

Susanne lief neben Carola, Julia und dem weiteren Mädchen, dessen Namen sie schon vergessen hatte, zu ihrem Auto, um die Anschauungsmaterialien zu verstauen. Wie gern hätte sie sich allein mit Julia unterhalten! Und dennoch genoss sie jede Sekunde in ihrer Gegenwart. Freute sich, wie die beiden Mädchen miteinander plauderten, kicherten und Pläne für das Wochenende schmiedeten.

Die Sonne schien durch die Blätter der Kastanien, die die Straße säumten, es roch wunderbar herbstlich, vereinzelt lagen Kastanien auf dem Gehweg. Julia hob eine auf und steckte sie in die Hosentasche, während sie die schwere Tasche mit dem Frauentorso auf der anderen Seite schulterte. »Ich habe es als Kind immer geliebt, Kastanien zu sammeln. Ich glaube, ich nehme meinen Cousin mal mit hier hin. Ich passe morgen eh auf ihn auf.«

Sie hatte also noch mehr Familie hier. Und sie erinnerte sich gerne an ihre Kindheit. Susanne seufzte.

»Alles in Ordnung?«, fragte Carola. »Du wirkst heute etwas neben der Kappe.«

»Alles in Ordnung! Ich habe nur das Gefühl, auf einmal ergibt sich so vieles von selbst, was noch vor einem halben Jahr undenkbar war!«

Ja, das stimmte. Es war, als hätte ein Rädchen im Getriebe dafür gesorgt, dass auf einmal alles ins Rollen kam. Als würde der Himmel auf ihrer Seite sein und am Ende alles einen Sinn ergeben. Vielleicht sollte sie einfach vertrauen? Carola sah sie jedoch eher so an, als sollte sie mal wieder auf dem Boden der Tatsachen landen.

Als sie an Susannes Fiat Panda ankamen, stellte Susanne ihre Kiste auf dem Boden ab, hob zwei Kastanien auf und reichte sie Julia.

»Dann können Sie mit Ihrem Cousin schon ein Männchen basteln.« Sie sah Julia an und versuchte, den Moment festzuhalten. Wie gerne hätte sie in diesem Augenblick ein Foto gemacht, aber das wäre mehr als albern, zumal sie natürlich keinen Fotoapparat dabeihatte.

»Danke. Auch für den Vortrag. Ich wünschte, sowas gäbe es an unserer Schule öfter. Und wenn es in Ordnung ist, komme ich vielleicht wirklich mal darauf zurück, dass Sie mir einen Kontakt für ein Praktikum vermitteln.« Julia nahm die Kastanien in ihre Hand und umschloss sie mit der Faust.

»Jederzeit gerne! Ich finde es extrem wichtig, dass wir die nächste Generation direkt mit ins Boot holen. Ich wünsche euch beiden alles Gute.«

Ehe es zu sentimental werden konnte, schloss Susanne den Kofferraum auf und lud die Taschen und Kisten ein.

»Danke«, antworteten beide Mädchen und traten den Rückweg an. Julia drehte sich noch einmal um und winkte. Am liebsten wäre Susanne ihr hinterhergelaufen und hätte ihr alles gesagt, aber das hier war schon so viel mehr, als sie zu hoffen gewagt hatte.

»Ich finde, du hast echt ein Talent als Lehrerin, auch wenn du heute etwas nervös warst.« Carola klappte den Kofferraum zu, und beide stiegen sie ein.

»Kann es sein, dass du in Gedanken gerade ganz woanders bist? Etwa bei dem netten Buchhändler?«, fragte Carola, während sie den Gurt einrasten ließ.

»Vielleicht. Sag mal, Carola, woher wusstest du eigentlich, dass Andreas damals der Richtige war?«

»Ach, der Richtige? Gibt es den überhaupt? Ich glaube, man kann es immer richtig oder falsch machen.«

»Aber Andreas ist doch der Richtige für dich, oder? Ich

meine, ich kenne kaum Beziehungen, die nach so langer Zeit noch so herzlich sind. Und in denen der Mann seine Frau so unterstützt wie Andreas dich.«

»Irgendwie doch bescheuert, dass man darüber vor Dankbarkeit zerfließt, während die Kerle das andersrum aber immer fest einplanen.«

Susanne mochte Andreas. Er gehörte wirklich zu den »Guten«. Und Carola war eine sehr gute Freundin, aber manchmal fand Susanne, dass Carola viel zu oft einen Grund zum Mäkeln fand. Als ob sie nicht wusste, wie gut sie es hatte!

»Carola, wir können nicht die Beziehungsprobleme der ganzen Welt lösen. Freu dich doch einfach, dass er dich so unterstützt.«

»Ich will auch nicht die Probleme der ganzen Welt lösen, aber Beziehungen und gerade Ehe sind eben auch politisch. Wenn wir da immer nur um uns selbst kreisen, ändert sich nie was! Wenigstens für unsere Töchter müssen wir die Welt gerechter machen!«

Für unsere Töchter! Da hatte Carola unwissentlich aber so was von ins Schwarze getroffen.

»Ja, aber jetzt wollte ich einfach nur wissen, wann du wusstest, dass du mit Andreas zusammen sein willst.«

Susanne schob eine Kassette in den Rekorder, ihre Lieblingssongs von David Bowie. Mit *Space Oddity* hatte sie das Gefühl, gleich abzuheben.

»Ich wusste es, als er mich das erste Mal in dieser Disco so frech angegrinst hat. Da dachte ich, wir könnten Spaß miteinander haben«, meinte Carola.

»Und habt ihr das immer noch?«

»Immer wieder, aber die meiste Zeit geht es darum, wer wann was macht. Vielleicht war das in den Fünfzigern ja doch einfacher. Da brauchte man sich als Frau um nix als das Wohl des Mannes kümmern.«

»Und die Wäsche und den Abwasch! Nee, danke, da haben wir es heute doch viel besser!«

»Du vielleicht«, seufzte Carola.

»Genau, ich kann den ganzen Tag machen, was ich will!«, antwortete Susanne. Und im Grunde konnte sie das auch.

Die Eröffnung des Geburtshauses war immer noch das Thema im Viertel, wenn die Leute am Büdchen oder auf der Straße in einen Klaaf verfielen, wie die zwanglose Plauderei auf Kölsch genannt wurde. Manchmal kam sogar ein neugieriger Nachbar vorbei, um sich zu erkundigen, ob hier wirklich Kinder zur Welt gebracht wurden. Susanne zeigte den Besuchern gerne die Räume, wenn nicht gerade eine Vorsorgeuntersuchung anstand, Mundpropaganda konnte schließlich nie schaden. Und dieses wundervolle Haus hatte es verdient, dass so viele Menschen es bewunderten. Und über drei Ecken wurde aus so einer Besichtigung auch mal ein unerwartetes Geschenk!

Ein Krankenhaus im Bergischen hatte ihnen eine Geburtsbadewanne vermacht, die sie sich sonst nie so schnell hätten leisten können. Da hätten sie schon zehntausend Mark ansparen müssen, bis sie sich eine hätten leisten können. Und jetzt stand sie mitten in dem größeren Geburtsraum und wurde von einem Dutzend Frauen, teils mit, teils ohne Partner, bewundert.

»Die ist ja für drei Leute!«

»Darf mein Mann da mit rein?«

»Stimmt es, dass Babys nach der Geburt unter Wasser atmen können?«

»Und tut es da drin wirklich weniger weh?«

Susanne, die heute den monatlichen Infoabend leitete, beantwortete geduldig alle Fragen. Und nein, Babys konnten unter Wasser nicht atmen, aber solange kein Stück Haut oder Nabelschnur einem Luftreiz ausgesetzt war, schützte der Tauchreflex die Säuglinge vor dem Ertrinken.

Jetzt war die gigantische Badewanne leer, die in der Form an eine Birne erinnerte. Und das Altrosa war der Farbe der Gebärmutter nachempfunden, die Babys im Bauch vor Augen hatten. Wobei es im Bauch so dunkel war, dass sie die Farbe kaum ausmachen konnten.

»Geburten unter Wasser sind für die meisten Frauen tatsächlich angenehmer. Die Wehen werden viel erträglicher.«

Und wieder meldeten sich nach dem Abend weitere Frauen an. Wenn es so weiterlief, trug sich das Geburtshaus bald von ganz allein, und sie konnten noch gut davon leben.

Als alle Gäste und auch Ella, die heute mitgeholfen hatte, gegangen waren, konnte sie nicht anders, als die Wände anzulächeln.

»Ich bin so froh, dass wir zueinander gefunden haben!«

Und dieses Haus hatte ihnen nicht nur beruflich ganz neue Perspektiven eröffnet, sondern auch dafür gesorgt, dass sie Antonius über den Weg gelaufen war.

* * *

»Ach, ich bin so glücklich, dass ich Sie gefunden habe!«
Monika Hofert begrüßte Ella mit einem festen Händedruck und ließ sich dann auf das Bett fallen, das allen Schwangeren bis zur Geburt schon vertraut sein würde. Genauso wie die orangefarbenen Wände. Es war warm und behaglich, passend zum Herbst, der draußen alles rotbraun leuchten ließ. Nur Ella fühlte sich unbehaglich, sie nickte verkrampft. Offenheit und Vertrauen war die wichtigste Basis zur Zusammenarbeit. Sie hatte den Mann ihrer Anvertrauten geküsst, sich in manchen Momenten eine gemeinsame Zukunft ausgemalt. Sie hatte es nicht besser gewusst. Darum ging es nicht, Ella würde über Christoph hinwegkommen. Aber was war mit Monika? Sie hatte es nicht verdient, dass ihr Mann sie so behandelte!

Anscheinend hatte Christoph aus den Personalakten die Telefonnummer ihrer Familie herausgesucht. Mehrmals hatte er versucht, Ella zu sprechen. Zum Glück war ihre Schwester immer drangegangen, wenn es klingelte. Sie wollte seine Stimme nicht mehr hören, genauso wenig wie das, was er zu sagen hatte.

»Ja, das freut mich«, antwortete Ella und nahm den Mutterpass von Monika Hofert entgegen. Bei den Risikofaktoren stand Bluthochdruck väterlicherseits, leider gab es kein Feld, in das der Name des Vaters eingetragen war. Vielleicht war Christoph ja gar nicht der Vater. Sollte sie jetzt einfach fragen? Ob sie Geschwister hatte? Vielleicht einen Bruder, der im Krankenhaus arbeitete?

»Alles in Ordnung? Stehen da irgendwelche Kürzel, die mich als Risikoschwangere einstufen?« Monika hatte Ellas missliche Stimmung offenbar bemerkt. Ella musste sich zusammenreißen.

»Ihre Werte sind bestens. Ich habe nur etwas Kopfschmerzen«, beschwichtige Ella.

»Das tut mir leid. Vielleicht das Wetter?«

Ella seufzte. Vielleicht konnte sie Susanne bitten, Monika zu übernehmen. Aber mit welcher Begründung?

»Vielleicht. Aber viel wichtiger, wie geht es Ihnen?«

»Sehr gut! Die Kleine strampelt den ganzen Tag. Was den Bewegungsdrang angeht, kommt sie eindeutig nach ihrem Vater!«, sie streichelte über ihren runden Bauch, und tatsächlich bildete sich eine Beule, um drei Sekunden später an einer anderen Stelle aufzutauchen.

»Oh, Mann! Die tobt sich ja wirklich aus!«

Wenn Christoph tatsächlich nur ein Bruder oder Schwager war, dann würden sie und Monika vielleicht sogar in Zukunft Kontakt haben. Sollte sie einfach fragen, wie ihr Mann hieß? Ella traute sich nicht, ein Teil von ihr wollte sich ein Stück Hoffnung bewahren. Vielleicht könnte sie über Oberschwester Hilde Genaueres erfahren.

»Dann hoffe ich, dass Ihr Mann mit der Kleinen dann öfter mal auf den Spielplatz geht!«

»Wenn er denn mal Zeit hat als Arzt!«

Tja, dachte Ella. Er hat sogar Zeit, sich in der Mittagspause mit anderen Frauen zu treffen. Wenn sie Monika wäre, würde sie wissen wollen, auf was für eine Zukunft sie sich einlässt. Selbst wenn sie Christoph nie wiedersehen würde, sie musste Monika warnen. Oder würde sie damit alles kaputtmachen?

∗ ∗ ∗

Susanne stellte eine Kanne mit dampfendem Apfel-Zimt-Tee auf den Tisch und verteilte Kekse auf einem Teller. Alle Vorsorgeuntersuchungen für heute waren erledigt, und es war ein herrliches Gefühl, dass sie ihre Dienstpläne einfach zu dritt aufstellen konnten. Sie waren die Chefinnen! Sie konnten sich alles so legen, wie sie es wollten. Unmittelbar standen keine Geburten an. Sobald sich die ersten Babys ankündigten, würden sie in Rufbereitschaft sein. Die Mütter durften sie dann von überall wegholen, egal ob sie im Kino saßen oder schliefen.

Carola und Ella kamen in die Sitzecke im Vorraum, in der sich auch ein Teppich mit Holzkisten voller Spielzeug und ein Bücherregal mit Kinderbüchern befanden. Schließlich sollten sich nicht nur die Mütter in der Wartezeit Bücher anschauen können. Alles Sachen, die Carola zu Hause aussortiert hatte.

»Ich freue mich schon, wenn endlich die ersten Babys kommen! Etwas vermisse ich den Kreißsaal schon. Es ist das erste Mal seit Jahren, dass ich für Wochen keinem Baby auf die Welt geholfen habe.« Carola nahm sich einen Keks.

»Ich mich auch! Bei meiner ersten Schwangeren könnte es in zwei Wochen so weit sein.«

Susanne nahm einen Schluck von dem Tee, der sie von innen wärmte. Um ihr Herz war es schon warm. Hier fühlte es sich wie ein Zuhause an und Ella und Carola wie eine Familie. Und ganz versteckt in ihrem Herzen gab es ja noch ihre Tochter. Ihre eigene kleine Familie. Aber hier und jetzt fiel Susanne auf, dass mit Ella was nicht stimmte. »Ella, du bist so still. Ist alles in Ordnung?«, fragte sie die

Jüngste von ihnen, die nur ein paar Jahre älter als ihre Tochter war.

»Nein, nichts ist in Ordnung. Was würdet ihr machen, wenn ihr was von dem Mann einer Schwangeren wüsstest, was sie auch wissen sollte?« Ellas sonst so anmutige Haltung war verschwunden.

»Ist es ein schlimmes Geheimnis?«, fragte Susanne.

»Für mich wäre es schlimm.«

»Dann muss sie es wissen!«, sagte Carola.

»Manchmal ist es besser, etwas nicht zu wissen«, entgegnete Susanne sanft.

»Niemals! Also wenn Andreas fremdgehen würde, würde ich das wissen wollen! Also sollte eine von euch ihn mal mit einer anderen Frau erwischen, dann sagt es mir, okay?«

»Du hast es so gewollt«, gab Susanne lachend zurück, obwohl das Thema nicht lustig war.

»Jetzt sag nicht, du …?«

»Nein!! Und jetzt geht es auch nicht um uns. Also Ella, um welche Schwangere geht es? Und was genau hast du mitbekommen?«

»Monika Hofert. Klingelt da nicht was bei dem Nachnamen?« Ella sackte noch mehr in sich zusammen.

»Ach, du Scheiße!« Susanne sah Ella mitfühlend an. Auch wenn Ella anfangs angeblich nichts von diesem neuen und viel zu selbstsicheren Arzt wollte, hatte Susanne mitbekommen, wie sie den Mann doch anhimmelte. Und natürlich war ihr die Namensgleichheit aufgefallen, aber kein Name war ein Unikat. Als sie selbst einmal im Telefonbuch nach Menschen mit dem Namen Winter geblättert hatte, musste sie feststellen, dass es selbst in Köln noch ein Dutzend anderer Susanne Winters gab.

»Bist du denn sicher, dass er ihr Mann ist? Er hat doch nie was von Familie erzählt?«

»Tja, das heißt leider gar nichts«, seufzte Carola, »so ein Idiot!«

»Das kannst du wohl laut sagen! Ich war dabei, mich zu verlieben, obwohl er sich schon als Kollege wie ein Idiot verhalten hat! Wie konnte ich nur auf so einen Blender reinfallen!«

»Das ist uns doch allen schon passiert«, antwortete Susanne und versuchte, sich das Gesicht des Vaters von Julia ins Gedächtnis zu rufen. Dieser Mann lief herum, ohne überhaupt davon zu wissen, dass er eine Tochter hatte. Wie ungerecht war es, dass die Männer so einfach davonkamen.

»Echt? Dir?«, fragte Ella. »Du machst immer so einen vernünftigen Eindruck.«

»Ach komm, ich war auch mal jung.« Fast wäre jetzt der Moment gekommen, sich ihren Freundinnen anzuvertrauen. Aber jetzt ging es nicht um sie, redete sie sich ein.

»Also Ella, was machen wir? Soll ich Monika übernehmen?«

Sie müssten sich nur einen guten Grund einfallen lassen, damit Monika Hofert nicht verunsichert wurde.

»Das wäre gut, aber es löst das Problem noch nicht. Ich mag Monika. Schrecklich die Vorstellung, Christoph bei der Geburt dabeizuhaben. Ich könnte seine Nähe nicht ertragen. Aber Monika hat die Wahrheit verdient.«

»Bist du sicher? Vielleicht reißt es ihr auch den Boden

unter den Füßen weg?« Im Krankenhaus kannten sie die Patientinnen in der Regel nicht. Wenn sie hier über Monate Frauen betreuten, bekamen sie viel mehr von ihrem Leben mit, was auch zu mehr Konflikten führen könnte.

»Ich werde mit Christoph reden. Er soll es ihr selbst sagen. Und es wäre gut, wenn wir die Termine so legen, dass ich ihr nicht mehr begegne.«

Susanne bewunderte Ella für ihren Mut, sich ihnen anzuvertrauen. Und für den Mut, Christoph zur Rede stellen zu wollen. Vielleicht war dieser junge Mann einfach überfordert davon, Vater zu werden, und hatte sich in Ella verliebt. Leider gab es genug Typen, die sich das Recht rausnahmen, noch etwas parallel am Laufen zu haben, aber Susanne wunderte sich sehr, dass Christoph so einer sein sollte. Sie hätte ihn anders eingeschätzt.

* * *

Ella stand vor dem Krankenhaus. Sie hatte Oberschwester Hilde den Auftrag gegeben, Christoph zu bitten, nach Feierabend herauszukommen. Hilde hatte die Augenbraue hochgezogen, aber gesagt, dass sie sich kümmern werde.

Nun stand Ella hier und beobachtete das Treiben vor dem Krankenhaus. Die Cafeteria mit Außenterrasse zum Ausgang hin war mit Kürbissen dekoriert, manche Leute saßen sogar noch in Decken eingepackt vor dem Café im Freien, qualmten eine Zigarette und tranken Kaffee. Eine Frau weinte, als habe sie eine schlechte Nachricht bekommen; wäre da nicht schon jemand an ihrer Seite gewesen, hätte Ella gefragt, ob sie helfen könnte. Sie verschränkte die Arme vor der Brust und zog die Stirn kraus. Ob er kneifen würde? Ob er ahnte, dass er aufgeflogen war? In dem Augenblick sah sie ihn die Treppe herunterlaufen, beschwingten Schrittes, als wüsste er gar nicht, was ein schlechtes Gewissen ist. Und er besaß auch noch die Frechheit zu strahlen!

Ihr Herz hüpfte auch einen Moment, doch sie verbot sich die Freude über das Wiedersehen.

»Ella! Ich habe schon gedacht, du wärst verschwunden! Weißt du, wie oft ich schon versucht habe, dich zu erreichen? Deine Familie hat mich immer abgewimmelt.«

Er umarmte sie, doch sie blieb stocksteif, schob ihn jedoch auch nicht von sich.

»Gut, dass du gekommen bist«, sagte sie nur und zog ihre Strickjacke enger um sich, als könnte sie ein Stück Stoff vor irgendwas schützen.

»Ist was passiert? Steckt ihr in Schwierigkeiten mit dem Geburtshaus?«

Sie versuchte, seine dunklen Augen zu ignorieren.

»Ja, es gibt ein Problem.«

»Sollen wir in die Crêperie gehen? Dann kannst du mir alles in Ruhe erzählen.«

»Nein danke, ich würde es gerne schnell hinter mich bringen.« Sie trat einen Schritt zurück und stolperte fast. Christoph fing sie auf, doch sie wies ihn von sich.

»Ella, was ist los? Was habe ich falsch gemacht?«

»Bist du dir wirklich keiner Schuld bewusst? Schämst du dich nicht, mir Hoffnungen zu machen, während deine Frau euer Kind austrägt?«

Als sie seinen verdutzten Blick sah, schöpfte sie fast Hoffnung, dass alles ein schrecklicher Irrtum war.

»Wovon redest du?«

»Von Monika Hofert.«

✳ ✳ ✳

Susanne war es, als schriebe sie einen langen Brief an Antonius. Niemals würde sie ihm diesen Brief schreiben, aber sie brauchte irgendeinen Adressaten, da sie nun wirklich lange aus dem Alter raus war, in dem sie solcherart Aufzeichnungen mit den Worten *Liebes Tagebuch* einweihte.

Sie saß auf ihrem Sofa und schrieb in das Buch, das er ihr geschenkt hatte. Es fühlte sich einfach gut an, ihm alles anzuvertrauen, auch wenn es nur in Gedanken war. Fast fühlte sie sich, als hole sie eine unbeschwerte Schwärmerei aus Teenagerjahren nach, nachdem ihre Leichtigkeit so abrupt geendet hatte.

Wie die Aussprache zwischen Ella und Christoph wohl lief? Hoffentlich würde das Geständnis Monika Hofert nicht aus der Bahn werfen. Falls Christoph ihr etwas erzählte, vielleicht behielt er die ganze Angelegenheit auch für sich.

Lieber Antonius,
sollten wir irgendwann einmal eine Beziehung haben,
dann wünsche ich mir absolute Ehrlichkeit zwischen uns.
Du brauchst mir nicht zu sagen, wenn du ein paar neue
graue Haare an mir entdeckst, aber alles Wichtige sollten
wir uns sagen können. Und deswegen kann ich auch nicht
mit dir zusammen sein, weil ich dir das Wichtigste nicht
sagen kann. Es stimmt, dass ich eine verkorkste, bezie-
hungsunfähige Frau bin. Lieber träume ich von uns,

als dich anzulügen. Aber was schreibe ich überhaupt?
Ach, könntest du meine Gedanken lesen!

Susanne musste selbst über sich lächeln. Albern war sie. Absolut albern. Und es fühlte sich gut an. Und dann klingelte das Telefon. Wenn es Antonius war, dann würde alles gut werden. Sie nahm den Hörer ab.

»Susanne Winter?«

»Hier ist Antonius Schmidtbauer.«

* * *

»Monika Hofert? Und ob mir der Name etwas sagt!« Christophs Miene wurde weich.

»Und?«

Ella entspannte sich auch ein wenig. Ein Rettungswagen fuhr mit Blaulicht, aber ohne Alarm auf die Anfahrt zur Ambulanz zu.

»Sie ist meine Schwester!«

Er strich ihr sanft über den Arm, und trotz der dicken Strickjacke, die Ella trug, erschauerte diese Berührung sie.

»Oh, dann, dann …« Sollte sie sich entschuldigen? Wie hatte sie so schlecht von ihm denken können? Und ihr Verdacht schien ihn eher zu amüsieren, als zu verletzen.

»Ich mag es, wenn du eifersüchtig bist. Das heißt doch, dass ich dir nicht gleichgültig bin. Und ganz ehrlich, ich bin erleichtert, dass dieses Missverständnis der Grund war, warum du auf keinen meiner Anrufe reagiert hast.«

»Es tut mir leid. Und ich wollte auch nicht mit dir am Telefon diskutieren, wenn meine halbe Familie zuhört.«

Es wurde wirklich Zeit, dass sie sich mal ein tragbares

Telefon anschafften, aber ihre Mutter behauptete immer, dass das giftige Strahlen aussenden würde. Oder es wurde Zeit, dass sie endlich von zu Hause auszog.

»Dann sollten wir uns mal wieder allein treffen. Aber sag mal, woher kennst du Monika überhaupt?«

Automatisch hatten sie sich in Bewegung gesetzt und spazierten jetzt in Richtung Krankenhauspark. Auf einmal nahm Ella die Schönheit der herbstlichen Natur wieder wahr. Braun glänzende Kastanien und orangefarbene Blätter lagen auf dem Weg. Die Sonne sammelte ihre letzte Kraft zusammen.

»Ich betreue sie als Hebamme. Sie war am ersten Infoabend da und direkt Feuer und Flamme für unser Geburtshaus. Eine richtig nette Frau. Ich habe mir bei dem Namen erst nichts gedacht, aber dann habe ich euch letztens hier im Krankenhaus zusammen gesehen. Und sie erzählte von ihrem Mann, der Arzt ist.« Ella nahm seine Hand wie selbstverständlich.

»Und ich habe gehört, dass du im Krankenhaus warst, und habe überhaupt nicht verstanden, dass du mich nicht sehen wolltest.«

»Wollte ich ja, bis ich euch zusammen gesehen habe.«

Er blieb stehen, fasste sie an den Schultern und sah sie zärtlich an. »Ella, du hast mir gefehlt.«

Ella nickte, obwohl sie mit dem plötzlichen Umschwung der Tatsachen noch nicht mitkam. So erleichtert sie war, ihr Herz steckte noch in den Grübeleien fest, die sie die ganzen letzten Tage gequält hatten. Und doch übernahm sie nun die Initiative und küsste ihn, bevor er es eben nicht tun konnte.

»Du mir auch.«

Noch einmal küssten sie sich, und es war ihnen beiden egal, ob jemand von der Belegschaft sie erkannte. Schließlich war Ella jetzt frei.

»Ach, Christoph, ich hatte schon Angst, ich müsste Monika stecken, dass ihr Mann nebenbei mit anderen Frauen anbändelt. Als sie erzählte, ihr Mann sei auch Arzt, war ich mir ganz sicher, dass es kein Missverständnis war.«

»Ja, mein Schwager ist einer meiner besten Freunde aus dem Studium. Sie hat ihn über mich kennengelernt.«

»So ein Glück! Und noch schrecklicher fand ich die Vorstellung, wir beide würden stundenlang bei der Geburt dabei sein, und Monika würde nicht ahnen, was zwischen uns gelaufen ist.«

»Na ja, allzu viel ja leider noch nicht«, grinste er, und dann verfinsterte sich seine Miene. »Ich dachte, sie würde nur zur Vorsorge zu euch kommen, aber doch hoffentlich nicht zur Geburt!«

»So ist ihr Plan!«

»Meine Schwester! Ich hatte ihr von euch erzählt und ihr gesagt, dass ich das absolut unverantwortlich finde. Und sie meinte nur, klingt cool, das muss ich mir näher anschauen. Und ich dachte, sie wollte mich nur ärgern.«

Ella ließ seine Hand los. Er wollte ihr Herz, aber das, was sie beruflich tat, fand er unverantwortlich. »Christoph, das ist nicht deine Entscheidung, wo sie ihr Kind entbindet.«

Und offensichtlich hatte Monika ihren Bruder aus gutem Grund nicht eingeweiht, vielleicht gar ihren Mann zum Schweigen verpflichtet.

»Sie ist meine Schwester, und es war schon immer so, dass ich auf sie aufpassen musste. Ein paarmal habe ich sie echt gerettet, weil sie so unvernünftig war. Einmal hat sie sich auf einer Party so betrunken, dass sie auf dem Nachhauseweg auf einer Parkbank eingeschlafen ist. Weil sie nicht nach Hause kam, bin ich den Weg abgelaufen und ...«

»Christoph! Du willst doch jetzt nicht irgendwelche Teenagereskapaden mit ihren Geburtsplänen vergleichen! Wir sind keine Disco mit lauter Musik und zu viel Alkohol, die unter der Hand noch bunte Pillen vertickt! Wenn es irgendwo ein Risiko gibt, fahren wir unter der Geburt ins Krankenhaus.«

»Dann kann es längst zu spät sein.« Er nahm ihre Hände in seine. »Ella, auch wenn ich die Idee eines Geburtshauses nicht gut finde, akzeptiere ich euren Versuch natürlich. Aber wenn es um das Wohl meiner Schwester geht, dann kann ich nicht zusehen, wie sie ihr Leben riskiert.«

Ella entzog ihm ihre Hände. »Sie wird bei uns die beste Betreuung bekommen.«

»Ja, von mir aus bis zur Geburt. Aber bitte erfinde am Ende irgendeinen Grund, dass sie doch ins Krankenhaus fährt. Ihr betreut doch keine Risikoschwangeren. Irgendein Risiko ist doch immer da. Tue es mir zuliebe.«

Ella wich einen Schritt zurück. Was sollte das? Sie war viel zu perplex, um irgendeinen Satz herauszubringen.

»Ella, tue es bitte uns zuliebe. Es wird doch keiner etwas davon erfahren.«

✳ ✳ ✳

»Ich freue mich, dass Sie anrufen.« Sosehr Susanne ein Geheimnis um ihre Vergangenheit machte, sie wollte nicht verbergen, wie sehr sie sich freute. Auch wenn all diese Frauenzeitschriften von der *Brigitte* bis zur *Petra* rieten, sich möglichst lange unbeteiligt zu zeigen und den Mann zappeln zu lassen. Sie hatte sich gewünscht, seine Stimme zu hören, und nun geschah es tatsächlich. Sie legte das Buch, das er ihr geschenkt hatte, zur Seite. Vielleicht besaß es magische Kräfte? Was sie sich wünschte und dort hineinschrieb, wurde wahr? Sie streckte ihre Beine auf dem Sofa aus und kuschelte sich in die Decke aus Pannesamt, die sie sich über den Körper zog.

»Und ich freue mich, dass ich Sie erreiche.«

Susanne freute sich, dass sie zu Hause geblieben war, sonst hätte sie seinen Anruf verpasst. Es war einfach schön, seine Stimme zu hören. *Frage mich doch, ob ich mit dir ausgehe*, dachte sie.

»Und Susanne, ich wollte Sie fragen, ob Sie sich eventuell vorstellen könnten, einmal mit mir auszugehen.«

Einmal? Hundertmal! Susanne lächelte. »Ja, sehr gerne. Wann denn?«

»Also ich habe die ganze Woche Zeit, sogar heute Abend. Wir könnten gleich essen gehen.«

Susanne sah auf ihre Wanduhr. Halb acht. Bräuchte sie nicht mindestens eine Stunde, um sich aufzubrezeln? Sie hatte seit Ewigkeiten kein Rendezvous mehr gehabt. Und sofort zuzusagen würde all diesen Frauenzeitschriftregeln widersprechen. Aber Susanne hielt doch eh nichts davon. Und sie hatte so eine Sehnsucht, sich ihm so unverstellt wie möglich zu zeigen. Und da wäre es doch schon mal ein guter Anfang, spontan zuzusagen und sich so zu präsentieren, wie sie eben war. Gut, die Haare noch mal bürsten und die Pantoffeln ausziehen würde sie schon, und wer weiß, vielleicht würde sie ihm irgendwann auch alles andere von sich offenbaren können.

»Ja, essen gehen wäre wunderbar. Sollen wir uns bei dem Italiener am Hansaring treffen? Dann haben wir es beide gleich weit.«

»Gute Idee. In einer Viertelstunde?«

»Zwanzig Minuten!« Susanne überlegte sich, ob sie für alle Fälle den Piepser einpacken sollte, auch wenn ihre »weiteste« Schwangere, Anne, erst am Ende der sechsunddreißigsten Woche war. Ab der siebenunddreißigsten Woche durften sie die Geburten übernehmen, davor würde sie ohnehin in ein Krankenhaus müssen.

»Gut, dann in zwanzig Minuten. Ich freue mich.«

»Ich mich auch!«

Keine halbe Stunde später saßen sie sich bei dem Italiener Di Paolo gegenüber. Zwischen ihnen stand eine Weinflasche, die als Kerzenständer umfunktioniert war. Das grüne Glas war überdeckt von roten Wachstropfen. Auf der rot-weiß karierten Tischdecke lagen schon Besteck und Servietten bereit.

Er sieht noch so viel besser aus als Jeremy Irons, und hier können uns keine anderen Kunden dazwischenfunken, so wie im Buchladen. Susanne lächelte.

Paolo, der Namensgeber und unverkennbar der Patron der Pizzeria, brachte zwei Karten, die in Leder eingebunden waren.

»Guten Abend, die Herrschaften«, Antonius nickte er noch mal extra zu, als wäre er hier öfter Gast.

Als Antonius einen Rotwein bestellte, zögerte Susanne. Ach, was sollte es, die Wahrscheinlichkeit, heute noch ins Auto steigen zu müssen, war verschwindend gering. Der klare Kopf war ohnehin eine Traumvorstellung, die erste Verabredung seit Jahren machte sie schon völlig wirr.

»Es freut mich sehr, dass es heute Abend so spontan geklappt hat.«

Er umschifft das Du, dachte Susanne und wurde noch nervöser. Sie siezten ja selbst ihre Schwangeren, obwohl sie ihnen so nahe waren wie kaum jemand. *Mensch, warum kann ich nicht einmal an was anderes denken?*, dachte Susanne und preschte nach vorn.

»Ja, mich auch. Und von mir aus könnten wir das Sie auch weglassen.«

Sie spürte, wie sie rot wurde. *Meine Güte, wir sind nicht im 18. Jahrhundert, wo dem Du im geschlossenen Schlafgemach der Beischlaf folgte! Wir haben 1989 und leben in einer modernen Welt, in der Männer und Frauen einfach mal miteinander essen gehen können! Warte doch einfach mal ab!*

»Sehr gerne, Susanne.« Und wie in einer Filmszene brachte genau jetzt der Kellner zwei Gläser Rotwein, mit denen sie anstießen.

»Auf den möglichen Beginn einer wunderbaren Freundschaft, Antonius.« Susanne biss sich auf die Lippen, sobald ihr dieser Satz über die Lippen gekommen war. Antonius war Buchhändler, und wenn er diesen Satz interpretierte, könnte er Folgendes zwischen den Zeilen lesen: Auf keinen Fall wird es mehr als Freundschaft. Und auch die Freundschaft ist nur eine Option. Das war auf jeden Fall kein Satz aus einem Flirtratgeber.

»Ach, Antonius, ich habe einfach keine Ahnung, wie das heutzutage so abläuft«, sprach sie ihre Unsicherheit aus. Seine Hand, die nun nach ihrer griff, trieb sie schon in den Wahnsinn. Wenn das heute Abend in dem Tempo weiterging, würde sie das nicht überleben.

»Dann ist es also auch von deiner Seite eine Verabredung? Das beruhigt mich. Ich habe mir schon wochenlang überlegt, wann und wie ich dich frage.«

Als Antwort drückte sie seine warme, feste Hand.

»Und danke, dass du so offen bist!«

»Sollte das nicht selbstverständlich sein?«, antwortete ausgerechnet Susanne, die es perfekt gelernt hatte, mit einem Geheimnis zu leben.

»Ist es leider nicht. Und genau daran ist auch die Beziehung zu meiner Frau gescheitert. Wir hatten viele gute Zeiten, aber als sie vor fünf Jahren gestorben ist, habe ich erfahren, dass sie mir einen Teil ihrer Lebensgeschichte komplett verheimlicht hat. Nicht nur verheimlicht, sie hat eine Geschichte konstruiert, weil es einfacher für sie war. Sie hat immer behauptet, sie sei alleine aus der DDR geflohen und dürfte keinen Kontakt zu ihren Eltern haben, um sie nicht zu gefährden. Aber die Eltern lebten auch bei uns in der Bundesrepublik. Sie schämte sich für sie, der Vater war Alkoholiker, die Mutter schwer depressiv. Sie bereuten ihre Flucht wohl täglich, im Gegensatz zu ihrer Tochter wussten sie mit der neuen Freiheit überhaupt nichts anzufangen, konnten aber auch nicht zurück. Ich lernte sie erst auf der Beerdigung kennen.«

»Das tut mir leid.« Noch immer hielten sie einander an der Hand.

»Danke. Ich glaube, ich bin auch etwas eingerostet.«

Sie schwiegen, und der Kellner, der gerade die Bestellung aufnehmen wollte, trat dezent einen Schritt zurück.

»Ich weiß nur, dass ich nie wieder eine Beziehung möchte, in der nicht beide ehrlich miteinander sind.«

Susanne nickte. Noch hatten sie ja keine Beziehung. Aber sie nahm sich fest vor, ihm alles zu erzählen.

»Aber manchmal ist es einfach schwer, über bestimmte Dinge zu reden.« Sie ließen einander los und griffen beide nach der Karte.

* * *

»Ich werde ein Auto brauchen.« Carola faltete am Küchentisch den zweiten Korb Wäsche, obwohl ihr nach dem langen Tag fast die Augen zufielen. Andreas kam herein, um sich etwas zu trinken zu holen. Seit die Kinder im Bett waren, saß er noch am Computer und überarbeitete seinen Roman. Immerhin bewahrte der Computer Carola vor dem Anblick von Hunderten zerknüllten Blättern oder dem Geruch von Tipp-Ex. Und leiser war das Gerät auch als die alte Schreibmaschine, die sie aber für alle Fälle noch im Kleiderschrank verstaut hatten.

»Weißt du, dass ein paar Literaturagenturen hier jetzt auch versuchen, deutsche Autoren in Verlagen unterzubringen und nicht nur Bestseller aus anderen Ländern hier vermitteln wollen?«

Carola war skeptisch, was diese neumodische Welle mit den Agenten anging, die aus den USA rübergeschwappt war. Andreas hatte ihr oft genug erzählt, dass die deutschen Schriftsteller durchschnittlich achthundert Mark im Monat mit ihren Büchern verdienten. Und davon sollten sie noch einem Agenten was abgeben? Sie sah zu, wie er zwei Gläser mit Gerri-Limonade füllte – normalerweise gab es Leitungswasser, aber ab und zu gönnten sie sich auch so eine Kiste Zuckerwasser. Zur Freude von *Karius und Baktus*, den Schreckgestalten, die den Kindern in der Schule und im Kindergarten auf der Leinwand Angst vor Zahnfäule machen sollten.

»Und was hat das mit dem Auto zu tun?«

»Nächste Woche bin ich mit der Überarbeitung fertig, und dann schicke ich meinen Roman an eine Agentur. Und wenn ich da erst einmal einen Vertrag habe, dann sorgen die dafür, dass ordentlich Kohle fließt. Angeblich handeln die sogar Vorschüsse aus.« Er reichte ihr ein Glas und prostete ihr zu, als habe er den Vertrag schon in der Tasche. Carola seufzte. An manchen Tagen beteuerte Andreas, sie brauche nur Geduld haben, dann werden sich seine Bücher auch so gut verkaufen wie die von Konsalik; und wenn ihr das zu lange dauerte, verwies er auf den renommierten Autor Wolfgang Bittner, der in seinem Werk *Von Beruf Schriftsteller* noch mehr Angst vor dem Berufsstand verbreitete als die Filme von *Karius* und *Baktus* vor Löchern in den Zähnen.

»Ich brauche nicht am St. Nimmerleinstag mein Auto, sondern jetzt, damit ich meinen Job machen kann.«

Ihr Opel Kadett hatte letztes Jahr den Geist aufgegeben, und da sie bisher selten eins brauchten, hatten sie sich erst einmal entschieden, ohne Auto auszukommen. Gut, zu den meisten Schwangeren konnte sie mit der Bahn oder mit dem Fahrrad, sobald die Hausbesuche anstanden. Aber was war mit Geburten, die mitten in der Nacht losgingen? Dann, wenn keine Bahn mehr fuhr oder es eilig war?

»Glaubst du nicht an mich?«

»Doch, verdammt noch mal!«

Carola nahm einen Schluck Limo, bevor sie das zehnte T-Shirt zusammenfaltete. Wie sie das nervte! Diese ganze Wäsche zusammenzulegen, damit sie in drei Tagen wieder dreckig im Korb lag. Eine Endlosschleife.

»Hört sich aber gerade anders an.«

»Andreas, ich könnte mir meinen Feierabend auch anders vorstellen! Ich habe gerade erst einmal eine Stunde die Küche aufgeräumt, jetzt noch die Wäsche … und du verschwindest dauernd an deinen Schreibtisch, sobald ich hier bin!«

»Ich habe mich doch den ganzen Tag um alles gekümmert! Denk doch mal an den Mann deiner Schwester! Der macht gar nichts im Haushalt, und wenn er mal seinen Teller in die Spülmaschine räumt, würde Heike ihm am liebsten das Bundesverdienstkreuz verleihen! Die meisten Frauen beneiden dich um einen Mann wie mich!«

»Ja, vielleicht, aber das hilft mir gerade auch nicht weiter.«

»Okay, dann lasse ich meine Arbeit eben liegen und helfe dir mit der Wäsche.«

Carola verkniff sich eine spitze Bemerkung, als er zu dem Korb griff, in dem seine Socken und Unterhosen lagen. Das Schlimme war, dass sie beide recht hatten. Er machte viel mehr als die meisten Männer oder zumindest Familienväter, die sich in der Regel selbst heute noch ganz auf ihre Arbeit draußen konzentrierten. Sie hatten drei Kinder, mehr als der Durchschnitt seit dem Pillenknick in den Sechzigern, also auch mehr Arbeit als der Durchschnitt. Aber dennoch fühlte sich das alles ungerecht an. Wenn Frauen ihrer Arbeit nachgingen, sollten sie ständig vor Dankbarkeit allen gegenüber zerfließen, die ihnen das ermöglichten oder, schlimmer noch, es ihnen nicht untersagten. Im Grunde war es wie bei Aschenputtel: Sie konnten erst zur Party, wenn sie vorher die Linsen gelesen hatten. Und Männer durften zur Party, während die Frauen die schlechten ins Kröpfchen und die guten ins Töpfchen sortierten.

Manchmal konnte Carola Frauen wie diese Alice Schwarzer verstehen. Manchmal kaufte sie sich auch am Bahnhof die *Emma*, die ihr aber selten weiterhalf, sondern sie noch wütender machte. Frauen ohne Kinder hatten es mittlerweile fast so gut wie Männer, aber Frauen wie Alice Schwarzer warnten davor, dass Kinder Frauen wieder in die Fünfziger zurückkatapultierten. Aber das konnte doch nicht die Lösung sein, einfach keine Kinder zu bekommen? Als vor ein paar Jahren das Buch *Der kleine Unterschied und seine großen Folgen* in den Buchhandlungen lag, hatte Carola sich das auch besorgt und fand es völlig übertrieben. Sie hatte sich kein einziges Mal von Andreas unterdrückt gefühlt, schon gar nicht beim Sex. Aber allein gelassen hatte sie sich schon oft gefühlt von Andreas, obwohl er schon so viel mehr machte als die meisten anderen Männer.

Er hatte sie in so vielem schon unterstützt, war bei allen Geburten dabei gewesen, obwohl die meisten Männer sich noch davor drückten, er hatte nie gesagt, dass sie ihren Job aufgeben sollte, hatte mit den Kindern immer gemacht, was er konnte. Wollte sie zu viel? Eine wie Alice Schwarzer, die durch die Weltgeschichte tourte, keinen hatte, auf den sie aufpassen musste, die hatte gut reden! Andererseits redete sie ja nicht nur für sich, sondern wollte allen Frauen helfen.

»Carola, du hast seit fünf Minuten nichts gesagt. An was denkst du?«

Er legte gerade ein weiteres Paar Socken zusammen. Was Socken anging, fand Carola, sollten die deutschen Sockenhersteller sich ein Beispiel an der DDR nehmen. Die Vielfalt auf ein nötiges Maß herunterschrauben, wie bei den Autos: Trabbis und Wartburg und fertig. Es muss nicht Dutzende Marken und Varianten geben. Am besten eine Farbe und Form. Maximal drei Größen. Wenig war so dehnbar wie Socken.

»An gesellschaftliche Revolutionen. Vielleicht verändert dein Buch ja auch die Welt, also setz dich dran und schicke es nächste Woche an den Agenten. Ich glaube an dich.«

Er sah sie überrascht an, und Carola wurde klar, dass sie nicht die Einzige war, die manchmal an der Rollenverteilung im Hause Hardgenbusch verzweifelte.

* * *

Paolos Räuspern ebnete einen Ausweg aus der Verlegenheit, in die Susanne geraten war. Die Gelegenheit, gleich alle Karten auf den Tisch zu legen, war ihr sozusagen auf dem Silbertablett serviert worden. Aber sie war einfach noch nicht so weit.

Antonius lächelte sie an.

»Die Pizzen hier kann ich nur empfehlen.«

»Oh ja, eine Pizza wäre genau das Richtige.« Sie blätterte die Karte durch und entschied sich für die Pizza Verdure mit einer Extraportion Oliven. Und bis die Pizza kam, plauderten sie über lauter unverfängliche Dinge, die sie begeisterten. Über Bücher. Über ihre Arbeit.

»Bei Geburtsszenen ist es in Büchern meist wie in Liebesszenen. Die Tür wird rechtzeitig zugemacht. Ich muss gestehen, dass ich mir eine echte Geburt überhaupt nicht vorstellen kann.« Antonius hatte vorher ein paar Geburtsszenen aus Büchern zitiert, die sie beide eher zum Lachen brachten.

»Würdest du das denn gern?« Susanne spießte ein Stück Artischocke von dem Antipastiteller auf ihre Gabel. Sie liebte diesen ölig salzigen Geschmack.

»Nur wenn es mein eigenes Kind wäre. Sonst wäre mir das zu befremdlich.«

Er hatte aller Wahrscheinlichkeit nach keine eigenen Kinder mit seiner verstorbenen Frau. *Bitte frag jetzt nicht danach, ob ich Kinder habe*, dachte Susanne und beruhigte sich damit, dass er um ihre Wohnungssituation wusste. So wohnten Mütter in der Regel nicht, also hatte er keinen Grund zu fragen.

»Ja, das wäre es allerdings. Mir tun die Frauen schon immer leid, die sich von Ärzten oder einem Pulk Studenten bei der Geburt zu Studienzwecken beobachten lassen müssen. Eine einzelne Hebamme in der Ausbildung, die die Frauen vorher kennenlernen, ist da schon was anderes.«

»Müssen sie das denn?«

»Eigentlich hätten sie jedes Recht, Nein zu sagen, aber die meisten nehmen es einfach so hin.«

»Tja, das tun wir doch alle oft, die Dinge einfach hinnehmen, oder?«

»Ich dachte, du bist jemand, der das eben nicht tut. Du hast deinen eigenen Laden, hinterfragst die Dinge. Was würdest du anders machen, wenn du noch freier wärst?«

»Dich küssen?«

War das ein Scherz? Nein, so wie er sie ansah, war das vollkommen ernst gemeint. Ja, sie hatte sich ausgemalt, wie es wäre, ihn zu küssen, aber nie stand in der Fantasie ein Tisch mit rot-weiß karierter Decke und halb aufgegessenen Pizzen zwischen ihnen. Aber zum Glück war der Tisch sehr schmal.

»Dann tue es.«

Er beugte sich zu ihr herüber, und sie nahm einen so sanften, aber doch leidenschaftlichen Kuss entgegen, der ihr Lust auf viel mehr machte. Sie ahnte, dass dieser Mann viel mehr konnte, als nur fremder Leute Liebesgeschichten zu lesen. Er konnte selbst eine schreiben, die sie bis in die Zehenspitzen erschauern ließ.

Und dann passierte etwas, für das die Phrase »Bad Timing« erfunden worden war. Der Funk in ihrer Tasche piepste.

»Oh nein, ich glaube, da muss ich eben draufgucken.«

»Kein Problem.«

Trotz der Unterbrechung strahlten sie beide noch mehr

als vorher und verloren kein Wort über das, was geschehen war. Susanne kramte nach dem Piepser, der an eine Uhr aus dem Sportunterricht erinnerte, mit der die Lehrer die Zeit der Schüler stoppten. Es war 21.35 Uhr, in weniger als drei Stunden wäre Anne in der 37. Schwangerschaftswoche und dürfte im Geburtshaus entbinden. Streng genommen müsste sie vor Mitternacht dafür sorgen, dass Anne in ein Krankenhaus kam. Und wer weiß, vielleicht war es auch Fehlalarm.

»Ich muss ganz schnell eine werdende Mutter anrufen. Der Piepser ist nur für den Ernstfall gedacht.«

Auf einmal konkurrierte die Aufregung über die erste anstehende Geburt im Geburtshaus mit dem Kribbeln angesichts des Kusses. Sie fragte Signore Paolo, ob sie das Telefon benutzen durfte, und er führte sie hinter die Theke, wo an der Wand ein schwarzes Telefon mit Drehscheibe befestigt war. So wählte Susanne Annes Nummer, während Antonius ihr aufmunternd zunickte und manche Gäste neugierig zu ihr herüberblickten. Ein Telefon in einer Gaststätte benutzte man als Gast schließlich auch nur im Notfall.

Nach dreimal Klingeln hob jemand ab.

»Susanne, es ist so weit. Ich hatte gerade einen Blasensprung.«

Da gab es keinen Interpretationsspielraum, wie das bei Wehen oft der Fall war. Zum Glück war es bei dem einen Glas Wein geblieben. Susanne musste los.

»Antonius, es tut mir echt leid.« Susanne zog sich ihre Jacke über, mittlerweile war es richtig kalt draußen, eine sternklare Nacht, die schon nach dem kommenden Winter roch.

»Kein Problem, so habe ich wenigstens die Möglichkeit, um eine Fortsetzung zu bitten.«

»Die hättest du auch so. Es war ein wunderschöner Abend«, sie umarmte ihn kurz, obwohl sie am liebsten die ganze Nacht in seinen Armen gelegen hätte. Aber die Vorfreude auf die endgültige Einweihung des Geburtshauses nahm sie schon gefangen, als sie zu ihrer Wohnung eilte, ihre Hebammentasche holte und zum Auto hetzte.

Anne wohnte in Weiden am Stadtrand, sodass Susanne eine Weile brauchte, bis sie die Adresse angefahren hatte. Zum Glück kannte sie den Weg schon von dem Vorbesuch zu Hause. In dem ruhigen Wohngebiet waren fast überall schon die Rollos unten, soweit das Licht der Straßenlaternen vor den Vorgärten die Sicht freigab. Bei Anne stand die Haustür schon offen, ihr Mann stand mit dem großen Bruder an der Hand in der Tür.

»Gott sei Dank, dass Sie so schnell gekommen sind. Ich bin Dirk, das ist Tobias. Ich glaube, wir müssen direkt los.«

Susanne sah auf den kleinen Jungen, der vielleicht drei war. Sie würde ihn im Notfall eben im Nebenzimmer von Ella betreuen lassen. Diese Option hatten sie schon besprochen, falls es Geschwisterkinder gab, auf die niemand aufpassen konnte. Den Vater wollte sie an Annes Seite.

»Keine Panik, alles wird gut. Erst einmal schaue ich nach Anne.« Vielleicht schafften sie es auch gar nicht mehr bis zum Geburtshaus. Eine ältere Frau kam aus einem anderen Zimmer, als Susanne den Flur betrat. Sie nickte Susanne freundlich zu und übernahm den Kleinen.

»Komm mal mit, Tobias, es wird Zeit für das Bett, und wenn du morgen früh aufwachst, dann bist du vielleicht schon ein großer Bruder.«

Der Junge im Schlafanzug ließ seinen Papa los und streckte die Arme nach der Oma aus.

»Danke«, sagte Susanne und folgte dem Vater in das Schlafzimmer. Anne lief dort auf und ab. Das Bett war zerwühlt, und neben den Kissen lagen noch Stofftiere und ein paar Bücher verteilt über das Bett. Sie gehörten also nicht zu den Familien, in denen die Kinder nichts im Elternschlafzimmer zu suchen hatten. Das ließ zwar nach, aber ganz viele Eltern erklärten das Ehebett immer noch zur Tabuzone. Susanne hatte schon Geschichten von der alten Generation gehört, in der die Väter das Kinderzimmer abgeschlossen hatten, damit die Mutter nicht schwach wurde und nachts zum schreienden Baby eilte. Diese Zeiten waren zum Glück bei den allermeisten vorbei.

»Hallo Susanne! Gut, dass Sie kommen! Ich glaube, das Baby kommt in fünf Minuten!«, sagte Anne, die schon einen Trainingsanzug trug, als ginge es gleich zur Aerobic-Stunde. Obwohl der türkis-pinke Stoff dehnbar war, schaute der halbe Bauch über der Hose heraus, und die Jacke stand offen. Anne hatte erzählt, dass sie bis zum fünften Monat noch beim *Telesport* mitgemacht habe, nur Hüpfen oder irgendwelche Bauchübungen gingen irgendwann nicht mehr.

»Dann könnte es auch hier zur Welt kommen.« Susanne bat Anne, sich auf das Bett zu legen, worauf ihr Mann sich verabschiedete. Das hatten sie vorher so besprochen, dass er bei der Untersuchung des Intimbereichs draußen warten sollte, weil es Anne sonst unangenehm war.

»Der Muttermund steht schon fünf Zentimeter offen. Alles ist bestens. Aber fünf Stunden ist realistischer als fünf Minuten. Wir können also ganz entspannt ins Geburtshaus fahren.«

Als Susanne das Haus in der Cranachstraße 21 aufschloss, wurde ihr ganz feierlich zumute. Hinter ihr betrat Anne mit ihrem Mann die Räumlichkeiten. Trotz der Wehen und dem riesigen Bauch schaffte Anne es behände die drei Stufen hoch. Sportliche Frauen hatten oft leichtere Geburten, der *Telesport* und Jane Fondas Einfluss waren also nicht umsonst.

»Das sieht ja fast aus wie eine ganz normale Wohnung und nicht wie ein Krankenhaus!«, staunte Dirk, der beim Infoabend den großen Bruder gehütet hatte. Zum Glück hatte Susanne die Heizungen tagsüber noch stärker aufgedreht, damit trotz wechselhaftem Herbstwetter niemand bei den Kursen oder Untersuchungen frieren musste. In der Luft lag noch der Duft von Orangen und Mandarinen. Sie liebte es jeden Herbst, die Früchte zu schälen, die mit jedem Riss in der Schale ätherische Öle freigaben. Orangenduft hellte die Stimmung auf, Lavendel beruhigte. Und Muskatellersalbei war fast ein Zaubermittel. Es verhalf Menschen dazu, über sich hinauszuwachsen. Sie hatte immer ein Fläschchen davon in ihrer Hebammentasche.

»Ja, es ist schön …«, mitten im Satz fasste Anne sich an den Bauch. »Es geht wieder los!«

Trotz der Schmerzen strahlte Anne immer wieder, wenn sie sich nicht gerade auf die Wehe konzentrierte. Alles, was sie jetzt brauchte, war Zeit und Ruhe, und Susanne konnte ihr genau das bieten. Es gab keinen Dienstplan, nach dem sich die Schwangere plötzlich auf eine andere Hebamme einstellen musste. Keine anderen Frauen, die gleichzeitig betreut werden mussten, keine unnötigen Eingriffe wie Wehentropf oder Einläufe. Gut, es gab auch keine schmerzstillende Spritze und keine Not-Sectio im Raum nebenan. Aber jeder Notfall war vorher durchgesprochen worden. Für jeden Notfall gab es einen Plan.

»Ein warmes Bad wäre toll«, stöhnte Anne, und Susanne begann, Wasser in die Wanne mitten im Raum einlaufen zu lassen. Draußen war es schon dunkel, und gleichzeitig hatte sie die schweren Vorhänge an allen Fenstern zugezogen, um Anne vor neugierigen Blicken zu schützen. Das Erdgeschoss war zwar etwas höher gelegt, sodass Passanten ihren Hals schon sehr recken mussten, um einen Blick durch die Fenster zu erhaschen, dennoch brauchten sie hier maximale Privatsphäre. Das Geräusch des Wasserstrahles beruhigte Susanne, die trotz aller Zuversicht ihr Herz klopfen spürte. Das hier war ihre erste Geburt im Haus der guten Hoffnung!

Annes Mann öffnete die Tasche und holte Annes Bademantel hervor. Anne nahm ihn entgegen und kündigte an, dass sie eben ins Bad verschwinden würde. Gleich würden sie gemeinsam einen Moment teilen, der so intim wäre, wie er nur sein konnte, aber es war wichtig, dass sie in jeder Sekunde selbst entschied, wer was beobachten durfte. Streng genommen war es albern, sich im Bad umzuziehen, da sowohl ihr Mann als auch Susanne sie nackt wahrscheinlich besser kannten als sie selbst. Aber genau so sollte es sein! Selbstbestimmt. Auch in scheinbaren Nebensächlichkeiten. Susanne bemerkte, wie Dirk einen Zettel studierte, der neben dem Telefon an der Wand hing. Und was dort stand, machte ihm anscheinend Angst. So blass hatte ihn Susanne die ganze Zeit nicht gesehen. Sie ging zu ihm und schaute selbst noch einmal auf den Zettel, auf dem die wichtigsten Notfallnummern standen. Auch die des St.-Laurentius-Krankenhauses.

Darunter stand fett gedruckt zum Ablesen: *Ich rufe aus dem Geburtshaus an, und es besteht der Verdacht auf Präeklampsie/Nabelschnurvorfall/Uterusruptur/Beckenendlage.*

Die schlimmsten Notfälle waren aufgelistet und so formuliert, dass jede der Hebammen den passenden Satz nur ablesen musste.

»Ich weiß, dass sich das schrecklich liest, aber dadurch würden wir im Notfall kostbare Zeit sparen«, und sie würden sich nicht vor lauter Panik verhaspeln oder nach den passenden Worten suchen. »So würden die Notfallmediziner sofort wissen, was zu tun ist. Eine reine Vorsorgemaßnahme. Keine Sorge, Notfälle sind wirklich sehr, sehr selten!«

Susanne legte Dirk die Hand auf die Schulter. Es war sein zweites Kind, aber dennoch war er besorgt. Während der Geburt waren Männer machtlos, konnten nichts tun, außer da zu sein. Das war zwar schon eine Menge, aber nicht gerade ein Gefühl, mit dem Männer gut umgehen konnten.

»Was ist mit Notfällen?«, stöhnte Anne, die im Bademantel und mit den Sportklamotten unter dem Arm wieder in das Geburtszimmer kam.

»Auf die sind wir gut vorbereitet«, antwortete Susanne. Und ja, trotz Herzklopfen verspürte sie genau diese Sicherheit, die sie geben musste. Es war, als wären die Wände des Hauses ebenfalls wie schützende Arme, die dafür sorgten, dass das Wunder der Geburt hier behütet stattfinden durfte.

Die Stunden vergingen wie im Flug, obwohl sich alles immer wiederholte. Die Kontrolle des Geburtsbefundes, das Abhören der Herztöne mit dem hölzernen Stethoskop nach Pinard … Immer noch blieb Susanne möglichst viel im Hintergrund, während Dirk seiner Frau bei jeder Wehe die Hand auf das Steißbein legte, weil Anne sich dadurch beruhigte. Die werdende Mutter lag nun wieder in der Wanne, und die Abstände zwischen den Wehen wurden immer kürzer, bis zuletzt das Stöhnen in Schreien überging.

Bei den ersten Geburten konnte Susanne dieses Schreien kaum ertragen, auch wenn sie sich vage an ihre eigenen Schreie bei Julias Geburt erinnerte. Aber mit der Zeit verstand sie immer mehr, dass es trotz aller Schmerzen ein kraftvolles Schreien war.

Anne klebten die Haare auf der Stirn, und nicht nur das warme Wasser trieb ihnen allen den Schweiß auf die Stirn. Es war schon lange nach Mitternacht. Susanne hatte Ella und Carola angerufen, damit sie wussten, dass dieses Zimmer zur Geburt belegt war. Sollte die Geburt bis zum nächsten Tag dauern, würden die anderen Bescheid wissen, falls eine Schwangere bei der Vorsorge alle Zimmer sehen wollte. Für die Zukunft sollten sie sich unbedingt ein Schild für die Tür basteln.

»Anne, ich sehe schon das Köpfchen. Du hast es gleich geschafft!« Irgendwann waren sie zum Du übergegangen, und Susanne nahm sich vor, Ella und Carola vorzuschlagen, dass sie so in Zukunft von Anfang an verfahren sollten.

Tatsächlich dauerte es nicht mehr lange, und der Kopf glitt heraus. Susanne nahm ein kleines, kräftiges Mädchen mit dunklen Haaren in Empfang. Noch in der Wanne legte sie den Säugling auf Annes Brust, damit der erste kostbare Moment ganz ihnen gehörte. Und das Baby schaute seine Eltern mit großen Augen an, erst dann fing es an zu schreien. Aber auch nur kurz, als gehörte das halt zum Programm und abgehakt.

Susanne sah die kleine Familie zusammen. Die Verliebtheit schwappte fast augenblicklich auf das kleine Wesen über. Alles war gut gegangen.

»Möchtest du die Nabelschnur durchschneiden?«, fragte sie Dirk. Er nickte, aber es kostete ihn sichtlich Überwindung, als würde er seinem Baby damit die Nahrung stehlen. Aber so musste es sein. In dem Moment der Geburt begann das Loslassen. Auch wenn es niemals so ein Loslassen sein sollte, wie Susanne es selbst erlebt hatte.

Die APGAR-Werte waren perfekt, Anne hatte nur ganz leichte Schürfungen erlitten, die bald vollständig verheilt wären. Die kleine Laura, so hatten die Eltern das Kind genannt, trank jetzt schon gierig, als hätte sie im Bauch bereits eine Ahnung bekommen, dass ihr ein großer Bruder zu Hause alles streitig machen würde.

Während die Mutter sich auf dem Bett ausruhte und Laura stillte, vervollständigte Susanne den Geburtsbericht. Auch um ihr Geburtshaus zu sichern und zu beweisen, dass sie gute Arbeit leisteten, musste jede Geburt nachvollziehbar sein.

Am 10.10.1989 um 02:17 Uhr war das erste Baby in ihrem Geburtshaus zur Welt gekommen. Kurz nachdem sie das erste Date mit Antonius hatte. Susanne lächelte. Irgendwie waren die Geschichte von Antonius und ihr und die des Geburtshauses miteinander verbunden.

Während Anne, Dirk und Laura ein paar Stunden in dem kleinen Schlafzimmer schliefen, in dem die Eltern nach der Geburt noch bis zu einer Nacht bleiben durften, räumte Susanne das Geburtszimmer auf, bezog das Bett neu und reinigte Badewanne und Boden. Sie freute sich darauf, die erste Geburt hier mit Ella und Susanne zu feiern, sie freute sich darauf, sich wieder mit Antonius zu verabreden, aber am allermeisten freute sie sich auf ihr Bett. Am Nachmittag stand eine Vorsorge an, bis dahin konnte sie schlafen. Spätestens morgen würde sie Anne im Wochenbett besuchen und schauen, wie gut sie sich erholte und wie das Baby gedieh. Sie riss die Fenster auf und ließ die Morgensonne herein. Kalt war es nicht, aber frisch. Das Geburtshaus war eingeweiht. Bei der guten Hoffnung war es nicht geblieben, sie hatte das erste Baby auf die Welt begleitet. Und würde es hier hoffentlich noch viele Tausende Male tun!

Kapitel Drei

Die Tafel war Ellas Idee gewesen. Als Susanne am Telefon von der Geburt erzählte, war Ella direkt in den Baumarkt gefahren, um eine Tafel zu besorgen. Sie hatte sie umgehend montiert und sofort mit Kreide beschriftet: *10.10.1989 um 2.17 Uhr: Laura, 53 cm, 3500 g schwer.*

So konnte gleich jeder sehen, dass hier wirklich Babys zur Welt kamen!

»Das war ja erst heute Nacht!«, bemerkte Monika erstaunt, die heute wieder zur Vorsorge da war. Und nachdem das Missverständnis mit Christoph aus dem Weg geräumt war, konnte sich Ella wieder auf sie freuen.

»Ja, und es dauert nicht allzu lange, dann steht der Name Ihres Babys auch darauf!«

Monika folgte Ella durch den Flur in das andere Geburtszimmer, das etwas kleiner war und nicht über eine Badewanne verfügte, aber für einen Untersuchungstermin reichte das vollkommen.

»Ich kanns kaum erwarten!« Monika zog noch im Laufen Mantel, Schal und Mütze aus, als würde sie von innerer Hitze geplagt. Und Ella wollte möglichst schnell loswerden, dass sie Christoph kannte und er versuchte zu intervenieren. Zum Glück musste sie Monika nicht gestehen, unwissentlich mit ihrem Mann angebändelt zu haben, aber dennoch wollte sie das Gespräch schnell hinter sich bringen.

»Ja, das glaube ich, wobei das Baby jetzt noch so pflegeleicht wie sonst selten im Leben ist.«

»Pflegeleicht? Sie tritt mich die ganze Zeit!« Monika lachte.

Ella kontrollierte ihre Werte. Es war alles in Ordnung. Sie tastete den Bauch ab. Auch hier fühlte sich alles gut an.

»Sie schauen so ernst? Stimmt was nicht?«

»Doch, mit Ihnen und dem Baby ist alles in Ordnung. Aber ich muss Ihnen was gestehen.«

Monika erhob sich und sah sie fast erschrocken an. »Was denn?«

»Ich kenne Ihren Bruder. Christoph Hofert. Wir haben im Krankenhaus zusammengearbeitet.«

»Jetzt sagen Sie nicht, dass Sie die Frau sind, mit der mein Bruder nach Jahren verkorkster Frauengeschichten kürzlich ausgegangen ist?«

»Nun ja, von den anderen Geschichten weiß ich nichts, aber ja, streng genommen sind wir ausgegangen.«

»Na, er scheint das ziemlich ernst zu nehmen. Ups, geht mich ja eigentlich nichts an.«

Und Christoph ist der Meinung, dass seine Schwester nichts von ihrer Unterredung wissen sollte, aber darauf konnte Ella keine Rücksicht nehmen. »Schon okay, ich mag Ihren Bruder auch«, selbst wenn er sich das meiste davon durch sein erneutes arrogantes und selbstherrliches Verhalten wieder verspielt hatte. »Aber es gibt da ein Problem, Monika.«

Oder sollte sie das einfach ignorieren? Es ging sie ja schließlich nichts an, wie die Verwandtschaft einer

Schwangeren auf die Ankündigung reagierte, im Geburtshaus zu entbinden. Irgendein Verwandter gab doch immer ungefragt seinen Senf dazu. Aber Christoph war eben nicht irgendein Verwandter.

»Und zwar?«

»Ihr Bruder hält das Geburtshaus für gefährlich und möchte, dass ich Sie nicht mehr behandele.«

Monika seufzte, wobei sich ihr Bauch bewegte, als wolle ihre Tochter sich auch in die Diskussion einklinken.

»Mein Bruder! Der ist ein Hypochonder. Ich will hier hin und sonst nirgendwohin. Unsere Mutter ist bei meiner Geburt fast gestorben, ich glaube, deshalb hat er Angst. Obwohl das in einem Krankenhaus war. Er meint, ohne das schnelle Eingreifen der Ärzte wären Mama und ich tot.«

»Ja, manchmal gibt es brenzlige Situationen.«

»Trotzdem. Ich glaube, mit einer guten Betreuung und ohne Einmischung wird die Geburt besser. Ich habe überhaupt keine Bedenken. Und Sie doch auch nicht? Ich meine, Sie sind doch überzeugt von Ihrem Konzept?«

»Natürlich sind wir das. Aber ich möchte nicht drum herum reden. Ihr Bruder möchte, dass ich Sie davon überzeuge, zur Geburt ins Krankenhaus zu gehen.« Dass er dabei sogar unlautere Mittel vorschlug, behielt sie für sich.

»Das geht ihn gar nichts an! Er muss das Kind nicht bekommen. Er ist noch nicht mal der Vater! Er wollte schon immer recht haben. Und er meinte schon immer, nur weil er ein bisschen älter ist, könnte er mir sagen, wo es langgeht«, empörte sie sich, grinste aber. »Und Ella, erst durch seinen Vortrag über eine wahnsinnige Idee von drei leichtsinnigen Hebammen, den er während des sonntäglichen Mittagessens bei unseren Eltern zwischen Braten und Klößen gehalten hat, wusste ich, was ich mir unbedingt anschauen musste.«

Monika griff nach Ellas Händen und hielt sie fest.

»Ich bin erwachsen. Ich entscheide das ganz allein. Und natürlich habe ich das mit meinem Mann abgesprochen. Aber sonst schulde ich niemandem Rechenschaft, erst recht nicht Christoph.«

Ella nickte. Christoph. Der Mann, von dem sie trotz unglücklicher Begegnungen nachts und tags geträumt hatte. Von dem sie dachte, dass er seinen Irrtum eingesehen hatte. Der sie geküsst und ihr gesagt hatte, dass sie ihm was bedeute. Dieser Mann redete hintenrum über sie, als wäre sie leichtsinnig und unwissend. Nein, Monika, so gerne sie sie mochte, niemals würde sie ihre Schwägerin werden.

»Monika. Da haben Sie vollkommen recht! Entschuldigen Sie bitte, dass ich Sie damit überhaupt belästigt habe. Es ist Ihre Entscheidung! Und ich werde Sie unterstützen!«

* * *

Carolas Vorbereitungskurs für Mütter ab dem zweiten Kind war ein Volltreffer. Wie das Kind rauskam, wussten all diese Frauen. Vor allem wussten sie, dass Zeit für sich selbst knapp wurde und dass sie aus der Phase mit dem ersten Kind noch einiges lernen konnten, das ihnen das Leben angenehmer machen würde.

Und heute war wieder einer dieser Kursabende, an denen zehn schwangere Frauen in dem Gruppenraum auf dicken Kissen saßen, den Duft von Lavendel aus der

Duftlampe einatmeten, Tee und Kekse genossen und über ihre Sorgen und Wünsche redeten. Carola liebte es, das Ganze zu moderieren. Ein paar von den Frauen hatten sich hier auch zur Geburt angemeldet, wie Anke und Sonja, die seit der Grundschule befreundet waren.

»Früher haben wir gemeinsam den Puppenwagen geschoben, jetzt schieben wir zusammen den Kinderwagen«, hatte Sonja sich in der ersten Stunde vorgestellt.

Sonja und Anke waren noch Ende zwanzig, und Sonja hatte es irgendwie geschafft, ihr Studium der Sonderpädagogik an der Kölner Uni trotz Kleinkind fertig zu bekommen. Die Uni war eine der wenigen Einrichtungen, die einen Kindergarten für Kinder unter drei anbot. Sonja erzählte es aber nur wenigen, weil sie keine Lust mehr auf Rabenmutterkommentare hatte, wie sie Carola bei der Vorsorge gestanden hatte.

»Und das ist genau die richtige Strategie«, sagte Carola und blickte in die Runde der Frauen, die zwar alle guter Hoffnung, aber eben nicht mehr so naiv waren wie die meisten Erstgebärenden.

»Sucht euch Verbündete, Frauen, mit denen ihr tagsüber den Kinderwagen durch den Park schiebt, tauscht euch aus, helft euch gegenseitig!«

Carola kannte Frauen, die sich selbst mit Säuglingen mit der Kinderbetreuung abwechselten und dabei sogar das Kind der anderen stillten. Davon riet sie jedoch ab, allein weil dieses neuartige HI-Virus wohl auch über die Muttermilch übertragen werden konnte. Und diese Krankheit war tödlich, niemand überlebte sie länger als ein paar Jahre.

»Was mache ich, wenn meine ältere Tochter ihre kleine Schwester nicht leiden kann?«, fragte wenig später Claudia, die mit ihrer Kurzhaarfrisur an die Frontfrau Marie Fredriksson von *Roxette* erinnerte, deren neues Album schon überall angekündigt wurde.

»Die allermeisten Kinder lieben es, große Geschwister zu sein. Fast immer sind die Kinder ein Herz und eine Seele. Wichtig ist, dass die Großen sich nie zurückgesetzt fühlen. Lasst lieber mal das Baby fünf Sekunden länger schreien als das große Kind heulen, weil ihr euch ums Baby kümmert.«

Carola dachte an ihre große Schwester Heike. Als Kinder hatten sie sich so gut verstanden, doch mit der Zeit waren sie sich immer fremder geworden. Die Zeiten, in denen sie Heike irgendein Geheimnis unter der Bettdecke anvertraut hätte, waren lange vorbei.

»Glaubt mir, sie werden das Baby lieben! Ich habe schon drei Kinder, und sie können es kaum erwarten, dass das Baby endlich kommt«, sagte Elisabeth, die beim letzten Mal darüber geklagt hatte, dass die Nachbarn tuschelten, sie wäre asozial, so viele Kinder in die Welt zu setzen.

Claudia lächelte dankbar. Und Carola auch! Die Frauen sollten sich hier gegenseitig Mut machen, einen Wettkampf, wer die beste Mutter wäre, brauchte niemand.

»Können wir diesen Kurs nicht zweimal die Woche machen?«, fragte Anke. »Das ist die einzige Möglichkeit für mich, mal abends ohne schlechtes Gewissen meinem Mann den Großen zu überlassen.«

Der »Große« war zwei und machte wohl abends Rabatz für Drillinge.

»Immerhin passt dein Mann mal alleine auf! Meiner weigert sich, das wäre nix für Männer, solange die Kinder noch nicht sauber sind und mindestens Fahrrad fahren oder Fußball spielen können, sagt Knut immer«, brachte sich eine der Schwangeren in Jeanslatzhose ein, obwohl das eher zum Heulen war. In diesem Moment dachte Carola voller Liebe an Andreas, der mit Sicherheit nicht perfekt, aber sich von Anfang an nicht zu schade war, eine volle Windel zu wechseln oder den Kindern mal das Fläschchen zu geben, wenn sie unterwegs gewesen war. Am liebsten hätte Carola jetzt gesagt, sie solle »ihrem Knut« mal ordentlich die Meinung geigen, aber das war eine heikle Angelegenheit. Wenn sich die Schwangere in der Latzhose angegriffen fühlte, würde sie das nächste Mal nur zu Hause bleiben. Und viele der Frauen heutzutage waren einfach froh, wenn ihr Mann nicht dreimal die Woche in der Kneipe versackte, statt mit den Kindern am Abendbrottisch zu sitzen.

»Das ist der Vorteil an mehreren Kindern«, hakte Carola ein, »da müssen die Männer mit einspringen, wenn der Familienalltag funktionieren soll. Traut den Männern ruhig etwas zu, die können sich um die Kinder genauso kümmern, wenn man vom Stillen absieht.«

Sie schaute in die Runde. Die Hälfte der Frauen schaute so, als würde Carola denken, sie hätten Superman zu Hause sitzen und sich nicht trauen zu gestehen, dass sie eben nur den Normalo zu Hause hätten. Eigentlich sollte es selbstverständlich sein, sich wirklich gemeinsam um die Kinder zu kümmern, aber das schien noch eine Utopie zu sein.

* * *

»Unser erstes Geburtshausbaby ist gestern gut zur Welt gekommen.« Susanne lag auf ihrem Sofa und hielt den Telefonhörer an ihr Ohr, um Antonius endlich die frohe Botschaft zu überbringen, die sie nicht nur um das köstliche Tiramisu gebracht hatte, dass sie nach der Pizza hatte bestellen wollen.

»Gott sei Dank! Ich dachte schon, du meldest dich nicht mehr, weil irgendwas passiert ist.«

Es war so schön, seine Stimme zu hören, und Susanne hätte ihn gerne näher bei sich gehabt, aber wenn sie jetzt nicht gleich schlafen würde, dann wäre sie außerstande, morgen zu arbeiten. Vorsorgen und Hausbesuche standen an, und immer konnte die nächste Geburt dazwischenfunken.

»Und wenn etwas passiert wäre, dann hätte ich dich auch angerufen.« Wärme durchflutete sie. Ja, sie hätte bei ihm Trost gesucht. Er war niemand, mit dem es sich nur bei schönem Wetter aushalten ließ. Nein, wenn sie jemandem ihre Geschichte anvertrauen konnte, dann ihm. Und das musste sie auch tun, wenn sie jemals eine Beziehung haben würden.

»Danke«, verstand er das Kompliment genauso, wie sie es gemeint hatte.

»Sollen wir am Wochenende den Nachtisch nachholen?«, fragte sie. Feste Termine hatte sie abends keine, und die Wahrscheinlichkeit, dass ihr Piepser wieder gehen würde, war nicht allzu hoch. Und es würde auch nichts bringen, nur zu Hause rumzusitzen und zu warten. Ob sie vom

Sofa, der Supermarktkasse oder eben von einem Rendezvous weggerufen wurde, war doch im Grunde egal.

»Gerne, ich würde auch das Risiko eingehen, noch mal bei der Vorspeise anzufangen. Je mehr Zeit ich mit dir verbringen darf, umso schöner ist es.«

»Oh, Signora, dieses Mal soll sich der Bambino aber Zeit lassen, damit Sie in Ruhe zu Ende essen können.« Signore Paolo zwinkerte Susanne und Antonius zu. Und die Zeichen standen nicht schlecht, immerhin hatten sie schon die Vorspeise vertilgt. Diesmal hatte Susanne Zeit gehabt, sich vorher richtig schön zu machen. Das erste Mal seit Jahren hatte sie länger als zehn Minuten in ihr Make-up und die Frisur investiert. Der kunstvolle Knoten, zu dem sie ihre Haare hochgesteckt hatte, betonte ihren schönen Hals, und mit den roten Lippen und den schwarz getuschten Wimpern kam sie sich schon fast zu gestylt vor. Ihr fiel auf, dass Antonius' Blick nicht der einzige war, der bewundernd auf ihr ruhte. Das kleine Schwarze war aus Leinen, was es nicht zu elegant wirken ließ, aber dennoch fühlte sie sich ein wenig wie auf einer Bühne, ohne die Rolle perfekt zu beherrschen.

»Du siehst wunderbar aus!«

»Danke.« Sie hätte sich den Hauch Rouge sparen können, spürte sie. Er sah auch wunderbar aus. Sagte man das einem Mann in so einem Moment?

Die Hauptspeisen, diesmal eine Lasagne und eine Pasta al Tonno, lenkten von dieser Frage ab. »Weißt du, dass ich überproportional viele Reiseführer verkaufe, obwohl ich selbst seit Jahren nicht mehr verreist bin?«

Und Liebesromane, obwohl du lange nicht mehr in einer Beziehung warst? Aber vielleicht sehnte man sich genau nach dem, was man nicht hatte, dachte Susanne.

»Ich beobachte manchmal die Kunden, wie sie vor Vorfreude überlaufen, wenn sie sich Reiseführer über ein bestimmtes Land anschauen und bitten, die Karte einmal aufklappen zu dürfen, um sich einen Überblick zu verschaffen. So als könnte man sich schon hinzaubern.«

»Und warum bist du nicht mehr verreist?«

»Na ja, erst einmal braucht der Buchladen mich rund um die Uhr. Eine Vertretung zu finden ist nicht so leicht. Ich habe mich hier auch ganz gut eingerichtet. Reisen gehörte irgendwie zu meiner Vergangenheit.«

Ein Schatten huschte über sein Gesicht. Susanne verstand. Es war etwas, was er mit seiner Frau getan hatte.

»Ich war auch lange nicht mehr weiter weg«, antwortete Susanne und fragte sich, warum eigentlich.

»Aber theoretisch könnten wir überallhin, wohin wir wollten. Auch wenn wir diese Freiheit nicht nutzen. Lass uns darauf anstoßen.«

Ein leises Kling begleitete den Blick zwischen ihnen.

»Auf die theoretische Freiheit! Ich frage mich, wie anders es sich anfühlt, diese Freiheit nicht zu haben, auch wenn man sie gar nicht nutzen möchte.«

Allzu viel bekamen sie ohnehin nicht mit von den Menschen in der DDR, aber seit in der *Tagesschau* immer wieder von den Montagsdemos berichtet wurde, fragte sich Susanne, wie ihr Leben wohl verlaufen wäre, wenn sie auf der anderen Seite Deutschlands aufgewachsen wäre.

»Ich stelle mir das schrecklich vor. Zumal es ja nicht nur

um die Reisefreiheit geht. Ich müsste wohl die Hälfte aller Bücher rausschmeißen, wenn ich meinen Laden nach Ostberlin verlegen würde.«

Susanne nippte an ihrer Weinschorle. Reiner Wein und gar Härteres musste ein Tabu bleiben, solange sie Rufbereitschaft hatte – auch wenn die Chance gering war, genau in diesem Moment wieder angepiepst zu werden. Und apropos reiner Wein, den hätte sie am liebsten Antonius eingeschenkt.

»Es ist schon heftig, wie viel es ausmacht, wann und wo wir geboren werden. Wenn ich nur daran denke, wie viele ledige, sehr junge Schwangere ich betreut habe, die meist ganz gut mit der Situation klarkamen. Nur ein paar Jahrzehnte früher, und der Staat hat selbst gestandenen Frauen mit gutem Job die Vormundschaft über die Kinder abgenommen, wenn sie nicht verheiratet waren.«

»Grausam. Und noch früher, und sie wären als gefallene Mädchen auf der Straße gelandet. Andererseits gab es auch immer Fälle, in denen sich dennoch jemand der Kinder und Frauen angenommen hat.« Antonius griff kurz nach ihrer Hand, und sie hätte sie am liebsten festgehalten.

»Ja, und es gibt auch heute noch Fälle, wo solche Frauen der Willkür anderer ausgeliefert sind.«

Am liebsten hätte sie nicht nur seine Hand gehalten, sondern in seinen Armen gelegen. Sie spürte sich in seiner Gegenwart so ganz, so als könnten alle Wunden heilen, wenn er sie nur liebte. Dass sie sich erst selbst lieben und vor allem verzeihen musste, gestand sie sich nicht ein.

»Und hast du das schon einmal erlebt?«

Sie sahen sich an. Und Susanne erkannte die Möglichkeit, ihm nun die Wahrheit zu sagen. Ihm ihre Geschichte zu erzählen. Den Weg für eine vertrauensvolle Beziehung zu ebnen. Aber was war, wenn er sie nicht verstand? Für die Ereignisse damals konnte sie nicht viel, aber das, was sie jetzt tat, war vielleicht noch viel schlimmer. Mit dem Feuer zu spielen, vielleicht sogar das Glück ihrer Tochter zu gefährden. Es war ihr auf einmal, als würde sie das Schicksal herausfordern, wenn sie zu glücklich werden würde. Sie schüttelte den Kopf. Und dann schob sie das ganze Thema wieder in die hinterste Ecke ihres Bewusstseins, um sich die Gegenwart einfacher zu machen.

»Und wenn du morgen verreisen würdest und deine Buchhandlung in den besten Händen wäre, wohin würdest du fahren?«, fragte Susanne, so heiter es ihr möglich war.

»Wohin wäre mir nicht so wichtig wie die Frage, mit wem ich verreisen würde. Und du, wohin würdest du morgen reisen?«

»Ich kann mir die Frage gar nicht stellen, weil wir im Team erst einmal ein halbes Jahr Urlaubssperre vereinbart haben, bis sich alles eingependelt hat.«

»So lange kann ich warten.« Er lächelte ihr zu, und doch spürte Susanne, dass ihre Antwort ihn auf Abstand gebracht hatte.

»Danke, Antonius.«

Und als sie später am Abend in ihrem Bett lag, verging sie vor Sehnsucht nach all dem, was heute hätte noch passieren können. Das zwischen ihnen war kostbar. Und sie hatte Angst, es kaputtzumachen. Deswegen hatte sie sich vorgenommen zu warten, bis sie ihm die Wahrheit erzählt hatte.

* * *

Carolas Piepser baumelte an ihrem Hals an einem Lederband und wäre fast in der Butter gelandet, als sie gerade noch Marmelade und Nutella auf den Frühstückstisch stellte. Obwohl ihre Schwangeren noch Zeit hatten, traute sie sich nicht, den Piepser auch nur eine Minute irgendwo abzulegen.

Heute war Samstag, es standen weder Kurse noch Vorsorgen an. Sie hatte frei und wollte das Frühstück mit der Familie genießen. Stefanie war seit einer halben Stunde im Bad. Ihr Mann war mit Maike und Thomas Brötchen holen gefahren. So konnte Carola die Ruhe genießen. Ja, selbst das Radio hatte sie abgestellt. Stille war ein seltenes Geschenk, und sie musste es sich selbst hin und wieder machen. Schließlich konnte sie »ihren« Frauen nicht predigen, auf ihre Bedürfnisse zu achten, und die eigenen gleichzeitig ständig hintanstellen.

Und dann war es mit der Stille auch schon vorbei. Der Schlüssel drehte sich in der Wohnungstür, Thomas kam als Erster hereingerannt und hämmerte an die Badezimmertür, als sie nicht nachgab.

»Ich muss ganz eilig Pippi!!«

Es wurde wirklich Zeit für einen Umzug in eine Wohnung oder ein Haus mit zwei Badezimmern.

»Jaaaaaa!«, kam es immerhin.

»Ich bin die Pippi Langstrumpf, holla hi, holla ha«, trällerte Maike die Melodie aus der Fernsehserie, die schon bald zwanzig Jahre regelmäßig im ZDF wiederholt wurde. Und Andreas hatte nicht nur eine Brötchentüte, sondern noch eine Zeitung in der Hand, den *EXPRESS*. Die Kölner Zeitung, die Carola aus Prinzip blöd fand, einmal weil sie am liebsten nur reißerisch über Katastrophen schrieb und weil vorn drauf immer halbnackte Frauen abgebildet waren, die selten dämlich guckten und denen die Redakteure noch dämlichere Untertitel untergejubelt hatten: *Ups, da ist mir doch glatt das T-Shirt geklaut worden, als ich aus der Umkleide vom Sport kam.* So ein Frauenbild wollte sie mit keinem Pfennig unterstützen, und noch weniger wollte sie, dass ihre Kinder sowas in ihrer Wohnung sahen. Andreas fuchtelte mit der Zeitung herum, nachdem er die Brötchen auf den Tisch geknallt hatte.

»Irgendein Idiot hat es wohl auf euch abgesehen!«, rief er und lief zum Küchenwaschbecken, um sich dort die Hände zu waschen, als hafte Druckerschwärze an seinen Fingern. An der Spüle klebten immer noch die Prilblumen der Vormieter, die mit psychodelisch anmutenden Mustern das Spülen wohl zur Bewusstseinserweiterung werden lassen sollten. Da wurde die Hippiebewegung unter dem Motto fröhliche Küche domestiziert, damit sich die eine oder andere Hausfrau noch an ihre wilde Zeit erinnern konnte.

»Was ist denn los?«

Auf dem Titelblatt stand: *Hilfe, meine Frau wird arbeitslos! Übernehmen Roboter bald den Haushalt?* Darunter war ein Roboter mit bunter Schürze und Putzfeudel abgebildet. Hatte Andreas die Zeitung gekauft, weil er sich nach einem Roboter sehnte, der das leidige Thema Haushalt für sie erledigte, oder war das Recherche für seinen Science-Fiction-Roman?

»Schlage mal die nächste Seite auf, ich habe die Zeitung in der Schlange vor dem Bäcker schon durchgelesen, wenn ich den in die Finger bekomme, der euer Geburtshaus kaputtmachen will!«, ereiferte sich Andreas, der sonst so gelassen war.

»Kann ich ein Brötchen?«, fragte Thomas, der gerade aus dem Bad kam und sich im Laufen die Hose hochzog.

»Warum liest du so 'ne Scheiße, Papa«, maulte Stefanie, die eine Föhnfrisur trug, für die sie das Bad stundenlang blockiert hatte. Das Positive an der Pubertät war immerhin, dass sie zusehends politischer wurde, was sich bisher jedoch vor allem in Kritik an Erwachsenen und dem Zukleben der Fenster mit *Atomkraft? Nein, danke!* und Friedenstaubenaufklebern äußerte.

»Kann ich Nutella?«, fragte Maike, die sich längst ein Brötchen geschnappt hatte.

»Ihr könnt alles haben! Haben, okay? Oder essen oder was weiß ich.« Carola blätterte die Zeitung auf, obwohl sie sich normalerweise einig waren, dass die Zeitung bei gemeinsamen Mahlzeiten nichts zu suchen hatte.

Und als sie die Schlagzeile *Zurück ins Mittelalter in der Cranachstraße* las, wusste sie, warum Andreas so aufgebracht war:

… dank der modernen Medizin muss keine Frau mehr um ihr Leben zittern, wenn sie schwanger ist … Geburten ohne Ärzte und medizinisches Notfallnetz sind unnötige Barbarei … erst letzte Woche ist ein Kind gestorben und

die Mutter schwer krank, weil sie unbedingt zu Hause
entbinden wollte ... sie gehörte einer religiösen Sekte an,
die medizinischen Fortschritt ablehnt ... nun soll diese
Praxis in Köln »normal« werden, das müssen wir mit aller
Macht verhindern und die Frauen aufklären, sagt auch ein
bekannter Arzt, der lieber anonym bleiben möchte, da er
weiß, dass sogenannte Frauenrechtlerinnen nicht vor
unlauteren Mitteln zurückschrecken, gegen solche vorgehen,
die anderer Meinung sind. Aber es ist unsere Pflicht, die
werdenden Mütter darüber aufzuklären, dass Geburten,
wie sie früher aus der Not heraus unumgänglich waren,
nichts mit der Selbstbestimmung der Frau zu tun haben,
sondern gefährlich sind ... Auch das Gesundheitsamt
erwägt eine Schließung ...

Carola faltete die Zeitung zusammen und warf sie hinter sich.

»Könnte ich auch bitte mal die Nutella haben?«, lächelte sie in die Runde.

»Ja, regst du dich denn nicht auf? Was ist, wenn ihr morgen auf der Straße sitzt?«

»Verlierst du jetzt deinen Job, Mama?«, fragte Stefanie besorgt. Sie saß neben Carola und hatte den Artikel wahrscheinlich auch mit überflogen.

»Ach, was! Was da drinsteht, ist einfach unwahr! Wir werden dafür sorgen, dass das richtiggestellt wird. Typisch *EXPRESS*. Die verdrehen die Fakten immer.«

»Aber viele Leute glauben, was da drinsteht.«

Carola fragte sich, ob es reine Ritterlichkeit war, ihr beizustehen, oder ob Andreas Angst um die Versorgung der

Familie hatte. Sie war die Hauptverdienerin. Solange bei Andreas noch nicht der Durchbruch gekommen war, konnte sie es sich wirklich nicht leisten, die Arbeit zu verlieren. Wenn sich nach diesem Artikel keine Frau mehr bei ihnen anmelden würde, sähe es schlecht aus. Aber sie würden sich nicht unterkriegen lassen! Sie bestrich ihr Brötchen dick mit Nutella und biss hinein.

»Aber wir wissen, wie es wirklich ist. Ich frage mich nur, wer uns da schaden möchte!« Ein Arzt, der anonym bleiben wollte, hatte wahrscheinlich mit ihnen zu tun gehabt. Dr. Kramer? Das konnte sie sich beim besten Willen nicht vorstellen. Sie würde es mit den anderen besprechen, und dann würden sie gemeinsam überlegen, was zu tun wäre.

»Was ist denn, Mama?«, fragte Thomas besorgt.

»Irgendein Idiot sagt, dass unsere Arbeit gefährlich ist. Und das ist sie nicht.«

»Idiot sagt man nicht«, meinte Thomas.

»Stimmt, aber in dem Fall hat sie recht. Eure Mama macht einen guten Job. Macht euch also keine Sorgen«, ergänzte Andreas.

Carola sah ihn dankbar an. In Momenten wie diesen hatte sie wirklich das Gefühl, dass sie beide an einem Strang zogen. Das war viel mehr wert als ein Haufen roter Rosen und Schmuck, was manche Frauen immer noch für den ultimativen Liebesbeweis hielten.

* * *

»Ich liebe mein Kind schon jetzt, obwohl ich es noch nie gesehen habe. Können Sie das verstehen?«, fragte Sabine. Sie gehörte mit fünfunddreißig Jahren schon zu den sogenannten Spätgebärenden. Es war ihr erster Termin im Geburtshaus. Sie war erst im dritten Monat, aber sie wollte nichts dem Zufall überlassen und hatte bald nach dem positiven Test im Geburtshaus angerufen. Die meisten Schwangeren suchten sich nicht vor dem fünften Monat eine Hebamme, obwohl sie auf ihren Flyern extra darauf hinwiesen, dass jede Schwangere von Anfang an willkommen sei.

»Und ob ich das verstehen kann«, antwortete Susanne und dachte bei sich, dass sie es wohl besser verstand als jede andere. Sie hatte Julia schließlich auch all die Jahre geliebt, ohne sie zu sehen.

Sabine war eine zarte Frau, die dennoch Stärke ausstrahlte. Sie war Tanzlehrerin, nachdem sie von klein auf eine Ballettkarriere angestrebt hatte, für die sie irgendwann zu alt war. Dank der ZDF-Weihnachtsserie *Anna*, in der sich eine Balletttänzerin in einen Rollstuhlfahrer verliebt, hatte ihre Ballettschule jedoch einen Boom erfahren.

»Wenn ich die Minis in meiner Schule tanzen sehe, kann ich nie verstehen, warum die Mütter beim Abholen oft so genervt sind. Ich werde jede Minute mit meinem Kind genießen. Ich habe schließlich lange genug warten müssen, bis es endlich geklappt hat. Einmal hatte ich eine Fehlgeburt, aber das ist schon Jahre her, da war ich noch gar nicht mit meinem jetzigen Mann zusammen. Es wird doch diesmal alles gut gehen, oder?«

Sabine saß kerzengerade auf dem Bett. Ein durchtrainierter Körper war meist von Vorteil für die Schwangerschaft – solange die Frauen es nicht übertrieben.

»Normalerweise geht alles gut. Niemand kann für etwas

eine Garantie geben, aber haben Sie Vertrauen. Auch Fehlgeburten, besonders in den ersten Wochen, sind leider völlig normal, es redet nur kaum jemand darüber«, beruhigte Susanne sie. Und Frauen beruhigen würde sie jetzt noch öfter müssen – dank dieses idiotischen Zeitungsartikels, den Carola ihr und Ella mitgebracht hatte. Zuerst hatten sie überlegt, ob sie rechtliche Schritte einleiten sollten, aber ein Prozess konnte teuer werden und noch mehr negative Aufmerksamkeit auf sich ziehen. Sie wussten, was sie taten, und sie hatten von Anfang an geahnt, dass es auch Gegenwind geben würde. Dennoch stand am Montag nach dem Artikel das Telefon nicht still. Ein paar Frauen sagten tatsächlich ab, weil sie doch lieber ins Krankenhaus wollten. Im Gegenzug meldeten sich andere Frauen an, weil sie so das erste Mal von dem Geburtshaus erfahren hatten. Ein Anrufer faselte etwas davon, dass er das Gesundheitsamt auf sie hetzen wolle. Susanne hatte nur entgegnet, dass er das gerne tun könne. Das Gesundheitsamt habe bereits alles kontrolliert und hätte nichts zu beanstanden gehabt.

Sabine hatte von dem Artikel wohl nichts gehört, das war auch besser so, so ein Geschmiere würde sie nur unnötig verunsichern.

»Nein, eine Garantie gibt es für gar nichts. Ich habe die erste Hälfte meines Lebens von der großen Ballettkarriere geträumt. Es lief nicht ganz schlecht, aber irgendwann habe ich gemerkt, dass ich dadurch alles andere vernachlässigt habe. Und das, obwohl die Chancen, als Tänzerin Karriere zu machen, minimal sind. Aber das wollte ich nie hören.«

»Wer will das schon? Und wie schrecklich wäre es, wenn alle Träume im Keim erstickt würden, nur weil die Chance auf Erfolg gering ist?«

Susanne mochte es sehr, mit den Frauen nicht nur über die Schwangerschaft zu reden. Das schaffte noch auf einer anderen Ebene Vertrauen.

»Und da erscheint mir der Traum von einem Kind viel realistischer.« Sabine lachte.

»Ja, das ist er definitiv!«

Ihr eigener Traum von dem Geburtshaus war auch Wirklichkeit geworden, obwohl viele ihn anfangs für verrückt gehalten hatten. Wie schön war es, auch andere Frauen auf ihrem Weg zur Erfüllung eines Traumes zu begleiten.

Und nun saß sie wieder mit Ella und Carola zusammen, nachdem sie mit Sabine den nächsten Termin vereinbart hatte.

»Übrigens hat mir heute der Mieter in der Etage über uns gesagt, dass sie sich nach einem Haus auf dem Land umsehen. Vielleicht könnten wir uns erweitern?«, warf Susanne in die Runde, die sie wöchentlich abhielten, um alles Mögliche zu besprechen.

Alle drei Piepser lagen auf dem Tisch, jede hatte etwas zu essen mitgebracht. Es fühlte sich an wie Familie, nicht wie Arbeit.

»Gute Idee! Meine letzte Schwangere, Anne, hat schon angekündigt, dass sie mindestens noch zwei Kinder hier bekommen und uns allen Freundinnen empfehlen wird«, sagte Carola.

»Das ist gut! Ich habe heute auch noch zwei Anmeldungen bekommen«, ergänzte Susanne und nahm sich eine von den mit Käse belegten Roggenbrötchen, die sie bei ihrem Lieblingsbäcker um die Ecke für alle gekauft hatte, einen Halve Hahn, der auch für Vegetarier geeignet war.

Ella, die wie immer aussah wie Schneewittchen, weil ihr schlaflose Nächte noch kein bisschen anzusehen waren, stemmte ihre Hände in die Hüften.

»Ich verstehe euch nicht! Ihr tut so, als hätte es diesen Artikel gar nicht gegeben. Es haben auch ein paar Frauen abgesagt wegen diesem blöden Verriss. Und wer weiß, was noch kommt? Vielleicht müssen wir echt schließen, wenn sie uns irgendeinen Fehler nachweisen können!«

»Deswegen versuchen wir, keine Fehler zu machen! Und bisher läuft alles gut!«, entgegnete Susanne, die sich sehr wohl Gedanken machte, ihnen aber nicht viel Raum geben wollte.

»Und irgendwer redet immer. Du weißt doch, wie das mit der Zeitung läuft. Die Schlagzeile von heute ist morgen Schnee von gestern. Ich frage mich eher, warum uns jemand persönlich schaden möchte. Ich meine, wer hat etwas davon?« Carola nahm sich das zweite Brötchen.

»Ich weiß, wer es war.« Ella wurde rot wie die Tomate, die von Carolas Brötchen rutschte und auf ihr weißes Shirt fiel.

»Wer?«, fragte Susanne, die ihren Verdacht in diese Richtung nicht aussprechen wollte.

»Es kann nur Christoph Hofert gewesen sein! Er hat mir ganz klar zu verstehen gegeben, dass ich seine Schwester nicht mehr betreuen soll, dass ich notfalls irgendeinen

Risikofaktor erfinden soll, damit sie ins Krankenhaus geht.«

»So ein Sackgesicht! Was sagt denn seine Schwester dazu?«, fragte Carola.

»Na, dass er schon immer recht haben wollte. Und sich Sorgen macht, weil ihre Mutter bei der Geburt von ihr fast gestorben wäre. Und er schon so viele kranke Kinder behandelt hat, die unter Geburtsschäden litten.«

»Gut, dass sie nicht auf ihn hört! Und gut, dass du sie dabei unterstützt. Tust du doch, oder?«, fragte Carola, während Susanne die Nachricht erst einmal verdauen musste.

»Natürlich tue ich das! Aber irgendwie verstehe ich ihn auch. Er macht es ja wirklich nur aus Liebe seiner Schwester gegenüber.«

Ella schlug die Augen nieder, und in Susanne krampfte sich alles zusammen. Sie regte sich nicht allzu sehr auf über das Pamphlet, weil sie es nicht ernst nahm. Aber sie regte sich darüber auf, dass Ella diesen Typen auch noch verteidigte. Ob zwischen den beiden noch etwas lief? Wollte Ella da eine Tür offen halten, durch die sie besser nicht schlüpfen sollte?

»Ella, er kann von uns halten, was er möchte, aber das gibt ihm nicht das Recht, uns schlechtzumachen! Dafür habe ich absolut kein Verständnis!«, antwortete Susanne eine Spur schärfer als beabsichtigt.

»Natürlich hat er das nicht, aber wenn ich mit ihm rede, wird er unsere Argumente vielleicht besser verstehen und sich entschuldigen. Vielleicht nimmt er seine Worte auch zurück.«

»Das glaube ich kaum. Er hielt sich schon immer für ziemlich unfehlbar«, meinte Carola trocken und steckte sich die Tomatenscheibe noch in den Mund, die einen Fleck auf dem Shirt hinterlassen hatte.

»Ich glaube das auch nicht, aber wenn du das Gespräch suchen möchtest, mach es. Vielleicht laden wir die Ärzte auch mal hierhin ein. Schließlich müssen wir in Notfällen ohnehin mit ihnen zusammenarbeiten. Und rede mit Christoph, vielleicht war er es auch gar nicht.« Ja, Aufklärung und Gespräche waren ein gutes Gegenmittel, dachte Susanne. Wenn die Menschen wissen würden, wie es hier wirklich zuging, würden sie die Angst verlieren. Vielleicht sollten sie spätestens zum Jahrestag ein großes Fest feiern, zu dem mehr Journalisten kommen würden. Nach dem ersten Infoabend hatte es auch einen wohlwollenden Bericht im Stadtanzeiger gegeben, der zwar denselben Herausgeber hatte, aber seriöser als der *EXPRESS* war.

»Wisst ihr was? Ich werde das Fernsehen anschreiben! Der WDR ist doch bei uns in der Stadt, und mindestens für das Lokalfernsehen müsste unser Haus doch interessant sein?« Susanne bekam zwar schon bei dem Gedanken Herzklopfen, vor einer Kamera stehen zu müssen, aber wenn es ihrem Zweck diente, würde sie sich überwinden.

»Also ich unterstütze das, aber nur hinter der Kamera«, sagte Carola, »ich möchte nicht, dass ganz Deutschland oder wenigstens Nordrhein-Westfalen mich in der Flimmerkiste sieht.«

Ella sagte gar nichts.

»Dann rede ich vor der Kamera«, bekräftigte Susanne.

»Auch in einer Live-Sendung?«

»Noch haben wir ja gar kein Angebot, aber ja, auch in einer Live-Sendung würde ich reden. Was haben wir schon zu verlieren?«

»Na ja, wir können uns zum Affen machen«, widersprach Carola.

»Und selbst wenn.« Susanne fühlte sich kampfeslustig.

Weniger mutig fühlte sie sich immer noch, wenn es um Antonius ging. Er hatte um ein weiteres Date gebeten, doch sie hatten für diese Woche keinen gemeinsamen freien Termin gefunden. Der nächste Infoabend und noch ein paar andere Dinge standen an. Susanne hatte Angst, dass ihr Traum zerplatzen könnte, wenn es ernst wurde. Aus der Ferne betrachtet war die Liebe sicherer, so wie Sabine als kleines Mädchen davon geträumt haben musste, im Bolschoi-Theater Schwanensee zu tanzen. Der Traum war so viel leichter, als das Scheitern zu riskieren. Andererseits war ein nur geträumter Traum von Anfang an gescheitert. Selbst Sabine war an der ausgebliebenen Tänzerinnenkarriere nicht zerbrochen.

»Ich werde Christoph zur Rede stellen!«, riss Ella sie wieder aus ihren Gedanken, als wären damit alle Zweifel ausgeräumt.

Susanne nickte, obwohl ihr klar war, dass sie immer wieder mit Widersachern zu kämpfen haben würden.

Abends schrieb Susanne wieder in das Buch, das Antonius ihr geschenkt hatte. Sie hielt all das, was sie ihm noch nicht sagen konnte, in diesem Notizbuch fest – ohne es ihm je in die Hand drücken zu wollen. Wirklich alles, auch die Geschichte mit Julia. Es war schon gleich zehn, und

Susanne hatte der Versuchung widerstanden, den Fernseher anzuschalten. Wie oft war sie in der letzten Zeit doch vor dem Fernseher versackt, bis dieses Krisselmuster mit dem bunten Ding in der Mitte verkündete, dass es sich für den heutigen Tag ausgesendet hatte. Zumindest auf den Öffentlich-Rechtlichen. Diese Sender wie RTL oder VOX sorgten dafür, dass man sich rund um die Uhr berieseln oder sich nachts das Geld aus der Tasche ziehen lassen konnte, indem man sich unter 0190-Nummern von merkwürdigen Damen einlullen ließ. Aber das Zusammentreffen mit ihrer Tochter Julia hatte in Susanne den Gedanken wachgerufen, dass sie gleichzeitig eine Sendung anschauen könnten und darüber verbunden wären. Guckte nicht fast jeder in Deutschland sonntags um Viertel nach acht den *Tatort*? Oder wenn es sein musste, auch *Aktenzeichen XY… ungelöst?* Oder *Wetten, daß…?* Am Samstagabend? Aber Mädchen wie Julia hatten zu diesen Zeiten bestimmt was Spannenderes vor, oder saß sie sogar jedes Wochenende brav mit ihren Eltern auf der Couch? Susanne musste doch auch eine Ahnung von Frauen in ihrem Alter bekommen. Aber das Einzige, was Susanne durch das viele Fernsehen bekommen hatte, war ein schales Gefühl, als sie mit steifen Knochen schließlich vom Sofa aufstand. Heute war der 8. November. Im tristesten aller Monate war gerade mal eine Woche vergangen. Der Babyblues oder auch leichte Schwangerschaftsverstimmungen nahmen zu und wurden meist besser, wenn es auf Weihnachten zuging. Oder auch schlimmer. Das hatte Susanne all die Jahre im Krankenhaus beobachtet und fragte sich, ob es im Geburtshaus anders sein würde.

Der Piepser ließ sie hochschrecken. Obwohl sie müde war, überkam sie Vorfreude. Eine Geburt stand an, wenn es sich nicht um einen Fehlalarm handelte, was aber schon am Telefon meist schnell zu erkennen war. Sie notierte die Nummer auf dem Piepser, um die Schwangere anzurufen. Wer es war, wusste sie nicht, schließlich konnte sie sich kaum alle Nummern merken. Sie wählte die Nummer auf dem Telefon, das neben ihrem Sofa stand. Wäre sie unterwegs gewesen, hätte sie eben zur nächsten Telefonzelle eilen müssen. Münzen und eine Telefonkarte hatte sie zur Sicherheit immer dabei.

»Sabine?« Sabine war die Letzte, die sie erwartet hatte. Manchmal meldete sich eine der Frauen, weil sie ein Ziehen im Bauch hatte, das sich am Ende als harmlos herausstellte, aber keine hatte sich im vierten Monat gemeldet! Statt einer Antwort kam nur ein Schluchzen. Susanne hatte zum Glück die Mappe mit allen Unterlagen zu den aktuellen Schwangeren immer in ihrer Tasche dabei. Sie brauchte also nicht nach der Adresse zu fragen. Normalerweise würde sie erst einmal versuchen herauszufinden, was los sei, und das Problem durch ein Gespräch lösen. Aber sie spürte, dass das nicht reichen würde.

»Sabine, hörst du mich? Ich fahre sofort los und bin in einer Viertelstunde bei dir.«

Einmal hätte Susanne fast ein paar feiernde Jugendliche angefahren, die auf der Straße herumliefen und grölten, als wäre es schon Sommer und die Nationalmannschaft hätte das Finale der Fußballweltmeisterschaft gewonnen. Es war mitten in der Woche, was liefen die hier noch mit

Bierflaschen in der Hand rum? Es war kalt und dunkel, aber irgendeinen Grund gab es wohl immer zu feiern. Ein paar Straßen weiter hielt sie an und ergatterte gerade noch einen Parkplatz vor dem hübschen Altbau. Unten war ein Schild angebracht. Sabine hatte ihre Tanzschule also im selben Haus. Das war praktisch, wenn sie mit Kind weiter unterrichten wollte, dachte Susanne und klingelte an der Tür. Ein Summen, und sie gab nach. Susanne eilte mit ihrer Tasche unter dem Arm die Treppe hoch und blieb an der ersten offenen Tür stehen. Bei Sabines Anblick erschrak sie. Sabine hatte eine beigefarbene Sporthose an. Im Schritt war ein Blutfleck zu erkennen. Sie hatte die rechte Hand zu einer Faust geballt. Und die Hand war auch voller Blut. Als Sabine die Hand öffnete, stockte Susanne der Atem.

»Ich wusste nicht, was ich machen sollte.« Sabine saß mit Susanne auf dem Sofa und hatte sich etwas von ihrem Weinkrampf erholt.

»Ich wollte nicht ins Krankenhaus. Sie schmeißen das Kind in den Müll.«

Susanne weinte ebenfalls. Sabine hatte sich so auf dieses Kind gefreut. Und nun hatte sie es verloren, es war viel zu früh gekommen. So früh, dass es noch nicht als Mensch galt. So früh, dass jeder zu ihr sagen würde, dass das halt oft passiere und sie es einfach noch mal versuchen solle. Und sie konnte Sabine nicht mal diesen Trost geben. Es stimmte, in einem Krankenhaus würden sie den Fötus einfach entsorgen. Ob es für das Kind einen Unterschied machte, wusste Susanne nicht. Sie glaubte daran, dass diese kleine Seele woanders weiterleben würde. Aber sie wusste, dass es für die Eltern einen Unterschied machte, einen Ort zu haben, an dem sie trauern konnten. Ein Ritual, mit dem sie Abschied nehmen konnten. Der Tod gehörte zum Leben, und als Hebamme musste man immer mit ihm rechnen, dennoch würde sie sich nie daran gewöhnen.

»Sabine, es tut mir so leid.«

»Sie werden es mir wegnehmen, oder?«

Niemand konnte Sabine zwingen, in ein Krankenhaus zu gehen, solange es keine Komplikationen gab. Wenn die Eltern das wünschten, würden sie den winzigen Fötus untersuchen, um festzustellen, woran es gelegen hatte. Es konnte tausend Gründe haben, aber die wenigsten würden für die nächste Schwangerschaft eine Rolle spielen.

»Ist irgendetwas passiert?«

»Ich bin schuld, oder? Ich hätte nicht mehr tanzen dürfen! Ich habe mich gestern nicht gut gefühlt. Ich hatte Kopfschmerzen. Und Halsschmerzen und war so rastlos. Aber ich habe die Stunde trotzdem gegeben, weil ich niemanden enttäuschen wollte.«

Sabines gerade Haltung war verschwunden. Sie saß zusammengekrümmt auf der Sofakante.

»Du bist nicht schuld. Vielleicht war das Kind nicht lebensfähig, und du hast dein Bestes gegeben. Es wurde die ganze Zeit geliebt und wird es immer noch.«

Sie hatten den winzigen Fötus in ein Tuch gewickelt, das auf Sabines Schoß lag. Susanne wäre am liebsten davongelaufen, aber sie musste da durch. Sabine brauchte sie.

Ein Schlüssel drehte sich in der Wohnungstür. Sabines Mann kam herein, er arbeitete am Theater. Sabine hatte ihn schon angerufen. Susanne rückte zur Seite, als er seine Frau umarmte. Sie brauchten keine Worte, um sich zu verstehen.

»Ich will es nicht im Krankenhaus wissen.«

Wäre es sicherer, prophylaktisch eine Kürettage vornehmen zu lassen?

»Das brauchst du auch nicht.« Susanne zitterte. Was sie jetzt tat, hatte sie noch nie getan.

Es kam ihr so unheimlich vor, als sie mit Sabine und ihrem Mann Stefan spätabends auf dem Friedhof unweit von Sabines Wohnhaus stand. Das Haus hatte sie von ihrer Großmutter geerbt, die hier begraben lag. Weil überall noch diese roten Teelichter auf den Gräbern brannten, fanden sie sich auch im Dunkeln zurecht. Tagsüber fiel es nie auf, wie viele Menschen doch ihre Verstorbenen besuchten. Stefan hatte ein Kästchen von seinem Schreibtisch entleert, das er auf einer gemeinsamen Reise nach Indien gekauft hatte, er diente dem Fötus als Sarg. Mit bloßen Händen grub Sabine eine kleine Mulde neben der Rose, die sie auf das Grab gepflanzt hatte.

Noch bevor die Rose wieder blühen würde, hätte sich der kleine Mensch wieder in Erde verwandelt. Vielleicht würde der Anblick der blühenden Rose ein winziger Trost sein.

Susanne trat zurück und ließ die Eltern Abschied nehmen. Sie hörte, wie sie das Kind segneten. Ein Gebet sprachen. Sabine deckte es selbst mit der Erde zu und platzierte die schwere Laterne darauf, in der sie auch eine Kerze angezündet hatten. Susanne schickte auch ein Gebet in den sternklaren Himmel. *Bitte lasse Sabine wieder ein Kind bekommen und es das nächste Mal gesund zur Welt kommen.*

Als Sabine und Stefan sich an der Haustür von Susanne verabschieden wollten, ergoss sich trotz der Vorkehrungen, die sie getroffen hatte, ein Schwall hellroten Blutes in Sabines Hose. Susanne bugsierte Sabine und ihren Mann auf den Rücksitz ihres Autos. Es bestand die Gefahr, dass Reste der Plazenta in der Gebärmutter verblieben waren. Sabine brauchte sofort eine Ausschabung, und das St.-Laurentius-Krankenhaus war das nächste Krankenhaus mit einer gynäkologischen Station. Die Krankenschwester an der Pforte winkte sie direkt durch, als sie Susanne erkannte. Das Licht hier war grell, obwohl es schon Nacht war. Vor dem Fernseher in einem der Aufenthaltsräume hatten sich viele Menschen zusammengerottet.

Susanne begleitete Sabine in das Untersuchungszimmer. Es war eine Herausforderung, Dr. Kramer ins Gesicht zu blicken. Sie hätte sich ein anderes Wiedersehen gewünscht.

»Sie hier? Was ist passiert?«

Er sah auf den Bauch von Sabine, als erwarte er eine Hochschwangere mit Komplikationen.

»Ich hatte eine Fehlgeburt. Susanne Winter ist meine Hebamme. Ich habe sie gerufen, als alles voller Blut war.«

Stefan drückte die Hand seiner Frau. Gesprochen hatte er bisher kaum.

»Beim nächsten Mal rufen Sie direkt einen Rettungswagen«, sagte der Arzt und schaute sich den Mutterpass an.

Susanne zuckte zusammen. Es durfte kein nächstes Mal geben. Sie schaute den Arzt streng an, und sein Blick wurde versöhnlich. Dr. Kramer bemerkte zum Glück, wie schroff er sie angeblafft hatte.

»Entschuldigen Sie.«

Unschlüssig blieb Susanne stehen, während Dr. Kramer Sabine untersuchte.

»Haben Sie außer dem Blut irgendwas bemerkt?«

Susanne sah Sabine an, die den Kopf schüttelte.

Susanne wusch sich die Hände auf der Toilette. Sabine würde eine Nacht zur Beobachtung im Krankenhaus bleiben. Sie hatte sich zum Abschied bei Sabine bedankt.

»Bis zum nächsten Mal«, hatte sie gesagt.

Susanne sah in den Spiegel. Große Schatten unter ihren Augen, die Haare zerzaust. Der Piepser steckte in ihrer Hosentasche. Hoffentlich würde er heute nicht wieder losgehen. Sie fühlte sich wie benommen. Von draußen waren Stimmen zu hören. Gejohle. Dann der Ruf, dass es ein Krankenhaus wäre und sie gefälligst leise sein sollten.

Sie trat heraus, rannte schnell aus dem Vorraum, hinaus in die kalte Novemberluft. Schnell in ihren Wagen. Ein paar Autos hupten, als sie auf der Straße war. Hatte sie vergessen, das Licht anzuschalten? Nein, das Licht war an. Irgendetwas war los. Eine Unruhe lag in der Luft. Sie schaltete das Radio an. Statt Musik kamen Stimmen wie aus einer großen Menschenmenge. Sie schnappte Wortfetzen eines Moderators auf. Berlin. Grenzübergang offen … Jubel, Hupen aus dem Radio und auf der Straße. Die Menschen feierten zu Tausenden in der geteilten Stadt. Was war das für eine Nacht. Sie dachte an die theoretische Freiheit, an Antonius. Sabine hatte ihren Mann, und das war gut, sonst wäre sie bei ihr geblieben, aber Stefan würde die Nacht bei seiner Frau wachen. Sie musste mit jemandem über diese Nacht sprechen. Mit Carola? Nicht jetzt. Auch nicht mit Ella. Sie würde mit ihnen darüber reden. Sie würden vielleicht sogar einen Weg finden, Frauen in dieser Situation in Zukunft besser zu helfen. Aber jetzt brauchte sie jemand anderen. Jemanden, der sie hoffentlich auch hereinlassen würde, wenn sie mitten in der Nacht klingelte.

Sie stellte ihr Auto in der Nähe des Geburtshauses ab und lief den kurzen Weg zu dem Haus, in dem die Buchhandlung war. Die Luft war eisig kalt und beruhigte sie mit jedem Atemzug und jedem Schritt, den sie näher zu seinem Haus kam. Vor dem Haus blieb sie stehen – in seiner Wohnung brannte sogar noch Licht. Sie drückte auf den Klingelknopf und lauschte in die Stille hinein.

Auf das Summen hin gab die Tür nicht nach. Eine Gegensprechanlage gab es nicht. Wie hatte sie nur auf die Idee kommen können, mitten in der Nacht bei ihm zu klingeln? Susanne wollte gerade umdrehen, da hörte sie Schritte. Und den Schlüssel in der Tür. Die Tür öffnete sich, und Antonius strahlte sie an. Sein Strahlen ging jedoch in einen besorgten Gesichtsausdruck über, nachdem sein Blick ein paar Sekunden auf ihr verweilt hatte.

»Susanne? Ist irgendetwas passiert?«

Sie nickte.

»Darf ich dich auch außerhalb der Öffnungszeiten um den passenden Buchvorschlag bitten?«, versuchte sie es scherzhaft, auch wenn ihr zum Weinen zumute war.

»Komm her«, sagte er nur und zog sie an sich.

Sie folgte ihm die Treppe nach oben. Die Wohnungstür war nur angelehnt, das Licht schien in den Flur. Wie oft hatte sie sich überlegt, wie seine Wohnung wohl aussah. Jetzt war ihr das alles egal. Und so sehr unterschied sich das Wohnzimmer, das direkt an den Flur angrenzte, nicht von der Buchhandlung. Alle Wände waren mit deckenhohen Bücherregalen bestückt, auch auf dem Sofa lagen Bücher, und doch lief der Fernseher, der zwischen Büchern in dem Regal stand.

Im Regal standen Fotos. Wahrscheinlich von seiner Frau und ihm. Zumindest stand ein wesentlich jüngerer Antonius an der Seite einer hübschen Frau, im Hintergrund die Golden Gate Bridge. Die Welt wurde nur durch Bilder und Bücher in diese Wohnung geholt. Seine Vergangenheit war immer noch anwesend. Vielleicht musste sie sich wegen ihrer nicht schämen. Antonius hatte ihr den Mantel abgenommen und hängte ihn an die Garderobe im Flur.

»Ich mache uns einen heißen Tee. Und dann erzählst du mir alles«, hörte sie ihn sagen. »Setz dich ruhig schon, wenn du magst.«

Sie nickte, obwohl er das nicht sehen würde, und setzte sich auf das Sofa. Automatisch ging ihr Blick zu dem

Bildschirm, auf dem Massen an Menschen sich drängelten. Manche jubelten. Ein Moderator kommentierte das Geschehen. Jetzt fiel es ihr wieder ein, was sie im Radio gehört hatte. Die innerdeutsche Grenze war offen. Was war das für eine surreale Nacht. Was mochte dieser Schritt wohl für die Menschen dort bedeuten? Wie viele Mauern waren nun eingerissen, die für unüberwindbar gehalten worden waren?

Sie dachte an ihre eigene Mauer und wünschte manchmal, jemand anders würde für sie diesen Schritt tun. Was wäre, wenn Julia in einer dieser neuen Talkshows auftreten würde und vor Millionen Menschen verkündete, dass sie zur Adoption freigegeben wurde? Und dass ihre leibliche Mutter Susanne Winter hieße? Die Hebamme aus Köln. Und niemand würde sie dafür verachten, weil Julia gleich mit erzählen würde, dass ihre Eltern sie gezwungen hätten, ihr Kind wegzugeben. Aber Julia wusste ja nicht einmal, dass sie adoptiert war.

Antonius kam mit einem Tablett mit zwei Tassen dampfendem Tee und einem Glas Honig herein.

»Ach, den Fernseher habe ich ganz vergessen. Wie unhöflich, ihn bei Besuch laufen zu lassen.« Er stellte das Tablett ab und drehte den Knopf am Rahmen des Fernsehers.

»Hast du mitbekommen, was da eben lief?«, fragte Susanne.

»Ja, normalerweise wäre ich längst im Bett, aber ein Freund hat mich angerufen, dass da was Unglaubliches passiert.«

»Willst du nicht mehr darüber wissen?«, fragte Susanne,

die sich auf einmal mit ihren ganz persönlichen Problemen albern vorkam, wenn dort draußen vielleicht Geschichte geschrieben wurde.

»Das hat Zeit. Morgen werden bestimmt alle Zeitungen darüber schreiben. Ich möchte wissen, wie es dir geht.«

Er setzte sich zu ihr auf das Sofa, und zwar so, dass er sie ansehen konnte, als sie begann zu erzählen. Sie berührten sich nicht, und dennoch war es so wunderbar vertraut, wie sie es noch nie mit einem Mann erlebt hatte. Sie erzählte alles – alles, was sie an diesem Tag erlebt hatte. Irgendwann würde sie ihm *wirklich alles* erzählen. Dieser Tag war so voller Schmerz gewesen für Sabine, und sie durfte sie ein Stück auf diesem traurigen Weg begleiten. Für andere Menschen war heute ein Wunder passiert. Glück und Leid, Leben und Tod, alles lag immer beieinander. Susanne war so oft dabei, meistens beim Glück, aber fast immer war es das Glück anderer Menschen. Es wurde Zeit für ihr eigenes Glück.

Sie sah Antonius an, der ihr gegenübersaß. Jeder am Ende seiner Seite des Sofas, beide hatten die Beine überschlagen, sie berührten sich, wenn auch nur ganz sanft.

Er war wirklich ein schöner Mann. Die Augen voller Wärme. Er strahlte so eine Stärke aus, gerade weil er so sanft und zurückhaltend war. Der Himmel hatte ihr diesen Menschen geschickt, und sie hatte Angst, dieses Geschenk einfach anzunehmen. Schließlich war sie doch eine verkorkste Frau, oder nicht? Durfte sie einfach glücklich sein mit einem Mann, nachdem sie in ihrem ganzen Erwachsenenleben keine vernünftige Beziehung auf die Reihe bekommen hatte? Ja, sagte sie sich und griff nach seiner Hand, die auf seinem Knie lag. Eine viel besser gesicherte Grenze war heute durchlässig worden. Was hatte sie schon zu verlieren?

Und er nahm ihre Hand an.

* * *

Ella teilte sich ihr Zimmer immer noch mit ihrer jüngsten Schwester Carla. Wie ein Kind. Ach was, redete sie sich ein. Eine eigene Wohnung war noch zu teuer. Erst mit der Arbeit im Geburtshaus verdiente sie besser, das Einstiegsgehalt im Krankenhaus als frischgebackene Hebamme war erbärmlich gewesen. Aber sie konnte sich noch nichts Eigenes suchen, solange es nicht sicher war, dass das Geburtshaus Bestand hatte. Ob Christoph wirklich so eine Angst um die Frauen hatte, die sie betreuten? Hatte er so sehr darunter gelitten, dass seine Mutter bei der Geburt seiner Schwester beinahe gestorben wäre? Gingen ihm die Schicksale der kranken Kinder so ans Herz? Schicksale, die meist gar nichts mit der Geburt zu tun hatten. Manchmal aber doch …

Ihre Betten standen gegenüber, Carla las noch ein Buch. Sie stand kurz vor dem Abitur, wollte danach gerne studieren. Die Valero-Töchter lernten also alle was Ordentliches, Tante Gisella sagte immer, was für eine Verschwendung das bei drei so hübschen jungen Frauen sei. Vor allem weil keine von ihnen so gut kochen und Gäste empfangen konnte wie die Mamma! Die Mamma, die ihr Studium aufgegeben hatte, als sie mit dem ersten Kind schwanger war. Die immer betonte, dass ihre Töchter diesen Fehler nicht machen sollten.

»Carla?«

»Hmmm?« Sie legte Jaqueline Susanns Roman *Das Tal der Puppen* beiseite und drehte sich zu Ella, als käme ihr die Ablenkung entgegen. Dabei war dieser Roman so spannend, wenn auch deprimierend, dass Ella ihn nicht hatte aus der Hand legen können, nachdem sie ihn aus dem Bücherregal ihrer Eltern gefischt hatte, in dem dank eines Weltbild-Abos ausschließlich Bestseller standen.

»Würdest du Christoph an meiner Stelle noch mögen?«

»Mögen? Ganz sicher nicht! Aber lieben und gleichzeitig hassen, das ginge.« Sie grinste. Carla war total spitzbübisch, und manchmal dachte Ella, dass sie nur dadurch gewonnen hätte, dass sie nicht so augenscheinlich schön war wie ihre Schwestern. Carla war schlagfertig und immer auf der Hut, von niemandem übertölpelt zu werden.

»Ich weiß nicht, ob ich jemanden lieben kann, den ich gleichzeitig hasse. Ich wünsche mir einfach Harmonie. Und am meisten würde ich mir wünschen, dass er doch nichts mit dem Artikel zu tun hat. Vielleicht tue ich ihm ja unrecht?«

Ella würde, obwohl ihr hier die Privatsphäre fehlte, die nächtlichen Gespräche mit Carla vermissen. Dieses kleine Zimmer mit der Blumentapete und den Postern aus der *POPCORN*. Über Carlas Bett hingen Lisa Stansfield und Sinéad O´Connor. Über Ellas Bett hing gar nichts, als würde es sich nicht mehr lohnen, etwas aufzuhängen.

»Rede mit ihm, dann weißt du es, Schwesterherz. Und wenn er es war, dann lass die Finger von ihm!«

»Lieben heißt, nicht um Verzeihung bitten zu müssen«,

zitierte Ella einen Satz aus Erich Segals *Love Story*, die auch in dem Wandschrank im Wohnzimmer stand.

»Ja, wenn der andere todkrank ist vielleicht, aber meiner Meinung nach heißt Liebe, nichts zu machen, wofür man nachher um Verzeihung bitten müsste.« Carla warf ihrer Schwester eins der fünf Kissen an den Kopf, die um sie herum im Bett lagen.

»Gilt das auch für Schwestern?« Ella warf das Kissen zurück.

»Nee, sonst müsste ich dich ja längst aus meinem Zimmer schmeißen!«

Sie wussten beide, dass Ella nie mit Absicht jemanden verletzte, im Gegensatz zu Carla, die auch in der Familie ordentlich austeilte. Ein Klopfen ließ Ella aufschrecken. Es kam von der Wand an ihrem Bett, hinter dem das Schlafzimmer ihrer Eltern lag. Ella seufzte. »Ich glaube, wir sollten jetzt leise sein«, flüsterte sie. Bei allem Verständnis dafür, dass ihre Eltern meist um halb zehn im Bett lagen, weil sie morgens früh rausmussten, nervte es doch, immer wie ein Kind behandelt zu werden. Ja, es wurde Zeit, sich ein eigenes Leben aufzubauen. Ella nahm noch einmal den Piepser zur Hand, um zu schauen, ob sie einen Alarm nicht sogar überhört hatte.

»Carla, würdest du mich sehr vermissen, wenn ich ausziehe?«, flüsterte sie.

»Schon, planst du das? Ich dachte, du möchtest erst mal abwarten, wie es mit dem Geburtshaus läuft?«

»Das stimmt, aber ich würde es trotzdem gern bald tun.«

»Ella, du kommst aber nicht auf dumme Gedanken, oder? Von diesem Christoph einen Heiratsantrag annehmen?« Carla setzte sich auf, immerhin bemüht, dabei keinen Lärm zu machen.

»Erst einmal muss ich klären, ob er es wirklich gewesen ist«, antwortete Ella und drehte sich um. »Gute Nacht.«

Damit war die Diskussion für sie beendet. Für wie blöd hielt Carla sie eigentlich?

* * *

Susanne konnte sich nicht daran erinnern, dass sich etwas so gut angefühlt hatte, wie Antonius' Hand zu halten und von ihm gehalten zu werden. Und dann küsste er sie. Sanft, aber doch mit einer Leidenschaft, die sie nicht vermutet hätte. Sie erwiderte seinen Kuss. Stolpernd zunächst. Viel zu lange war es her gewesen, jemanden zu küssen. Und es war niemand gewesen, der ihr so viel bedeutet hatte wie Antonius. Doch es war, als wären sie genau dafür gemacht worden, sich eines Tages zu treffen. Als wäre das erst der Anfang einer wunderbaren Liebesgeschichte. Sie durfte es nicht vermasseln. Also löste sie sich von seinen Lippen, hielt aber weiter seine Hand.

»Ich muss mit dir reden. Jetzt. Sonst tue ich es nie mehr.«

Er sah sie an. So als hätte er sein Leben lang Zeit, um auf sie zu warten. Und dann erzählte sie ihm alles. Von dem unbedachten ersten Mal, bei dem sie kaum wusste, was sie tat, aber begierig auf das Leben und auf Grenzen war, die es zu sprengen galt. Dass ihre Eltern glaubten, es wäre am besten, alle Folgen von diesem Ereignis zu löschen, damit sie noch ein Leben vor sich hätte. Dass es anfangs sogar Momente gab, in denen sie dachte, sie könnte ihre Schwangerschaft und ihre Tochter einfach vergessen. Dass sie trotz des verlorenen Schuljahres ein gutes Abitur gemacht hatte und etwas Vernünftiges studieren sollte. Dass niemand verstand, warum sie ihren Eltern nicht dankbar war, die im Gegensatz zu anderen Eltern ein Studium nicht nur als Eheanbahnungsmöglichkeit ansahen. Die stolz auf eine Juristin oder Ärztin gewesen wären. Die sie belächelten, als sie Hebamme werden wollte, wofür sie doch kein Abitur hätte machen müssen! Dass niemand mehr über »das Thema« sprach, nicht an Weihnachten, nicht an Ostern und schon gar nicht an Julias Geburtstag. Dass ihre Eltern so taten, als existiere ihr Enkelkind nicht. Das war so weit gegangen, dass sie auf einer Familienfeier sogar einmal behauptet hatten, sie würden sich sehr auf ihr erstes Enkelkind freuen, aber das würde hoffentlich noch etwas dauern. Irgendwann hatte Susanne immer mehr so getan, als gäbe es ihre Eltern nicht. Wofür sie sich schämte. Trotz allem. Und dann erzählte sie auch, wie sie versucht hatte, Kontakt zu Julia aufzunehmen. Und zwar nicht nur einmal. Dass sie nicht aufgegeben hatte, dass sie sich diese Schulvorträge nur für Julia ausgedacht hätte. Dass sie wusste, dass sie das nicht tun durfte. Dass sie mit dem Feuer spiele. Und er hörte zu. Die ganze Zeit. Ohne sie für irgendetwas zu verurteilen. Er tat nichts, als ihre Hand zu halten. Und sie anzusehen. Und doch fürchtete sich Susanne vor seinem Urteil. Aber er küsste sie einfach ein zweites Mal. Sie küsste ihn auch. Und als er von ihr abließ, dann nur, um ihr zu sagen, dass er sich gewünscht hätte, schon viel früher für sie da gewesen sein zu können.

＊ ＊ ＊

Carola war nicht ganz bei der Sache, als sie mit vier
Elternpaaren im Kursraum auf dem Boden saß. Da half
auch das Orangenöl aus der Duftlampe und das Stillkissen
im Rücken nichts, das sie sich gönnte, obwohl sie keinen
Babybauch mit sich rumschleppte. Sie hatte von zu Hause
aufbrechen müssen, obwohl Stefanie ihr fünf Minuten
vorher gesagt hatte, dass sie ihre Tage bekommen hätte.
Mittags schon, aber sie hatte bis zum letzten Moment mit
der Nachricht gewartet. Ob sie erwartet hatte, dass Carola
dann den Abendkurs absagte? Das konnte sie nicht einfach. Aber sie würde pünktlich Schluss machen.

Alle, die hier saßen, würden sich sonst im Leben kaum
begegnen. Die zweiundzwanzigjährige Studentin mit
Freund, die beiden Mittdreißiger, die sich für das zweite
Kind einen besseren Start wünschten und aus entgegengesetzten Richtungen der Stadt kamen. Oder das Pärchen
links neben ihr, Harry und Tanja, bei denen sich Carola
fragte, was sie aneinander gefunden hatten beziehungs-
weise fanden. Harry war gute fünfzehn Jahre älter und
hatte seinen Porscheschlüssel auf der Gymnastikmatte am
Boden abgelegt. In die Karre, die vor dem Fenster parkte,
würde nicht mal ein Kindersitz passen. Und Tanja war
Grafikerin. Carola ließ die Paare in der ersten Stunde gern
was über sich erzählen, vor allem darüber, wie sie zueinan-
dergefunden hatten. Das stärkte hoffentlich ihr Paar-
gefühl. »Und da hat die Tanja doch die Plakate für meine
Firma entworfen. Und die Tanja war noch schöner gewesen als ihre Bilder«, hatte Harry mit der blonden Walle-

mähne gesagt. Tanja war rot geworden, hatte aber gelächelt.

Und jetzt hatten sie eine halbe Stunde über Geburtsschmerzen gesprochen. Als Übung hatte Carola alle aufgefordert, eine Dehnübung zu machen und immer weiter über den Schmerz zu gehen. Und dabei ruhig weiterzuatmen.

Die junge Studentin kam mit dem Oberkörper trotz gespreizter Beine und Minibäuchlein fast bis auf den Boden. Die beiden erfahrenen Mütter machten zwar mit, tauschten aber Blicke aus, als wüssten die beiden Erstgebärenden nicht, was auf sie zukäme. Wussten sie ja auch nicht. Tanja führte die Bewegung anmutig aus, aber Harry, der sich trotz seiner fünfzig Jahre jugendlich gab, war anscheinend recht steif in den Gelenken.

»Carola, jetzt hören Sie mal, das hier tut zwar sauweh, aber nach der Jammerei meiner Exfrau bei den Geburten nach zu urteilen verkaufen Sie uns hier 'nen Appel für 'n Ei.«

Puste zum Lachen hatte er aber noch, dachte Carola und richtete sich auf. Es glaubte ja wohl niemand ernsthaft, dass es für den Geburtsschmerz eine Generalprobe gab.

»Harry, keine Sorge, jede Frau empfindet anders. Natürlich ist diese Übung nicht mit einer echten Geburt zu vergleichen, aber sie ist nützlich, um den eigenen Körper besser kennenzulernen.«

Wie es Stefanie wohl ging? Hoffentlich hatte sie keine starken Regelschmerzen. Das war schließlich auch bei jedem Mädchen anders. Und auch wenn sie Andreas vertraute, jetzt würde Stefanie eher ihre Mutter brauchen.

Noch eine Stunde ging der Kurs. Und dann musste sie noch eine halbe Stunde fahren. Zum Glück hatten sie mittlerweile wieder ein Auto; den Gebrauchtwagen hatten sie von ihren letzten Ersparnissen gekauft.

»Also gegen die Schmerzen haben bei meiner Ex die ganzen Kurse nix geholfen, aber für die Rückbildung war das schon gut. Nach zwei Monaten war immer alles wie vorher, aber da war Sandra ja auch noch sehr jung gewesen. Und ich war schon immer einer von den Männern, die vor nix bange waren und mit zum Kurs und in den Kreißsaal gegangen sind.«

Tanja nahm seine Hand, als wollte sie ihn davon abhalten weiterzureden. Sie wurde wieder rot, wobei sie an Schneewittchen erinnerte. Rote Apfelbäckchen im Schnee. Sie lächelte tapfer.

»Und bei der nächsten Frau gehst du auch mit?«, fragte Nicole, eine der beiden Zweitgebärenden, spöttisch.

»Es wird keine nächste geben, Tanja ist die Liebe meines Lebens!«, antwortete Harry entrüstet.

Manchmal hatte es doch Vorteile, wenn die Männer zu Hause blieben, dachte Carola. Sollte sie Harry jetzt vor allen zurechtweisen? Darunter würde Tanja am meisten leiden und vielleicht nicht mehr kommen. Sie war sich noch nicht sicher, ob sie im Geburtshaus entbinden wollte. Überhaupt war sie ziemlich unsicher. Im Grunde hatte Nicole schon einen Rüffel verteilt, was ihr auch nicht zustand. Aber was sollte es. Carola seufzte und nahm einen Schluck von dem kalt gewordenen Tee, der auf der Matte stand.

»Die Zeit der Schwangerschaft ist für alle eine Herausforderung. Bitte lassen Sie sich nicht von den Geschichten anderer ängstigen. Je entspannter Sie sind, desto leichter wird es«, lenkte sie mit allgemeingültigen Aussagen ab.

Carola musste hier mal raus. Sie musste mit Stefanie telefonieren. Hören, ob alles okay war. Und selbst tief durchatmen, bevor sie Harry die Ohren langzog. Nein, sie sollte ihm lieber unter vier Augen sagen, dass keine Frau Geschichten von der Ex hören wollte, besonders nicht von intimen Momenten.

Sie stand auf und geriet kurz aus dem Gleichgewicht, bevor sie zur Fensterbank lief.

»Wir werden jetzt eine kleine Entspannungsreise einlegen. Legen Sie sich bitte alle auf die Matten und schließen Sie die Augen.«

Erstaunlicherweise gehorchten alle, während sie eine Kassette in den Rekorder auf der Fensterbank schob. Zum Glück war sie schon an den Anfang gespult. Ein Klacken, und dann kamen Harfenklänge und eine geführte Meditation, wie sie jetzt öfter zu kaufen waren.

Sie schaute auf acht Erwachsene, die ruhig und mit geschlossenen Lidern auf dem Boden lagen. Sie würden die nächsten zehn Minuten von einer anderen Stimme als ihrer unterhalten. Zeit genug, um mal zu Hause nachzuhören. Carola schlich sich aus dem Raum, ging in das kleine Büro und wählte.

»Hardgenbusch?«

Andreas saß wohl schon am Schreibtisch in seinem Arbeitszimmer. Hatte er echt schon das ganze Abendprogramm erledigt?

»Hallo, hier ist Carola.«

»Ist was passiert?«

»Nein, aber Stefanie hat mir vorhin gesagt, dass sie nun ihre Tage bekommen hat.«

»Also mir hat sie nichts gesagt, und sie wirkt wie immer.«

»Ich wollte nur hören, ob sie okay ist.«

»Aber ich kann doch jetzt nicht als Vater hin und sie drauf ansprechen?«

Eher nicht ... irgendwo war dann leider doch Schluss mit der Fortschrittlichkeit. Carola seufzte. So gerne sie ihren Vater in Stefanies Alter in anderen Dingen um Rat gefragt hatte, aber sie hätte ihn nicht mal um eine Binde gebeten, wenn sie am Verbluten gewesen wäre.

»Schau einfach, dass es ihr gut geht. Ich beeile mich. Und danke.«

»Mache dir keine Sorgen. Bis nachher.«

Carola legte auf. Aus dem Kursraum kam immer noch die Stimme vom Band. Warum konnte sie sich nicht verdoppeln? Aber sowas würde es nur in Science-Fiction-Romanen geben. Wie praktisch wäre das – eine Carola für zu Hause, eine für hier und, wenn sie schon dabei war, dann gerne eine dritte, die einfach Spaß hatte.

* * *

»Wie schön, dass du dich endlich gemeldet hast! Ich dachte schon, du wärst ausgewandert!«

Christoph kam in das nette, kleine Bistro, in dem sie sich das erste Mal getroffen hatten. Ella saß schon am Tisch. Und sie ärgerte sich darüber, als ihr Herz wie wild klopfte, als sie ihn wiedersah. Ja es kribbelte nicht nur in der Herzgegend. Aber ihr Kopf wollte erst einmal klären, was es mit diesem Artikel auf sich hatte. Sie wehrte seinen Begrüßungskuss auf die Wange nicht ab, aber erwiderte ihn nicht.

»Nein, bin ich nicht, aber es gibt etwas, worüber ich mit dir reden muss.«

Sie holte den Zeitungsartikel aus der Handtasche und breitete ihn auf dem Tisch aus, bevor der Kellner kommen und die Bestellung aufnehmen konnte. Je nachdem, wie Christoph reagieren würde, würden sie vielleicht direkt abbrechen.

Christoph setzte sich und seufzte.

»Da hast du mich also erwischt.« Er lächelte wie ein Junge, der beim Stibitzen eines Lutschers erwischt worden war und nicht wie jemand, der bewusst rufschädigend gehandelt hatte.

»Du gibst also alles zu?«

Sie hatte gehofft, dass er keine Ahnung hatte, wer es gewesen war, sie hatte befürchtet, dass er leugnen würde, aber sie hatte nicht gedacht, dass er einfach alles zugeben würde.

Sie faltete die Zeitung langsam zusammen. »Und da ist keine Entschuldigung fällig?«

Er schob seine Hand zu ihrer herüber. »Wäre denn mit einer Entschuldigung alles wieder gut zwischen uns?«

Sie zog ihre Hand weg. Das war überhaupt nicht der Gesprächsverlauf, den sie erwartet hatte. Und würde sie ihn so einfach davonkommen lassen? »Ich würde erst einmal gerne verstehen, warum du das gemacht hast.«

»Also Ella, es ist so«, er machte eine Pause, als der Kellner kam, um die Bestellung entgegenzunehmen. Er bestellte Vor- und Hauptspeise, als ginge er davon aus, dass sie noch lange hier sitzen würden. Ella überlegte kurz, sich demonstrativ nur ein stilles Wasser zu bestellen, aber da war wieder ihr Körper, der anders entschied. Sie hatte Hunger. Aber sie würde selbst bezahlen, auch wenn er sie einladen wollen würde.

»Also Ella, es ist nicht ganz so, wie es aussieht.«

»Sondern?«

»Du weißt doch, dass diese Reporter immer übertreiben. Es gab eine Anfrage von der Zeitung, ob jemand nach den ganzen begeisterten Berichten zur Eröffnung auch mal was Kritisches sagen würde. Und Ella, ich habe nie einen Hehl aus meiner Meinung gemacht, ich halte das Geburtshaus für riskant. Ich bin Arzt und meinem Wissen und Gewissen verpflichtet, die Frauen aufzuklären.«

»Das war keine Aufklärung, das war Rufschädigung!«

»Ganz so drastisch habe ich das alles nicht gesagt. Du kennst doch den Ton, in dem der *EXPRESS* schreibt. Ich habe sachlich von den Risiken gesprochen. Ich habe doch selbst genug Fälle erlebt.«

»Wie viele davon außerhalb des Krankenhauses?«, fragte sie scharf.

»Darauf kommt es doch gar nicht an. Es gibt ja auch viel zu wenige außerklinische Geburten, um eine belastbare Statistik vorweisen zu können.«

»Also auch nicht, um uns etwas vorzuwerfen. Du hast gesagt, ich solle notfalls lügen, um Monika vom Geburtshaus abzubringen. Wolltest du etwa, dass das Geburtshaus schließen muss, damit sie nicht zu uns kommt?«

»Was unterstellst du mir da? Ich habe einfach ehrlich meine Sorgen geäußert. Das macht ihr doch schließlich auch! Warum ist es etwas anderes, wenn ihr Kritik am Krankenhausbetrieb ausübt? Kann es sein, dass du mit zweierlei Maß misst?«

Er sprang auf, als wollte er zur Garderobe und sich verabschieden. Tat sie ihm unrecht? Hatte er nicht wirklich ein Recht auf seine Meinung? Und war es nicht wirklich so, dass Journalisten einem das Wort im Munde umdrehten? Aus einer ausgesprochenen Mücke einen Elefanten machten, um die Auflage zu erhöhen?

»Lass uns vernünftig darüber reden«, sagte Ella und war froh, als das Essen kam. Sie hatte sich Crêpes mit Lachs bestellt, die sie sich das letzte Mal verkniffen hatte.

* * *

Susanne grinste schon den ganzen Morgen vor sich hin. Als sie heute Morgen das Haus in der Cranachstraße 21 aufgeschlossen hatte, hätte sie dieses Gebäude am liebsten umarmt. Mit diesem Haus hatte sich alles in ihrem Leben verändert. Sie hatte eine Mission für sich entdeckt, und sie hatte Antonius durch dieses Haus kennengelernt. Vielmehr war es das Haus, das sie umarmte. Wenn sie die Türschwelle überschritt, fühlte es sich immer noch so an, als begebe sie sich in einen großen Schoß, in dem trotz aller Dramatik Ruhe und Geborgenheit zu finden waren. Alle Fenster hatte sie aufgerissen, um die kühle Novemberluft hereinzulassen. Das beste Mittel gegen Viren, die sich irgendwo einnisten wollten und für Schnupfnasen und Kopfweh sorgten.

Susanne fühlte sich ohnehin unangreifbar. Sie war verliebt. Und wurde geliebt. Wie konnte das sein, dass Liebe so einfach war? So frei von Zweifeln und Ängsten? Sie hatte die Nacht wieder bei Antonius verbracht, und obwohl sie kaum geschlafen hatte, fühlte sie sich hellwach. Sie waren ein Paar. Als wären sie schon immer eins gewesen. Das Leben war kostbar. Und manchmal kurz. Das hatte sie vor ein paar Nächten doch auf traurigste Art wieder gezeigt bekommen.

Oft dachte sie an Sabine und ihr Kind, die nicht gemeinsam aufwachsen durften. Sabine hatte sich körperlich schon recht gut erholt, trotzdem war der Wochenbettbesuch, den Susanne ihr abgestattet hatte und von dem sie behauptete, die Krankenkasse übernehme das, traurig. Und doch hatte Sabine davon gesprochen, eines Tages wieder ins Geburtshaus zu kommen. Susanne hatte ihr nicht widersprochen.

Alles würde gut werden, so wie es in ihrem Leben gut geworden war! Es gab immer noch Wunden, aber sie heilten, auch jene mit Julia. Ja selbst wenn sie einander nie im Leben als Mutter und Tochter begegnen würden, spürte sie, dass sie irgendwann Frieden schließen konnte. Julia ging es gut. Susanne hatte ihr das Leben geschenkt, um alles Weitere hatten sich ihre Adoptiveltern gekümmert. Es braucht ein Dorf, um ein Kind großzuziehen, fiel ihr ein afrikanisches Sprichwort ein. Vielleicht war eine Mutter sowieso zu wenig?

Gerade als sie alle Fenster geschlossen hatte und die Scheiben beschlugen, weil es so kalt war, klingelte es an der Tür. Sie schaute auf ihre Armbanduhr und drehte schnell die Heizung in dem Geburtszimmer wieder auf, in dem sie gleich die Vorsorge durchführen würde.

Dann hastete sie zur Tür. Die Frau war viel zu früh dran.

»Guten Morgen! Herzlich willkommen, Katja.«

»'tschuldigung, dass ich so früh bin, aber ich hatte Angst, die Bahn könnte wieder ausfallen.« Ihr Gesicht war so gerötet, als hätte sie auch noch stundenlang an der zugigen Haltestelle gewartet. Katja hatte vor vielem Angst, ein Wunder, dass sie sich ins Geburtshaus traute, dachte Susanne.

»Kein Problem, Sie sind meine erste Frau heute, wenn Sie möchten, können wir gleich starten.«

Sie nahm Katja den Mantel ab, der um den Bauch herum schon spannte. Darunter kam ein schickes Strickkleid zutage, das sich den Rundungen anpasste. Die meisten Schwangeren trugen Latzhosen oder irgendwelche weiten Säcke, dabei kam der Bauch doch so viel netter zur Geltung.

»Und hier wird Ihr Kind wahrscheinlich zur Welt kommen«, sagte Susanne, als sie in dem gemütlichen Zimmer mit der bordeauxrot getupften Wand und den hellen Holzmöbeln saßen. Susanne nahm die Blutdruckmanschette ab. War ganz schön hoch der Blutdruck, im Mutterpass stand auch etwas von familiärer Veranlagung. Aber meistens war es nur die Aufregung.

»Warum wahrscheinlich?«, fragte sie zögerlich.

»Na, wir haben ja noch ein Geburtszimmer! Und manchmal plant das Kind dann doch, im Krankenhaus zur Welt zu kommen«, sagte Susanne bewusst heiter. Sie hatten das Aufklärungsgespräch längst geführt.

Katja nickte stumm.

»Und wie aktiv ist das Kleine denn?«, fragte Susanne, während sie den Bauch abtastete.

»Nicht so sehr«, antwortete Katja mit den schreckgeweiteten Augen eines Kaninchens, auf das der Fuchs wartete.

»Katja, Sie wirken so angespannt. Stimmt irgendetwas nicht?«

»Ich habe was Schreckliches im Fernsehen gesehen.«

Na, hoffentlich nicht *Das Omen* oder so etwas, das nicht nur für Kinder, sondern auch für werdende Eltern verboten werden sollte.

»Und zwar?«

»Vor ein paar Tagen kam da so eine Reportage.«

Sie quälte sich also schon seit Tagen und war deshalb heute früher da.

»Um was ging es denn?«

»Tschernobyl.«

»Das ist schon ein paar Jahre her.«

Susanne konnte sich noch gut an die Katastrophe erinnern, in denen im Radio und den Nachrichten tagelang von der unsichtbaren Gefahr gesprochen wurde. Die Kinder durften nicht mehr draußen spielen. Eine gespenstische Ruhe hatte sich über Deutschland gelegt, obwohl das Kernkraftwerk weit weg war, in der Sowjetunion. Manch einer rannte mit einem privat gekauften Geigerzähler über den Wochenmarkt, um zu schauen, ob er sich mit der Nahrung vergiften würde.

»Ja, aber in der Reportage ging es um Spätschäden. Ich war extra noch mal in der Bibliothek und habe in einem

Buch nachgelesen. Die Eizellen bei der Frau sind von Geburt an angelegt. Was ist, wenn sie in Mitleidenschaft gezogen wurden?«

Die Angst war groß und berechtigt gewesen, aber zumindest hierzulande war die Rate behinderter Kinder nach dem GAU nicht signifikant gestiegen.

»Machen Sie sich keine Sorgen. Die Strahlenbelastung durch die üblichen Röntgenuntersuchungen ist in der Regel viel höher als die Auswirkungen des Reaktorunfalls. Und selbst da passiert kaum etwas.«

Und selbst wenn, was sollten sie nun tun? Die Untersuchungen waren alle unauffällig gewesen, das Kind bereits im sechsten Monat.

»Aber ich war in der Zeit wandern mit meinen Eltern. An der tschechischen Grenze. Und wir haben jede Menge gebratene Pfifferlinge gegessen. In einem Lokal im böhmischen Wald, über dem wir genächtigt haben. Und was passiert war, haben wir erst zwei Tage später erfahren. Sonst hätte ich doch nicht mal einen Pilz angerührt.«

»Und das ist Ihnen alles wieder eingefallen, als sie die Reportage gesehen haben?«

»Ja, hätte ich vorher daran gedacht, hätte ich mich vielleicht gar nicht getraut, schwanger zu werden.«

Susanne seufzte und lächelte Katja an. »Dann ist es ja gut, dass sie sich nicht mehr daran erinnert haben. Ich bin mir ziemlich sicher, dass alles in Ordnung ist. Ängste sind in der Schwangerschaft völlig normal.«

»Sie nehmen mich nicht ernst!« Katja setzte sich auf und verschränkte die Arme vor der Brust.

»Wenn ich Sie nicht ernst nehmen würde, dann würde

ich Ihnen sagen, dass sicher alles in Ordnung wäre. Es gibt in keiner Schwangerschaft eine hundertprozentige Sicherheit, aber fast immer geht alles gut. Selbst wenn Sie eine ganze Pilzpfanne allein gegessen haben sollten, die Strahlenbelastung wird kaum relevant gewesen sein.«

Ja, rund um den Reaktor war alles Leben noch heute kontaminiert, und es war die Frage, ob ein Mensch das Gelände wie auch die Region je wieder betreten durfte. Und auch Susanne hatte Bilder gesehen von den Folgen von geschädigtem Erbgut. Aber das war alles nah am Unglücksort passiert.

»Bei Contergan hat auch keiner gedacht, dass die Kinder danach ohne richtige Arme zur Welt kommen würden«, redete Katja sich weiter in die Sorgen hinein. Ein Medikament in sensiblen Phasen war noch mal etwas ganz anderes, und sie alle hatten daraus gelernt. Und immer noch wurde Schwangeren Valium bei vorzeitigen Wehen gegeben, dennoch kamen die Kinder gesund zur Welt.

»Katja, seien Sie einfach guter Hoffnung. Wenn es Ihnen Sicherheit gibt, könnte ich Sie zum Ultraschall in die Uniklinik überweisen, aber manche raten auch davon ab, weil die Schallwellen das Kind stressen könnten.« Tatsächlich drehten sich die Föten oft weg, als wollten sie den Schallwellen ausweichen.

»Ich werde mich mal ausführlicher informieren«, antwortete Katja und zog ihr Strickkleid glatt.

»Haben Sie mit dem Vater über Ihre Sorge gesprochen?«

»Nicht wirklich. Er sagt immer, es wird schon alles gut sein«, antwortete Katja. Sie fühlt sich also auch von ihrem

Mann nicht ernst genommen, obwohl er es ebenfalls gut meinte. Und leicht war es auch nicht, so eine hypochondrische Schwangere ernst zu nehmen, sosehr Susanne sich auch immer darum bemühte: Die Mütter waren die Expertinnen für ihren Körper. Das durfte ihnen niemand nehmen. Aber durfte man dabei zusehen, wie sie sich in Befürchtungen verrannten? Viel wichtiger war doch die Frage, ob sie ihr Kind lieben und aufziehen konnten, ganz egal, wie es war.

Die Kinder jubelten, als einzelne Schneeflocken durch die Luft tanzten. Schnee im Dezember, in Köln. Das war schon fast ein Weihnachtswunder. Susanne beobachtete ein paar Kinder, die keine Augen für all die Leckereien und Spielzeuge auf dem Weihnachtsmarkt hatten, sondern den Schneeflocken nachjagten, bevor sie sich auf dem Pflaster des Neumarktes wieder auflösten. Der Platz mitten im Herzen der Stadt stand voller Holzbuden. Es roch nach gebrannten Mandeln, Glühwein und Reibekuchen. Susanne nippte nur einmal an Antonius' Glühwein, schließlich wusste sie nie, ob der Piepser in ihrer Hosentasche sie zum nächsten Einsatz rufen würde. Sie begnügte sich mit einem Kinderpunsch.

Die Babys nahmen keine Rücksicht auf das Wochenende – im Krankenhaus wurden ab Freitag besonders viele Geburten eingeleitet, sobald der Termin überschritten war, und selbst wenn Susanne, Ella und Carola es gewollt hätten – einen Wehentropf durften sie gar nicht legen. Aber ein paar Mittel für ungeduldige Mütter kannten sie schon.

»Lass uns zusammen Weihnachten feiern!« Antonius nahm ihre Hand und sah sie immer noch auf diese verliebte Art an, von der sie gar nicht genug bekommen konnte.

»Wir beide alleine?«

»Gerne, außer du hast noch familiäre Verpflichtungen.«

Antonius' Eltern lebten leider nicht mehr, und seine Geschwister hatten ihre eigenen Familien, die er meist nach Weihnachten besuchte, auch wenn seine Schwester ihn immer schon am Heiligabend einlud.

Verpflichtung war das richtige Wort. Susannes Eltern wohnten nicht weit weg, und doch fühlte es sich an, als lebten sie auf verschiedenen Planeten. Dass ihre Eltern im Kegelclub extrem aktiv waren und selbst im Rentenalter wenig Zeit hatten, nahm Susanne etwas von dem schlechten Gefühl, wenn sie daran dachte, dass sie kaum Kontakt hatten.

»Nicht an Heiligabend.« Sie seufzte, und der Atem, den sie durch die Nase ausstieß, verflüchtigte sich in einer weißen Wolke. Wie ein kleiner zorniger Drache. Ihr kam der niedliche Grisu in den Sinn, dessen Vater auch ein anderes Leben für ihn wünschte. War sie noch wütend? Oder einfach unendlich traurig, dass ihr eigenes Familienleben so weit von dem entfernt war, wie sie es sich wünschte?

»Ich stehe auch für den ersten und zweiten Feiertag zur Verfügung.«

Antonius hatte mehrfach gesagt, dass er ihre Eltern gerne kennenlernen würde, Susanne jedoch fürchtete ein Treffen.

»Danke«, sagte sie so leise, dass es fast unter den Klängen von *Last Christmas* unterging, das aus einem der Lautsprecher an der Glühweinbude dudelte. Sie brachten die Tontassen mit den lächelnden Schneemännern darauf zurück und liefen Hand in Hand weiter. Immer mehr Schneeflocken tanzten durch die Luft. Susanne wurde fast schwindelig, als sie an dem Karussell mit goldenen Pferden und Kutschen vorbeikamen. Allein vom Zuschauen.

»Weißt du, wie gerne ich dabei gewesen wäre, als Julia das erste Mal auf so einem Karussell saß?«

Sie blieben vor dem Gefährt stehen, und prompt vernichtete ein schreiender Junge die Romantisierung der ersten Fahrt. Er streckte die Arme aus und wollte runter, doch seine Mutter am Rand zuckte nur mit den Schultern. Da musste er jetzt wohl durch. Susanne zog es das Herz zusammen.

»Vielleicht ist Julia aber genauso ungern gefahren wie er.« Antonius zog sie an sich.

»Dann hätte sie mich umso mehr gebraucht. Und ich habe es als Kind geliebt.«

Das Karussell kam zum Stehen, der schreiende Junge flüchtete, während ein Mädchen sich an den Hals des Pferdes klammerte und sich von den Eltern die nächste Runde spendieren ließ.

»Komm, wir fahren auch.«

Susanne zuckte zusammen. Durften sie das noch? Und war das nicht vollkommen albern? Doch dann ließ sie sich mitziehen und war froh, dass der Betreiber zwar die Augenbrauen hochzog, ihnen aber anstandslos einen dieser bunten Plastikchips mit Goldschrift aushändigte, die er gleich wieder einsammeln würde.

Und ihr Grinsen wurde noch breiter, als sie wie in einem kitschigen Märchenfilm neben Antonius auf einem Pferd mit goldenem Sattel saß. Sie hielten einander an der Hand und drehten sich im Kreis. Susanne wurde rot, als sie daran dachte, wie die Umstehenden sie anstarrten, doch im Grunde war es ihr egal. *Schaut nur alle her,* dachte sie, *ich habe meinen Prinzen gefunden! Ach was, einen König, an dessen Seite ich selbst Königin sein kann!* Aus dem Prinzessinnenalter war sie mit Mitte dreißig ja nun schon wirklich raus. Und irgendwie fühlte sich das gerade ziemlich gut an.

Als wollten noch alle Babys vor Weihnachten auf die Welt kommen, um sich den Geburtstag nicht mit dem Christkind teilen zu müssen, ging der Piepser nun fast täglich bei einer der drei Hebammen.

»Was machen wir eigentlich, wenn wir alle bei einer Geburt sind und der Piepser noch mal Alarm schlägt?«, fragte Carola, als die drei sich zwischen Kursen, Vorbereitungen und nach Ablauf der letzten Geburt mal in der Sitzecke trafen, um zu verschnaufen. Die Tafel mit den Namen der Neugeborenen wurde immer voller. Eine Sandra, eine Katharina, eine Jennifer, ein Philipp und ein Michael hatten sie im Dezember schon mit Kreide hinzugefügt.

»Das wird schon nicht passieren«, sagte Ella und nahm sich einen der Zimtsterne, die Carola mitgebracht hatte. Ihre Schwester hatte ihr mehrere Dosen köstlicher Kekse mitgebracht. Carola ließ sich den Appetit auch nicht von den Worten »Hier, weil ich doch weiß, dass du eh nicht zum Backen kommst!« verderben, mit denen Heike ihr die Kekse in die Hand gedrückt hatte.

»Wir sollten darüber nachdenken, eine weitere Hebamme einzustellen.«

Carola und Ella starrten Susanne an, als hätte sie ein Tabu gebrochen.

»Jetzt schaut mich doch nicht an wie eine Verräterin! Aber ich denke, es würde nicht schaden, wenn wir noch jemanden hätten. Wir wissen doch auch nicht, wie sich unser Leben in den nächsten Jahren entwickelt.«

»Also meins wird wohl die nächsten zehn Jahre so bleiben«, grinste Carola, als fände sie das auch nicht weiter schlimm.

Ella zögerte. Sie war die Jüngste im Bunde und hatte bisher fast immer Zeit, weil sie keine eigene Familie und keinen Partner hatte. Susanne war froh, dass sie Christoph noch hinhielt, auch wenn sie es nicht schaffte, einen Schlussstrich zu ziehen. Er war kein schlechter Mensch, aber an seiner Seite würden Ellas eigene Ambitionen kaum Platz haben.

»Ich habe auch vor, die nächsten Jahre voll hier zu arbeiten«, sagte Ella schließlich. Susanne sah die junge Frau an: Sie war einfach wunderschön. Sie hoffte nur, dass Christoph ihr nicht nur deshalb hinterherlief.

»Stimmt es, dass vor Kurzem eine Frau im Geburtshaus gestorben ist?«

Susanne hätte Böses ahnen müssen, als sich am Telefon jemand vom *EXPRESS* meldete.

»Woher haben Sie dieses Gerücht?« Sie saß im kleinen

Büro in der Cranachstraße und musste laut sprechen, da sich gerade noch ein Fax durch die Leitung schlängelte. Es quietschte und knatschte in dem Drucker, aber immerhin war so ein Brief in ein paar Minuten statt in zwei Tagen mit der Post da.

»Es stimmt also?«, hakte der Mann lauernd nach. Ob es derselbe war, der diesen Schmähbrief geschrieben hatte? Dann hatte er Christoph vielleicht wirklich das Wort im Munde umgedreht, obwohl der nur sachlich seine Bedenken geäußert hatte. Das war zumindest Ellas Version gewesen, die sich die Sache ja schönreden musste.

»Nein, es stimmt nicht. Alle Mütter und Kinder, die bisher hier geboren wurden, sind wohlauf!«

»Bisher … Rechnen Sie denn damit, dass es nicht immer so bleibt?«

»Was halten Sie davon, wenn wir beide öffentlich darüber diskutieren? Susanne Winter ist mein Name, rufen Sie wieder an, wenn Sie einen Termin für eine Talkshow oder Podiumsdiskussion festgemacht haben. Ich erkläre gerne vor Publikum, warum es bei uns sicher ist!«

Und dann knallte Susanne den Hörer auf. Was für ein Idiot! Sie hatte nun wirklich Wichtigeres zu tun, als jemanden abzuwimmeln, der nur für Schlagzeilen sorgen wollte. War denn gerade sonst nichts los?

✳ ✳ ✳

Ella war froh, dass sie Susanne oder Carola jederzeit dazurufen konnte, wenn sie während einer Geburt eine weitere Meinung brauchte. Aber bisher war sie gut allein klargekommen. Genau wie heute, als sie am frühen Nachmittag nach einer endlosen Nacht endlich dem kleinen Andre auf die Welt geholfen hatte. Barbara, eine Zweitgebärende, war erstaunlich gelassen, obwohl der Kleine nach fünf Minuten nur einen APGAR-Wert von 7 hatte. Hautfarbe und Atmung waren schnell normal, aber Ella bekümmerten die Reflexe und der Muskeltonus etwas. Meistens verschwanden die Anpassungsschwierigkeiten von Säuglingen nach ein paar Minuten außerhalb des Mutterleibes, aber manchmal steckte auch ein Problem dahinter.

»Ich würde gerne einen Kinderarzt zur Kontrolle kommen lassen.«

Sie reichte der Mutter, die im Bett lag, den Säugling und wählte die Nummer der Kinderstation des Krankenhauses. Dr. Kramer hatte dem Geburtshaus ja seine Unterstützung zugesagt, auch wenn er die Idee nach wie vor für wahnwitzig hielt.

»Ella, ich sehe doch, dass mit ihm alles in Ordnung ist. Machen Sie sich mal keinen Kopf. Der Große war auch schon etwas träge, als er auf die Welt kam. Die kommen halt nach meinem Mann, der lässt es auch immer ruhig angehen.«

Im Gegensatz zu der Mutter, die auch im Vorbereitungskurs kaum eine Minute stillsitzen konnte und auch jetzt am liebsten aufgesprungen wäre.

»Nur zur Sicherheit«, sagte Ella. Sie mussten doppelt vorsichtig sein, denn wenn im Geburtshaus etwas passierte, würde niemand von Schicksal sprechen. Und es war ausgerechnet Christoph, der zehn Minuten später in das Zimmer kam. Er lächelte Ella trotz der Anspannung an, die im Raum lag, nickte kurz der Mutter zu und nahm dann das Kind aus Ellas Händen an, um es zu untersuchen.

Ellas Herz klopfte wie wild. Was war, wenn die Geburt für den Kleinen einfach zu lange gedauert hatte? Manche Kinder erholten sich langsamer als andere. Aber manche litten auch ein Leben lang unter einer schwierigen Geburt. Warum schaute Christoph so ernst, während er die kleine Brust mit dem Stethoskop abhörte? Das Baby ließ alles über sich ergehen, als interessiere es das alles gar nicht, begann irgendwann aber doch, mit den kleinen Füßen zu strampeln. Vielleicht hatte sie doch überreagiert.

»Das waren wohl leichte Anpassungsschwierigkeiten, aber ich denke, es ist nichts, weswegen man sich sorgen müsste. Es wäre gut, wenn Mutter und Kind noch ein paar Stunden hierbleiben, damit du sie unter Beobachtung hast.«

Ellas Herz hüpfte nun vor Erleichterung, weil alles in Ordnung war – und vor Freude, weil Christoph ihr endlich vertraute. Kein Wort davon, dass es besser gewesen wäre, im Krankenhaus zu entbinden. Sie hatte alles richtig gemacht. Ella fiel nicht einmal auf, dass die Mutter fast vergessen schien.

»Habe ich doch gleich gesagt, dass alles in Ordnung ist, und jetzt geben Sie mir mein Kind wieder, Herr Doktor.«

Christoph gehorchte und legte das Kind in die Arme der Frau, während Ella sich noch einmal die Hände wusch.

»Ella, dürfte ich kurz draußen mit dir sprechen?«

Bevor Ella antworten konnte, mischte sich die Mutter ein: »Wenn Sie was über mein Kind zu sagen haben, dann sagen Sie es hier!«

Er schüttelte mit einem Grinsen den Kopf, sodass seine dunklen Haare in Bewegung gerieten. Ella hätte am liebsten ihre Hände darin vergraben.

»Nein, keine Sorge, ich wollte Ihre Hebamme nur ausführen und fragen, wann sie Zeit hat.«

* * *

Susanne hatte schon ein paar Hausbesuche hinter sich, Aufklärungsgespräche, bei denen die werdenden Eltern unterschreiben mussten, dass sie sich über die verschiedenen Möglichkeiten schwieriger Geburtssituationen bewusst waren. Das waren im Geburtshaus nicht wirklich mehr, solange ein Krankenhaus in der Nähe war. Dennoch lag immer eine gewisse Anspannung in der Luft, wenn die Eltern ihre Tinte unter den Betreuungsvertrag setzten. Und zwei Nachsorgen waren dabei, ein Milchstau bei der einen. Susanne hatte ihr geraten, auf Besuch erst mal zu verzichten. Vor allem auf Besuch, bei dem sie meinte, die Wohnung vorher aufräumen zu müssen.

Nun fuhr sie nach Hause, um kurz etwas zu essen und – was sie schon länger vor sich hergeschoben hatte – ihre Eltern anzurufen. Viel lieber würde sie Antonius in der Mittagspause besuchen. Der Arme musste sich heute dem langen Donnerstag fügen, der den Geschäften mehr Zulauf bringen und auch den Leuten Gelegenheit zum Einkaufen geben sollte, die bis 18.30 Uhr arbeiteten.

»Hallo, hier ist Susanne«, sie vermied die Anrede Mama und Papa.

»Ach, lange nichts mehr gehört«, sagte ihre Mutter. Sie konnte Susanne nichts vormachen. Ihre Stimme klang nicht so gleichgültig, wie sie sich bemühte, aber ihre Mutter war schon immer sehr stolz gewesen. Niemals würde sie eingestehen, einen Fehler gemacht zu haben.

»Ja, das stimmt. Ich habe extrem viel zu tun gerade mit meiner Selbstständigkeit.«

»Das tut mir leid.«

Genau das brauchte ihr nun wirklich nicht leidtun, sie liebte ihre Arbeit. »Das braucht es nicht. Ich arbeite sehr gerne!«

»Du hättest auch Ärztin werden können. Immer nur Hebamme. Das unterfordert dich doch! Dafür hättest du kein Einserabitur machen brauchen.«

Und dafür hätte ich auch mein Kind nicht weggeben müssen, dachte Susanne bitter. Fast war sie versucht zu sagen, dass ihre Enkelin vorhabe, Medizin zu studieren. Aber sie hatte auch ihren Eltern nichts von Julia erzählt.

»Wie auch immer. Ich wollte euch nur erzählen, dass ich jemanden kennengelernt habe.«

»Was Ernstes?«

Susanne seufzte. Was außer »ernst« sollte es sein, wenn es der erste Mann war, den sie seit Jahren gegenüber ihrer Mutter erwähnte. »Ja, sehr ernst.«

Ein kurzes Schweigen.

»Das freut mich.«

Immerhin. Vielleicht würde irgendwann alles gut werden.

»Er würde euch gerne kennenlernen«, sagte Susanne. Ein »Ich würde ihn euch gerne vorstellen« kam ihr nicht über die Lippen. Fürchterlich war das. Sie war eine erwachsene, erfolgreiche Frau und brauchte nur mit ihren

Eltern zu sprechen, um sich in eine unsichere, traurige und wütende Teenagerin zu verwandeln.

* * *

Ella warf Carola einen strengen Blick zu. Ihre Kollegin hatte eine Augenbraue hochgezogen, als sie die beiden im Vorraum zusammen gesehen hatte. Carola grinste nur und schloss die Tür zu dem kleinen Büro, in dem sie nun in der offiziellen Sprechzeit auf Anrufer wartete.

Christoph nahm ihre Hände in seine.

»Du scheinst hier wirklich angekommen zu sein.«

»Ja, das bin ich. Auch wenn ich das Krankenhaus manchmal vermisse, liebe ich es, hier zu arbeiten.«

»Vermisst du das Krankenhaus? Oder nur manche Personen?«

»Eigentlich nur manche Personen. Ganz besonders Oberschwester Hilde. Und einen netten, jungen Arzt.« Ella hatte das Gefühl, ihre Augen würden zu Bambis Augen, als sie zu Christoph hochblickte.

»Mhm, könnte sein, dass dich der junge Arzt auch vermisst. Vor allem weil er dich sonst kaum treffen darf.«

Ella seufzte. Bei ihr zu Hause waren sie immer unter Beobachtung. Zu ihm nach Hause wollte sie noch nicht. Und immer essen zu gehen ging auf Dauer ins Geld. Und immer spazieren zu gehen wurde auf Dauer immer kälter. Aber im Grunde wollte sie wirklich nichts überstürzen. Ein Teil von ihr konnte sich bei ihm noch nicht fallen lassen. Ja, sie war verknallt, aber Liebe war das noch nicht, und vor Kurzem hätte sie ihn noch auf den Mond schießen können.

»Aber hin und wieder dürfte er schon.« Ella sah auf ihre Armbanduhr. Sie sollte gleich wieder nach Barbara und ihrem Baby sehen.

»Dann ist ja gut. Ich muss mich auch etwas beeilen, das Krankenhaus wartet. Aber bevor ich gehe, wollte ich dich etwas fragen.«

»Und zwar?«

»Ob du mit mir auf den Mediziner-Silvesterball gehst.«

Das war schlimmer als die Oscarverleihung! Nach Silvester gab es tagelang manchmal kein anderes Gesprächsthema als diesen Ball in der Wolkenburg. Es durften allerdings nur Ärzte hin – mit Begleitung, und das waren gar nicht so selten Krankenschwestern und Hebammen. Von einer Ärztin, die einen Pfleger von der Station mitgebracht hatte, hörte man dagegen selten. Ella würde ein Kleid brauchen. Und passende Schuhe! Gut, sie hatte ja einiges angespart, was zwar für eine eigene Wohnung sein sollte, aber zu so einem Ball wurde man nicht alle Tage eingeladen.

»Wieso nicht?«

»Das ist doch ein Ja, oder?«

»Ja, das ist es!«

Es würde das erste Silvester sein, dass sie nicht mit der Familie feierte. Das würde noch Gezeter und Tränen bei ihrer Mutter geben, aber im Grunde würde sie sich freuen, dass ihre Tochter einen netten Mann gefunden hatte … Hatte sie das? Ach, Ella streckte sich und gab Christoph einen Kuss auf die Wange, sie wollte sich einfach freuen! Eine Einladung zu einem Ball war kein Heiratsantrag. Sie war lange nicht mehr so richtig feiern gewesen, das letzte

Mal auf der Hochzeit ihrer Cousine in Gelsenkirchen, aber das war zwei Jahre her.

* * *

Es war komisch, mit Andreas allein in der Wohnung zu sein. Normalerweise war mindestens noch ein Kind hier. Aber jetzt waren sie alle in der Schule und im Kindergarten. Und Carola hatte sich den Tag freigenommen, nachdem sie das ganze Wochenende durchgearbeitet hatte. Sie musste Schlaf nachholen, aber von Schlafen war nicht die Rede. Sie hatte endlich die Schränke ausgemistet und vor allem den Quelle-Katalog gewälzt, um Weihnachtsgeschenke für die Kinder zu bestellen. Sie hatte einfach keine Lust, sich im Vorweihnachtsgeschäft in die Hohe Straße zu quetschen, auch wenn sie den Spielwarenladen Feldhaus geliebt hatte, als die Kinder noch klein waren, genauso wie die Spielzeugausstellungen im Kaufhof. Aber dieses Jahr hatte sie einfach keine Energie. Sie saß am Küchentisch und blätterte in dem Katalog, der wirklich alles anbot, von Waschmaschinen über Klamotten bis zu Spielzeug. Maike wollte ihre erste Barbie. Carola war dagegen. Eigentlich. Aber was konnte das Kind dafür? Sie konnte sich gar nicht richtig konzentrieren, weil Andreas demonstrativ die Tür von seinem Büro geschlossen hatte. Er wartete auf einen wichtigen Anruf und wollte nicht gestört werden. Sie sah zur Tür. Hörte ein Lachen. In ihrer Vorstellung war Andreas immer nur zu Hause, schrieb an seinem Roman oder tüftelte an seinem Computer (nach Carolas Ansicht würden Computer lediglich irgendwann dafür sorgen, dass Sekretärinnen arbeitslos wurden). Theoretisch könnte er ein Doppelleben führen bei seiner freien Zeiteinteilung, wenn sie unterwegs war. Gab ja genug einsame Hausfrauen in der Wohnsiedlung. Wenn er morgens mal frische Luft schnappen würde, wäre er mit Sicherheit sofort umringt von Frauchen mit Hündchen an der Leine oder Mamis, die einen Buggy schoben und Tipps von einem erfahrenen Vater brauchten.

Hör auf, albern und eifersüchtig zu sein, mahnte sie sich und blätterte weiter zu den Jungsseiten. Lauter Autos und Bagger. Und Indianer von Playmobil.

Die Tür öffnete sich, und Andreas strahlte. So wie er lange nicht gestrahlt hatte. So wie er früher gestrahlt hatte, als er dauernd voller neuer Pläne war. Allzu viel Raum für neue Pläne ließ ihr Leben gerade nicht.

»Der Agent hat zugesagt! Und er hat sogar schon einen Verlag am Haken, der meinen Roman veröffentlichen möchte! Einen großen Verlag!«

Carola stand auf und stieß sich an der Tischkante. Vielleicht war das die Strafe für ihre klitzekleinen Bedenken, dass aus dem großen Deal niemals was werden würde. Aber sie konnte nicht anders, sie musste überall nach Fallstricken suchen. Wenn das keiner tat, würden noch mehr Menschen stolpern.

»Was für ein Verlag? Erzähl schon!« Sie ging auf ihn zu, sollte es wirklich wahr sein, dass er seinen Roman verkauft hatte? An einen großen Verlag, der hoffentlich auch eine riesige Auflage plante? Würden sie jetzt reich werden? Könnten sie sich jetzt ein Haus kaufen, in dem die Kinder Bobbycars und Fahrräder und überhaupt alles einfach rumstehen lassen konnten? In dem niemand verbot, am

Wochenende Wäsche auf dem Balkon oder der Wiese aufzuhängen? Und würde das bedeuten, dass sie aufhören musste zu arbeiten? Weil er jetzt auf Lesereisen musste? Und sie es außerdem nicht mehr nötig hatten, dass sie arbeiten ging? War sie dann eine schlechte Mutter, wenn sie es nur tun würde, um mehr aus ihrem Leben zu machen? Jetzt hatte sie sich immer damit rechtfertigen können, dass sie ja die Familie ernähren musste.

Statt zu antworten, umarmte er sie und hob sie hoch, wobei sie sich erstens den Knöchel an der Küchenzeile stieß und zweitens schämte, weil sie schon wieder zwei Kilo zugelegt hatte. Aber Andreas schien es gar nicht zu stören. Er küsste sie mit einer Leidenschaft, dass zumindest der Gedanke an ein Doppelleben aus ihrem Hirn geschoben wurde. Die Details konnte sie sich später anhören, immerhin waren sie allein zu Hause.

Und sie hatten einen Grund zu feiern.

* * *

Ella drehte sich im Kreis, und der lange, weite Rock des dunkelroten Kleides schwang mit. Ihre Mutter und Carla klatschten begeistert. Zu diesem Kleid würde nur eine hübsche Kette oder ein nackter Hals passen. Kein Piepser. Vor allem nicht, wenn er losging und sie vom Parkett rief. Nein, sie würde Susanne und Carola bitten, notfalls für sie einzuspringen. Das Wohnzimmer in ihrer Wohnung war zu klein für einen Tanz, aber Ella wollte wissen, ob das Kleid ihr wirklich stand. Sie hatte das Preisschild sicherheitshalber drangelassen, auch wenn die Verkäuferin hundertmal gesagt hatte, wie bezaubernd es aussähe. Viel bezaubernder als das andere Kleid, das die Hälfte gekostet hätte.

»Du siehst aus wie eine Prinzessin!«, rief ihre Mutter entzückt, die auch mit ihren fünfzig noch eine attraktive Frau war.

»Ja, aber pass mal auf, dass der Prinz dich nicht auf seinem Pferd entführt und du nächstes Jahr dein eigenes Baby bekommst, statt andere zu holen«, meinte Carla kichernd und hatte doch eine gewisse Schärfe in der Stimme. Sie traute Christoph nicht hundertprozentig über den Weg.

»Na, irgendwann wird das bestimmt so sein! Ich will doch, dass alle meine Töchter das Eheglück finden. Und es wäre der erste Arzt in unserer Familie!« Sie sah geradezu verzückt aus bei der Vorstellung, einen Halbgott in Weiß als Schwiegersohn zu haben.

»Mama! Es ist nur eine einzige Einladung zu einem Ball! Kein Heiratsantrag. Wir sind noch nicht einmal offiziell ein Paar!« Ella verdrehte die Augen und genoss dennoch die Aufmerksamkeit.

»Ach, Ella, ich kenne die Männer. Zu so einem offiziellen Anlass nehmen sie einen nur mit, wenn sie die Zukunft mit dir planen.«

Anscheinend wollte ihre Mutter hier die Kupplerin spielen. Vielleicht sollte Ella ihr einfach den Spaß gönnen. Carlas Blick traf sie: »Oder sie nehmen einen nur mit, weil es weit und breit keine Hübschere gibt.«

* * *

»Glaubst du, bei uns werden irgendwann wieder so viele Kinder geboren, dass wir Mütter abweisen müssen?« Ellas Frage passte ganz gut zu dem bevorstehenden Weihnachtsfest. Maria und Josef hatten schließlich nicht nur keine Hebamme, sondern nicht einmal einen vernünftigen Schlafplatz gefunden. Susanne freute sich das erste Mal seit Jahren so richtig auf das Fest. Sie saß mit ihren beiden Kolleginnen wieder bei ihrer wöchentlichen Besprechung im Geburtshaus, das nun auch sein erstes Weihnachtsfest erleben würde.

»Das glaube ich kaum.« Spätestens die Pille in den Sechzigern hatte dazu geführt, dass auch gute zwanzig Jahre später immer noch weniger Kinder geboren wurden, eineinhalb waren es im Durchschnitt pro Frau. Das erlaubte den Frauen auch den Luxus, sich unter vielen Hebammen eine aussuchen zu können.

»Solange wir Hebammen nicht die Lust daran verlieren, Kindern auf die Welt zu helfen, wird es keiner Frau wie Maria gehen, dass sie an unserer Tür abgewiesen wird. Aber wenn du Christoph fragst, dann ist unser Geburtshaus ohnehin nur ein Pendant zu einem Stall mit Ochs und Esel, während das Krankenhaus die Luxusherberge ist.«

Susanne betrachtete Ellas Begeisterung für Christoph immer noch mit Argwohn, redete sich aber ein, dass es vielleicht auch nur daher käme, dass sie jahrelang eben nicht das beste Männerbild kultiviert hatte. Aber das war seit Antonius anders. Zum Glück. Sie lächelte in sich hinein, und selbst Ella lächelte über die Bemerkung einfach hinweg.

Carola lächelte ebenfalls und schälte sich gerade eine Mandarine. Die Kekse ihrer Schwester waren längst aufgefuttert.

»Apropos Luxusherberge. Wie es aussieht, werden wir uns bald doch ein Haus für alle leisten können. Andreas' Roman wird veröffentlicht! Es gibt einen fetten Vorschuss.«

»Wie schön! Herzlichen Glückwunsch!«, sagten Susanne und Ella gleichzeitig.

»Um was geht es denn in dem Buch?«

»Er schreibt vom Leben im Jahr 2030. Von einer Welt, in der es gar keine Grenzen mehr gibt. Das Thema kam jetzt nach dem Mauerfall anscheinend gut an.«

»Aber du wirst doch weiter bei uns bleiben, oder?«

»Klar, Kinder werden immer geboren, mit den Büchern ist das so eine Sache. Das kann ein paar Jahre gut laufen, und dann interessiert es keinen mehr.«

Carola wirkte viel unbeschwerter heute.

»Außerdem liebe ich die Arbeit hier mit euch!«

»Ich auch!«

»Und ich erst!«

»Meint ihr, dass es ein Weihnachtsbaby geben wird?«, fragte Ella.

»Könnte schon sein, zumal wir nicht alle Frauen nah am Termin einfach einleiten«, meinte Carola.

»Also wenn es ein Weihnachtsbaby gibt, dann rufe ich die Zeitung für eine herzerwärmende Story an. Gute Presse können wir gebrauchen.« Dieser komische Reporter, der sie angerufen hatte, hatte nichts mehr von sich hören lassen. Ihr Angebot, vor Publikum Rede und Antwort zu stehen, hatte ihn wohl abgeschreckt. Zum Glück.

»Hauptsache, es kommen nicht mehr als drei Weihnachtsbabys auf einmal. Ehrlich gesagt wäre ich sogar ganz froh, wenn ich einfach mit meiner Familie Weihnachten feiern kann. Maike war letztens schon stinksauer, dass ich mich um fremde Babys kümmere und nie Zeit für sie hätte. Dabei verbringe ich schon jede freie Minute mit der Familie. Ich habe sogar auf Shoppingtouren in der Stadt verzichtet und mir alles von OTTO und Quelle liefern lassen.«

»Na, dann fliegt es noch auf, dass die Eltern die Geschenke besorgen«, sagte Ella.

»Ach was, habe es extra zur Nachbarin schicken lassen. Aber ehrlich gesagt weiß ich ganz genau, dass die Kinder nur so tun, als glaubten sie an den Weihnachtsmann. Macht halt mehr Spaß!«

Es klingelte an der Tür des Geburtshauses. Sie schauten sich fragend an, weil niemand von ihnen jemanden erwartete. Susanne lief zur Tür und öffnete. Davor stand ein Mann mit einer Weihnachtsmütze, der ihr bekannt vorkam. Aber er hatte nicht nur eine Weihnachtsmütze auf, sondern einen geschmückten Tannenbaum in einer Schubkarre vor der Tür stehen. Jede Menge Strohsterne und rote Filzanhänger. Das Kabel einer elektrischen Lichterkette hing aus der Karre. Nichts, was zerscheppern oder anbrennen konnte, wenn kleine Kinder dagegen liefen.

»Guten Morgen, meine Frau und ich haben hier an Nikolaus unser Baby bekommen. Bei einer Kollegin. So einer Blonden.«

Susanne schaute ihn verblüfft an, da kam Carola schon dazu.

»Ach, die kleine Nikola! Und Ihre Frau hatte mir unter den Wehen versprochen, dass sie uns einen Weihnachtsbaum schenkt, wenn das Kind heil rauskommt. Aber unter Wehen versprechen die Frauen manchmal alles, deswegen habe ich das gar nicht weiter ernst genommen.«

»Aber sie hat sich dran erinnert! Und danke noch einmal. Es war wirklich wunderbar hier.«

Carola schritt zu dem Mann und umarmte ihn herzlich.

»Jederzeit gerne wieder. Es hat mir auch viel Freude gemacht, euch zu betreuen. Und danke, der Baum sieht wunderschön aus, und wir haben hier noch keinen!«

Als sie gemeinsam mit dem dankbaren Vater den Baum in den großen Flur gestellt und sich von ihm verabschiedet hatten, standen sie alle drei vor der kleinen, aber feinen Tanne.

»Ich überlege ja fast, den mit nach Hause zu nehmen, würde mir 'ne Menge Arbeit ersparen«, meinte Carola trocken und schickte sich an, den Stecker in die Steckdose zu stecken.

»Halt! Das macht den ganzen Zauber kaputt, wenn er vor Heiligabend leuchtet!«, rief Ella.

»Ich habe nicht vor, Heiligabend hier zu feiern, und spätestens zu Dreikönig kommt er für die Elefanten auf die Straße.«

Der Kölner Zoo war nicht weit, und jedes Jahr futterten die Dickhäuter die Weihnachtsbäume der Städter auf.

Obwohl es draußen nur wolkenverhangen und nicht dunkel war, wirkte der Raum absolut zauberhaft, als die Kerzen erstrahlten.

»Auch wieder wahr«, sagte Susanne, »aber eins steht

fest, der Vater, der den geschmückten Weihnachtsbaum bringt, wäre wirklich was für eine herzerwärmende Zeitungsstory.«

Als würden alle Babys Rücksicht auf die Weihnachtsvorbereitungen nehmen, war es extrem ruhig in den Tagen vor Heiligabend. Kurse hatten sie in der Vorweihnachtswoche gestrichen, da ohnehin niemand kommen würde. Ein paar Vorsorgen und Hausbesuche standen an, aber so ruhig war es selten, sodass Carola in aller Ruhe mit den eigenen Kindern Plätzchen backen konnte, Ella zu Hause bei den Vorbereitungen für ein großes Familienfest half und Susanne Antonius immer wieder in der Buchhandlung unterstützte. Vor Weihnachten hatte er bergeweise Bücher in Geschenkpapier einzupacken, Wunschlisten abzuarbeiten … und alle drei Minuten einen neuen Kunden zu bedienen. Bücher waren nun mal eins der liebsten Weihnachtsgeschenke. Und auch Hörspiele als sogenannte Compact Discs wurden immer beliebter, sodass Antonius auch davon jede Menge als Geschenk verkaufte. Susanne überlegte, ob sie ein Hörspiel zu einem der aktuellen Bestseller ihrer Mutter zu Weihnachten schenken sollte. Sie sah immer schlechter und bekam vom Lesen schnell müde Augen. Susanne dachte an all die Bücher, die ungelesen in dem Schrank ihrer Mutter standen, weil sie sich kaum für Dinge interessierte, die außerhalb ihres Dorfes passierten. Oder war das Lesen einfach zu mühsam?, fragte sich Susanne, als sie gerade das Buch *Gorillas im Nebel* zum dritten Mal einpackte.

»Was grübelst du?«, fragte Antonius.

»Welches Buch ich meiner Mutter als Hörbuch schenken könnte. Meinst du *Schuld und Sühne* wäre ein Holzhammer?«

Er küsste sie ungeachtet der Kunden, die auch im Laden waren.

»Nach allem, was du mir erzählt hast, liest sie auch nicht zwischen den Zeilen.«

»Ja, und ich habe auch eigentlich keine Lust auf Konfrontation.« Ihre Eltern waren im Krieg aufgewachsen, und Wohlstand und Sicherheit für die Familie fühlte sich danach immer teuer erkauft an. Alles musste perfekt sein. Sie hatten wirklich geglaubt, mit einem Kind mache sich ihre sechzehnjährige Tochter das Leben kaputt. 1971 war das gewesen, nur drei Jahre nach den berüchtigten Aufständen der Achtundsechziger. Und ein paar Jahre später hatte Susanne in der *Bunten*, die ihre Mutter immer gerne las, einen Artikel über die Schauspielerin Iris Berben gelesen. Gut, die war gerade Anfang zwanzig gewesen, als sie ein uneheliches Kind bekam, da konnte ihr keiner mehr reinreden. Bis heute schwieg sie trotz aller Ähnlichkeitsspekulationen über den Vater des Kindes, hatte es allein großgezogen. Und nicht mal eine Karriere als Model oder Schauspielerin hatte das Kind ihr verbaut. Vielleicht sollte einfach keine Frau mehr darauf achten, wo die Gesellschaft Grenzen aufstellte.

Antonius packte die nächste Kiste aus, der Laden war schon abgeschlossen, aber die Arbeit türmte sich. Die Menschen konnten vor Weihnachten einfach nicht genug von Büchern bekommen. Als vor zehn Jahren die Zentralbibliothek am Neumarkt eröffnet hatte, wo die Menschen

Tausende Bücher kostenlos ausleihen konnten, hatte Antonius wie so mancher seiner Kollegen den Konkurs befürchtet. Zum Glück konnte das kostenlose Angebot den Buchhändlern nichts anhaben.

Susanne packte weiter Bücher in weihnachtliches Papier ein. Für die Kinderbücher gab es eins mit Rentieren drauf. Bei manchen Büchern wie dem *Herr der Ringe* entschied sie sich lieber für das neutrale Papier. Kein Teenager wollte kindliches Geschenkpapier, falls es denn für einen Teenager war.

»Antonius, ich bin so glücklich, dass wir uns gefunden haben. Mit dir an meiner Seite schreckt mich fast nichts mehr.« Sie zog Geschenkband an einer Schere entlang, sodass sich das Band kringelte wie ein Engelslöckchen.

»Ich hatte den Eindruck, dass du schon immer ziemlich unerschrocken warst.«

»In manchen Punkten. Vielleicht.«

»Ich überlege, endlich wieder jemanden einzustellen.«

»Wieso?«, fragte Susanne, obwohl sie sich schon lange fragte, warum er die allermeiste Zeit den Laden alleine stemmte.

»Weil ich keinen Grund mehr habe, vor meiner freien Zeit davonzulaufen.«

* * *

»Irgendwie ist das verrückt. Du tust die ganze Zeit so, als wäre alles normal und als könntest du nicht jeden Moment ins Geburtshaus gerufen werden.«

Andreas und Carola putzten die Wohnung durch, weil sie zum Heiligabend noch ihre Schwester mit Familie erwarteten. Und ihre Eltern. Alle in der kleinen Wohnung, weil es bei Heike gestern einen Rohrbruch in der Küche gegeben hatte. Deshalb konnte sie auch nichts zum Essen beisteuern, zumindest ganz gegen ihre Art nichts Selbstgekochtes. Die Kinder saßen vor der Glotze und schauten sich einig wie selten im ZDF *Drei Haselnüsse für Aschenbrödel* an.

»Ist aber unwahrscheinlich«, redete Carola sich ein, obwohl Tanja, eine ihrer Schwangeren, gestern etwas Blut verloren hatte. Die junge Künstlerin mit dem alten Harry. War ja klar, dass die beiden ein extravagantes Geburtsdatum anstrebten. Aber vielleicht ließ sich das Kind bis zum ersten Feiertag Zeit.

»Warum haben wir nicht einfach gesagt, dass du Bereitschaft hast, und keinen eingeladen?«

»Andreas, da müssen wir jetzt durch, okay?«

»Könnt ihr bitte leiser sein!?«, riefen Maike und Thomas vom Sofa aus, auf dem sie zu allem Überfluss vorhin noch Kakao verschüttet hatten. Es war Mittag. Zum Glück gab es bei ihnen Heiligabend immer nur Würstchen und Kartoffelsalat. Aber ein Nachtisch, Tischdeko, Geschenke für die Gäste ... eine nahezu perfekte Wohnung, all das musste sein. Wenigstens an Weihnachten, wenn Gäste kamen.

»Ne, können wir nicht!«, rief Carola und drehte einfach den Fernseher lauter. Aschenbrödel würde sich noch umsehen, wenn der Prinz sie erst einmal in sein Schloss gesperrt hatte, dachte sie. Und dann sah sie ihren Mann und ihre Kinder an und dachte, dass sie eine undankbare Kuh war. Sie hatte sich das alles doch so ausgesucht. In dem

Moment ging der Piepser. Noch gab es Hoffnung auf einen Fehlalarm.

Es war keiner. Tanja hatte einen Blasensprung, wie sie am Telefon sagte.

»Und wie sollen wir das jetzt hinbekommen?«, fragte Andreas und verkniff sich zu sagen, dass es schließlich auch noch Carolas Verwandtschaft war, die heute hier aufkreuzte.

»Ich weiß es einfach nicht. Aber ich muss jetzt los. Vielleicht bin ich zur Bescherung ja wieder hier.«

Die letzte Bemerkung sollte eher ein Witz sein, aber manchmal gab es wirklich schnelle Geburten.

* * *

»Ich habe nur einen Wunsch zu Weihnachten«, stöhnte Katja, die in der Badewanne im Geburtszimmer hockte und die Wehen im Wasser erstaunlich tapfer meisterte. »Ich möchte, dass mein Kind gesund zur Welt kommt.«

Ihr Frauenarzt hatte keinen Grund gesehen, sie zu einer Spezialuntersuchung zu schicken, nur weil sie sich wegen Tschernobyl verrückt machte. Katja glaubte immer noch, eine Ahnung zu haben. Wieder und wieder hatte sie von einem Kind geträumt, dem die Gliedmaßen fehlten.

»Es wird schon alles gut sein«, wiederholte ihr Mann Gerd mit einer Spur Ungeduld in der Stimme. Es war jetzt früher Nachmittag. Es würde noch ein paar Stunden dauern, bis sie Gewissheit haben würden. Antonius würde auf sie warten, vielleicht würden sie es sogar noch gemeinsam zur Christmette schaffen.

»Katja, haben Sie keine Angst, alles wird gut werden«,

sagte Susanne, obwohl sie es nicht wissen konnte. Aber es war wahrscheinlich. Sehr wahrscheinlich. Susanne verließ kurz den Raum, um in der Teeküche etwas zu trinken zu holen. Sanft schloss sie die Tür und drehte noch schnell das *Besetzt*-Schild um. Es war zwar sehr unwahrscheinlich, dass heute noch jemand hier reinwollte, aber sicher war sicher.

* * *

Ob sie irgendwann mit Christoph gemeinsam Weihnachten feiern würde? Draußen war es schon dunkel, und die ganze Familie versammelte sich um den festlich geschmückten Tisch. Ihre Eltern. Ihre Schwestern. Ihr Schwager und ihre Nichte, bei deren Geburt sie entschieden hatte, Hebamme zu werden. Sie liebte Weihnachten mit ihrer Familie und wollte jede Sekunde davon genießen. Vielleicht war es das letzte Mal, dass sie so zusammen feierten. Oder würde Christoph sie im Folgejahr begleiten? Sie sangen gemeinsam *Stille Nacht*, weshalb sie beinahe den Piepser überhört hätte. Sie brachte es nicht übers Herz, mitten im Lied aufzuspringen, sondern wartete die letzte Zeile ab. Selten erforderte eine Geburt Hektik. Sie hob kurz den Piepser und verschwand dann im Flur, um die Nummer zurückzurufen. Es war Monika. Christophs Schwester; sie war etwas früh dran, aber im Rahmen.

»Ella, ich habe so schrecklich starke Wehen. Und mein Mann ist nicht da. Er hat noch eine Schicht im Krankenhaus. Es sollte das letzte Mal sein, dass er Weihnachten arbeitet.«

Ella atmete tief durch. Monika war eine zähe Natur, wer

so reden konnte, hatte meist noch Zeit. Gleichzeitig vernahm sie wirklichen Schmerz in der Stimme.

»Ich bin gleich bei dir!«

* * *

»Aber wir hatten fest damit gerechnet, die Badewanne zu bekommen! Ich möchte Geld zurück, wenn wir keine bekommen.« Harry schaute sich in dem zweiten Geburtszimmer um, das etwas einfacher ausgestattet war. Vor allem gab es keine Badewanne. Carola musste an sich halten. Harry, der auch im Winter braungebrannt war und ein Goldkettchen trug, von dem er sich eine Badewanne hätte selbst kaufen können.

»Die Kosten sind für die Rufbereitschaft, die ich selbst an Weihnachten gerne wahrnehme«, sagte Carola bemüht sachlich, da Tanja schon genug litt. Selbst unter Wehen war ihr das Verhalten ihres Mannes peinlich.

»Harry ist schon okay. Ich komme schon klar.«

Carola stützte Tanja, als sie von einer Wehe übermannt wurde, derweil sich Harry noch im Raum umsah, als müsste er eine Baustelle inspizieren. Dabei hatte er doch beim Vorbereitungskurs noch so getan, als sei er durch die Kinder aus erster Ehe der Geburtsexperte schlechthin. Es war das erste Mal, dass zwei Geburten gleichzeitig stattfanden. Und wer zuerst da war, bekam eben das schönste Zimmer!

Carola war auch etwas überrascht gewesen, als sie vor dem Geburtshaus ankamen und Licht durch die Fenster fiel – drinnen leuchtete tatsächlich der Weihnachtsbaum.

Immerhin waren die Türen recht schalldicht, solange

beide geschlossen waren. Trotzdem drang etwas Geschrei durch, und zum Glück schwieg Harry, als er es hörte. Carola sah ihm fest in die Augen, und er nickte stumm und krempelte die Ärmel hoch. Anscheinend erinnerte er sich doch an die ersten Geburten und kapierte, dass seine Frau jetzt nicht auf etwas aufmerksam gemacht werden musste, was ihr noch zusätzlich Angst machte.

»Wir haben noch eine Compact Disc mit Entspannungs-musik mitgebracht«, sagte er und holte aus der Sport-tasche, die er immer noch über dem Arm trug, eine CD heraus. Walgesänge. Passte doch irgendwie. Vielleicht wür-den sie doch miteinander klarkommen.

Tanja lächelte zwischen den Wehen.

»Danke mein Schatz, die hatte ich ganz vergessen. Und macht euch keine Sorgen, ich wollte eh nicht so gerne eine Badewanne.«

* * *

»Wir schaffen das auch zu zweit, und sobald dein Mann frei hat, rufen wir ihn an!« Ella hatte Monika von zu Hause abgeholt und den letzten freien Parkplatz vor dem Ge-burtshaus ergattert. Es war stockdunkel, und jedes erleuch-tete Fenster zeugte von einem üppigen Weihnachtsfest. Monika nahm dankbar Ellas Arm, die beiden duzten sich mittlerweile. Gemeinsam gingen sie die Stufen zu der Eingangstür hoch. Sie brauchte den Schlüssel gar nicht zweifach herumdrehen, die Tür gab direkt nach. Und der Baum im Vorraum erstrahlte.

»Als hätte das jemand für uns vorbereitet!«, sagte Mo-nika und streichelte ihren runden Bauch.

»Der passende Empfang für ein Weihnachtsbaby. Ich denke, es wird vor Mitternacht hier sein.«

Ella ahnte, dass das Geburtszimmer mit der Wanne besetzt war. Und ja, das Schild an der Tür und die Geräusche von innen sagten ihr, dass sie mit dem kleinen Zimmer vorliebnehmen mussten. Aber auch dort war das Türschild umgedreht. Ella wurde nervös. Sollte sie Monika eine Hausgeburt vorschlagen? Aber wieder zurückfahren? Noch eine halbe Stunde im Auto? Mit einer Frau mit heftigen Wehen? Sie krümmte sich schon wieder.

»Monika, wie es aussieht, müssen wir in den Kursraum.« Vielleicht konnten sie später noch umziehen.

»Ist mir egal, Hauptsache, du bist bei mir!« Monika lächelte tapfer und war doch etwas sehr blass um die Nase.

»Wir bekommen das schon hin!«, sie öffnete die Tür zum Kursraum, in dem Monika schon oft gewesen war. Es roch nach dem Orangenöl der Duftlampe, und all die Kissen und Matten auf dem Boden ließen den Raum auch ohne Wanne und Bett heimelig wirken. Und Ella gab es ein gutes Gefühl, dass sie Carola und Susanne gleich nebenan wusste. Tja, wer hätte gedacht, dass sie den Heiligabend alle drei im selben Haus verbringen würden. Im Haus der guten Hoffnung.

＊ ＊ ＊

»Ich sterbe!«

»Nein, niemand stirbt hier!«

Susanne rief gegen Katjas Schrei an. Normalerweise dachte sie nicht mal in Ansätzen daran, eine Frau darum zu bitten, leiser zu sein. Schlimm genug, dass es immer wieder harsche Hebammen gab, die Frauen unter Wehen anschnauzten, weil sie nicht still vor sich hin litten. Aber sie hatte auf dem Weg zur Teeküche bemerkt, dass auch Ella und Carola im Geburtshaus eingetroffen waren. Und Schreie in Katjas Lautstärke könnten auf die Frauen im frühen Geburtsstadium einschüchternd wirken. Und da Susanne aus dem Nebenzimmer einmal sphärische Klänge gehört hatte, als eine Tür geöffnet wurde, war es umgekehrt auch nicht unwahrscheinlich.

»Ich will nicht mehr!«

Katja hielt sich am Wannenrand fest, und Gerd hielt ihr immer wieder die Hand. Auch auf seiner Stirn tropfte Schweiß. Endlich gingen die Wehen in Presswehen über.

»Katja, du hast es bald geschafft!« Sie lächelte die werdende Mutter an. Doch anscheinend machten diese Worte ihr noch mehr Angst, sodass sie sichtlich verkrampfte.

Katja hatte Angst vor dem Moment der Wahrheit. Susanne, die die Sorge um mögliche Behinderungen des Kindes längst vergessen hatte, kapierte, dass es für Katja eine ganz reale Bedrohung war. Sie würde das Kind sozusagen zurückhalten, um sich der Wahrheit nicht so schnell stellen zu müssen. Dabei war die Wahrheit sehr wahrscheinlich einfach nur erleichternd, sogar buchstäblich. Und das Kind würde eher in Gefahr gebracht, wenn die Geburt ins Stocken geriet.

Susanne hatte das im Krankenhaus mehr als einmal erlebt. Wie konnte sie Katja helfen? Die Statistiken hatten sie nie beruhigt, egal wie oft sie diese wiederholt hatte.

»Katja, Gerd. Hört mir einen Moment zu«, nutzte sie

eine kurze Wehenpause, in der sie auch die Herztöne kontrollierte.

»Stimmt was nicht?«, fragte ihr Mann und versetzte Katja damit erst recht in Aufregung.

»Lässt das Herz nach?«

»Nein, die Herztöne sind perfekt. Ich möchte euch nur etwas sagen!«

»Was denn?«

»Sollte das Kind krank sein, dann müsst ihr es nicht behalten. Ihr könnt es dann in professionelle Pflege geben. Ihr könnt es zur Adoption freigeben.« Was sie da sagte, schmerzte Susanne selbst, aber als sie die entsetzten Gesichter sah, wusste sie, dass sie richtig handelte.

Katjas Halsschlagadern traten hervor, und sie presste erneut, als hätte sie Susannes Worte gar nicht gehört. Doch als die Presswehe vorbei war, stöhnte sie: »Spinnst du? Wir behalten unser Kind, egal was ist!«

Und Gerd lächelte. Susanne ebenfalls. Sie würde sich nie anmaßen, Eltern vorzuschreiben, was sie schaffen konnten. Manche Eltern wuchsen angesichts eines kranken Kindes, manche zerbrachen. Aber manchmal brauchte es einfach einen Perspektivwechsel. Katja würde ihr Kind lieben, wie es war. Sie würde noch Tausende Male über ihre übertriebene Angst als Mutter stolpern. Vielleicht würde ihr Kind ihr auch ganz schnell beibringen, dass das Leben zwar nicht vorhersehbar, aber eben auch nicht so gefährlich war.

»Ich kann schon das Köpfchen sehen.« Susanne strahlte. Und Katja und Gerd auch, auch wenn es immer noch ein Kraftakt war. Ein paar Minuten später war das erste Weihnachtsbaby des Geburtshauses geboren. Und die Freude war umso größer, da es kerngesund und kräftig war.

* * *

Carola fragte sich gerade, ob der Verwandtschaftsbesuch inklusive der Vorbereitung nicht doch entspannter gewesen wäre als eine Geburt mit Harry und Tanja.

»Carola, es kann nicht sein, dass der Muttermund erst fünf Zentimeter auf ist. Bei meiner Ex war der fast zehn, als die so gestöhnt hat wie Tanja jetzt. Aber meine Ex hatte da auch eine Badewanne, da lebten wir nämlich noch in Hamburg, im besten Krankenhaus der Stadt.«

Carola war sich sicher, dass es eher ihr Mann war, der Tanja zum Stöhnen brachte. Und zwar so laut, dass auch die Walgesänge nicht dagegen ankamen. Sie war kurz davor zu sagen, dass er dann doch gehen sollte, nach Hamburg ins beste Krankenhaus der Welt!

Tanja trug ein kurzes Nachthemd von Gucci, das zu Harrys Goldkettchen passte. Sie war doch Künstlerin. Vertraute sie so wenig in ihr Talent, dass sie sich einen Sugardaddy suchen musste? Oder war es wirklich einfach Liebe?

»Harry, jede Frau ist anders. Einzigartig!«

Bei dem Wort einzigartig schaute sie ihn scharf an. Er ging einen Schritt zurück und hob entschuldigend die Hände.

»Okay, okay, ich bin wohl doch einfach aufgeregt, obwohl es schon mein drittes Kind ist.«

»Aber das erste mit mir, verdammt noch mal!«, wurde Tanja laut. Sie hielt sich an dem Seil fest, das an der Decke befestigt war.

Ihre verstrubbelten langen Haare und der sinnliche Mund ließen sie aussehen wie Jane, die sich auf der Suche nach Tarzan an einer Liane durch den Dschungel schwang.

»Ist ja gut, mein Schatz, ich sage gar nichts mehr. Jedenfalls nichts mehr, was dich aufregt.«

Immerhin grinsten sie sich jetzt einvernehmlich an. Die Geburt würde also hoffentlich nicht in einer verbalen Schlammschlacht enden.

Was ihre Lieben zu Hause wohl machten? Der Gedanke, nun nicht bei ihren Kindern zu sein, zerriss ihr das Herz. Und sie hatte es nicht einmal geschafft, für Andreas ein Weihnachtsgeschenk einzupacken. Besorgt hatte sie ein Buch und einen schwarzen Rolli aus Kaschmir, den sie beim Kaufhof im Sonderangebot gesehen hatte. Sie nahm sich fest vor, ihn auf andere Art zu verwöhnen, wenn sie heute nach Hause käme. Wenn er dazu überhaupt noch Lust hatte, nachdem er das ganze Weihnachtsfest allein zu Hause gestemmt hätte.

※ ※ ※

Ella saß vor Monika auf einer der Matten. Sie hatte noch schnell »besetzt« auf ein Stück Papier aus dem Faxgerät gekritzelt und es mit Tesafilm auf die Tür geklebt. Nicht dass sonst noch Susanne oder Carola hier ungefragt hereinstürmten, weil sie mal Ruhe brauchten.

»Alles in Ordnung?«, fragte Monika lächelnd. Ihre Wehen waren noch erträglich, obwohl der Blasensprung eindeutig die Geburt eingeleitet hatte.

»Ich bin mir nicht ganz sicher.«

Bei der letzten Untersuchung vor wenigen Tagen lag

das Kind vorschriftsmäßig mit dem Kopf nach unten. Gut, viele Kinder drehten sich bis kurz vor der Geburt noch hin und her. Aber die meisten positionierten sich richtig, wenn es losging. Und selbst verkehrt herum, in Beckenendlage mit dem Po zuerst, hatte sie schon viele Kinder im Krankenhaus zur Welt gebracht, auch wenn manche meinten, das wäre eine Indikation für einen Kaiserschnitt.

»Was ist denn? Die Herztöne sind doch gut gewesen! Mein Befund auch!«

»Ich habe das Gefühl, es liegt nicht richtig.«

Monika gehörte zu den Frauen, die über alle Hintergründe so gut Bescheid wussten, da sie reihenweise medizinische Ratgeber gelesen hatten.

»Dann drehe es. Das könnt ihr doch. Ich habe gelesen, dass sich viele Kinder erst kurz vorher richtig drehen und Hebammen dem Kind mit ein paar Griffen nachhelfen können.«

Eine äußere Wendung des Fötus war nur vor Geburtsbeginn möglich. Mit etwas Übung bekam man damit die Kinder oft in die richtige Richtung bugsiert. Aber das hier war eine plötzliche Querlage unter der Geburt. Eine geburtsunmögliche Situation, die bei Erstgebärenden wie Monika äußerst selten vorkam.

»Monika, es tut mir leid, aber ich muss sofort einen Krankenwagen rufen.«

Sie wartete Monikas Antwort nicht ab, sondern griff sofort zum Telefon.

»Bitte warte noch was. Ich will nicht ins Krankenhaus, ich weiß, dass es sich noch drehen wird ...«

Eine Wehe beendete Monikas Protest. Ella hielt ihre

Hand, aber Händchenhalten würde nicht reichen. Dass sie hier im Geburtshaus auf den Krankenwagen warten mussten, kostete sie wertvolle Zeit. Wenn sie Monika und das Kind verlieren würde, dann hätte Christoph recht gehabt.

* * *

Was für ein Bild am Heiligen Abend! Vater und Mutter lagen mit dem Neugeborenen in der Mitte auf dem breiten Bett und schauten es selig lächelnd an. Für heute konnte Katja die Sorgen loslassen und einfach diesen wichtigen Moment feiern. Susanne räumte all das ganz und gar Unfeierliche weg, das so eine Geburt mit sich brachte. Die letzten Liter Wasser in der Wanne verschwanden im Abfluss. Mutter und Kind waren versorgt. Sie müssten sich noch ein wenig ausruhen, und dann durften sie nach Hause. Und Susanne zu Antonius.

Ein Martinshorn ließ Susanne aufschrecken. Welcher arme Tropf musste Heiligabend einen Rettungswagen rufen? Vielleicht jemand, der vor Einsamkeit einen Herzinfarkt erlitten hatte? Waren die Gefühle unter dem Weihnachtsbaum hochgekocht? Der Ton kam immer näher, und vor allem blieb er konstant.

Susannes Atem stockte. Der Wagen war vor dem Geburtshaus zum Stehen gekommen. Sie hatte von den beiden Geburten nebenan nicht mehr viel mitbekommen.

»Ich bin gleich wieder da«, sagte sie, so ruhig es ging, und zog die Tür von außen hinter sich zu. Noch ehe sie Ella oder Carola fragen konnte, was los war, sah sie Ella die Tür öffnen und zwei Sanitäter mit einer Trage hereinkommen. Sie hatte Ella noch nie so blass gesehen. War es vielleicht schon zu spät?

»Ella, kann ich dir helfen?«

Ella schüttelte den Kopf. Die Sanitäter waren bereits in dem Kursraum verschwunden.

»Monika. Sie braucht einen Notkaiserschnitt, und zwar so schnell es geht.«

Ella nahm ihren Mantel von der Garderobe in dem großen Vorraum. Susanne umarmte sie kurz, wünschte ihr viel Glück. Der Weihnachtsbaum hinter ihnen leuchtete. Fast höhnisch, so kam es Susanne vor. An Weihnachten war es im Krankenhaus nie optimal gewesen in all den Jahren, in denen sie dort an dem Feiertag Dienst gehabt hatte. Und sie hatte oft Dienst gehabt, schließlich standen die Singles an vorderster Front, wenn es um die Feiertagsdienste ging.

»Bitte lass mich hier!«, wimmerte Monika, die auf der Trage lag und an Susanne vorbei aus dem Geburtshaus geschoben wurde. Ella hielt ihre Hand und nickte Susanne noch einmal zu, als sie mit den Sanitätern das Haus verließ.

Susanne wusste nicht, was los war. Aber ein Blick in Ellas Augen hatte gereicht, um zu wissen, dass hier nicht nur ein Leben in Gefahr war.

Susanne stand immer noch in Schockstarre in dem Flur. Aus der einen Tür hörte sie die Walgesänge in Dauerschleife, Stöhnen und eine männliche Stimme. »Du schaffst das, mein Schatz!« Oder: »Ich bin so stolz auf dich!«

Aus dem anderen Raum hörte sie nichts, wusste aber, dass dort eine glückliche Stille herrschte. Eine zu der das Weihnachtslied *Stille Nacht, heilige Nacht* wirklich passte.

Wenn Monika oder das Baby nicht überleben würden, dann würde über das Geburtshaus statt Weihnachten ein ewiger Karfreitag hereinbrechen. *Eins kommt, eins geht*, kam ihr bitter eine mögliche Schlagzeile für den *EXPRESS* in den Sinn. Sie hatte dort morgen anrufen und von einem Weihnachtsbaby berichten, für gute Presse sorgen wollen. Wie unwichtig das jetzt war. Und doch war es einfach die Realität. Leben und Tod lagen in den ersten Lebensminuten nah beieinander.

In diesem Augenblick vermisste sie Antonius. Mehr denn je.

✳ ✳ ✳

»Es tut mir leid.« Ella hielt Monikas Hand. Sie hatte mitfahren dürfen ins Krankenhaus. Das St.-Laurentius-Krankenhaus war ohnehin das nächste mit einer Geburtsstation und einem OP. Monikas Mann war über die Zentrale des Krankenhauses, in dem er arbeitete, angerufen worden.

Monika lächelte schwach. Ella hatte ihr einen Wehenhemmer gespritzt, eines der wenigen Medikamente, die sie in Notfällen als Hebamme setzen durfte.

»Mir auch. Da versaue ich dir den Heiligabend.«

»Tust du nicht.«

Keine von beiden wollte sich Gedanken darüber machen, wie das Ganze ausgehen würde. Einen Schritt nach dem anderen. Die 112 wählen. Ins Krankenhaus fahren. Dort in die Notaufnahme …

Vor dem Krankenhaus auszusteigen war wie eine Zeitreise in ihr früheres Leben, obwohl es noch gar nicht lange her war. Es war dunkel. Und kalt. Vereinzelt lag noch Schnee auf dem Immergrün vor dem Gebäude. Und es war leer. Wer besuchte um diese Zeit schon jemanden im Krankenhaus? Die Besuchszeiten waren ja strikt geregelt, und selbst an Heiligabend war um 17.30 Uhr Schluss.

Viel diskutiert wurde nicht in der Notaufnahme. Der OP war nicht besetzt gewesen, der diensthabende Arzt gerade erst eingetroffen. Ella kannte ihn nicht, und sie durfte nicht mit in den OP. Genauso wenig wie Monikas Mann, der fast gleichzeitig mit ihnen im Krankenhaus ankam. War da ein Vorwurf oder gar Misstrauen in seinem Blick?

Ella fröstelte es. Sie nickte ihm zu. Gab ihm die Hand. Dr. Kramer, ihr alter Chef, kam auf sie zu, als sie im Flur der Notaufnahme standen.

»Ella, Herr Dr. Hofert, guten Abend.«

Blass sah er aus, als bekäme ihm der späte Notdienst in seinem Alter nicht mehr gut. Er drehte sich zu Monikas Mann.

»Herr Dr. Hofert, wir geben unser Bestes. Ihre Frau ist bereits im OP. So eine plötzliche Querlage während der Geburt ist extrem selten. Sie ist gerade noch rechtzeitig hier gelandet.«

»Das heißt, es wird alles gut gehen?«

»Wir wissen gleich mehr. Kommen Sie mit mir mit.«

Ella blieb allein im Flur stehen. Mutterseelenallein. Sie würde hier warten, bis sie wusste, wie es Monika und dem Kind ging. Jetzt nach Hause zu gehen oder ins Geburtshaus war unmöglich. Sie setzte sich auf die Bank im Warteraum, fischte in ihrer Hose ein Markstück heraus und überlegte kurz, einen Kaffee aus dem Automaten zu ziehen. Doch sie würde ihn nicht hinunterbekommen. Sollte sie mit der Münze nach Hause telefonieren? Das Telefon an der Wand lud sie geradezu ein. Die Nummer von zu Hause kannte sie auswendig. Aber sie würde kein Wort herausbekommen, ehe sie nicht wusste, was los war. Sie hatte den Kopf auf den Händen aufgestützt, und als sie ihn kurz hob, sah sie eine Gestalt in Weiß auf sich zukommen. Kein Weihnachtsengel. Ein Mann in weißem Kittel. Es war Christoph mit einem Gesichtsausdruck, der nichts Gutes versprach.

* * *

Susanne stand vor dem Geburtshaus und sah in den Himmel. Sternklar war es heute, obwohl hier und dort noch Schnee lag. Gleich durfte sie nach Hause gehen. Zu Antonius. Katja und Gerd waren nach Hause gefahren. Ein Weihnachtsfest feiern, das sie nie vergessen würden. Das Glück einer ambulanten Geburt. Sollte sie Carola anbieten, für sie zu übernehmen? Das Baby musste jeden Moment da sein. Und wo war Ella? War im Krankenhaus alles gut gegangen? Susanne konnte kaum im Krankenhaus oder bei Ellas Familie anrufen, ohne noch mehr Aufregung zu verursachen.

Die Tür öffnete sich. Harry kam heraus. Stellte sich neben sie und packte ein Päckchen Camel aus.

»Darf ich?«

Sie nickte.

»Wissen Sie, ist nicht meine erste Familie, und ich habe total Angst, es wieder zu verbocken.«

Er zündete sich die Zigarette an und blies Rauch in die Luft. Susanne sah ihn an. Auf den ersten Blick fand sie ihn, nun ja, etwas anstrengend. Es war ja auch kein erster Blick, sie hatte schon gehört, dass es seine Frau nicht gerade einfach hatte.

»Ich habe es auch schon mal verbockt.«

»Echt jetzt? Sie sehen so perfekt aus!«

»Ist doch keiner. Sie machen das schon. Ich wünsche Ihnen ein frohes Weihnachtsfest.« Sie lächelte Harry an. Was wusste sie schon von ihm, um sich ein Urteil zu erlauben?

»Ich Ihnen auch.«

Die Tür ging erneut auf. Carola schaute zur Tür hinaus.

»Harry, herzlichen Glückwunsch. Sie sind gerade wieder Vater geworden.«

* * *

Ella öffnete die Tür zum Geburtshaus. Sie musste noch einmal hier hin. Sie hatte keine Kraft, sich zu Hause mit der Familie ins Wohnzimmer zu setzen. Auch wenn sie sich genau vorstellen konnte, wie alle fröhlich miteinander plauderten, sangen und lachten. Ihre Augen waren noch ganz verquollen. Die Einzigen, die sie jetzt verstehen würden, waren Susanne und Ella.

Und da standen sie beide in dem Flur. Vor dem Weihnachtsbaum, der erleuchtet war. Sahen sie erst fragend an und liefen dann auf sie zu.

»Ella!? Wie geht es Monika?«

»Ist alles gut gegangen?«

Ella nahm die beiden in die Arme. »Frohe Weihnachten euch. Und ja, es ist alles gerade noch gut gegangen. Es hätte nicht fünf Minuten später sein dürfen.«

»Gott sei Dank! Was für ein Tag!« Susanne drückte Ella an sich. Ella war noch völlig durcheinander. Christoph hatte sie angesehen, als wäre er der Überbringer einer Tragödie. Doch es war noch die Angst um seine Schwester gewesen, die er nur ein paar Minuten gespürt hatte. Doch sie war auch noch nicht aus seinem Gesicht verschwunden, als er erfahren hatte, dass er Onkel eines gesunden Mädchens geworden war.

»Nicht auszudenken, wenn du auch nur einen Moment gezögert hättest«, waren seine ersten Worte gewesen. Aber sie hatte nicht gezögert! Und was passiert war, hätte überall passieren können. Wäre vielleicht wirklich tragisch ausgegangen, wenn Monika im Kreißsaal mit ihren Wehen allein gewesen wäre. Ella redete sich das immer wieder ein, um die leise Stimme zu übertönen, dass sie es gewesen war, die Mutter und Kind in Gefahr gebracht hatte.

»Früher haben sich die Hebammen öfter an eine äußere Wendung unter der Geburt gewagt. Gab ja meist nichts zu verlieren«, sagte Carola später.

Ella hatte keine Lust, das Thema durchzudiskutieren. »Carola, was ist mit dir? Möchtest du nicht nach Hause? Zu deiner Familie? Ich übernehme gerne für dich«, bot Ella stattdessen an.

Ella hatte Tanja und ihren Mann schon kurz kennengelernt. Im Grunde brauchten sie nur noch etwas Ruhe, morgen würde Carola eh einen Hausbesuch machen. Das erste Stillen hatte geklappt, die Mutter war versorgt. Das Paar wohnte um die Ecke. Sie hatten noch ein Körbchen für Babys da, das die Mutter für die kurze Fahrt auch in dem Zweisitzer auf dem Schoß halten konnte. Seit ein paar Jahren gab es zwar Babyschalen für Autos, die man sogar mit dem Gurt sichern konnte, aber die kauften sich längst nicht alle Eltern. Hätt ja noch immer joot gejange. Und in dem Porsche fehlte ohnehin die Rückbank dafür.

»Ella, meinst du wirklich?«

Ella konnte sich nichts Besseres vorstellen, als jetzt abgelenkt zu sein. Ihre Familie feierte auch noch am ersten und zweiten Weihnachtstag. Sie würde nur kurz zu Hause anrufen, dass alles in Ordnung war.

»Auf jeden Fall! Und Susanne, gehe du auch ruhig. Du hattest doch vor, mit Antonius zu feiern.« Sie sah auf ihre Armbanduhr. Es war erst 20.30 Uhr, fühlte sich aber an, als wären drei Tage vergangen, seit sie vom festlich gedeckten Tisch aufgesprungen war, weil der Piepser losgegangen war.

»Bist du ganz sicher?«, fragte Susanne.

»Ja, bin ich! Lasst mich jetzt übernehmen.«

Ella sehnte sich danach, heute einfach eine unkomplizierte Aufgabe zu Ende zu bringen. Allein.

* * *

Carola fuhr mit ihrem Auto auf den Parkplatz vor ihrer Wohnung. Sie hatte kurz vom Geburtshaus aus angerufen, dass sie unterwegs sei. Stefanie war am Telefon gewesen und meinte nur, es sei noch etwas zu essen da. Immerhin. Ihr Magen knurrte. Feierlich war ihr eher nicht zumute.

Sie war so fertig, dass sie an der Haustür nicht mal ihren Schlüssel zückte, sondern klingelte. Als sie an der Wohnung ankam, standen ihre drei Kinder vor der Tür. Fein angezogen. Das Kleid mit dem Karomuster und dem weißen Rüschenkragen hatte schon Stefanie getragen. Jetzt sah Maike allerliebst darin aus. Selbst Thomas hatte ein Hemd an und Stefanie eine bunte Bluse über der Röhrenjeans. Was waren sie alle groß geworden!

»Mama, mach die Augen zu!« Sie spürte Maikes warme Hand und ließ sich von ihr ins Wohnzimmer führen. Ihre Tasche ließ sie im Flur fallen.

»Weiter, ja, jetzt nach rechts …«

Es war ruhig hier. Angenehm ruhig. Wo waren Heike und ihre Familie?

»Und jetzt kannst du die Augen aufmachen.«

Carola öffnete die Augen und fühlte sich in die herrliche Weihnachtszeit in ihrer Kindheit zurückversetzt. Gut, Geschenkeberge gab es da noch nicht, aber einen hell leuchtenden Christbaum mit einer Krippe davor. Damals waren die Kerzen noch echt, die hier waren elektrisch. Aber die Krippe war immer noch die, die schon als Kind an Heiligabend aufgebaut worden war. Handgeschnitzte Figuren und ein strohgedecktes Dach.

Auf dem Tisch standen echte Kerzen. Und ein festlich arrangiertes Gedeck. Andreas kam auf sie zu und umarmte sie.

»Frohe Weihnachten, mein Schatz. Setz dich und lasse dich von uns verwöhnen.«

Andreas schenkte ihr Wein in ein Kristallglas, und Stefanie stellte einen Teller mit Räucherlachs, Salat und

Weißbrot vor sie. Das Baguette war noch warm. Carola lief das Wasser im Mund zusammen.

»Kartoffelsalat und Würstchen waren schon alle. Konrad hat alles weggemampft«, sagte Thomas und holte auf das Pling der Mikrowelle hin eine Schüssel mit Spargelsuppe aus dem Gerät. Die von *Erasco*. Carola hatte erst ein paar Dosen besorgt, weil sie die so gerne aß. Andreas streute noch ein paar frische Kräuter darüber.

Carola hätte am liebsten ganz unfeierlich alles verschlungen. Was war dieser Moment doch für ein Geschenk! Vier Menschen bei ihr, die sie über alles liebte. Die ihr den Rücken freihielten, wenn sie ihrem Traumberuf nachging. Sie nahm andächtig den ersten Bissen und prostete ihrer Familie zu.

»Frohe Weihnachten uns allen.«

Andreas holte noch für alle anderen Gläser, und Stefanie durfte zur Feier des Tages auch einen Schluck Wein trinken.

»Was ist mit unseren Gästen passiert?«

»Sie waren da, und wir hatten einen netten Abend, aber um neun waren sie so müde, dass sie gefahren sind.«

Andreas grinste sie an. Carola war klar, dass er nicht groß versucht hatte, sie aufzuhalten.

»Ich lade Mama morgen noch mal zum Kaffee ein. Und Heike vielleicht auch.«

Sosehr ihre Schwester ihr auch manchmal auf die Nerven ging, sie an Weihnachten gar nicht zu sehen kam ihr falsch vor. Sie konnte sich genau vorstellen, wie Heike mit spitzen Lippen ihre Familie bedauert hatte, weil sie wegen Carolas ganzem »Selbstverwirklichungsjedöns«, wie sie es nannte, sogar an Weihnachten auf ihre Mutter verzichten mussten. Aber vielleicht projizierte sie da auch nur was in ihre Schwester herein. Zum Beispiel ihr eigenes schlechtes Gewissen. Egal, wie oft sie sich einredete, dass das unnötig sei, ganz konnte sie es nicht beiseitewischen.

✳ ✳ ✳

Wir sehen immer nur einen winzigen Teil von dem, was ist, dachte Susanne, als sie mit Antonius ganz hinten im Kölner Dom stand und benebelt von Weihrauch, den letzten Stunden im Geburtshaus und überhaupt allem war.

Die Sitzplätze in den Bänken waren schon lange vor dem Beginn der Christmette besetzt, manch einer um sie herum hatte sich sogar einen Campingstuhl mitgebracht. Während auf dem Marmorboden der gut siebenhundert Jahre alten Kathedrale fast jeder Zentimeter außerhalb der Altarräume von Kirchgängern besetzt war, war nach oben hin noch unendlich Platz. Niemand sah ihr an, dass sie vor wenigen Stunden noch ein Baby auf die Welt geholt hatte. Und auch wenn manche Gesichter Spuren von Stolz oder Trauer oder auch Freude zeigten, Susanne konnte nicht ahnen, was zu diesen Gefühlen geführt hatte. Hunderte Menschen und alle mit ihrer ganz persönlichen Geschichte. Und eine davon war die Liebesgeschichte zwischen ihr und Antonius. Sie drückte seine Hand. *Stille Nacht, heilige Nacht* erfüllte den Dom, der eben auch eine ganz normale Kirche war, in der Menschen Gottesdienste feierten, beteten und Kerzen ansteckten.

Nach außen hin war es in erster Linie eine Touristenattraktion, vor der täglich viele Menschen aus aller Welt mit ihren wuchtigen Kameras standen, um eine Erinnerung mit nach Hause zu nehmen.

Die letzten Stunden dieser Heiligen Nacht sollten ihnen beiden allein gehören. Eine weitere Geburt war sehr unwahrscheinlich. Am zweiten Weihnachtstag würde sie ihren Eltern Antonius vorstellen, morgen stand noch ein Wochenbettbesuch bei Katja und Gerd an. Als sie unter Glockengeläut vorbei an der vier Meter langen Weihnachtskrippe den Dom verließen, hielten sie einander immer noch an der Hand. Der Wind pfiff über die Domplatte, vereinzelt tanzte Schnee in der Luft. Die gold-türkise Fassade des 4711-Stammhauses leuchtete auch um Mitternacht noch, nur der Brunnen auf der Domplatte war verstummt. Zu kalt war es wohl, um Wasser plätschern zu lassen. Die Menschen verstreuten sich in alle Richtungen. Susanne hatte sich einen Spaziergang nach Hause gewünscht, allzu weit war es zum Glück in die Wohnung von Antonius nicht. Als sie im letzten Jahr in der Weihnachtszeit vorbei an hell erleuchteten Wohnungen gegangen war, in denen Familien gemeinsam am Tisch saßen, Krippen im Fenster standen, Christbäume leuchteten, Paare miteinander lachten, war sie sich immer wie eine Zuschauerin vorgekommen, die dieses für viele so gewöhnliche Glück nie erleben durfte. Diese Wohnungen waren wie Schaufenster mit Schmuckstücken in den Auslagen, die für sie viel zu teuer waren.

Und jetzt hätte sie mit niemandem auf der Welt tauschen wollen. Als sie in der Cranachstraße angekommen waren, war auch im Geburtshaus das letzte Licht erloschen. Susanne würde das Haus heute auch nicht mehr betreten.

Ella würde schon alles gut hinbekommen haben, und falls nicht, wäre morgen auch noch ein Tag. Auch der Buchladen war dunkel, und auch die Geschäfte darin würden heute ruhen dürfen. Vor dem Hauseingang blieben sie stehen. Bevor Antonius seinen Haustürschlüssel aus der Tasche holte, drehte er sich zu Susanne um.

»Ich liebe dich.«

Susanne zog ihn an sich. Und küsste ihn, als hätten sie drinnen nicht auch noch eine lange Nacht vor sich.

»Ich liebe dich auch.«

Es war jetzt schon das beste Weihnachtsfest, das sie in ihrem ganzen Leben gefeiert hatte.

Brot statt Böller war Carolas Devise, aber leider stimmten drei Leute in ihrer Familie dagegen. Andreas nutzte die wenigen Tage, in denen dieser Teufelskram aus China verkauft werden durfte, um wenigstens ein paar Raketen zu ergattern.

»Es reicht doch, wenn wir vom Fenster aus auf das Feuerwerk in der Stadt schauen!«, diskutierte sie mit ihm am Küchentisch. Auf den Rheinbrücken wurde geböllert, als gälte es, wirklich böse Geister zu vertreiben, aber die Einzigen, die man damit vertrieb, waren die Tiere. Und jede Menge älterer Menschen, die mit der Knallerei daran erinnert wurden, dass es Zeiten gab, in denen sie in Luftschutzbunker fliehen mussten, wenn der Fliegeralarm losging. Und in denen fraglich war, ob das eigene Haus noch stand, wenn der Bombenhagel vorbei war. Und da knallten die Leute freiwillig rum?

Einzig Stefanie war nach Carolas Vortrag doch dafür,

ihren Anteil zu spenden, statt im wahrsten Sinne des Wortes zu verballern.

»Ach, Carola, gönne uns doch den Spaß, wenigstens ein bisschen.«

Carola seufzte. »Okay, aber am nächsten Morgen sammeln wir alle zusammen draußen die leeren Raketen auf.«

»Ich bleibe liegen, schließlich spende ich meinen Anteil auch«, sagte Stefanie. Carola freute sich, dass sie sich zusehends mehr engagierte und sich sogar beschwerte, dass sie noch nicht wählen durfte, obwohl sie doch noch viel länger in der Welt leben musste, die die Erwachsenen verbockt hatten.

Ihre älteste Tochter rührte missmutig ihren Kaffee um, ein Getränk, das sie mit dem Erwachsenwerden für sich entdeckt hatte.

»Also ganz so schlimm ist unsere Welt ja wohl kaum. Wir leben immerhin seit guten vierzig Jahren im Frieden«, entgegnete Andreas, »und ich fahre jetzt in den Supermarkt und hole was zum Böllern.«

»Ich komm mit!«, krähte Thomas.

»Ich auch«, rief auch die Jüngste, die noch im Benjamin-Blümchen-Schlafanzug steckte. An Silvester hätte der Piepser gerne losgehen können, Carola konnte mit diesem Fest wenig anfangen. Was war daran besonders, wenn der Kalender auf das neue Jahr sprang? Ob sie einer der Mütter kurz vor Termin einen Wehentee unterjubeln sollte? Etwas Sud aus Ingwer, Eisenkraut, Nelken und Zimt? Oder gleich ein Wehencocktail mit Rizinusöl? Im Krankenhaus hatte sie sich immer freiwillig zum Dienst melden können, um diesem Fest zu entgehen.

Die Schlagzeile war dann tatsächlich erschienen, allerdings im *Kölner Stadt-Anzeiger* und nicht im *EXPRESS*.

Das Weihnachtswunder von Köln – drei Babys in einer Nacht im Kölner Geburtshaus.

Susanne hatte mit einem Redakteur gesprochen, und da die drei jungen Familien nichts dagegen hatten, hatte er allen dreien noch einen Besuch abgestattet und Fotos gemacht. Alle drei Elternpaare strahlten, Monika mit Kind und Mann noch im Krankenhausbett, aber schon geschminkt und frisiert. Katja und Gerd mit Baby in ihrer bunten Küche, und Harrys und Tanjas kleiner Prinz wurde in einem prächtigen Stubenwagen präsentiert, während die glücklichen Eltern ihren Sprössling von beiden Seiten bewunderten. Alle erzählten, wie gut sie im Geburtshaus betreut worden waren. Susanne fand es sogar gut, dass der Redakteur nicht unterschlagen hatte, wo Monikas Baby tatsächlich zur Welt gekommen war. Das würde allen den Mund stopfen, die sie für verantwortungslose Fanatikerinnen hielten.

Nun hing der Artikel am schwarzen Brett, und Susanne hatte am Kiosk gleich fünf der Zeitungen gekauft. Ob Julias Adoptiveltern den *Stadt-Anzeiger* auch abonniert hatten? Er wurde doch in der ganzen Region morgens beim Frühstück gelesen, auch wenn es immer noch einen Extrateil für jede Region gab. Julia durfte ruhig mal an sie erinnert werden, umgekehrt war das nicht nötig. Sie dachte ohnehin täglich an ihre Tochter.

Bestimmt ging sie Silvester mit ihren Freundinnen richtig feiern! Vielleicht sogar auf eine der Rheinbrücken, die im ganzen Umland beliebt waren. Ob sie das auch tun sollte? Am beliebtesten war die Deutzer Brücke. Vielleicht würden sie sich zufällig über den Weg laufen?

Nein, sagte Susanne sich, während sie im Geburtshaus noch Unterlagen sortierte und den Schrank mit winzigen Windeln und Babykleidung befüllte. Normalerweise brachten die Eltern das alles mit, aber zur Sicherheit war immer genug hier. Sie würde wie geplant mit Antonius die Familie seiner Schwester besuchen. Eine junge Frau in Julias Alter möchte an Silvester bestimmt nicht der eigenen Mutter begegnen. Selbst dann nicht, wenn sie nichts davon weiß, dass die Mutter, die zu Hause auf sie wartet, nicht ihre leibliche ist.

* * *

Ella hatte sich von Monika verabschiedet, die den ersten Tag mit Baby zu Hause verbracht hatte.

»Meinst du, ich kann noch mal ein Kind bekommen und dann auch ohne Kaiserschnitt?«, hatte Monika gefragt, während sie das Baby stillte. Ella hatte ihr angesehen, dass ihr noch jede Bewegung wehtat. Sie selbst kannte beides eben nur als Hebamme, aber auch ein Kaiserschnitt war alles andere als ein Spaziergang. Ella wurde wütend, wenn jemand behauptete, die Kaiserschnittmütter wollten sich nur vor der Geburtsarbeit drücken.

»Theoretisch ist das möglich, wobei viele Ärzte davon abraten. Es besteht leider ein erhöhtes Risiko, dass die Gebärmutter reißt.«

Ob das kleine Mädchen auch im weiteren Leben immer wieder für Querelen sorgen würde? Manche Leute behaupteten, die Kinder würden schon bei der Geburt ihren

Charakter zeigen. Die, die sich erst Tage nach dem Termin auf die Welt bequemen würden, kämen meist auch zu Verabredungen zu spät, während die Sturzgeburten auch im weiteren Leben ständig voranpreschten. Ihre Mutter hatte Ella mal erzählt, sie wäre einfach ein perfektes Baby gewesen, leichte Geburt und danach kaum Schreierei. Tja, das passte doch auch heute noch, nur wusste Ella manchmal nicht mehr, ob das immer gut war.

»Na ja, ein Jahr darf ich ja eh nicht schwanger werden. Und so, wie mein Bauch aussieht und diese blöde Narbe, weiß ich sowieso nicht, ob ich mich je wieder nackt meinem Mann zeige.«

Auf der Fensterbank hinter dem Sofa stand ein Hochzeitsbild von Monika und ihrem Mann. Zum Schwangerwerden brauchte es die Nacktheit nicht, aber direkt über Sex trauten sich selbst die jungen Frauen kaum zu reden.

»Monika, ich glaube, das wird das geringste Problem. Dein Mann liebt dich. Immer wenn ich euch zusammen gesehen habe, hat er dich voller Begeisterung angeschaut. Niemand will ein perfektes Aussehen.«

Und tatsächlich strahlte Monika trotz des ungeschminkten Gesichtes und der Schatten unter den Augen eine wahnsinnige Attraktivität aus.

»Ella, das sagt ausgerechnet eine Frau, die perfekt aussieht!« Monika lachte und packte ihre Brust wieder in den Still-BH.

Was als Kompliment gedacht war, traf Ella im Innersten. Ob Christoph sie noch umwerben würde, wenn sie nicht mehr perfekt aussah?

»Was sagt denn Ihr Freund dazu, wenn Sie sich die Haarpracht absäbeln lassen?«, fragte der Friseur, der mit Ellas schwarzem, schwerem Zopf in der Hand hinter ihr stand und gemeinsam mit ihr in den Spiegel schaute. Er hatte selbst eine ungewöhnliche Frisur, lange gewellte Haare und einen gezwirbelten Schnurrbart. So als komme er aus einem Kostümfilm über die drei Musketiere.

»Wer sagt denn, dass ich einen Freund habe?«

Ella lächelte kokett. Irgendwas gab ihr das Gefühl, dass sie mit diesem Mann flirten konnte, soviel sie wollte, ohne dass er etwas von ihr erwartete.

»Oh, eine so wunderschöne Frau wie Sie ohne Freund? Das ist unmöglich. Die Männer müssen Schlange stehen!«

Ella lachte. »Tja, vielleicht habe ich einen Freund, aber es sind ja meine Haare und nicht seine!«

Sie hob noch einmal das Foto von Lisa Stansfield hoch, dass sie zu Hause aus der *POPCORN* ihrer kleinen Schwester herausgerissen hatte.

»Sehen Sie? So soll es aussehen!«

Ella fand die Sängerin auch mit so kurzen Haaren absolut attraktiv. Und doch ahnte sie, dass Christoph wie die allermeisten Männer auf lange Haare stand. Aber sie selbst wollte nicht mehr nur das schöne Mädchen sein. Die junge Frau, die einem Abziehbild aus einem Katalog glich. Kurz vor Neujahr war genau der richtige Schritt für eine Veränderung.

»Würde ein Pagenschnitt nicht reichen?«, fragte der Friseur und suchte ihren Blick in dem goldumrahmten Spiegel.

»Nein, ganz oder gar nicht.« Wenn er jetzt noch weiterdiskutierte, dann würde sie noch ausbüxen!

»Na gut, der Kunde ist König. Und ich glaube, Sie könnten damit immer noch ganz wunderhübsch aussehen. Wie eine ganz starke Frau.«

Ella nickte und seufzte. Stark war gut. Sie hatte sich schon viel zu oft schwach gefühlt.

»Ach du meine Güte!«, hatte ihre Mutter geschrien und die Hände vor den Mund geschlagen, als Ella nach Hause kam. Carla hatte gegrinst. »Ganz schön geil!«

»Geil! Was ihr für Wörter benutzt. Ihr wisst doch gar nicht, was das bedeutet.«

Wusste Ella durchaus, aber das wollte sie jetzt nicht erklären.

»Und Ella, es mag ja modern sein, aber zu einem Ballkleid passt diese Frisur nicht!«

Ellas Mutter war dabei, in der Küche jede Menge Leckereien für den nächsten Tag vorzubereiten. Die Wohnung würde voll werden, die halbe Verwandtschaft hatte sich angekündigt.

»Soll ich dir meine Zweitfrisur leihen?«

Irgendwann in den Sechzigern hatte ihre Mutter sich mal diese sogenannte Zweitfrisur gegönnt. Die Perücke ersparte Friseur und Styling, innerhalb von Minuten hatte man einen toupierten schulterlangen Pagenkopf, der mittlerweile jedoch nach Mottenkugeln roch und ganz davon abgesehen längst aus der Mode war.

»Nein danke, Mama, zumal deine Zweitfrisur blond ist.«

»Na, umso besser! Blond beeindruckt den Herrn Doktor bestimmt.«

Wollte sie den Herrn Doktor überhaupt beeindrucken? Und wenn ja, dann lieber mit einem mutigen Auftritt statt mit einem perfekten Äußeren. Zumal ihre Augen nun noch besser zur Geltung kamen. Die langen Haare lenkten nicht mehr ab.

»Mama, wenn der Herr Doktor mich nicht so nimmt, wie ich bin, will ich ihn gar nicht beeindrucken.«

»Kindchen, dieser Mann scheint es wirklich ernst zu meinen, und du lässt ihn zappeln. Nicht dass du das irgendwann einmal bereust.«

Ella hatte zu Hause nichts davon erzählt, wie sie sich anfangs von ihm gedemütigt gefühlt hatte. Auch nichts von seinem Versuch, durch schlechte Presse seine Schwester vom Geburtshaus zu vertreiben. Und sie hatte sich selbst noch nicht wirklich eingestanden, dass sie sich einerseits nach ihm sehnte und sich geschmeichelt fühlte, dass er ausgerechnet ihr Avancen machte, sie aber einfach nicht vergessen konnte, wie überheblich er oft zu ihr gewesen war.

Ella strich sich durch die kurzen Haare, die sich jetzt nicht mehr weich und gefällig, sondern fast borstig anfühlten. Widerborstig. Aber sie glänzten ganz fantastisch.

* * *

Ein Jahrzehnt ging zu Ende. Ein schrilles, überraschendes, hektisches, irgendwie endlich modernes Jahrzehnt ging zu Ende. Um Mitternacht würden die Neunziger beginnen. War es nicht so, dass jedes Jahrzehnt seinen ganz eigenen Charakter hatte? Was würde das neue Jahrzehnt bringen?, fragte Susanne sich. Die Familie von Antonius' Schwester wohnte auf dem Land, und die Kinder waren noch klein. Also gab es kein Feuerwerk, sondern nur Wunderkerzen im Garten, die die drei Kinder in ihren Schlafanzügen und Pudelmützen feierlich schwenkten.

»Ich will noch einen Sternleinschmeißer!«, rief Stefan, der Älteste, und auch Julika und Anne wünschten sich noch mehr davon. Julika. Was für ein süßes Mädchen sie doch war, dachte Susanne ganz ohne Bitterkeit trotz der Namensähnlichkeit mit ihrer Tochter, nur mit etwas Wehmut.

Antonius und Susanne gaben ihre Wunderkerzen ab. Wunder hatten sie in letzter Zeit genug erlebt. Zu sehen, wie die Kinder sich freuten, war viel schöner.

»Deine Freundin ist voll nett, Onkel Antonius. Ihr könntet auch mal heiraten und Kinder kriegen. Wir brauchen noch ein paar Cousins und Cousinen. Meine Freundin hat fünf und ich nur eine«, sagte die sechsjährige Julika.

»Julika, sei nicht so neugierig«, rüffelte Antonius' Schwester Elisabeth ihre Tochter.

Susanne spürte, wie ihre Wangen rot wurden. Heiraten wollten sie eh, aber das sollte Antonius erzählen. Das Thema Familiengründung dagegen hatten sie noch nicht angesprochen. Das kam ihr völlig unwirklich vor.

»Kein Problem«, sagte Antonius und nahm Susannes Hand, »wir haben euch eh noch etwas zu erzählen.«

* * *

Sie hatten sich vor der Wolkenburg verabredet. Die Wolkenburg war keine Burg im eigentlichen Sinne, aber ein historisch anmutendes Backsteingemäuer mit großem Innenhof, der mit Kopfsteinpflaster ausgelegt war. Um Ella herum wimmelte es von Männern im Smoking und Frauen in Abendkleidern. Christoph hatte sie noch nirgends gesehen. Die Eintrittskarte steckte in der Handtasche, die sie sich – im Gegensatz zu der Zweitfrisur – sehr gerne von ihrer Mutter geliehen hatte. Um die Wirkung des Kleides nicht zu zerstören, trug sie nur ein Bolerojäckchen über dem bodenlangen Kleid. Der kalte Wind pfiff ihr etwas stark um den bloßen Hals, den jetzt auch keine lange Mähne mehr schützte. Die großen Creolen baumelten dafür umso heftiger, sobald sie den Kopf bewegte. Wenn Christoph nicht kommen würde, konnte sie sich auch alleine in den Ballsaal wagen. Den Piepser hatte sie extra laut gestellt. Ob es hier viele Ärzte in Bereitschaft gab? Das könnte ein Piepkonzert geben, wenn es viele Notfälle in der Silvesternacht gab. Ah, da sah sie ihn. Im Smoking. Er sah hinreißend aus. Viel besser als in dem weißen Kittel oder auch in den Jeans und bunten Hemden, die er in seiner Freizeit trug.

»Christoph!«

Er horchte auf und sah sich um. Obwohl er nur zwei Meter entfernt war, entdeckte er sie nicht. Sah sie wirklich so anders aus? Oder war das Getümmel zu groß? Sie lief auf ihn zu.

»Christoph?«

»Ella?«

Sein Gesichtsausdruck war überrascht. Vorsichtig ausgedrückt. Ihr Herz rutschte tiefer.

»Ja, ich bin es«, sagte sie bestimmt.

»Was ist passiert?«

»Ich war beim Friseur. Was soll sonst passiert sein?«

»Ja, aber warum?«

Auf einmal fühlte sie sich mit den kurzen Haaren nackt und verletzlich. Hatte nicht Samson mit seinen Haaren auch Kraft und Macht eingebüßt? Vielleicht waren die langen Haare gar nicht nur Ausdruck von starren Frauenbildern, sondern ein Schutzschild. Vielleicht machte sie sich auch zu viele Gedanken. Es waren Haare. Nicht mehr und nicht weniger.

»Weil ich einfach mal was Neues ausprobieren wollte.«

»Jetzt sind deine Haare kürzer als meine.«

Er nickte schnell noch einem Bekannten zu, der ihn fragend ansah, wandte sich dann wieder an Ella und reichte ihr den Arm.

»Also mir hat es ehrlich gesagt vorher besser gefallen«, sagte Christoph und steuerte den Eingang mit ihr an.

Ella sagte nichts und schluckte nur. Hatte er nicht ein Recht darauf, es nicht so toll zu finden? Schließlich konnte sie Schnurrbärte überhaupt nicht leiden. Sie konnte nicht verstehen, wie manche Frauen auf Männer wie Clark Gable geflogen waren.

»Na ja, Haare wachsen ja wieder«, sagte er, nachdem er seine Karte vorgezeigt hatte und sie gemeinsam zu ihrem Tisch gingen.

»Prächtig sieht es hier aus«, kommentierte sie die festlich eingedeckten Tische unter glitzernden Kronleuchtern. Er plante also, sie so lange zu sehen, bis die Haare wieder gewachsen waren. Es sind nur Haare, sagte sie sich. Nichts, worüber es sich zu reden lohnt. Und doch beschäftigte sie seine Kritik mehr, als sie von sich selbst erhofft hätte – als eine moderne Frau. So hätte sie sich gern gesehen.

»Was das neue Jahrzehnt wohl bringen wird? Vielleicht ein Heilmittel gegen Aids?«, fragte Dr. Simmel, der Chefarzt der Kinderstation von St. Laurentius und nahm ein Stück des Roastbeefs auf die Gabel, das auf seinem Teller lag.

Ella und Christoph saßen umgeben von Menschen in festlicher Kleidung. Ella war die Jüngste. Die meisten waren Ärzte, Ärztinnen sah man hier weniger, meist waren es die Gattinnen, viele von ihnen jünger.

»Das wäre toll. Aber ich habe das Gefühl, die Zeit der großen Erfindungen ist vorbei, was soll denn noch alles kommen?«, konterte ein anderer Kollege. »Und wenn gegen jedes Übel ein Mittel erfunden würde, wären wir ja alle arbeitslos!«

Alle lachten am Tisch, und Ella lachte ehrlich mit. Sie unterhielt sich bestens, das Essen war köstlich, und Christoph griff unterm Tisch immer wieder nach ihrer Hand.

Der Chefarzt, der ein paarmal hatte einfließen lassen, dass er in naher Zukunft in Rente gehen und dann einer der Oberärzte nachrücken würde, sodass Christoph gute Chancen auf die vakante Stelle haben würde, hob das Glas.

»Trinken wir auf das neue Jahr! Auf Frieden, auf Wohlergehen und auf die Gesundheit! Ganz besonders auf Ihre, Fräulein Valero!«

Ella verschluckte sich fast an dem Sekt. Nicht nur, dass die Anrede Fräulein wirklich aus einer anderen Zeit stammte! Besonders ihrer Gesundheit? War sie hier nicht mit Abstand die Jüngste? Statt zu antworten, hustete sie, und Christoph klopfte ihr liebevoll auf den Rücken.

»Entschuldigung, ich wollte da keine Wunden aufreißen an so einem zauberhaften Abend.«

»Wunden aufreißen?«, fragte Ella und nahm nun doch einen Schluck. Es war nicht der erste. Nach diesem Glas musste sie aufhören, auch wenn der Piepser wahrscheinlich stumm bleiben würde.

»Na, Sie haben ja einiges hinter sich. Mit einer Chemo und so.«

Ella starrte ihn an. Verwechselte er sie? Seine Frau stupste ihn etwas peinlich berührt an.

»Oh, ein Missverständnis. Ich erfreue mich bester Gesundheit. Wahrscheinlich verwechseln Sie mich mit jemandem. Geht mir bei so vielen Gesichtern auch schnell so.«

»Aber, aber, Ihre Haare.«

»Friedrich, es gibt auch andere Gründe, um kurze Haare zu haben. Denk mal an den Bubikopf von Twiggy. Also ich finde, das sieht richtig frech aus!«, sagte seine Frau nun, die ihre grauen Haare auch recht kurz trug.

Ella seufzte. Dr. Simmel war Arzt, aber offensichtlich nicht mit einem Blick fürs Detail.

* * *

Carola hatte sich freiwillig dazu bereit erklärt, alleine die Küche aufzuräumen, damit Andreas und die Kinder in Ruhe böllern konnten. Gleich würde das Jahr 1990 beginnen. Außer dass sie eine Nacht älter würden, würde sich doch eh nicht viel ändern.

Carola weichte die großen Töpfe und Schüsseln in Pril

ein. Es war fünf vor zwölf, Viertel nach war das Geböllere hoffentlich vorbei. Dieses Zischen! Nervtötend! Sie sah aus dem Fenster. Weil eine der Laternen leuchtete, konnte sie Andreas mit den Kindern erkennen. Wie so oft war sie nicht dabei, wenn die vier etwas zusammen machten. So wie sonst die Väter meist nicht dabei waren. Sie streifte die Gummihandschuhe ab und warf sie auf die Spüle. *Willst du viel, spül mit Pril!* Was sollte es, sie wollte mehr. Zwar hasste sie Raketen, aber sie liebte ihre Familie. Also würde sie jetzt runtergehen, sich tapfer dazugesellen und vielleicht auch eine Rakete anzünden.

Kapitel Vier

Ob ein weiteres Kind den Schmerz über die Adoption von Julia heilen würde? Oder würden die alten Wunden noch viel stärker schmerzen? Und konnte sie eine Schwangerschaft überhaupt mit ihrer Arbeit als Hebamme vereinbaren? Sollte sie eine Vertretung für sich suchen und nur noch die Betreuung vor oder nach der Geburt übernehmen? Wie viel würde Antonius übernehmen können? Wer würde ihre Entbindung begleiten? Ella oder Carola? Sie fühlte sich beiden nahe und hielt beide für gleich kompetent.

Susanne grübelte, während sie durch die frische Aprilluft lief. Die ersten Narzissen und Krokusse blühten am Straßenrand. Sie machte sich im wahrsten Sinne über ungelegte Eier Gedanken. Seit Silvester ließen sie es drauf ankommen. Schließlich gehörte sie mit ihren fünfunddreißig zu den Spätgebärenden und würde rein statistisch gesehen fast ein Jahr brauchen, um schwanger zu werden. Sie wusste ganz genau, dass den meisten Babys Statistiken herzlich egal waren, aber sie trösteten sie darüber hinweg, dass schon drei Zyklen vorbei waren, in denen sie eben nicht schwanger geworden war.

Im Mai wollten sie heiraten, und Susanne hatte weder etwas dagegen gehabt, auf der Feier mit Bäuchlein im Kleid zu erscheinen, noch Mineralwasser zu trinken.

Und dann fiel ihr Katja ein. Ihre Angst vor einem behinderten Kind. Dass sie ein Kind mit Down-Syndrom bekam, wurde mit jedem Jahr auch noch wahrscheinlicher. Noch ein Grund, sich zu beeilen, auch wenn Antonius und sie sich einig waren, dass sie jedes Kind so nehmen würden, wie es war.

Sie kam schließlich an ihrer mittlerweile gemeinsamen Wohnung an und schloss die Tür auf. Lärm und Staub kamen ihr entgegen. Die Wohnung über ihnen war frei geworden, und sie hatten sie beide zusammen gekauft. Die Erben der alten Dame hatten sie für einen Appel und Ei verkauft, wie man hier so schön sagte. 150.000 Mark für eine Dreizimmerwohnung mit Dachterrasse war zwar immer noch viel, aber da sie beide Ersparnisse hatten, gab ihnen die Bank den Kredit für die Restsumme und die Renovierung gerne, wozu auch ein Durchbruch und Treppe nach oben gehörte. So gab es noch zwei Kinderzimmer. Oder ein Arbeitszimmer oder Gästezimmer. Etwas früh, dachte Susanne, aber ihnen würde schon was einfallen, was sie mit den Zimmern anstellen konnten, falls der Nachwuchs ausblieb. Sich nach knapp vier Monaten zu fürchten, sie sei nicht mehr fruchtbar, war mehr als albern.

Und doch kam immer wieder etwas Wehmut bei ihr auf, wenn sie mit den strahlenden Schwangeren zusammen war, die sie betreute. Sie hatte zwar immer Sehnsucht nach Julia gehabt, aber diese Sehnsucht nach einem weiteren Kind war neu. Es war auch die Sehnsucht danach, eine

Familie mit Antonius zu gründen. Vielleicht auch der Wunsch, beim zweiten Mal würde alles besser werden. Das Treffen mit ihren Eltern und Antonius an den Weihnachtsfeiertagen war unspektakulär verlaufen, alle waren freundlich zueinander gewesen. Ja, ihre Eltern schienen sich aufrichtig zu freuen, dass sie bald heiraten würde. Niemand sprach die Vergangenheit an. Ihre Eltern wussten nicht einmal, dass Antonius eingeweiht war. Immerhin fragten sie nicht nach, ob es bald Enkel geben würde.

Dennoch war die Kluft zwischen Susanne und ihren Eltern unendlich tief. Nicht mal eine ganze Truppe an Bauarbeitern mit Schaufel bewaffnet würde sie überbrücken können. Sie allein sowieso nicht. Nein, lieber stand sie ihnen mit verschränkten Armen gegenüber und pflegte den leisen Groll.

Meistens verbannte sie ihn jedoch in die letzte Ecke, vor allem wenn sie im Geburtshaus arbeitete. Doch heute wurde es schwierig. Martina Schauer, eine zarte Schwangere, saß ihr beim Kennenlerngespräch gegenüber. Wer zum Infoabend kam und sich unsicher war, hatte immer noch die Gelegenheit für ein persönliches Gespräch. Sie zwirbelte ständig an ihren goldenen Löckchen und sprach so leise, dass Susanne immer wieder nachfragen musste.

»Wissen Sie, ich möchte anders an die Schwangerschaft herangehen, als meine Mutter es getan hat«, flüsterte sie und schaute sich prüfend in dem Geburtsraum um. Es war der große, der mit der Badewanne. Die anderen Zimmer waren gerade für Vorsorgeuntersuchungen belegt.

»Das ist gut, dass Sie sich bewusst dafür entscheiden, wie Sie Ihr Kind zur Welt bringen möchten.« Susanne nahm einen Schluck von dem Wasser, das vor ihr auf dem Tisch stand. Selbstbestimmtheit war immerhin eins ihrer großen Anliegen.

»Ich finde, das bin ich meinem Kind schuldig. Wissen Sie, meine Mutter hat sich damals für einen Kaiserschnitt entschieden, nur weil ich in Beckenendlage lag. Sie hat sich nichts zugetraut. Das zog sich durch meine ganze Kindheit, und nun ist sie nicht nur schuld, dass ich keine Geschwister mehr bekommen habe, sondern auch daran, dass ich zu wenig Selbstvertrauen habe.«

Susanne bemühte sich, freundlich zu bleiben.

»Ihre Mutter hat die Entscheidung getroffen, die für sie beide sehr wahrscheinlich am sichersten war.«

In den Sechzigern bedeutete ein Kaiserschnitt oft noch, dass den Müttern empfohlen wurde, nie wieder schwanger zu werden.

»Aber es bleibt dennoch eine falsche Entscheidung. Es weiß doch jeder, dass Kaiserschnittkinder auch an psychischen Folgen zu leiden haben. Und es war ja nicht nur der Kaiserschnitt. Gestillt hat sie mich auch nicht. Und überhaupt, wenn ich mich an früher erinnere, wie oft sie völlig abwesend wirkte. Zwar nach außen hin so getan, als kümmere sie sich aufopferungsvoll um ihr Kind, aber dann hat sie mich doch ganz schön oft angemeckert, wenn ich nicht perfekt gespurt habe.« Martina Schauer strich über ihren Babybauch, der in einer dunkelblauen Cordlatzhose steckte.

Susanne blätterte in ihrem Kalender, um zu schauen, ob sie überhaupt noch Kapazitäten hatte. »Kinder zu haben ist nicht einfach«, rutschte es ihr heraus.

»Wollen Sie mir damit Angst machen? Ich finde, wenn man sich für ein Kind entscheidet, dann muss man es auch richtig machen.«

»Natürlich, so gut es eben geht!«

Meine Güte! Wahrscheinlich handelte es sich bei Martinas Mutter einfach um eine ganz normale Durchschnittsfrau, die ihre Kinder in den Sechzigern bekommen hatte. Die alte mütterliche Autorität futsch, die neue Freiheit noch nicht gelebt, wenig Anerkennung für einen anstrengen Job zu Hause, dabei noch unverarbeitete Erfahrungen aus der Nachkriegszeit. Sie hatte sich immerhin selbst um ihr Kind gekümmert, statt es gezwungenermaßen an Adoptiveltern zu geben. Am liebsten hätte sie das dieser selbstgerechten Frau vorgeworfen.

»Nein, so eine Aufgabe muss man wirklich perfekt machen. Sonst lässt man es besser.«

Susanne nickte, aber mehr in dem Sinne, dass sie es gehört hatte.

»Und für mich gehört die Wahl des Geburtsortes eben auch dazu. Ich habe viel Gutes von Ihrem Geburtshaus gehört. Und deshalb soll meine Tochter hier zur Welt kommen.«

Es war schon ein Kunststück, das mit einem leisen Stimmchen so bestimmt zu sagen. Normalerweise kam Susanne mit jeder Frau gut klar und sah über Macken gerne hinweg. Aber Martina würde sie wahrscheinlich die ganze Zeit herumkommandieren und nachher jammern, dass sie eine schlechte Hebamme wäre.

Oder war sie einfach nur dünnhäutig?

»Es freut mich, dass Sie so viel Gutes gehört haben.«

Martina war schon im sechsten Monat, für das Geburtshaus war es schon etwas knapp, weil das Geburtshaus immer beliebter wurde. Im Krankenhaus dagegen meldeten sich viele auch erst sechs Wochen vorher an. Abgewiesen würden sie ja nie. Da mussten schon alle Hochschwangeren der Stadt gleichzeitig Wehen bekommen, dass eine Frau in Köln keinen Platz mehr für die Niederkunft finden würde.

»Aber ich muss schauen, wie die Kapazitäten gerade sind. Und ob es irgendwelche Risikofaktoren bei Ihnen gibt.«

Im Mai würde sie sich im Falle einer Geburt auf jeden Fall von Ella oder Carola vertreten lassen, sollte der Piepser rund um ihre Hochzeit losgehen. Nein, sie hatte sich sogar zwei Wochen Urlaub genommen. Und sogar Antonius hatte versprochen, eine Aushilfe zu engagieren. Schließlich wollten sie wenigstens eine Woche in die Flitterwochen. Wenn es nach Antonius ging, würden sie sich ein schönes Hotel um die Ecke nehmen, aber Susanne zog es weiter weg.

»Ich hätte mich heute am liebsten mit einer der Frauen angefangen zu streiten«, gab Susanne in der gemeinsamen Mittagspause zu. Heute waren sie alle drei einmal zum Eigelstein gelaufen, um dort gemeinsam in einem türkischen Restaurant zu essen. Die berüchtigte Straße nahe dem Kölner Dom war bei vielen Kölnern als heißes Pflaster verschrien, obwohl sie eine der buntesten und lebendigsten Straßen war. Und tatsächlich tummelten sich dort Kölner Unterweltgrößen und eben auch viele Frauen, die –

gelinde gesagt – nur auf ihren Körper reduziert wurden. Und auch diese Frauen hatten zum Glück ein Recht auf eine Betreuung, wobei die wenigsten Kinder, die in den Stundenhotels gezeugt wurden, in eine glückliche Familie hineingeboren wurden. Immerhin sorgte HIV dafür, dass immer mehr der Frauen auf Präservativen bestanden und das auch durchsetzen konnten.

»Tja, unsere Schwangeren sind eben auch nur Menschen, und wir sowieso«, sagte Carola, die eine mit Hackfleisch gefüllte Aubergine vor sich auf dem Teller hatte.

»Trotzdem sollten wir versuchen, für jede Verständnis zu haben«, entgegnete Ella, die sich wieder nur an Vorspeisen aufhielt. Immerhin packte sie nicht wieder ein Brot von zu Hause aus, wie sie es früher immer getan hatte. Einmal im Monat zusammen essen gehen war doch eine Betriebsausgabe und musste drin sein. Ellas Haare waren jetzt wieder ein paar Zentimeter lang, was sie wie eine bekannte Schauspielerin aussehen ließ. Susanne kam nicht auf den Namen, obwohl sie das Plakat doch an den Wänden vom *Metropolis* am Ebertplatz gerade noch gesehen hatte.

»Und was noch viel dringender ist, wir müssen noch jemanden einstellen!«, kam Susanne auf das Thema zurück, über das sie sich beinahe mit ihren Kolleginnen gestritten hätte.

»Wir schaffen es doch bisher gut zu dritt!«, erwiderte Ella.

»Wir könnten ja auch erst einmal jemanden für das Büro einstellen, jemand, der uns die ganze Telefoniererei und die Buchhaltung abnimmt«, suchte Carola nach einem Kompromiss.

»Das wird auf Dauer nicht reichen. Was ist, wenn eine von uns mal länger ausfällt?« Susanne schaute ihre beiden Freundinnen, die vor einem üppigen Wandteppich saßen, fast flehentlich an.

»Können wir uns nicht dann Gedanken machen? Notfalls kann uns das Arbeitsamt auch jemanden vermitteln. Die kümmern sich doch neuerdings auch um Mütter nach langer Babypause. Da sind bestimmt auch Hebammen drunter.«

Carola war wie immer praktisch veranlagt, also gab sich Susanne einen Ruck. »Vielleicht bin ich ja selbst bald schwanger.«

Eine Mischung aus Freude, Ungläubigkeit, aber auch Skepsis erschien auf den Gesichtern der beiden.

»Statistisch gesehen ...«, fing Carola an.

»... passiert das in meinem Alter nicht so schnell, ich weiß. Aber ich möchte vorbereitet sein.«

»Also gut! Bereiten wir eine Stellenanzeige vor«, seufzte Carola.

»Vielleicht können wir dann ja auch noch mehr Geburten betreuen!«, meinte Ella.

»Dann müssten wir irgendwann aber anbauen. Oder umziehen.«

Weg aus der Cranachstraße? Niemals! Susanne liebte dieses Haus, dem sie so viel zu verdanken hatte. Und das in derselben Straße lag wie Antonius' Buchhandlung und ihre gemeinsame Wohnung. Vielleicht konnten sie ja tatsächlich das nächste Geschoss dazumieten und so weitere Geburtszimmer einrichten?

Später am Nachmittag saß Susanne in dem kleinen Büro des Geburtshauses. Platz war hier nur für einen Schreibtisch mit dem Faxgerät, einem Computer und ein Regal. Sie hatten nun jede Woche dreimal ein Zeitfenster von zwei Stunden, um interessierte Frauen zu beraten. Für den Fall, dass jede von ihnen beschäftigt war, schalteten sie den Anrufbeantworter ein. Zwei Frauen hatten sich für einen Besichtigungstermin angemeldet. Bei fünfzehn Geburten im Monat waren sie in den schwarzen Zahlen, dann lief der Laden rund. Es gab noch freie Plätze, aber das konnte sich jeden Moment ändern. Wieder klingelte es. Diesmal war es ein Mann.

»Das Haus der guten Hoffnung, Susanne Winter am Apparat?«

»Guten Tag, Frau Winter, Till Rabenbruch hier, schön, dass ich Sie direkt erreiche!«

Wollte er ihr eine neue Heizung verkaufen? Oder ein Eismann-Abo? »Wie kann ich Ihnen helfen?«

»Ein Bekannter von mir, der beim *EXPRESS* arbeitet, hat mir Ihren Kontakt weitergeleitet. Ich betreue ein brandneues Magazin auf RTL. Am 4. April lief unsere erste Sendung. *Stern TV.* Vielleicht haben Sie davon gehört?«

»Kann sein«, antwortete sie unsicher. Der neue Kölner Privatsender war nicht gerade für den feinsten Journalismus bekannt. Machten die nicht auch so oberpeinliche Sendungen wie *Tutti Frutti,* in der halbnackte Frauen in Bananenbikinis tanzten?

»Unser Moderator ist ein netter junger Mann. Ganz ein braver. Günther Jauch.«

Den kannte sie vom Radio. Die Stimme war vertrauenswürdig, und sie fand ihn besser als diesen Gottschalk, mit dem er sich immer einen Schlagabtausch lieferte.

»Ja, Günther Jauch habe ich schon mal gehört. Und was wollen Sie von uns?«

»Wir suchen eine Hebamme, die zum Thema Hausgeburt und Geburtshaus diskutiert. Und wenn wir ein wenig bei Ihnen filmen dürften, wäre das auch prima.«

Susanne erinnerte sich dunkel. Sie hätte nie geglaubt, dass dieser Journalist ihre Ansage ernst genommen hätte. Sie hatte das zwar lauthals verkündet, aber vor mittlerweile fast achtzig Millionen Deutschen in einem dieser Schmuddelsender aufzutreten konnte auch Antiwerbung für ihr Geburtshaus sein.

»Könnten wir uns vorher in Ruhe darüber unterhalten, wie das abläuft? Und bekomme ich die Aufnahme vorher zu sehen?«

Herr Rabenbruch zögerte und räusperte sich.

»Falls nicht, dann fragen Sie lieber woanders nach.« Der erste Artikel im *EXPRESS* hatte ihr gereicht. Aber war es nicht noch gefährlicher, das Feld komplett anderen zu überlassen? Wenn er zum Thema Geburtshaus etwa Christoph interviewte?

* * *

Irgendwie fühlte es sich nicht richtig an mit Christoph, oder war nur ihre Vorstellung von Liebe eine falsche? Wenn Ella ihre Eltern beobachtete, dachte sie, es könne nur diese eine große Liebe geben. Eben wie bei Mamma und Papa. Mit deren Ehe tauschen, das wollte sie aber auf keinen Fall, dafür war ihr gerade das Leben ihrer Mutter viel zu langweilig. Sie war mit den Kindern komplett zu Hause geblieben und investierte immer noch genauso viel Energie in die Fürsorge ihrer Familie wie zu den Zeiten, als die Kinder klein waren. Das führte zu dreigängigen Sonntagsmenüs und wöchentlich wechselnder Deko der Fensterbänke. Ella mochte die Gemütlichkeit und das gute Essen zu Hause, aber sie wünschte sich oft, ihre Mutter würde eine andere Leidenschaft finden. Etwas, dem sie auch nachgehen konnte, wenn alle Kinder aus dem Haus waren.

»Ella, hörst du mir überhaupt zu?«, fragte Christoph sie, während sie gemeinsam über die Domplatte schlenderten. Vor einem Kreidegemälde auf dem Boden, das der Mona Lisa nachempfunden war, nur dass es viermal so groß war und dem nächsten Regenguss zum Opfer fallen würde, blieb Ella stehen. Sie hörte ganz genau zu, deswegen war sie ja so nachdenklich. Der Maler, ein junger, langhaariger Mann, lächelte ihr aufmunternd zu.

»Der will bestimmt nur dein Geld«, sagte Christoph. Er holte aber immerhin eine Münze aus seiner Hosentasche und warf sie in den Hut vor dem Gemälde. Ein Fünfmarkstück.

»Oh, danke der Herr! Sie sind echt ein Glückspilz.« Der Künstler verneigte sich und lächelte Christoph charmant an. »Mit der netten Frau an Ihrer Seite!«

»Ja, das bin ich«, sagte Christoph und zog Ella weiter.

War er das wirklich?, fragte sich Ella. War es ein Glück, eine zweifelnde Frau an seiner Seite zu haben?

»Wo waren wir stehen geblieben?«, wechselte Ella wieder das Thema. Sie setzten sich auf den Rand des Springbrunnens zwischen Dom und dem 4711-Haus, aus dem einige Chinesen mit türkis-goldenen Plastiktüten kamen. Vor dem Römisch-Germanischen Museum, das Ella mit ihrer Klasse im Geschichtsunterricht besucht hatte, übten ein paar Jugendliche mit diesen neumodischen Skateboards Kunststücke. Auch mit einer Flasche Bier in der Hand fuhren ein paar, und das auch noch ohne Schlangenlinien.

»Dabei, dass es jetzt noch einen Arzt gibt, der um den frei werdenden Oberarztplatz kämpft.«

Christoph war wie besessen von dem Thema, die nächste Karriereleiter zu erklimmen.

»Du kannst nur dein Bestes geben. Und du bist doch ein guter Arzt. Hast du nicht letztens erst ein Kind gerettet, weil du als Einziger einen Blinddarmdurchbruch in letzter Minute erkannt hast?« Sie nahm seine Hand und plätscherte mit der anderen in dem angenehm kühlen Wasser.

»Ja, aber fachliche Kompetenz allein interessiert meinen Chef nicht. Bei der Beförderung geht es eben auch um andere Faktoren.«

»Zum Beispiel?«

»Führungsqualitäten, Verlässlichkeit, Ansehen. Der andere Kollege genießt einen ganz anderen Ruf, weil er nicht nur sozial sehr engagiert ist, sondern auch schon Familie zu Hause hat.«

Dann trete doch einem Karnevalsverein bei. Ohne scheint doch kein Kölner Mann Karriere zu machen, lag ihr auf der Zunge. Sie schluckte es aber herunter, weil sie erstens nicht zynisch sein wollte und zweitens der zweite Punkt eher das Problem war.

»Und diese Familie sieht er noch weniger, wenn er Oberarzt wird. Das wäre doch ein Grund, dass er dir den Vortritt lässt.«

»Ella, so denken wir nicht. Die Familie rennt schon nicht davon, so eine Gelegenheit für den Oberarztposten schon.«

Bei dem Sonnenlicht konnte sie deutlich die feinen Fältchen um seine Augen und ein paar weiße Haare im schwarzen Schopf erkennen.

»Also mir wäre die Familie wichtiger als die Karriere«, konterte Ella.

»Ja, natürlich, du bist ja auch eine Frau«, sagte er fast zärtlich, aber sie hatte gemeint, dass es ihr an seiner Stelle wichtiger wäre.

»Christoph, ich würde keinen Mann haben wollen, der nie Zeit für die gemeinsamen Kinder hat.«

»Wenn mein Vater nicht den ganzen Tag in seiner Firma gearbeitet hätte, hätten wir Kinder uns nicht alle ein Studium leisten können. Außerdem war er so streng, dass ich ganz froh war, ihn nur sonntags zu sehen.«

»Und wie fand deine Mutter es?«

»Die hatte immer genug zu tun. Kann mich nicht erinnern, dass sie sich oft beschwert hätte. Sie hatte ja auch alles. Ziemlich viel Luxus sogar. Und zu Hause half ihr noch immer eine Haushälterin.«

»Klingt verlockend.«

»Das könntest du auch haben.«

Was Christoph für die große Karriere definitiv fehlte,

war der Sinn für Zwischentöne. Oder hatte Ella sich nicht klar genug ausgedrückt?

»Lass uns etwas am Rhein spazieren gehen«, Ella erhob sich und strich ihr zerknittertes Leinenkleid glatt.

»Ella, ich meine es ernst, ich könnte mir eine gemeinsame Zukunft vorstellen.«

Er nahm ihre Hände in seine. Schaute sie liebevoll an. Ella fröstelte trotz der Sonne. Er würde ihr doch keinen Heiratsantrag machen, hier auf der Platte? Jetzt, nachdem er ihr erklärt hatte, dass eine Ehe seiner Karriere nutzen würde? Und nachdem er ihr seine konservativen Vorstellungen von Familie offenbart hatte?

»Christoph, weißt du, dass ich darüber nachdenke, mal ein Jahr im Ausland zu verbringen? Vielleicht auf einer Geburtsstation in Afrika?«

Dieser Gedanke, der da gerade vorbeigehuscht kam, überraschte sie ebenso wie Christoph. Doch während er schockiert aussah, durchströmte Ella auf einmal eine Abenteuerlust, die sie von sich bisher gar nicht gekannt hatte.

* * *

»Wirst du jetzt so berühmt wie Stephen King?«, fragte Thomas, als sie alle zusammen im Rheinpark auf einer Picknickdecke saßen. Carola betrachtete ihren Mann und ihre Kinder. Viel zu selten sah sie die vier außerhalb ihrer Wohnung. Viel zu selten machten sie einen Ausflug, so wie jetzt. Das Zeitfenster für die Bummelbahn, die durch den Park fuhr, hatten sie schon verpasst. Selbst Maike fand das uncool, obwohl Carola nichts dagegen gehabt hätte, mit angezogenen Knien auf der minikleinen Sitzbank zu hocken und die üppigen Beete am Rand zu bestaunen. Hier hatte 1957 die Bundesgartenschau stattgefunden.

Andreas wuschelte seinem Sohn durch die Haare.

»Das wäre was! So berühmt wie Stephen King! Der ist echt cool!«

»Und warum verbietet ihr mir dann, seine Bücher zu lesen?«, grinste Stefanie. Carola wusste ganz genau, dass sie *Carrie* unter der Bettdecke verschlungen hatte. Genauso wie den Horrorroman *Es*, der vor ein paar Jahren erschienen war. An schlechten Tagen machte sich Carola Gedanken, ob am Hang zu düsterer Literatur vielleicht auch die ständige Abwesenheit der Mutter schuld war. An guten Tagen dachte sie, wie albern der Gedanke war. Stefanie hatte eben auch was von den Genen ihres Vaters mitbekommen. Und nachdem Carola das Manuskript von Andreas gelesen hatte, war sie froh, dass er seine düsteren Gedanken nur auf dem Papier auslebte.

»Wir wollen halt, dass du keine Albträume bekommst.«

Carola schnitt den Schoko-Flockina-Kuchen in Stücke und schüttete Mineralwasser in die Gläser, die Andreas aus dem Picknickkorb holte. Sie hatte ihn vor Jahren von Heike geschenkt bekommen und noch nie benutzt.

»Wasser ist langweilig, ich dachte, wir wollten feiern?«, quengelte Maike.

»Warte doch mal ab!«

Carola fischte noch ein Paar Tütchen Quench-Pulver aus dem Korb. »Wer möchte Himbeere? Und wer Zitrone?«

Andreas nahm sich Himbeere und streute das süßsaure

Getränkepulver direkt auf die Zunge. Und küsste dann Carola, die sich an keinen so leckeren Kuss erinnern konnte.

»Auf dich und deinen Roman, Andreas!« Sie stießen miteinander an und genossen die süße Brause. Die Sonne hatte ihnen schon allen einen leichten Sonnenbrand auf den Wangen beschert. Die Schokoglasur vom Kuchen klebte auf allen T-Shirts, noch bevor der Kuchen aufgegessen war. Obwohl es ein feierlicher Moment war, eignete er sich kaum für ein Fotoalbum nach den Maßstäben ihrer Schwester. Aber sie hatte andere und davon abgesehen sowieso keinen Fotoapparat vorbei. In einem Jahr würde Andreas' Buch in einem renommierten Verlag erscheinen. Wer weiß, wie sich ihr Leben noch ändern würde?

* * *

»Sabine!« Susanne hatte sich selten so über eine Anmeldung zur Geburtsbetreuung sogefreut wie über die von Sabine. Heute kam sie zum ersten Vorsorgetermin und brachte nicht nur die beste Laune, sondern schon ein kleines Bäuchlein mit, das bei ihrem durchtrainierten Körper wie eine knackige Honigmelone aussah.

Sabine umarmte Susanne, etwas, was eher selten unter Schwangeren und Hebammen war, auch wenn sie sich ansonsten körperlich sehr nahe kamen.

»Ich wollte diesmal warten, bis nichts mehr schiefgehen kann!« Sie löste sich aus der Umarmung und setzte sich Susanne gegenüber. Susanne verkniff sich die Bemerkung, dass immer etwas schiefgehen könnte. Das wusste Sabine aus eigener bitterer Erfahrung, und die Wahrscheinlichkeit war nun wirklich gering.

»Das ist eine gute Idee, wobei ich dich gerne von Anfang an betreut hätte. Wie gehts dir? Wie weit bist du?«

Sabine reichte Susanne ihren Mutterpass. »Es wird ein Mädchen! Und bisher ist alles wunderbar. Und mir geht es auch gut. Du hast mir damals echt geholfen. Das Kind wird immer einen Platz in unserem Herzen behalten, aber es tut nicht mehr so weh wie anfangs. Manchmal habe ich echt ein schlechtes Gewissen, wieder so glücklich zu sein. Hältst du mich für verrückt?«

»Überhaupt nicht! Du hast jedes Recht, glücklich zu sein. Und jedes Recht auf die komischsten Gefühle. Sogar auf ein unnötig schlechtes Gewissen, solange du dich davon nicht auffressen lässt.«

Susanne kannte dieses Gefühl nur zu gut. Ja, manchmal dachte sie sogar, sie würde nicht schwanger werden, weil es sonst zu viel Glück wäre. Beruflich lebte sie ihren Traum, in der Liebe war sie unendlich glücklich, war da nicht jetzt einfach jemand anders in der Schlange bei der Glücksausgabe dran? Aber nahm sie jemandem etwas weg, wenn sie etwas bekam?

Manchmal war es so. Julias Adoptiveltern hatten die Chance auf eine glückliche Familie bekommen, Julia die Chance auf ein stabiles, normales Zuhause – alles nur, weil ihr das Kind genommen worden war. Und Sabines Tochter, mit der sie schwanger war, hätte wohl nie die Chance auf das Leben bekommen, wenn Sabine nicht vor nicht allzu langer Zeit eine Fehlgeburt gehabt hätte. Für jedes Kind war es unwahrscheinlich, dass genau dieses Kind gezeugt wurde, gab es doch rein biologisch Millionen andere Möglichkeiten. Sollten deshalb alle ein schlechtes Gewissen haben, dass ihr Spermium und ihre Eizelle das Rennen gemacht hatten, während die anderen sich wieder in nichts auflösten? Oder sollten nicht alle deshalb mit einem Siegerlächeln auf die Welt kommen? Am besten weder das eine noch das andere, dachte Susanne, schließlich lagen solche Schicksalsmomente nicht in unserer Macht und waren eben manchmal Fluch oder Segen.

»Danke, Susanne. Und du kannst mir glauben, dass ich jede Menge komische Gefühle angesammelt habe. Auch gegen andere. Eine Freundin sagte zu mir, ich solle doch froh sein, mit einem Kind würde das mit der Tanzschule doch eh nichts werden.« Sabine strich schützend über ihren Bauch. »Oder eine meinte, die Natur würde einfach kranke Kinder aussortieren, das wäre doch besser als ein Leben lang Quälerei. Und mir ist nie eine passende Antwort eingefallen.«

»Gibts ja oft auch nicht. Und für die meisten ist es auch nicht einfach, das Richtige zu sagen. Sie meinen es meist sogar gut.«

»Ich weiß.«

»Was hättest du dir denn gewünscht?«

»Vielleicht gar keine Kommentare, sondern einfach nur ein: ›Es tut mir leid.‹«

* * *

Carola versuchte möglichst viele Sprechstunden und Dienste so einzuteilen, dass sie in der Schulzeit ihrer Kinder lagen, die allerdings schon mittags vorbei war. Andreas hatte richtig viel zu tun, weil die Agentur den Wunsch geäußert hatte, er solle doch mal schnell ein zweites Buch »nachschießen«. Aber das war nicht der eigentliche Grund. Sie fühlte sich einfach immer mehr wie eine Rabenmutter, wenn sie so viel weg war. Und deshalb war sie auch offen für eine weitere Hebamme im Geburtshaus, die sie im Notfall entlasten konnte. Und heute wurden zwei Bewerberinnen vorstellig.

Zuerst klingelte Brunhild Bauer, die nicht nur dem Namen nach an eine Wikingerin erinnerte. Lange, weizenblonde Haare, groß und üppig gebaut. Ihr Händedruck wirkte zupackend. Carola führte sie in ihre Besprechungsecke, wo auch schon Ella und Susanne saßen.

»Schön, dass Sie sich heute vorstellen, Frau Bauer!« Sie boten ihr Kaffee, Wasser und Kekse an, führten sie nach der Begrüßung herum. Schließlich war das ja kein einseitiges Bewerbungsgespräch.

»Ihre Unterlagen klingen gut, lange Jahre Klinikerfahrungen, wichtige Fortbildungen …« Und die eigenen Kinder fast erwachsen, dachte Carola, der vor allem Letzteres wichtig war. Eine von ihnen, die hier Job und Kinder vereinbaren musste, und eine, die vorhatte, schwanger zu werden, waren – ganz pragmatisch – genug.

Sie kamen ins Plaudern, als sie wieder saßen.

»Gefällt mir hier!«

»Was reizt Sie denn am Geburtshaus besonders im Gegensatz zur Klinikarbeit?«, fragte Susanne nach.

»Es scheint mir hier eine ganz andere Arbeitsatmosphäre zu herrschen, keine Chefs, keine starren Dienstpläne …«

»Aber dafür müssen wir hier sehr flexibel sein.«

»Ich weiß, aber das macht mir nichts, solange wir das gemeinsam besprechen.«

»Wir versuchen, allen Wünschen entgegenzukommen«, sagte Carola, die ja selbst dankbar für die Flexibilität war.

»Und ich finde es gut, dass aus Geburten kein Drama gemacht wird. Das ist doch alles ganz natürlich. Wenn ich da an die Geburten meiner Kinder denke, das war doch ein Klacks. Ich verstehe nicht, warum viele Frauen so tun, als wären sie Märtyrerinnen. Das führt doch erst zu Verkrampfungen und damit zu schweren Geburten.«

»Manchmal sind Geburten aber auch einfach schwer«, gab Susanne zu bedenken.

»Ja, aber Sie haben doch bestimmt auch schon alle Frauen erlebt, die sich anstellen. Muss man unter Kolleginnen auch mal offen drüber reden können.« Brunhild Bauer lachte und nahm noch einen Schluck Kaffee.

Carola wechselte einen Blick mit ihren Kolleginnen. Natürlich tauschten sie sich über Schwierigkeiten aus. Und natürlich gab es bei den Frauen sehr unterschiedliche Charaktere. Und ja, es gab auch mal anstrengende Frauen. Aber grundsätzlich begegneten sie jeder Frau mit Achtung und akzeptierten ihre Grenzen. Auch wenn das manchmal schwierig war.

»Der Vorteil bei uns ist, dass wir die Frauen sehr früh kennenlernen. Wenn wir das Gefühl haben, wir kommen nicht miteinander klar, können wir untereinander tauschen.«

Bis auf Susannes Schwangere letztens hatte es aber noch keinen solchen Fall gegeben, und auch sie hatte Susanne vor allem weitergeben können, weil die Geburt in ihre Urlaubszeit fiel. Am Ende des Gesprächs sagten sie Brunhild Bauer, dass sie sich gefreut hätten und sie sich melden würden, sobald sie sich entschieden hätten. Immerhin jammerte sie nicht, auch wenn ihr Blick verriet, dass sie mit einer sofortigen Zusage gerechnet hatte.

Die Nächste, Kirsten Wollschläger, schien zunächst das genaue Gegenteil zu sein. Sie schwebte fast ätherisch in den Raum, hatte rote Locken, fast wie die von Susanne, ein frühlingshaftes Batikkleid und Schmuck, der Carola an den Laden *Licht und Schatten* auf der Ehrenstraße erinnerte. Und sie brachte jahrelange Hausgeburtserfahrungen mit, sehnte sich jetzt aber nach einem etwas festeren Rahmen, der dennoch ihren Idealen entsprach.

Natürlich mussten sie sich erst absprechen, aber Carola hätte ihr am liebsten sofort zugesagt, auch wenn sie wusste, dass ihr zu viel räucherstäbchenschwangere Erhabenheit ab und zu auf die Nerven gehen würde. Doch dann kamen sie auf Kaiserschnitte zu sprechen.

»Die sind meiner Meinung nach Teufelszeug. Sie bringen sowohl Mutter als auch Kind schwere psychische Schäden und sollten wirklich nur im äußersten Notfall angewendet werden«, sagte Kirsten Wollschläger bestimmt.

»Was ist denn Ihrer Meinung nach ein Notfall?«, hakte Carola nach. Ella war die Einzige, die die ganze Zeit wenig gesagt hatte und lieber aus dem Fenster starrte, als gäbe es da etwas Spannendes zu sehen.

»Falls wirklich alle Versuche einer natürlichen Geburt gescheitert sind, können Kaiserschnitte gerechtfertigt sein, um das Leben von Mutter und Kind zu retten.«

Carola war zwar auch ein Fan der natürlichen Geburt, aber sie hatte auch nichts dagegen, mal zu »unnatürlichen« Mitteln zu greifen, etwa wenn sie ihre Kinder impfen ließ, Mütter zum Ultraschall schickte oder das Telefon benutzte, statt eine Brieftaube zu schicken. Alles hatte Vor- und Nachteile, und sie wollte aus einer natürlichen Geburt bestimmt keine Religion machen.

»Was, glauben Sie denn, sind die Folgeschäden eines Kaiserschnitts?«, hakte sie erneut nach. Das Letzte, was sie brauchen konnten, war eine Hebamme, die grob fahrlässig handelte, nur um einen Kaiserschnitt zu vermeiden.

»Zum Beispiel eine gestörte Bindung zwischen Mutter und Kind.«

»Mit Sicherheit ist sie etwas erschwert, aber meist lässt sich das nach ein paar Tagen ausgleichen.«

Carolas jüngstes Kind war auch per Kaiserschnitt geboren. Ein großes Kind in Beckenendlage. Sie hatte nach zwei unkomplizierten Spontangeburten lange überlegt und sich dann bewusst für den Kaiserschnitt entschieden, auch weil er ihr die Möglichkeit gegeben hatte, sich die Eileiter durchtrennen zu lassen. Wo sie schon mal offen unter dem Messer lag und ihre Familienplanung abgeschlossen war. Außer Andreas wusste kaum jemand davon.

»Da bin ich mir nicht so sicher«, lächelte sie zuckersüß, als wisse sie davon, wie gestört Carolas Bindung zu ihrer Jüngsten war. War sie aber nicht. Ganz im Gegenteil.

»Für uns steht Selbstbestimmung ganz oben. Wenn eine Frau sich für einen geplanten Kaiserschnitt entscheidet, dann werden wir sie nicht davon abbringen«, redete

Carola sich in Rage, als handele es sich nicht um ein Geburtshaus, sondern um eine reine Kaiserschnittklinik.

»Also ich sehe mich immer auch in der Verantwortung, die Frauen wieder auf den rechten Weg zu bringen, wenn sie durch schlechte Einflüsse auf Irrwege gebracht worden sind. Sie wissen doch oft gar nicht, was das Beste für sie ist.«

Carola war selbst eine der pragmatischsten und manchmal unsentimentalsten Frauen, die es gab, aber eins wusste sie: Auf die mütterliche Intuition war Verlass. Sie durfte einfach nur nicht durch äußere Einflüsse verdeckt werden.

Als sie wieder allein waren, fragte Carola, ob es wirklich so eine gute Idee gewesen war, eine weitere Hebamme einzustellen.

»Wir werden schon die richtige finden! Wartet doch mal ab! Schließlich haben wir drei uns doch auch gefunden«, blieb Ella optimistisch. Ausgerechnet Ella, die am wenigsten darauf angewiesen war, dass sie eine Neue anstellten. Sie hatte keine Familie, um die sie sich kümmern musste, war frei und ungebunden und hatte auch sonst keine Pläne, als einfach eine gute Hebamme für das Geburtshaus zu sein.

»Ja, lasst uns einfach weitersuchen«, sagte Susanne, »bisher haben wir uns ja erst zwei Bewerberinnen angeschaut.«

»Gibt es eigentlich auch Hebammeriche?«, fragte Ella.

»Es soll vereinzelte Geburtshelfer auf der Welt geben, aber wer lässt sich bei der Geburt denn schon gerne von einem Mann begleiten?«, antwortete Carola.

»Aber zum Frauenarzt statt zur Frauenärztin zu gehen ist kein Thema?«

Ella erinnerte Carola in letzter Zeit immer mehr an ihre Tochter Stefanie. Die begann auch vieles infrage zu stellen. Und Carola war stolz darauf, dass ihre Tochter es schon so früh tat. Im Gegensatz zu Ella, die doch immer sehr um Harmonie bemüht war.

* * *

Eine weitere Hebamme, die genau in ihr Team passte, war immer noch nicht gefunden. Aber Susanne war ohnehin auch voll einsatzfähig. Schwanger war sie auch heute nicht, an ihrem Hochzeitsfest. Hand in Hand schritt sie mit Antonius durch die Kirche. Von ihrem Vater an den künftigen Ehemann übergeben zu werden, wie es oft in Hollywoodfilmen war, wäre ihr genauso unangemessen vorgekommen wie ein üppiges, strahlend weißes Brautkleid mit Schleier.

Das Licht fiel durch die Fenster, Staubkörnchen tanzten in der Luft, der Organist spielte den Hochzeitsmarsch, und Antonius' Nichten und Neffen standen mit offenen Mündern und Blumenkörbchen vor ihnen, als wäre die Hochzeit ihres Onkels ein Wunder. Oder bewunderten sie Susanne? Sie sah so wunderschön aus in ihrem schmalen, cremeweißen, langen Kleid, das mit pastellfarbenen Rosen bestickt war. Passend zu den echten Rosen in ihrem roten langen Haar.

»Und nun frage ich Sie, wollen Sie einander für immer lieben und ehren? Bis dass der Tod Sie scheidet?« Der Pfarrer, ein alter Mann, der wahrscheinlich schon viele Menschen bis zum Tod begleitet hatte, schaute sie ernst an.

Es war eine Entscheidung für das Leben. Aber sie fühlte sich leicht und unbeschwert an.

»Ja«, antworteten sie beide gleichzeitig.

Und der Kuss, der darauf folgte, fühlte sich dann doch nach Hollywood an. Nein, nach dem Paradies, nach angekommen sein, einfach nach einem Siegel der Liebe, das sie nun noch hoffentlich viele Millionen Male austauschen würden.

Eine lange Tafel bot allen Hochzeitsgästen Platz. Mitten auf einer Wiese stand sie, neben ihnen ein Fachwerkhof, um sie herum blühende Apfelbäume; Kaninchen hoppelten auf der Wiese, zahm genug, um den Gästen an den Füßen zu schnuppern. Susanne und Antonius schnitten die Hochzeitstorte an. Die ersten Erdbeeren des Jahres, und doch schon rot und saftig, thronten auf der cremeweißen Torte.

Das Plastikhochzeitspaar auf dem Sockel passte nicht ganz zu dem natürlichen Umfeld, aber gehörte irgendwie dazu.

Susanne sah sich die Gäste an. Engste Freunde, zu denen natürlich auch Ella und Carola gehörten. Ella war mit Christoph gekommen, Carola hatte ihren Mann und die Kinder dabei. Ihre Familie, das waren ihre Eltern, die verschüchtert, aber auch freudig wirkten. Ob sie sich völlig überrannt von Antonius' großer Familie fühlten? Seine Geschwister mit ihren Kindern nahmen schon die Hälfte des Tisches ein.

Julia fehlte. Natürlich fehlte sie. Aber es schmerzte nicht so, wie sie erwartet hatte. Irgendein Gefühl sagte ihr, dass es vielleicht noch Gelegenheiten geben würde, bei denen sie dabei sein würde.

»Antonius, ich glaube, heute ist einer der schönsten Tage in meinem Leben«, flüsterte sie ihm zu, während sie gemeinsam das Messer hielten. Auch so eine Tradition, wie viele Rituale gab es doch rund um all die bewegenden Momente im menschlichen Leben. Ob es den Menschen wirklich half, die Situation besser zu meistern?

Wie viele Rituale gab es auch rund um die Geburt. In jedem Land waren es andere. In Deutschland waren es zum Beispiel die Wäscheleinen mit Babywäsche und einem gebastelten Storch, der der ganzen Nachbarschaft das neue Menschlein im Viertel verkündete.

»Mit dir ist jeder Tag mein schönster Tag im Leben«, flüsterte er zurück.

Unwirklich fühlte es sich immer noch an. Aber was war schon die Wirklichkeit? Wohl das, was sie draus machte.

Zwei Wochen danach fuhren die beiden in die Flitterwochen. Zwei Wochen, in denen die Buchhandlung geschlossen war und Susanne den Piepser zu Hause ließ. Zwei Wochen fuhren sie mit dem Auto durch Frankreich, tranken Kaffee am Montmartre, spazierten am Atlantik, zelteten in Monaco, als müssten sie in diesen zwei Wochen alles schaffen, was der Reiseführer, den sie im Gepäck hatten, stets aufs Neue als »Perle Frankreichs« bezeichnete. Und dennoch waren sie dabei entspannt und gelassen wie schon lange nicht mehr. Susanne schrieb ein paar Postkarten an das Geburtshaus und stellte sich vor, wie Ella und Carola sie zu den Babykarten hängten. Und zum

Glück waren sie und Antonius sich einig: Sosehr sie den gemeinsamen Urlaub genossen, so freuten sie sich auch schon etwas auf ihr Zuhause und ihre Arbeit.

✳ ✳ ✳

»Seid ihr jetzt berühmt?«, fragte Stefanie, als die ganze Familie Hardgenbusch auf dem Sofa saß und dem jungen Mann lauschte, der Susanne interviewte. Gleichzeitig lief der VHS-Rekorder, damit das Ereignis auf einer Videokassette festgehalten werden konnte. Susanne verpasste ihren eigenen Auftritt, weil sie eine Geburt betreute.

»Zumindest werden wir immer bekannter.« Carola strahlte. Sie hielt Andreas' Hand. Irgendwie lief gerade alles wie am Schnürchen. Auch für Andreas, der wie ausgewechselt war, seit er den Verlagsvertrag in der Tasche hatte und wegen dem zweiten Buch ständig im Austausch mit seinem Lektor war. Der Erfolg hatte ihm gefehlt, das wurde Carola bewusst, und sie freute sich für ihn. Auch wenn sein Erfolg vielleicht bedeutete, dass er nicht mehr so viel für die Kinder da sein konnte.

»Bist du dann noch mehr weg, Mama?«, fragte Maike, die sich schon in ihren Schlafanzug gekuschelt hatte.

»Ich weiß es nicht. Ich hoffe nicht. Wir suchen noch eine Hebamme.« Carola verstand kein Wort von dem, was Susanne Günther Jauch erzählte. Aber was sollte es? Sie hatte ja später die VHS-Kassette. Toll sah Susanne aus! Strahlend! Attraktiv, als säße sie jeden Tag im Fernsehen. Bisschen so wie diese Iris Berben, nur in rothaarig. Das waren bestimmt die Flitterwochen, die Susanne und Antonius in Frankreich verbracht hatten.

»Ich bin echt stolz auf dich! Toll, was ihr auf die Beine gestellt habt.« Andreas' Stimme war auch laut, aber was sollte es? Gerade wurde ein kurzer Einspieler über das Geburtshaus gezeigt. Natürlich keine Geburt, aber zumindest die Räume. Und ein kurzer Ausschnitt aus einem Vorbereitungskurs, bei dem alle ziemlich entspannt auf ihren Matten saßen.

Zufrieden hörte Carola dann doch noch, dass der Reporter Leboyers *Geburt ohne Gewalt* zitierte. Der Franzose Frederick Leboyer hatte als einer der Ersten für die sanfte Geburt gekämpft. Sanft war zwar eine Frage der Definition, schließlich blieb so eine Geburt immer eine Naturgewalt. Aber wenn sich die Frau dank entsprechender Betreuung eben nicht als Opfer dieser Naturgewalt, sondern auch als ihre Mitlenkerin sah, konnte die Geburt etwas Wundervolles sein. Und genau das sagte Susanne jetzt auch, während der junge Moderator sie mit riesigen Augen ansah, wie ein Schuljunge im Aufklärungsunterricht.

»Wir glauben fest daran, dass die Geburt eben kein notwendiges Übel für Mutter und Kind ist, sondern eine der wichtigsten und auch intensivsten Erfahrungen überhaupt. Im Idealfall ein größeres Fest als alle Geburtstage, die noch folgen.«

»Mhm, und wenn meine Mutter es verbockt hat, dann prägt mein schlechter Start mein ganzes Leben?«, fragte der Moderator mit einem Gleichmut, als würde er sich nicht mal von dem denkbar schlechtesten Start in diese Welt aus der Ruhe bringen lassen.

Auch auf dem kleinen Bildschirm war Susannes Lächeln zu erkennen. »Zum Glück lässt sich vieles auch nach der

Geburt wieder ausbügeln, aber ein guter Start macht vieles leichter.«

Ein gutes Schlusswort, danach leitete Günther Jauch zum nächsten Thema über.

»Wie waren denn unsere Geburten?«, fragte Stefanie. Carola schaltete den Fernseher aus und begann zu erzählen. Komisch, dass sie noch nie mit ihren Kindern darüber geredet hatte, wie es denn genau gewesen war, als sie zur Welt kamen.

* * *

»Könnt ihr Ella nicht davon abhalten, nach Afrika zu gehen? Ich brauche sie doch hier!«, hatte Christoph auf Susannes Hochzeit gesagt. Als sie beide mit Susanne und Carola mit Erdbeerbowle anstießen. Ella musste husten, als sie in die entsetzten Gesichter ihrer Kolleginnen gesehen hatte. Ein Stück Erdbeere war im Hals stecken geblieben. Zum Glück fingen sich Susanne und Carola schnell und brachten sie in keine verfängliche Situation. Sie schauten sich nur kurz an, und Susanne antwortete geistesgegenwärtig: »Wir unterstützen uns natürlich gegenseitig bei unseren Träumen.«

Und Carola hatte genickt, ihr aber gleichzeitig einen fragenden Blick zugeworfen.

»Auch wenn eure Träume sich widersprechen?«, hatte Christoph nachgehakt.

»Notfalls auch dann!«, hatte Carola geantwortet und war dann von ihrer jüngsten Tochter weggezogen worden. Maike musste ihr unbedingt einige Kaninchenbabys zeigen, die sich in einem Stall aneinanderkuschelten.

Damit war das Thema auf der Feier erledigt gewesen, aber jetzt kam es wieder aufs Tablett.

»Ella, wenn du wirklich vorhast, für ein Jahr zu gehen, dann sag uns bitte früh genug Bescheid. Am Ende nimmt Susanne Mutterschaftsurlaub, du bist in Afrika, und ich kann den Laden nachher alleine schmeißen, wenn wir nicht frühzeitig Ersatz haben.«

Sie saßen wieder beieinander, diesmal im Geburtshaus mit drei Pappeisbechern, die sie um die Ecke bei *Cortina* geholt hatten. Es war ungewöhnlich heiß für Mitte Juni. Es gab Menschen, die sagten, das liege an den ganzen Abgasen, aber was sollte man machen? Den Leuten das Autofahren verbieten? Sie als Hebammen waren auf jeden Fall auf ein Auto angewiesen. Privat fuhr Ella lieber mit dem Fahrrad oder lief zu Fuß, mit Walkman bewaffnet, um Roxette oder Lisa Stansfield zu hören.

»Afrika! Afrika ist ein ganzer Kontinent. Sagt doch auch keiner, ich mache dieses Jahr in Europa Urlaub.«

»Die Amerikaner vielleicht schon.« Susanne grinste.

»Leute, darum geht es doch gar nicht. Für uns ist es egal, ob du nach Uganda oder Äthiopien gehst, weg ist weg.«

Ella schlug ihre Beine übereinander und verschränkte die Arme vor der Brust. »Bisher habe ich mir nur Infomaterial von ein paar Organisationen bestellt. Bisher habe ich noch gar nicht genug gespart. Aber es ist halt ein Traum von mir.«

War es das wirklich? Oder eher eine fixe Idee? Die sie überkommen hatte wie ein Blitz und die vor allem dafür gut war, Christoph zu zeigen, dass sie eigene Pläne im Leben hatte?

Carola seufzte, bevor sie sich einen Plastiklöffel mit dem Stracciatella-Eis in den Mund schob.

»Ich finde die Idee ja super, aber komm dann wirklich heil wieder. Und sag uns vor allem früh genug Bescheid. Und lass dich gegen Malaria und Gelbfieber impfen.«

Ella schmunzelte. Carola reagierte wie eine besorgte Mutter. Ihre eigenen Eltern würden an die Decke gehen, wenn Ella ihnen von der Idee erzählen würde. Besser, sie tat es erst, wenn sie wirklich einen Flug gebucht hatte.

»Wir brauchen jede von uns und wahrscheinlich bald wirklich eine weitere Hebamme. Nach der Sendung sind unsere Anmeldezahlen noch mal richtig hochgegangen. Ich möchte nicht, dass wir mal eine Frau ablehnen müssen«, wechselte Carola das Thema.

»Lasst uns eine Anzeige in der Hebammenzeitung aufgeben«, schlug Susanne vor. »Oder wenn ihr möchtet, dann rufe ich noch mal den Redakteur an, der uns wohlgesonnen war. Ein kleiner Artikel darüber, dass wir bald aus allen Nähten platzen und Verstärkung suchen, kostet nicht nur weniger, sondern ist vielleicht noch effektiver.«

Auch wenn das Geburtshaus sehr gut lief, mussten sie auf das Geld schauen. Die Miete, die Nebenkosten, die Ausstattung und Verbrauchsmaterialien – obwohl so eine Geburtsbegleitung mit der verantwortungsvollste Job der Welt war, vergüteten die Krankenkassen ihn nur mittelmäßig. Hebammen waren eben keine studierten Frauen, obwohl sie medizinisches und psychologisches Fachwissen brauchten. Ella fragte sich, ob es sich lohnen würde, den Gedanken zu verfolgen, das Hebammenwissen an einer Universität zu vermitteln. Wer konnte es schon wissen, vielleicht würden sie nicht nur das erste Geburtshaus in Köln, sondern auch eine Universität für Hebammen gründen?

»Gute Idee, Susanne. Und keine Sorge, ich lasse euch auf keinen Fall im Stich. Wenn ich gehe, dann nur so, dass keine Lücke entsteht.«

»Das würde es in jedem Fall«, wurde Carola für ihre Verhältnisse emotional.

»Und egal, wohin ich gehe, ich werde wiederkommen.«

* * *

Heike hatte sie alle zu ihrem Geburtstag eingeladen. Und wie immer war bei ihr alles perfekt. Konrad und ihr Ehemann trugen weiße, gestärkte Hemden, Carolas Kinder hatten immerhin saubere Sachen an: Thomas ein Polohemd, Maike ein hübsches Kleid mit Rüschenkragen und Stefanie Jeans und Karobluse, die sie fast wie einen Jungen aussehen ließen, wären da nicht die langen Haare gewesen. Jungs liefen doch eher selten mit langen Haaren rum, sie wollten schließlich nicht aussehen wie ihre Väter in den Familienalben aus den Siebzigern. Mit Schlaghosen und Koteletten. Solche Fotos gab es auch von Andreas.

Carola freute sich, ein paar ihrer Cousinen und Cousins wiederzusehen. Sie teilten sich die Reste aus der Eierlikörflasche, die Heike eigens für die Eierlikörtorte angeschafft hatte. *Ei, ei, ei, Verpoorten*, dachte Carola an den Werbespruch, als sie einen Schluck nahm und mit ihrer Cousine über alte Zeiten gackerte.

Andreas stupste sie nach dem Kaffeetrinken an, das nur zwei Stunden nach dem üppigen Mittagessen folgte.

»Carola, ich glaube, den Kindern reicht es. Bis auf Konrad nur Erwachsene hier. Hast du was dagegen, wenn wir nach Hause fahren?«

»Allerdings, ich amüsiere mich gerade prächtig!«

Heike wohl weniger, was hoffentlich nicht an der Vierzig lag. Sie stapelte Teller zusammen und trug sie in die Küche. Wie sagte Coco Chanel oder eine andere Grande Dame der Mode immer? Eine Frau wird nie älter als 39? Wahrscheinlich lag es eher an dem Stress, den sie heute hatte. Ihr Mann ging ihr kein bisschen zur Hand.

»Dann bleibe einfach hier! Ich hole dich ab, wenn du nicht mehr willst. Wir gehen vielleicht noch eine Runde in den Park, aber ab heute Abend sitze ich in der Nähe des Telefons. Versprochen.«

Carola liebte ihren Mann. Wie anders war er doch als die meisten anderen seiner Generation!

»Gerne!« Sie küsste ihn und amüsierte sich über ein paar befremdliche Blicke. Der Austausch von Zärtlichkeiten in ihrem Alter war manchen wohl unangenehm.

»Bleib sitzen, Carola, wir sehen uns ja gleich schon wieder.«

Sie war gar nicht wegen Andreas aufgestanden, sondern um ihrer Schwester zu helfen. Sie wusste, dass wahrscheinlich schon einige Gäste ihre Unterstützung angeboten hatten, aber Heike bestand immer darauf, alles allein zu schaffen.

Carola betrat die Küche. Kochbücher stapelten sich fein säuberlich in dem Regal, ein Wandkalender voller Termine, Konrads Stundenplan ... wie lange hatte sie nicht mehr mit Heike in der Küche gesessen! Wie oft hatten sie das früher getan. Als sie beide noch keine Familie gehabt hatten. Ja, es gab Zeiten, da hatten sie stundenlang bei Tee und Salzbrezeln geplaudert. Waren sich so nahe gewesen, und jetzt war die eigene Schwester ihr im Grunde fremd geworden. Wenn sie daran dachte, dass es Maike und Stefanie einmal genauso gehen würde, wurde ihr schwer ums Herz.

»Hallo, Heike. Ich wollte mal schauen, wie es dir geht. Du siehst aus, als könntest du Hilfe gebrauchen.«

»Ach ja? Fertig meinst du? Kein Wunder, wenn man um fünf Uhr morgens aufsteht, um alles fertig zu machen.«

Carola verkniff sich zu sagen, dass sie ja auch hätte Arbeit delegieren können. »Ich bewundere dich. So ein Essen hätte ich nicht hinbekommen, selbst wenn ich die ganze Nacht durchgemacht hätte.«

Immerhin lächelte Heike. Und deutete auf die Spülmaschine. »Die könnte tatsächlich ausgeräumt werden.«

Carola krempelte die Ärmel hoch und machte sich ans Werk.

»Läuft ja gerade alles top bei dir!«, sagte Heike etwas sauertöpfisch.

»Selbst das Fernsehen berichtet über euch. Und Andreas arbeitet richtig.«

Carola hatte keine Lust zu erklären, dass er auch vorher gearbeitet hatte. Eben auf andere Art. »Ja, es läuft tatsächlich gerade in allen Bereichen ganz gut. Und bei dir?«

Heike hielt inne und stemmte die Hände in die Hüften. »Wie soll es schon laufen?«

Carola wäre am liebsten wieder aus der Küche geflüchtet. Ihre sonst so unnahbare perfekte Schwester zeigte

Verletzlichkeit. Oder eher Wut. Carola hatte einen Moment Angst, sich dieser Wut zu stellen, doch da musste sie wohl durch.

»Ich weiß es nicht«, sagte sie nur.

Heike hielt inne und ließ sich auf einen Küchenstuhl sinken.

»Ich habe alles so satt. Ich mache seit über zehn Jahren hier alles perfekt. Nehme meinem Mann wirklich alle Arbeit ab, bin Tag und Nacht für Konrad da. Versuche, es so schön es nur geht für alle zu machen. Und mein Mann? Der ist in eine andere verknallt!«

»Ach du Scheiße!«

Carola schob den Gedanken beiseite, dass es ihr selbst schwerfallen würde, sich in Heikes Gegenwart fallen zu lassen. Von romantischen Gefühlen oder Verliebtheit ganz zu schweigen.

»Ja, und ich dumme Kuh habe nichts gemerkt, bis ich ihn zufällig mit seiner jungen Kollegin in einem Café in der Nähe seiner Firma entdeckt habe. Dabei wollte ich nur in der Glasfront mein Spiegelbild bewundern. Schließlich kam ich gerade frisch vom Friseur.«

Immerhin lächelte sie jetzt, wenn auch bitter. Heike war wirklich einmal eine humorvolle Frau gewesen. Und Sarkasmus war immerhin besser als gar nichts.

»Ach du Scheiße!«

»Du wiederholst dich.« Ihre Miene wurde wieder hart.

»Bist du denn sicher, dass da was läuft?«

»Keine Ahnung. Aber so wie er sie angesehen hat! Er ist verliebt! Er leugnet zwar alles, aber du weißt doch, wie die Männer so sind.«

Carola glaubte nicht, dass alle Männer so waren. »Aber es besteht ja auch die Möglichkeit, dass diese Frau ihn stinklangweilig und unattraktiv findet.«

»Und deshalb verbringt sie die Pause mit ihm?«

»Vielleicht weil er ihr Chef ist und sie was zu besprechen hatten?«

Die Küchentür war geschlossen. Auf der anderen Seite schien niemand die Gastgeberin zu vermissen. Jedenfalls suchte niemand nach ihr.

»Klar! Klaus sagt, ich wäre hysterisch, weil ich ihn gefragt habe, ob da was laufe.«

Und da wurde auch die Tür aufgerissen. Wenn man vom Teufel sprach …

»Schatz, bringst du gleich was Knabberzeug mit?«

Heike schaltete direkt wieder auf die dienstbare Ehefrau um. »Natürlich, sind gleich da.«

Er nickte nur und ging. Heike schüttete Knabberzeug in eine Kristallschüssel, die sie von ihrer Oma geerbt hatte.

»Du musst es herausfinden.«

»Wie denn?«

»Ich weiß es nicht. Lass uns morgen mal in Ruhe reden und den Herren jetzt das Knabberzeug bringen.«

Carola grinste kampfeslustig, als hätte sie nicht schlecht Lust, auf die Cracker zu spucken. Aber sie war keine fünf mehr.

»Du hast es gut, Carola, du bist sowas von unperfekt, deine Strumpfhose hat eine Laufmasche, dein Ansatz ist grau, du lässt deinen Mann dauernd mit der Arbeit zu Hause alleine, und trotzdem vergöttert er dich.«

»Na ja, vergöttern ist vielleicht übertrieben«, antwortete

Carola und schnappte sich noch zwei Flaschen Sekt, um nicht mit leeren Händen wieder rauszugehen.

Sie hatte noch nie mit Heike tauschen wollen; auch wenn ihre Schwester so viel perfekter war, aber sie nahm sich ganz fest vor, in Zukunft noch netter zu Andreas zu sein.

* * *

»Vielleicht hätten wir einfach zu viel Glück, wenn ich jetzt auch noch schwanger werden würde?«

Susanne und Antonius lagen auf ihrem Bett. Die Abendsonne schien herein, die Laken waren noch zerwühlt, Susanne schmiegte sich an seine Brust, spürte sein Herz schlagen.

»Und dürften wir das nicht?« Er strich ihr die Haare aus dem Gesicht. Susanne hatte erst heute ein paar graue entdeckt. Vielleicht gab es ganz handfeste Gründe, das Thema zu vergessen.

»Ich weiß nicht. Manchmal denke ich, ich habe es nicht verdient.«

»Niemand mehr als du.«

Wie sehr sie ihn liebte. Vor allem für diese Ruhe und Selbstverständlichkeit. Ein Mann ohne Drama, aber durchaus mit Leidenschaft. Einer Leidenschaft, die sie gar nicht vermutet hatte, als sie ihn nur als den Buchhändler kannte.

»Und du. Ach, eigentlich hat doch jeder alles Glück der Welt verdient. Unglück hat noch keinen zum besseren Menschen gemacht.«

Sie seufzte und richtete sich auf, das Laken um die

Brust geschlungen. »Meinst du, wir sollten mal nachhelfen?«, fragte sie ihn.

»Was meinst du? Noch öfter miteinander schlafen?« Er küsste sie, und beinahe hätte dieser Kuss ihre Lust neu entflammt. Aber sie schob ihn beiseite.

»Nein, ich meine medizinisch.«

»Aber du willst doch kein Retortenbaby?«, fragte er, als wäre das ein Alien. Als vor gut zehn Jahren Louise Brown in England geboren wurde, war das eine Sensation. Und mittlerweile gab es auch in Deutschland schon ein paar tausend Babys, die mit künstlicher Befruchtung gezeugt worden waren.

»Was fändest du daran so schlimm?«

»Ich hätte das Gefühl, dass da Ärzte Gott spielen.«

»Ich denke, dass Gott da immer noch genug Spielraum hat. Immer noch ist es ein Wunder, welches Ei und welcher Samen zusammentreffen!«

Das Einzige, womit sich Susanne schwergetan hätte, wäre die oft übliche Überproduktion von befruchteten Eizellen. Was war, wenn da wirklich von Anfang an Leben drin war und es dann in Eis festgefroren war?

»Trotzdem. Wünschen tue ich mir das nicht.«

»Das wäre die letzte Möglichkeit. Aber vorher gibt es noch ganz viele andere Schritte. Zum Beispiel zu untersuchen, ob wir nicht vergeblich warten.«

Die Romantik war mit einem Schlag verflogen. War sie zu alt? War er unfruchtbar?

»Ich weiß aber nicht, was ich mit dem Ergebnis machen würde. Ich glaube, wenn es nicht sein sollte, würde ich auch mit dir alleine glücklich sein.«

Sie schwieg.

»Du etwa nicht?«

Das konnte sie nicht einmal sagen. Irgendwie hatte sie so eine diffuse Sehnsucht nach einem Kind, und sie konnte sich nicht vorstellen, dass sie so schnell aufgeben würde.

»Wahrscheinlich schon. Aber ich habe das Gefühl, da ist jemand, der zu uns möchte.«

»Aber wenn das so ist, dann wird diese Seele ihren Weg schon zu uns finden? Oder meinst du nicht?«

Antonius war definitiv der Romantischere von ihnen beiden. Susanne seufzte. »Wahrscheinlich.«

»Und ich glaube, ich könnte auch ein adoptiertes Kind genauso lieben«, fuhr er fort, während er sich Boxershorts und T-Shirt überzog.

»Ich weiß nicht, ob ich das könnte. Ein Kind adoptieren, nachdem ich eins zur Adoption freigeben musste.«

Sie stand ebenfalls auf und zog sich ein ärmelloses Nachthemd über. Eins mit weißer Spitze. Vielleicht sollte sie sich nachts damit auf die Straße stellen und auf Sterne warten.

Nein, selbst wenn sie kein gemeinsames Kind bekommen würden, war sie eine glückliche Frau. Sie sollte kein Problem herbeireden, wo keines war. Auch wenn das Thema Geburt ihre Leidenschaft und ihre Berufung war, so glaubte sie dennoch fest daran, dass kein Leben erst durch ein anderes vollständig wurde. Auch ihres nicht.

Der Sommer war vergangen, ohne dass Susanne schwanger geworden war, während immer mehr Schwangere das Geburtshaus aufsuchten. An dem heutigen Vorstellungsabend war es voller denn je. Sie mussten noch Stühle dazustellen. Spätestens nach Stern-TV kannte jeder das Geburtshaus, und wenn das so weiterging, müssten sie sich wirklich vergrößern. Susanne beantwortete geduldig Fragen, obwohl der eigentliche Vortrag erst in ein paar Minuten anfangen würde. Ella unterstützte sie, Carola hatte heute Abend frei.

Susanne nahm noch einen Schluck von dem Fencheltee, den sie sich gerade noch aufgebrüht hatte. Gleich würde sie um Ruhe bitten und die Tür schließen.

»Geht es deinem Magen besser?«, fragte Ella fürsorglich, und doch schwang noch etwas anderes mit. Ein Augenzwinkern, als vermute sie einen schönen Grund für die Bauchschmerzen.

»Ja, ist schon besser«, antwortete Susanne und verkniff sich zu sagen, dass sie gerade ihre Tage bekommen hatte. Ella wusste, dass sie sich ein Baby wünschte, und sie würde nur traurig sein, wenn sie hörte, dass es wieder nicht geklappt hatte. Darüber wollte sie nicht angesichts lauter schwangerer Frauen mit ihr reden.

»Wir begrüßen Sie sehr herzlich in unserem Geburtshaus, dem Haus der guten Hoffnung!«, begann Susanne und hieß die Gäste willkommen. Ein paar suchten noch einen Platz, die meisten Frauen hatten schon sichtbare Bäuchlein, die meisten Männer wirkten engagiert und nicht so, als wären sie von ihren Frauen mitgeschleift worden. Manche der Männer trugen ebenfalls ein solides Bäuchlein vor sich her, vielleicht aus Solidarität? Susanne schmunzelte. Antonius war sehr schlank. Ob sich daran was ändern würde?

Bevor sie weitersprach, öffnete sich noch einmal die Tür. Als Susanne sah, wer den Raum betrat, fiel ihr die Tasse aus der Hand.

Wie durch ein Wunder blieb die Tasse heil. Ella bückte sich zeitgleich mit ihr. Die werdenden Eltern nahmen links und rechts ihre Gespräche wieder auf.

Susanne griff nach der Tasse.

»Susanne, alles in Ordnung?« Ella fasste sie an der Schulter.

»Kannst du für mich übernehmen? Ich bin heute nicht so fit.«

»Natürlich«, antwortete Ella.

Sie standen beide wieder auf, und Ella übernahm wie selbstverständlich.

»Wir freuen uns sehr, dass Sie heute zu uns gekommen sind, um unser Haus besser kennenzulernen. Ihnen allen steht ein besonders wichtiges Lebensereignis bevor, und wir denken, dass dies die bestmögliche Begleitung verdient…«

Susanne verfolgte aufmerksam, was Ella zu sagen hatte, um nicht in die Menge vor ihr schauen zu müssen. Ihre Beine zitterten leicht. Sie musste sich selbst einen Stuhl suchen. Aber was würde sie den werdenden Eltern für ein Bild vermitteln? Eine Hebamme, die bei so einem Vortrag nervös wurde? Wie belastbar wäre sie während einer Geburt?

Nach der Begrüßung wandte Ella sich an Susanne. Etwas leiser, aber so, dass es zumindest die erste Reihe hören konnte.

»Susanne, ich habe ganz vergessen, den Koffer mit dem

Schaumstofftorso zu holen. Könntest du bitte …? Wir brauchen ihn nachher.«

Das Nachher betonte sie so, dass Susanne sich Zeit lassen durfte.

»Klar, bin gleich wieder da.«

Am liebsten wäre sie bei der Gelegenheit gleich ganz verschwunden. Oder auf Julia zugelaufen, um sie in den Arm zu nehmen.

Susanne hatte sich nach dem Vortrag, dem sie nur passiv beigewohnt hatte, in die Teeküche verzogen, um die Spülmaschine einzuräumen. Natürlich wurden alle mit Getränken versorgt. Manch einer warf dafür eine Mark oder mehr in die Spendenbox, die für neue Anschaffungen im Geburtshaus gedacht war. Sie hatte Julia einmal zugelächelt, und ihr Herz hatte einen Freudenhüpfer gemacht, als sie zurücklächelte. Julia hatte kein Bäuchlein. Und sie war allein gekommen. Hatte sie damals nicht gesagt, dass sie Medizin studieren wollte? Sie musste doch seit dem Sommer das Abi in der Tasche haben. Vielleicht interessierte sie sich jetzt für einen Praktikumsplatz? Aber wahrscheinlich erinnerte sie sich gar nicht mehr wirklich an ihr Gespräch damals. Lange genug her war es schon. Am besten war, wenn Ella ihr alle Fragen beantwortete.

Sie würde sich sonst noch verraten.

Das Gemurmel aus dem Gruppenraum wurde leiser. Viele waren schon gegangen. Susanne versuchte zwei ineinander gestellte Gläser auseinanderzubekommen. Das innere Glas zerbrach, und sie schnitt sich in den Finger.

Es klopfte an der Tür. Ella. Susanne wickelte sich schnell ein Taschentuch um den Finger.

»Susanne, alles in Ordnung?«

Sie nickte.

»Da ist eine Frau, die möchte unbedingt nur mit dir reden. Ich habe ihr versprochen, mal nach dir zu schauen.«

Das Beste wäre jetzt, Julia zu vertrösten. Ella vorgeben lassen, dass die Hebamme aus Stern-TV – so war sie abends öfter betitelt worden – längst weg sei.

»Soll ich ihr sagen, dass du schon gegangen bist? Ich sehe doch, dass du heute nicht fit bist. Vielleicht legst du dich lieber wieder ins Bett.«

»Nein, nein, sag ihr, ich bin sofort da.«

»Danke, dass Sie sich extra noch mal Zeit für mich nehmen.« Julia stand vor Susanne. Wunderschön, jung und strahlend. Glücklich. So offensichtlich glücklich. Was konnte sich eine Mutter mehr wünschen, als dass ihr Kind glücklich war? Susanne lächelte zurück.

»Ich weiß gar nicht, ob Sie sich noch an mich erinnern. Wahrscheinlich waren Sie ja an vielen Schulen.«

»Natürlich erinnere ich mich an Sie. Sie hatten mir erzählt, dass sie nach dem Abitur Medizin studieren möchten. Und ich habe Ihnen angeboten, Ihnen zur Verfügung zu stehen, falls Sie Fragen haben. Und, studieren Sie jetzt Medizin? Hier in Köln?«

Susanne bekam ihre Stimme unter Kontrolle, nicht aber ihr Herz. Das raste. Julia studierte Medizin. Sie hatte ihren Traum also wahr gemacht.

»Ja, das erste Semester hat gerade angefangen.«

»Sehr gut!«, antwortete Susanne mit mütterlichem Stolz. Sie erntete einen verwunderten Blick.

»Ist gar nicht so kompliziert.«

»Wenn man Interesse an medizinischen Vorgängen hat. Ich wollte als Teenager auch eine Zeit lang Medizin studieren«, rutschte es Susanne heraus.

»Echt? Und warum haben Sie das nicht getan?«

Susanne sackte innerlich ein Stück zusammen. Der wahre Grund hörte sich lächerlich an. Ein Teil von ihr wollte ihre Eltern dafür bestrafen, dass sie sie gezwungen hatten, Julia zur Adoption freizugeben. Ihre Eltern wären stolz gewesen, wenn sie Ärztin geworden wäre, und konnten nach dem exzellenten Abi nicht verstehen, dass ihre Tochter nur eine Ausbildung machen wollte. Sie hatten doch alles getan, um ihr jede berufliche Laufbahn zu ermöglichen.

»Manchmal findet man noch etwas Besseres als den ursprünglichen Plan. Ich könnte mir keinen schöneren Beruf als Hebamme vorstellen.«

Einen Moment standen sie unsicher voreinander. Hoffentlich fiel Julia die Ähnlichkeit nicht auf.

»Sie waren toll bei Stern-TV! Da wusste ich gleich, dass ich Sie aufsuchen muss!«

Der Raum leerte sich immer mehr. Gleich würden sie das Geburtshaus schließen, wenn nicht noch der Piepser ging.

»Danke, und ich helfe Ihnen gerne mit Infos weiter. Interessieren Sie sich besonders für die Geburtshilfe? Ich hatte ja gesagt, dass ich Sie gerne auch für ein Praktikum empfehlen kann. Wir hier im Geburtshaus bieten keine

Praktika an, aber in dem Krankenhaus, in dem ich vorher gearbeitet habe, kann ich mich gerne für Sie einsetzen.«

Julia lachte und strich sich über den flachen Bauch. »Vielleicht in einem späteren Semester. Jetzt bekomme ich erst einmal selbst ein Baby.«

Also doch. Julia war schwanger. Sie wurde Oma! Vielleicht war das der Weg, den sich das Kind, das sie zu spüren glaubte, ausgesucht hatte, um auf die Welt zu kommen. Vielleicht hatte Antonius recht. Aber das konnte alles nicht sein. Sie war noch nicht bereit, Großmutter zu sein – während sie versuchte, selbst noch einmal Mutter zu werden.

»Sie sind noch sehr jung«, rutschte ihr wieder etwas heraus, was sie sofort bereute. Es gehörte zu ihrem Ehrenkodex, keine Schwangere zu bewerten. Vor allem nicht anhand ihrer Lebensjahre. Als sie Julias Miene sah, ruderte sie direkt zurück. »Und das hat Vorteile: in der Regel eine schnelle Geburt ohne Scherereien.«

»Es war zwar absolut nicht geplant, aber ich wollte immer jung Mutter werden. Ich liebe meine Eltern, aber mit Ende dreißig ein Kind zu bekommen wäre nichts für mich.«

»Manchmal klappt es nicht früher.« Susanne musste raus aus dieser Situation. Ob sie Ella herbeirufen und abermals übergeben sollte?

»Ja, meine Eltern brauchten ein paar Jahre, bis ich mich endlich auf den Weg gemacht habe.«

»Umso glücklicher waren sie bestimmt, dass sie nun so früh Großeltern werden dürfen.«

»Sie wissen es noch nicht.«

Susanne schluckte. Vielleicht wollte Julia das Kind gar nicht? Oder wollte es gar zur Adoption freigeben? Wäre das nicht eine Ironie des Schicksals? Sie würde selbst das Kind ihrer Tochter adoptieren? Vielleicht war das der Grund dafür, dass sie kein Kind bekamen. Sie sollten dieses adoptieren.

»Sie freuen sich bestimmt.«

»Ja, am Ende schon, aber erst einmal werden sie sich tierisch aufregen, weil ich mein Studium gefährde. Und meine Mutter arbeitet auch wieder Teilzeit, sie wird mir auch nur begrenzt helfen können. Und der Uni-Kindergarten ist auch immer schnell voll. Gibt nur ein paar Plätze.«

Sie zuckte dennoch mit den Schultern, als mache sie sich keine allzu großen Sorgen. Warum auch. Sie würde nicht allzu hart landen, die Eltern würden bereitstehen. Und sie würde es auch.

»Da wird sich eine Lösung finden. Ich denke mal, Ihr Freund studiert auch noch?«, fragte Susanne und hoffte, dass es sich nicht um einen doppelt so alten Mann mit Anhang und ohne Ambitionen handelte, ein weiteres Kind großzuziehen.

»Ja, wir haben uns vor einem Jahr bei einem Ferienjob in der Eisdiele kennengelernt. Er studiert jetzt sogar mit mir. Ich wusste sofort, dass das der Mann ist, mit dem ich Kinder möchte, wenn ich auch nicht so früh damit anfangen wollte. Als eine Freundin mich gefragt hat, ob ich es mir nicht noch mal anders überlegen will, hätte ich fast die Freundschaft gekündigt. Als ob ich es weggeben oder wegmachen wollte.«

Susanne wurde übel. Als wenn sie das gewollt hätte. Oder als wenn irgendeine Frau das wollen würde. Die meisten handelten doch aus der Not heraus. Julia würde sie verurteilen dafür, dass sie sie zur Adoption freigegeben hatte. Und noch mehr dafür, dass sie ihr ins Gesicht log. Oder die Wahrheit verschwieg.

»Den perfekten Zeitpunkt für ein Kind gibt es ohnehin nicht. Sie werden das schon hinbekommen.« Susanne schaute sich um. Ella räumte die letzten Sachen weg. Ihrem Blick nach wollte sie Feierabend haben. Ob sie Julia anbieten sollte, noch in einem Café um die Ecke offene Fragen zu klären? Aber wie sollte sie diesen Extraservice erklären? So viel Nähe durch die Eins-zu-eins-Betreuung auch möglich war, so wichtig war es auch, noch eine professionelle Distanz zu halten.

»Danke! Und haben Sie denn Zeit für die Betreuung? Der Andrang ist ja gerade ziemlich hoch«, lieferte Julia gleich eine Möglichkeit für Susanne, die Situation zu umgehen.

»Eine von uns hat mit Sicherheit noch Kapazitäten. Lassen Sie mir gerne Ihre Nummer da, dann melde ich mich schnellstmöglich.«

Julia schaute enttäuscht. Eine junge Frau, die wohl selten etwas abgeschlagen bekam. Wie das wohl gewesen wäre, wenn sie bei Susanne aufgewachsen wäre?

Julia riss eine Seite aus einem Block, den sie aus ihrem Rucksack holte, und schrieb eine Telefonnummer darauf.

»Wenn Sie mich anrufen, können Sie dann bitte sagen, Sie wären eine Kommilitonin? Ich möchte es meinen Eltern selbst sagen.«

Susanne grinste. Sie hatten wohl beide ihre Geheimnisse. Und noch bei den Eltern zu wohnen hieß eben, sich den Telefonanschluss zu teilen und damit auch viele Neuigkeiten, die man in der WG mit Freunden länger für sich behalten konnte.

»Natürlich, ich möchte die Spannung nicht kaputtmachen.«

»Danke für Ihr Verständnis. Und wie gesagt, am liebsten möchte ich zu Ihnen.«

Susanne musste Ella oder Carola fragen, ob sie übernehmen würden. Sie durfte das nicht machen.

»Wann ist denn der errechnete Geburtstermin?«

»In vier Monaten.«

Julia musste wohl ihren erneuten Blick auf den Bauch registriert haben.

»Ich weiß, man sieht noch nichts. Meine Frauenärztin meint, das wäre der viele Sport, den ich mache. Und das Alter.«

»Der fünfte Monat ist schon ziemlich weit. Ich muss schauen, ob ich Sie noch reinschieben kann.« Susanne faltete den Zettel mit der Telefonnummer zusammen und steckte ihn in die Hosentasche ihrer Jeans. Julias Telefonnummer. Wer hätte das gedacht.

* * *

Carola hatte hin und wieder freie Vormittage, und Heike hatte immer frei. Oder nie. Je nachdem, wie man ihre Arbeit als Hausfrau bewertete.

Sie hatten nach der Geburtstagsfeier ein paarmal telefoniert und sich für heute Vormittag verabredet. Am Neumarkt. Klaus arbeitete hier um die Ecke. Und das Café, das er mit seiner Kollegin besucht hatte, war direkt im Erdgeschoss des Bürogebäudes, einer Anwaltskanzlei, die in einem Fünfzigerjahre-Bau untergebracht war.

Carola hatte sich auf den Weg gemacht, als alle Kinder in der Schule oder im Kindergarten waren, um noch etwas in einer der beiden riesigen Buchhandlungen zu stöbern, die nur ein paar Schritte auseinanderlagen. Auf drei Etagen stapelten sich bis zur Decke die Bücher, und egal zu welchem Thema, hier gab es einfach alles! Allein die Wand mit den medizinischen Ratgebern im Gonski hätte Stoff für drei Jahre Studium geliefert. In der Mayerschen dagegen gab es mehr Unterhaltungsliteratur. Und Sachbücher, die auch von normalen Menschen verstanden wurden.

Heute war Carola nach Unterhaltung, und sie sah sich um, bevor sie in dem Regal mit der Überschrift *Freche Frauen* stöberte.

Sie stand dazu, dass sie gerne Unterhaltungsromane las, aber es unter der Kategorie Freche Frauen laufen zu lassen war eine Frechheit! Als ob Frauen, die einfach nur ihren Weg gingen, ohne dabei die Mundwinkel bis zum Boden zu tragen oder über Männerleichen zu gehen, allesamt »frech« wären.

Frech hieß doch so etwas wie unverschämt. Sie blätterte ein Buch durch, auf dem eine Illustration mit einer bunt gekleideten Frau prangte, die zwischen zwei Männern stand – oder besser, die Männer saßen jeweils auf ihrem Oberschenkel; die Gesichter waren eine Mischung aus Picasso und Modigliani. *Ein Mann für jede Tonart*. Die Autorin Hera Lind war eigentlich Sängerin, und da sie während der ersten Schwangerschaft nicht auf der Bühne stehen konnte, hatte sie vor lauter Langeweile mal eben ein Buch geschrieben. Und das war dann auch noch ein Bestseller geworden. *Frau in der Gesellschaft* stand auch noch auf dem Cover. Carola stellte das Buch zurück ins Regal. Als Geschenk für Heike würde sich das kaum eignen. Was sollte das auch? Sich rächen, indem man ein freches Buch las? Eins, in dem die Frau sich auch den Luxus mehrerer Männer nebenbei gönnte und zu Hause dann weiter die brave Ehefrau spielte, die es noch nicht mal schafft, die Wahrheit zu erfahren?

Salz auf unserer Haut von Benoîte Groult und *Lust* von Elfriede Jelinek standen nicht bei den frechen Frauen, sondern lagen auf einem Tisch mit dem Titel *Starke Frauen*. *Herbstmilch*, die Biografie einer bayrischen Bäuerin, lag dort auch und hielt sich schon monatelang auf der Bestsellerliste.

»Carola!« Heike kam auf sie zu, und sie umarmten sich. Etwas, was sie vorher nur selten getan hatten. Heike war wohl ziemlich einsam, obwohl sie mit der ganzen Nachbarschaft in ihrer Siedlung verkehrte. Besser gesagt mit dem weiblichen Teil. Aber keiner dieser Frauen hatte sie von ihrem Verdacht erzählt.

»Du wirst es nicht glauben, aber ich habe Konrad heute Morgen einen Schlüssel um den Hals gehängt und ihm eine Tupperdose zum Aufwärmen vor die Mikrowelle gestellt!«

Heike war wie immer perfekt geschminkt und adrett gekleidet.

»Und, stand das Jugendamt schon vor der Tür?«, fragte

Carola leise genug, damit die Buchhändlerin, die sie gerade schon zweimal gefragt hatte, ob sie ihr was empfehlen könne, nicht mithörte.

Heike schaute erschrocken. »Meinst du, das war übertrieben? Ich meine, wir können uns ja auch beeilen, dann bin ich mittags pünktlich zu Hause. Dann braucht Konrad nicht ganz allein am Küchentisch sitzen.«

»Er wird sich bestimmt mit dem Teller auf das Sofa im Wohnzimmer setzen und Fernsehen schauen, wenn er schon mal alleine essen darf.«

»Ach, Carola, du hast mich schon als Kind immer veräppelt!«

»Und du mich immer angeschaut, als hätte ich nicht alle Tassen im Schrank.«

»Hast du ja auch nicht.« Heike grinste, und da sie Carolas Meinung nach viel zu wenig zu lachen hatte, grinste Carola einfach mit.

»Jetzt haben wir keine Zeit für Schwesternstreit. Wir gehen jetzt in das Café. Falls die beiden eine Affäre haben, kommen sie vielleicht jede Mittagspause dorthin, weil die Kantine zu unromantisch ist oder es niemand erfahren darf. Oder sie kommen zumindest aus der Tür.«

»Klaus ist ein Gewohnheitstier. Auch wenn er eine andere Frau hätte, er geht niemals woanders essen als zu seinen fünf Lieblingslokalen.« Heike seufzte und bekam wieder so einen verbitterten Zug um den Mund.

Sie verließen die volle Buchhandlung und zogen weiter zu dem Café, in dem Heike ihren Mann mit der jungen hübschen Kollegin gesehen hatte. Von Klaus keine Spur. Die beiden Schwestern ergatterten den letzten Platz an der Fensterfront und bestellten sich zwei Kännchen Kaffee und jeweils einen Bienenstich.

»Und was ist, wenn er nicht hier ist, weil er mit dieser Frau in irgendein Stundenhotel geht?« Heike erstach den Kuchen geradezu mit der Kuchengabel.

»Klaus? Der bekommt doch schon einen roten Kopf, wenn er an so einem Laden vorbeiläuft. Der hat doch viel zu viel Angst, sich mit was anzustecken.«

»Oh nein, das würde ja bedeuten …« Heike hustete, weil ein Mandelblättchen im Hals feststeckte.

»Es läuft also noch was zwischen euch? So schlimm kann es dann ja gar nicht sein.«

Heike wurde dunkelrot. »Na ja. Sehr selten. Zu selten, wenn es nach Klaus geht.«

»Und wenn es nach dir geht?«

»Frauen bedeutet das doch nie so viel.«

Am liebsten hätte Carola ihre Schwester jetzt in den Arm genommen. Wahrscheinlich war Klaus ein sehr langweiliger Liebhaber. Zu sagen, dass Sex auch nach Jahren oder gar Jahrzehnten toll sein konnte, würde jetzt auch kein Trost sein.

»Und dir ganz persönlich? Was bedeutet dir denn was in der Partnerschaft?«

Sie zog die Schultern hoch. »Keine Ahnung. Das habe ich mich lange nicht gefragt. Ich meine, Ehe ist halt auch so eine ganz praktische Gemeinschaft. Wir führen ein Haus, ziehen ein Kind groß …«

»Du machst das. Und Klaus guckt zu!«, entfuhr es Carola, die Klaus am liebsten zur Rede stellen würde, auch wenn er keine Affäre hätte!

»Na ja, er sorgt für uns, und das auch ganz gut!«

Carola seufzte. Immerhin sparte Heike sich den Kommentar, dass Andreas das nicht täte.

»Da ist sie!«

»Wer?«

»Na, die Frau, mit der … die mit dem roten Mantel.«

Carola drehte sich um und sah eine ziemlich attraktive Frau hereinschneien.

»Guck nicht so auffällig!«

»Aber sie ist allein!«

»Vielleicht kommt er nach, damit sie nicht auffallen?«

»Würde sie dich erkennen?«

»Ich glaube kaum.«

»Weißt du, wie sie heißt?«

»Rita. Ist Klaus rausgerutscht. Sie duzen sich«, spie Heike fast aus.

»Das muss noch nichts heißen.«

So absurd und traurig diese Situation auch war, so nahe hatte Carola sich ihrer Schwester seit Jahren, ach was, seit Jahrzehnten nicht gefühlt. Und deshalb sah sie sich in die Teenagerjahre zurückversetzt, in denen sie kichernd über die Jungs in der Schule sprachen. Gebrochene Herzen wegen Typen, an die sie sich heute kaum erinnern konnte.

»Sie hat sich gesetzt. Und einen Kaffee bestellt.« Die Bestellung hatte Carola von den Lippen abgelesen. Volle Lippen. Diese Rita war ungefähr in Carolas Alter. Carola stand auf.

»Was hast du vor?«, Heike wollte es ihr nachtun.

»Bleib sitzen. Und drehe dich besser nicht um.«

»Mach keinen Unsinn!«

»Vertrau mir, manchmal ist Unsinn das Vernünftigste, was man tun kann.«

»Rita!«

Carola lief freudestrahlend auf den Tisch zu, an dem Klaus' Kollegin saß und sie fragend anguckte. Den Kaffee in der einen Hand, in der anderen eine Zigarette. Die noch nicht glühte, dazu musste sie wohl erst ein Feuerzeug aus der Tasche holen.

»Pardon, kennen wir uns?«

»Na ja, kennen ist vielleicht übertrieben. Aber ich kann mich an unseren Plausch auf der Weihnachtsfeier letzten Jahres gut erinnern.«

»Welcher Weihnachtsfeier?«, fragte sie und zog eine Augenbraue hoch.

»Na, die in der Kanzlei Schmidt und Neubauer. Du arbeitest doch dort. Also ich bin die Caro. Ich war eine von den Externen, die trotzdem eingeladen werden.«

Sie lachte. Zugehört hatte sie sehr wohl, wenn sich Klaus stundenlang über das Spezialitätenbuffet ausließ, das sein Chef zur Betriebsweihnachtsfeier immer auffahren ließ.

»Aha.«

»Die Frikadellen mit den Fähnchen mit dem Firmenlogo? Am Buffet sind wir ins Gespräch gekommen.«

Ein Lächeln huschte über Ritas Gesicht. »An die Frikadellen erinnere ich mich. Was willst du, Caro?«

Oh, oh, diese Frau redete nicht um den heißen Brei. Wenn sie Klaus haben wollte, würde sie mit ihren Wünschen auch nicht hinter dem Berg halten.

»Ach, ich schaue mich gerade nach einem neuen Job um. Und da ich dich hier zufällig gesehen habe, wollte ich mal fragen, ob es sich lohnt, sich zu bewerben.«

Rita schaute zur Tür. Und auf ihre Armbanduhr. Von wem sie wohl versetzt wurde? Carola schaute aus dem Fenster. Und entdeckte Klaus.

Von Heike sah sie nur den Rücken. Carola blickte wieder zu Klaus, der in Heikes Richtung schaute. Und wieder umdrehte.

»Als was möchten Sie sich denn bewerben? Ich habe einen ganz guten Draht zu dem Chef in meiner Abteilung.«

Nun lächelte Rita so verbindlich, als würde sie die beiden morgen miteinander bekannt machen wollen.

* * *

Eigentlich hatte Susanne nur zur Vorsorge zu ihrer Frauenärztin gehen wollen. Aber im Wartezimmer lag dieser Flyer, der die Vorteile einer Kinderwunschbehandlung pries: Kinderlosigkeit sei kein Schicksal mehr, die moderne Medizin könne helfen, und hier gäbe es diskrete und unverbindliche Beratung.

Als sie aufgerufen wurde, hatte sie den Flyer noch in der Hand.

»Frau Winter bitte in Sprechzimmer zwei«, bat die Sprechstundenhilfe, und Susanne folgte ihr in ein Zimmer, an dem Babybilder von Patientinnen hingen, die sich für die Betreuung während der Schwangerschaft bedankten. Solcherart Glückwunschkarten sammelten sie auch im Geburtshaus. Dankeskarten von geheilten Krebspatientinnen gab es nicht. Das würde manche Frau hier vielleicht noch mehr trösten, als auch noch zu sehen, was sie vielleicht nie haben konnte.

Frau Dr. Koch, eine freundliche Ärztin, die immer wieder auch Patientinnen an das Geburtshaus weiterleitete, reichte ihr die Hand.

»Schön, Sie wiederzusehen, Frau Winter! Ihr Blutdruck ist etwas hoch. Geht es Ihnen gut?«

Ja, der Blutdruck war bei der Messung durch die Sprechstundenhilfe wirklich viel zu hoch gewesen. Kein Wunder. Susanne drückte sich seit Tagen davor, eine Entscheidung wegen Julia zu treffen. Ella konnte nicht übernehmen, weil sie ausgerechnet um den Geburtstermin ihren Urlaubsmonat genommen hatte. Carola hatte schon genug Schwangere in dem Zeitraum. Und da ihr Mann nun mehr arbeiten würde, wollte sie auf keinen Fall weitere Frauen betreuen. Sie sei ohnehin schon am Anschlag. Am besten wäre es, Julia einfach abzusagen. Gab es nicht noch ein anderes Krankenhaus, dass so ähnlich arbeitete wie das Geburtshaus? Vielleicht könnten sie zumindest miteinander reden. Susanne würde ihr etwas anderes empfehlen. So gerne sie Julia betreuen würde, sie durfte einfach nicht. Früher oder später würde alles auffliegen. Damit könnte sie alles kaputtmachen.

»Geht es Ihnen gut? Sie wirken heute angespannt.« Frau Koch betreute sie schon seit Jahren. Über die Schwangerschaft hatte sie jedoch auch nie mit ihr gesprochen.

Susanne faltete den Flyer auseinander. Dass sie nicht schwanger wurde, war auch ein Grund dafür, dass sie angespannt war.

Und es war ein Grund, bei dem ihr Frau Dr. Koch helfen konnte.

»Wir versuchen es nun schon über ein halbes Jahr, und es passiert einfach nichts. Ich würde gerne wissen, ob es bei mir Gründe dafür gibt.«

Susanne schaute ihre Ärztin an. Vielleicht war der Flyer ein Wink des Schicksals. Vielleicht fehlten ihr wirklich nur ein paar Hormone, um schwanger zu werden.

»Um Zeit zu sparen, wäre es besser, gleich beide Partner zu untersuchen. Sie sind schließlich auch nicht mehr die Jüngste.«

Andere Frauen wären jetzt vielleicht getroffen, doch Susanne schätzte Frau Dr. Kochs Direktheit. »Trotzdem würde ich mich gerne erst untersuchen lassen.«

»Wie Sie möchten. Ich rate Ihnen nur zur Offenheit gegenüber Ihrem Mann.«

Susanne nickte. Ihre Ärztin hatte recht. Neue Geheimnisse waren das Letzte, was sie gebrauchen konnte.

* * *

Ella ließ der Gedanke, wirklich eine Zeit auf einem anderen Kontinent zu verbringen, nicht mehr los. Sie liebte das Geburtshaus, die Arbeit mit den Frauen und Säuglingen, ihre Kolleginnen. Aber sie hatte das Gefühl, dass sich die nächsten Jahrzehnte nichts ändern würde. Oder dass sie irgendwann selbst Kinder hätte und dann nie wieder die Gelegenheit bekäme, einmal Zeit im Ausland zu verbringen. Auch wenn jede Geburt besonders blieb, wurde es langsam zur Routine. Seit Monikas Niederkunft hatte Ella keine Komplikationen mehr erlebt. Erst gestern wieder war unter ihren Händen ein Mädchen geboren worden, das den idealen Start ins Leben hatte. Wieder einmal hatten die Eltern ihr versichert, dass es bestimmt nicht das letzte Mal war. Das war ihr im Krankenhaus nicht so oft passiert, dass sich Eltern mit Vorfreude auf die nächste Geburt verabschiedeten. Was natürlich auch daran lag, dass sie kaum Zeit für Gespräche mit den Eltern hatte.

Vor ihr lag der Kalender auf dem Tisch in dem winzigen Büro des Geburtshauses. Bald hatte sie einen ganzen Monat frei! Vielleicht wäre das die Gelegenheit zu verreisen? Zu schauen, ob sie Köln nicht doch zu sehr vermisste? Allein? Oder sollte sie Christoph fragen? Vier Wochen bekäme er niemals frei!

Ella blätterte durch die nächsten Wochen. Fast an jedem Tag gab es Termine mit Frauen, dazu kamen immer noch die spontanen Geburten. Hatte eine Frau einen Termin und ihre Hebamme war bei einer Geburt, sprang eine andere von ihnen ein, sofern möglich. Wie sollte man den Frauen sonst auch spontan Bescheid geben? Die wenigsten saßen den ganzen Tag zu Hause neben dem Telefon!

Und da klingelte es auch schon. Ella griff zu dem Telefonhörer. »Ella Valero vom Haus der guten Hoffnung«, meldete sie sich. Sie sah aus dem Fenster ...

»Hallo, hier spricht Julia Müller, ich war letztens auf Ihrem Vorstellungsabend und hatte mit einer Hebamme gesprochen. Susanne Winter. Sie wollte mir noch Bescheid geben, ob das terminlich passt mit der Betreuung.«

Ella wunderte sich über die junge Stimme. Diese Frau hörte sich an, als wäre sie gerade Anfang zwanzig. So wie sie selbst.

»Frau Winter ist gerade nicht im Haus, aber ich schaue gerne im Kalender nach. Wann ist Ihr errechneter Termin?«

»In vier Monaten.«

Ella blätterte zu dem Termin. Er lag mitten in ihrem Urlaubsmonat. Und Januar war schon recht voll, vor allem Carola war dicht. Aber Susanne hatte noch nicht so viele Geburten. Bei ihr knubbelte sich der Monat davor.

»Frau Müller, Frau Winter müsste sich natürlich noch mal selbst bei Ihnen melden, aber ich trage Sie sehr gerne schon mal unverbindlich ein. Bisher sieht es so aus, als hätten Sie Glück! Geben Sie mir noch mal Ihre Telefonnummer?«

»Ach, wie schön! Ich freue mich! Schon als Ihre Kolleginnen in unserer Schule über Ihr Geburtshaus gesprochen haben, wusste ich, dass ich dort hingehen würde, wenn ich schwanger wäre!«

Wusste ich es doch, sie ist noch sehr jung, dachte Ella. Diese Schulaktionen waren irgendwie eingeschlafen. Sie hatten auch kaum mehr Zeit dazu. Und Susanne hatte in diesem Punkt auch nicht mehr den Feuereifer wie am Anfang.

»Das freut mich sehr zu hören! Frau Winter wird sich bei Ihnen melden, aber wie gesagt, Sie sind schon eingetragen. Da kann eigentlich nichts mehr schiefgehen. Wenn Sie möchten, gebe ich Ihnen auch gleich einen Termin für die erste Vorsorge bei uns.«

* * *

Carola wusste, dass Klaus ein Einzelbüro hatte. Sie griff zum Telefonhörer und wählte seine Nummer.

»Klaus Kurscheidt, Kanzlei Schmidt und Neubauer.«

»Klaus, hier ist Carola. Deine Schwägerin.«

»Ich weiß, wer du bist. Was soll das?«

Carola winkte Andreas heraus, der gerade ins Wohnzimmer kam. Sie wollte jetzt wirklich keinen Zuhörer, auch wenn sie Andreas in den Grund ihres Gespräches eingeweiht hatte. Ihr Mann verdrehte die Augen und trollte sich wieder.

»Was meinst du, Klaus?«, fragte Carola, obwohl sie das genau wusste.

»Na, dass ihr zufällig in dem Café auftaucht. Und du behauptest, dass du einen Job bei uns suchst.«

Diese Rita hatte also gleich geplaudert. »Und was soll das, dass du abhaust, als du uns siehst?«

Carola hatte es nicht über das Herz gebracht, ihrer Schwester davon zu erzählen. Heike glaubte, Rita habe einfach nur vergeblich dort gesessen. Carola wollte erst wissen, was Sache war. Vielleicht gab es ja wirklich eine harmlose Erklärung.

»Heike sieht in letzter Zeit Gespenster. Sie ist so reizbar. Sie hätte mir die Hölle heißgemacht.«

»Und wenn sie Grund dazu hätte?«

»Hat sie nicht. Ich verstehe mich gut mit meiner Kollegin. Wir können uns gut unterhalten. Über die Arbeit. Und ja, auch über Privates. Aber glaube mir, sie will nichts von mir. Sie ist seit einem halben Jahr verlobt.«

So wie er lachte, bedauerte er das. Und so fing es doch immer an. Jemand hörte zu, während der eigene Partner meinte, alles schon mal gehört zu haben.

»Und wenn sie es nicht wäre?«

»Mein Gott, Carola! Und wenn sie es nicht wäre, dann hätte sie es mit Sicherheit nicht auf so einen alten Sack wie mich abgesehen, oder? Ich meine, du hast sie doch gesehen, sie könnte jeden haben.«

Carola lachte. »Da hast du recht. Ich glaube dir, dass da nichts läuft, aber bitte kümmere dich um Heike.«

Und Heike würde sie später bitten, sich um Klaus zu kümmern. Klaus war in Rita verknallt, wahrscheinlich freute er sich jeden Tag darauf, sie zu sehen. Und wahrscheinlich mochte sie ihn, sah in ihm aber nichts weiter als einen sehr zugewandten Vorgesetzten. Freute sich vielleicht darüber, dass er sie ins Vertrauen zog. Aber irgendwann käme vielleicht eine andere Rita, die sehr wohl empfänglich für eine Affäre war.

Wie es wohl wäre, wenn Andreas wieder täglich in eine Firma fahren würde? Würde er dann auch mehr dort mit Kollegen und Kolleginnen reden und sich am Abend nur noch müde auf die Couch fallen lassen? Das war ja das Schöne an ihrer Situation, dass sie sich immer wieder den Tag über austauschten.

* * *

Susanne öffnete die Tür in der Cranachstraße 21. Immer noch hüpfte ihr Herz, wenn sie die Stufen hoch nahm. Vielleicht hatte sie wirklich genug Glück. Im Flur roch es nach Lavendel und Orange, und auf dem Schrank gegenüber flackerte das Teelicht in der Duftlampe. Es war ruhig. Gleich standen ein paar Vorsorgen an, mehr nicht. Fast der ideale Zeitpunkt, dass der Piepser losging. Eine Frau war schon zwei Tage überfällig. Die Tür des kleinen Büros öffnete sich. Ella kam heraus. Sie trug die Haare mittlerweile bis zu den Ohren. Ein akkurater Bob, der etwas an Bilder von Frauen aus den Zwanzigerjahren erinnerte.

»Hallo Susanne! Schön, dass du da bist! Ich muss direkt weiter, eine Schwangere hatte gerade einen Blasensprung. Im Supermarkt. Fast so wie im Film, da platzt die Fruchtblase doch auch immer vor Publikum!« Ella lachte.

»Na, dann wünsche ich euch eine filmreife Geburt! Dreimal stöhnen, und im nächsten Bild liegt das Baby in den Armen der geschminkten Mutter!«

Wie viel schöner konnten echte Geburten doch sein, auch wenn sie so viele Szenen enthielten, die nichts für einen Pärchenabend im Kino waren.

»Danke! Und ehe ich es vergesse, ich habe unverbindlich für eine Schwangere eine Vorsorge ausgemacht und sie schon mal bei dir eingetragen.«

»Ja, klar, super, danke!«

»Kein Problem. Es klang so, als wollte sie unbedingt zu dir, und Carola und ich hätten in dem Monat eh nicht gekonnt.«

»Irgendwann brauchen wir jemanden, der nur die Orga macht. Langsam wird das ganz schön kniffelig mit den Terminen.«

Susanne hängte ihre Jacke an die Garderobe in dem kleinen Büro, die nur den drei Hebammen vorbehalten war. Drei Haken. Als wollten sie in Wirklichkeit keine weitere einstellen. Sie hatten sich dazu entschlossen, erst einmal keine Anzeige aufzugeben, und die Suche auf unbestimmte Zeit verschoben.

»Ja! Ich habe der Frau gesagt, dass sie nächste Woche

einfach zu dem Termin kommen soll, wenn sie nichts Gegenteiliges hört. Klang noch ziemlich jung. Du hast sie wohl mit der Schulaktion auf den Geschmack gebracht.« Ella knöpfte ihre Jacke zu, schnappte sich ihren Hebammenkoffer und rauschte an Susanne vorbei. »Mach's gut! Und bitte übernimm meine Vorsorgetermine heute. Ich habe extra geschaut, sie überschneiden sich nicht mit deinen.«

Susanne nickte. Und erstarrte, als sie die Tür zuknallen hörte. Julia. Warum hatte sie nicht längst bei ihr angerufen und ihr abgesagt! Sie wusste, warum. Weil sie Angst hatte, dass Julias Eltern ihre Stimme erkannten. Oder dass sie Julia einfach nicht absagen könnte, wenn sie am Telefon war.

Sie lief in das Büro und blätterte in dem Kalender. Ihre Finger zitterten. Müller hießen doch viele Frauen, oder? Aber nicht Julia Müller.

Julia Müller. Vorsorge am 9.10., 15.00, 26. SSW, hatte Ella eingetragen. Zwanzigste Schwangerschaftswoche. Ob ihre Adoptiveltern mittlerweile wussten, dass sie Großeltern wurden?

Fast mechanisch tastete Susanne den Bauch der Schwangeren ab, die sie für Ella untersuchte. Es war alles in Ordnung. Eine Beule wanderte den Bauch entlang. Das Baby trat. Und die Eltern, die zu zweit da waren, waren entzückt. Susanne lächelte mit, war aber ganz woanders. Sie hatte einen Fehler gemacht. Sie hatte sich selbst belogen. Sie hatte doch seit Jahren auf die Gelegenheit gewartet, Julia näher kennenzulernen – und jetzt durfte sie sie sogar bei der Schwangerschaft und Geburt begleiten. Nein, das durfte sie nicht! Sie hätte von Anfang an nicht versuchen dürfen, Kontakt aufzunehmen. Nicht nachdem die Adoptiveltern das abgelehnt hatten! Aber Julia war erwachsen. Und mit welcher Begründung sollte sie sie jetzt noch ablehnen? Es würde Julia verletzen. Sie konnte nur hoffen, dass sie den Adoptiveltern niemals mehr begegnete. Aber wie oft kam das schon vor?

* * *

»Danke, Carola.« Carola konnte sich nicht erinnern, wann Heike ihr das letzte Mal wirklich von Herzen gedankt hatte.

»Liebst du Klaus denn noch?«, fragte sie, während sie das Mittagessen vorbereitete. Heike hatte angerufen, ob sie sich treffen könnten. Carola hatte zugesagt, aber es musste bei ihr zu Hause sein. Andreas hatte einen Termin, und die Kinder würden gleich aus der Schule kommen – musste Konrad halt noch mal zum Schlüsselkind werden und mit Mikrowellenkost vorliebnehmen.

»Na ja, irgendwie schon. Ich dachte halt auch, es wäre normal, dass es nicht mehr wie am Anfang ist.«

Heike war wie immer perfekt geschminkt. Blauer Lidschatten. Immerhin war der Lippenstift nicht mehr so pink wie in den Jahren zuvor.

»Natürlich ist es das nicht! Aber es sollte eine Entwicklung stattfinden, und zwar in eine gute Richtung!«

Sie schälte die Kartoffeln für das Kartoffelpüree. Und empfand einen Hauch Genugtuung dabei, zur Abwechslung mal ihrer Schwester die Meinung zu sagen. Kein

Wunder, nachdem sie jahrelang das Gefühl gehabt hatte, dass Heike auf sie runtersah.

»Weißt du, dass ich dich immer beneidet habe?«

Carola sah hoch. »Ach, und jetzt nicht mehr?« Auch wenn sie sich gerade viel nähergekommen waren, war Carola immer noch auf der Hut.

»Nein, jetzt bewundere ich dich!«

»Und wofür?«

»Na, für alles. Dass es dir im Grunde egal ist, was die anderen denken. Dass du dein Ding machst. Noch ein eigenes Leben hast. Dass du deine Arbeit trotz Familie machst.«

Heike nahm einen Schluck von dem Tee, den Carola ihr zubereitet hatte.

»Und hast du eigentlich eine Ahnung davon, wie anstrengend das oft ist? Weißt du, wie oft ich mir noch anhören musste, ich würde mich auf Kosten der Familie selbst verwirklichen? Auch von dir? Und weißt du, dass ich es viel schöner gefunden hätte, wenn wir uns mal gegenseitig unterstützt hätten, statt immer im Konkurrenzkampf zu sein?«

Wobei sich Carola erst gar nicht bemüht hatte, eine bessere Hausfrau als Heike zu sein. Sie redete sich ein, dass es ihr egal wäre. Und dennoch hatten sie Heikes ständige Sticheleien verletzt. Deshalb hatte sie heute sogar gerade die Pfanni-Fertigpackung im Schrank gelassen, um selbst Kartoffeln zu schälen. Wie albern war das eigentlich?

Heike schaute sauertöpfisch und verzog dann die Lippen zu einem Grinsen. »Hast du noch einen Schäler?«

»Wieso?«

»Na, damit ich dich unterstützen kann!«

Carola griff hinter sich in die Schublade und holte ein kleines Messer hervor.

»Damit geht es auch.«

Gemeinsam wuchs der Berg an Schalen tatsächlich schnell. Vielleicht würden sie irgendwann nicht nur Schwestern, sondern auch richtig gute Freundinnen sein. So wie früher, als sie sich noch ein Zimmer geteilt hatten.

* * *

Ella teilte ihr Zimmer immer noch mit Carla. Und ihre Wünsche. Sosehr sie sich nach Freiheit und eigenem Raum sehnte, so sehr würde sie die Gespräche von Bett zu Bett vermissen. Carla wollte jede Einzelheit von der letzten Geburt wissen. Sie überlegte, Medizin zu studieren. Gut genug in der Schule war sie dafür. Wenn sie einen Studienplatz in Köln bekommen würde, würden ihre Eltern sich das auch leisten können; Ella zahlte ihren Eltern von ihrem Gehalt längst einen Betrag für Miete und Essen.

»Ich finde deine Idee, nach Afrika zu gehen, bescheuert.«

Carla saß im Schneidersitz auf ihrem Plumeau.

»Du willst nur nicht allein hier versauern, oder?«, konterte Ella, die so erschöpft war, dass sie nur noch liegen konnte.

»Ja, ich würde dich vermissen! Aber ich finde das einfach vollkommen überheblich. Als wenn die dich da brauchen. Als könnten wir Deutschen das besser!«

Wir Deutschen. Ella musste schmunzeln, waren sie

doch zur Hälfte Italienerinnen. »Aber vielleicht brauche ich ja mal die Erfahrung, irgendwo zu arbeiten, wo es wirklich hart ist. Und anders. Ich liebe die Arbeit im Geburtshaus, aber alle diese Frauen sind so … privilegiert. Ich habe das Gefühl, dass es überhaupt nichts mehr zu verbessern gibt.«

»Ella! Mach die Augen auf! Auch im Jahr 1990 gibt es noch jede Menge Elend bei uns. Hast du mir nicht letztens erst von Hebammen erzählt, die die Frauen vom Straßenstrich betreuen? Oder die in Gefängnissen? Elend ist kein Verhütungsmittel.«

Ella zog die Decke über den Kopf. »Ich weiß. Aber theoretisch haben hier die meisten Frauen eine Wahl. Aber es gibt Länder, da sind sie immer im Nachteil.«

»Ach so, und die Junkiehure vom Neumarkt hat sich selbst ausgesucht, sich von einem Freier schwängern zu lassen?«

»Mit Sicherheit nicht, aber viele Frauen treffen eben schon viel früher falsche Entscheidungen.«

»Ella, du musst nicht flüchten. Du kannst auch hier dein eigenes Ding machen. Du musst auch nicht den Kontinent wechseln, um Christoph aus dem Weg zu gehen!«

Die Worte ihrer Schwester trafen sie. Glaubte sie allen Ernstes, sie wolle vor Entscheidungen fliehen? »Wie kommst du denn auf den Quatsch?«

»Na, Christoph will doch am liebsten eine vorzeigbare Ehefrau, und du weißt immer noch nicht, ob du überhaupt wirklich mit ihm zusammen sein willst.«

»Muss ich das denn schon wissen? Ich meine, ich bin dreiundzwanzig!«

»Also wenn ich mit einem Mann zusammen wäre, dann nur, wenn ich mir sicher bin.«

»Du bist aber mit keinem zusammen.«

»Ach, Ella, bleibe doch einfach bei mir! Bei uns!«

Ella schüttelte den Kopf. »Ich liebe euch alle, aber ich muss hier raus.«

Sie hätte sich schon längst eine eigene kleine Wohnung suchen können. Ausgerechnet der Wunsch, ein Jahr ins Ausland zu gehen, hielt sie auch davon ab. Mehr noch als die Kosten und die Überwindung, ihre Familie zurückzulassen. Was sollte sie mit einer eigenen Wohnung, wenn sie doch wieder leer stehen würde?

※ ※ ※

»Ich bin so froh, dass Sie doch noch einen Termin frei hatten!«

Susanne sah ihre Tochter an. Sie musste sich einen professionellen Blick bewahren. Auch aus Sicherheitsgründen. Sie saßen in dem großen Geburtszimmer, dem mit der Badewanne. Da war sie weder beim ersten Zahn noch beim ersten blutigen Knie dabei gewesen, und jetzt sollte sie Julias intimste Stellen während der Geburt und Schwangerschaft betreuen?

»Ja, ich hoffe, Sie fühlen sich hier gut aufgehoben.« Mittlerweile duzten sie die meisten Frauen, aber Susanne tat sich noch schwer, Julia das Du anzubieten. Jeder weitere Riss im Damm konnte das Ganze zum Einsturz bringen.

Sie blätterte den Mutterpass durch, den Julia bei der Frauenärztin bekommen hatte. Alles in Ordnung. Alles deutete auf eine unkomplizierte Schwangerschaft hin. Julia Sabrina Müller war da vermerkt. Ihre Adoptiveltern hatten ihr also noch einen zweiten Namen gegeben, aber ihr als leiblicher Mutter zumindest für den Rufnamen den Vortritt gelassen.

»Wissen Sie, dass mein Professor mir einen Vortrag gehalten hat, warum eine außerklinische Geburt viel zu gefährlich wäre? Ich habe auf einem Seminar erzählt, dass ich ins Geburtshaus gehe, und daraufhin gab es eine heiße Diskussion.« Julias Augen blitzten, als hätte sie Spaß daran gehabt, ihre Umwelt aufzumischen.

»Wahrscheinlich müssen Sie sich eh jede Menge anhören wegen der frühen Schwangerschaft. Ich glaube, ich würde mir die Kräfte gut einteilen und überlegen, wem ich überhaupt die Gelegenheit geben würde, sich einzumischen.«

»Ja, da haben Sie recht. Eine Freundin konnte nicht verstehen, dass ich die Schwangerschaft nicht abbreche. Ich würde doch meine ganze Zukunft ruinieren. Glauben Sie, das ist wirklich so?«

Susanne griff nach ihrer Hand. »Nein, aber es wird auch mal Schwierigkeiten geben. Sie werden sie meistern und an ihnen wachsen.«

»Ich hoffe es.«

»Haben Sie genügend Unterstützung?«

»Ich denke schon. Mein Freund will mir natürlich helfen.«

Susanne schluckte. Er war der Vater! Da würde Julia ihn hoffentlich nicht um Hilfe bitten müssen.

»Und sonst?«

»Meine Eltern. Die sind zwar erst ausgeflippt, aber dann haben sie es geschluckt. Meine Mutter wollte erst unbedingt mitkommen zu den Vorsorgeuntersuchungen, aber ich habe ihr gesagt, dass ich kein Kind mehr bin! Wenn, dann kommt mein Freund mit. Er war auch ganz hingerissen, als er unser Baby beim ersten Ultraschall gesehen hat. Der Mitbewohner seiner WG zieht nächste Woche eh aus, und dann ziehe ich ein.«

Julia hatte ihre Locken zu einem Zopf gebunden. Trotz des kleinen Bäuchleins war sie insgesamt dünner geworden. Hoffentlich mutete sie sich nicht zu viel zu.

»Das ist gut, dass Sie als Eltern bald zusammenziehen.«

Susanne fiel ein Stein vom Herzen. Sie würde weder den Hausbesuch vor der Geburt noch die Wochenbettbesuche bei Julias Eltern machen müssen. Die würden sie wiedererkennen, und das wäre eine Katastrophe. Sollte sie dann so tun, als wäre das Ganze nur ein Zufall?

»Es gibt keinen medizinischen Grund, warum Sie nicht schwanger werden könnten.«

Frau Dr. Koch saß Susanne gegenüber und schaute auf ihre Unterlagen auf ihrem Schreibtisch. Laborwerte, ein paar weitere Untersuchungen bei einem Spezialisten.

Susanne nickte und knetete ihre Hände.

»Haben Sie viel Stress, Frau Winter?«

»Eigentlich nicht. Ich habe viel zu tun, aber das macht mir alles Freude.« Oder ging der Kummer über ihr zur Adoption freigegebenes Kind ihr auch körperlich so an die Nieren, dass ihr Körper sich gegen eine weitere Herausforderung wehrte? Susanne glaubte eigentlich nicht an die

Theorie, dass Stress Schwangerschaften verhinderte. Sonst gäbe es nicht so viele Mütter in schlimmen Situationen.

»Na gut. Wobei, wenn ich so verfolge, was Sie mit dem Geburtshaus alles stemmen, kann ich mir eigentlich nicht vorstellen, dass Sie keinen Stress haben.«

Hinter Frau Dr. Koch stand ein Plastiktorso, an dem man alle Organe anschauen konnte. Die weiblichen wohlgemerkt.

»Wie gesagt, es ist viel zu tun, aber es ist keine Belastung. Und ich habe einen wunderbaren Partner an meiner Seite. Das erste Mal seit Jahren.«

Frau Dr. Koch sah sie fast an wie eine strenge Lehrerin. »Mit einem Baby könnten Sie Ihr schönes Leben aber auch wieder ganz schön durcheinanderwirbeln.«

Susanne ging auf diese vielleicht wahre, aber dennoch unsensible Bemerkung nicht weiter ein.

»Und was wäre jetzt der nächste Schritt?«

»Ihren Mann zur Untersuchung zu schicken.«

Kapitel Fünf

Es war fast geschafft! Julias Baby würde heute zur Welt kommen. Ihre Tochter hatte eine gute Schwangerschaft gehabt, und ihr Freund Lukas war ein wunderbarer junger Mann. Die wahre Abstammung von Julia war keine Sekunde infrage gestellt worden. Susanne würde nach der Geburt noch rund ein Dutzend Wochenbettbesuche bei Julia durchführen, und dann würden sich ihre Wege wieder trennen. Es sei denn, sie würde wieder schwanger werden …

Aber nein, Julia hatte erzählt, dass sie erst ihr Studium abschließen wollte.

Julia wanderte in dem Geburtsraum auf und ab. Blieb immer wieder stehen, während Lukas seine Hand auf ihr Kreuzbein legte, fragte, was sie brauchte.

»Nichts. Einfach nur meine Ruhe«, antwortete sie barsch. Die Locken klebten an ihrer Stirn. Das kurze Nachthemd war verschwitzt.

»Es tut mir leid. Echt.« Lukas' sanfte Stimme regte Julia anscheinend noch mehr auf.

»Na, dafür ist es jetzt eh zu spät.«

Sie stöhnte auf. Offensichtlich unter Schmerzen. Und

grinste ihn dann an, als die Wehe abgeebbt war. Er lächelte zurück, nahm es ihr nicht übel, dass sie so gereizt war. Sie würden es gut miteinander haben können.

Susanne spürte, dass es bald so weit war.

»Ich lasse schon einmal Wasser in die Wanne ein.«

Oft war es, als öffnete sie damit ein Tor. Als würde dieses Ritual das Baby herauslocken. Allein das monotone Geräusch des Wasserstrahls beruhigte sie, und wohl auch viele Mütter. Spätestens im warmen Wasser konnten die meisten sich fallen lassen. Als das Wasser tief genug war, streifte Julia ihr Nachthemd ab, Susanne sah fast beschämt zur Seite. Das Gefühl, so viel mehr als Julia zu wissen, gab ihr das Gefühl, fast übergriffig zu sein. Sie würde bei der Geburt so wenig eingreifen wie nötig. Das war ohnehin in Julias Sinne.

Der erste Schrei ihrer Enkeltochter. Ein gesundes, wunderschönes Mädchen. Susanne hatte den Säugling gerade erst aus dem Wasser gehoben, und er schrie, als wolle er zurück ins Warme.

»Oh, mein Gott! Ist die schön!«, jubelte Julia, als hätte sie nicht gerade eine körperliche Meisterleistung hinter sich. Oder vielleicht war sie einfach noch voller Adrenalin, was die Schmerzen erträglich machte. Lukas wischte sich eine Träne aus dem Augenwinkel. Und küsste Julia.

»Herzlichen Glückwunsch zu eurem wundervollen Baby.«

Sie hörten sie kaum. Lukas setzte die Schere an die Nabelschnur. Seine Hand zitterte.

»Du tust ihr nicht weh. Nur zu«, sagte Susanne. Studierte Lukas nicht auch Medizin? Aber die Geburt des eigenen Kindes war einfach nichts aus dem Lehrbuch. Susanne kümmerte sich um alle weiteren nötigen Schritte. Alles war gut gegangen, Julia unverletzt, das Baby gesund. Als die drei wenig später auf dem Bett lagen, um sich auszuruhen, schrieb sie noch den Geburtsbericht zu Ende und räumte das Geburtszimmer auf. In dieser Zeit war es gut, in der Nähe der Eltern zu sein. Oft hatten sie noch Fragen. Brauchten Hilfe, das Baby zu beruhigen.

»Susanne?«, fragte Julia.

»Ja?«

»Danke, eine bessere Hebamme hätte ich mir nicht vorstellen können.«

»Ich habe euch sehr gerne begleitet.« *Ihr wisst gar nicht wie gerne.* Susanne war froh, dass sie aus Angst vor Aufdeckung nicht ganz abgesagt hatte. Vielleicht war das moralisch nicht richtig gewesen, aber wer sollte ihr diese wenigen, aber dafür besonders kostbaren Momente missgönnen?

»Darf Lukas unsere Eltern anrufen? Ich fühle mich noch zu schwach, aber ich will nicht, dass sie sich Sorgen machen.«

»Natürlich, das Telefon steht euch zur Verfügung.«

Susanne beobachtete, wie Lukas den Hörer von dem Wandtelefon abnahm.

Julia diktierte ihm die Telefonnummer ihrer Eltern. Die kannte fast jeder auswendig. Wenn sie ein tragbares Telefon hätten, könnten die jungen Mütter auch vom Bett aus telefonieren. Sie hatten die Diskussion einmal gehabt. Sowohl die Strahlung, die die mobilen Teile haben sollten, als auch die Befürchtung, dass sie im Notfall das Telefon erst suchen mussten, wenn es nicht immer sofort in die Station zurückgestellt wurde, sprachen dagegen.

»Hallo, Lukas hier! Ihr seid gerade Großeltern geworden. Julia und unserer Tochter geht es gut!«

So musste es sich anfühlen, aus dem Jenseits die eigenen Lieben zu beobachten und doch nicht wirklich an ihrem Leben teilhaben zu können. Dennoch war dieser Tag so viel mehr, als sie je hatte hoffen dürfen.

»Nein, einen Namen haben wir noch nicht. Wir wollten erst wissen, wie sie aussieht.«

Als Lukas auch seine Eltern erreicht und sich verabschiedet hatte, setzte er sich neben Julia und das Baby. Schaute es andächtig an.

»Und wie nennen wir unsere Kleine nun?« Liebevoll schaute er das Kind an, das sie anfangs wohl beide mehr als überrascht hatte. Susanne mochte Lukas schon allein deshalb, weil er die ganze Zeit hinter Julia gestanden hatte.

»Ich finde, sie sieht aus wie eine Susanne.«

Julia schaute auf. Ihre Blicke trafen sich. Susanne lächelte. Wurde rot.

»Das ist aber etwas zu viel der Ehre. Und ist das nicht ein furchtbar altmodischer Name für ein Baby?«

Susanne und Antonius lagen auf ihrem Bett. Susanne lag unter zwei Decken, so kalt war es ihr. Schäbiges Januarwetter mit kaltem Regen. Sie beobachtete ihren Mann, während er ein Buch las. Lesen war sein einziges Hobby. Sie liebte es, ihm dabei zuzuschauen, und konnte sich auf ihr eigenes Buch ohnehin nicht konzentrieren.

»Sie wollen es Susanne nennen.« Vielleicht hörte er gar nicht hin.

»Julias Baby?«, er sah von dem Buch auf und drehte es um.

»Ja.«

»Bitte halte dich fern, sobald du es kannst.«

Seine Bemerkung schmerzte. Er hatte recht. Aber er kannte die Gefühle einer Mutter nicht. War nicht einmal Vater gewesen, dachte sie bitter. Obwohl sie diesen Mann doch über alles liebte, fühlte sie sich gerade so weit entfernt.

»Antonius, du hast keine Ahnung.«

»Wovon habe ich noch keine Ahnung, sag es mir.«

Sie hatten sich versprochen, nie wieder Geheimnisse voreinander zu haben. Susanne hatte ihm dennoch noch nicht gesagt, dass es nicht an ihr liegen konnte, dass sie nicht schwanger wurde. Es war lächerlich, aber sie brachte es nicht übers Herz. Bei Männern gab es nicht viel Spielraum, die Fruchtbarkeit zu erhöhen. Wollte sie im Zweifel eine künstliche Befruchtung? Vielleicht sogar mit dem Samen eines anderen Mannes? Es tat fast gut, sich mit diesem Problem zu beschäftigen, es lenkte davon ab, dass sie Julia und ihre Enkeltochter bald nie wiedersehen würde.

»Es zerreißt mir das Herz. Was ich mache, ist falsch, aber damals haben alle über meinen Kopf hinweg entschieden. Julia ist meine Tochter. Meine! Und sie wurde mir geklaut!«

Er zog sie an sich, doch sie schob ihn weg.

»Hey, du kannst es nicht mehr ändern.«

»Doch, ich könnte es! Ja, es würde wehtun, aber wer weiß, vielleicht wären wir am Ende alle eine große Familie?«

»Susanne, du würdest Julia den Boden unter den Füßen wegreißen! Willst du das?«

Susanne sog jeden Moment mit ihrer kleinen Enkeltochter auf. Badete sie. Kümmerte sich um den Bauchnabel. Wog sie. Hielt sie immer ein paar Sekunden länger auf dem Arm als notwendig. Ob sie um ein Foto bitten durfte? Meistens schickten die Eltern irgendwann eines in Form einer Dankeskarte. Wenn es denn nicht im Trubel unterging. Dass sie die Wochenbettbesuche bei ihrer Tochter und Enkelin bald mit der Krankenkasse abrechnen würde, kam ihr absurd vor.

Einen Wickeltisch gab es in diesem Zimmer nicht, nur eine Auflage, die man auf dem Babybett ablegen konnte. Julia und ihr Freund hatten jeder ein eigenes Zimmer.

»Aber wir schlafen sowieso fast jede Nacht in einem Zimmer. Mal bei mir, mal bei ihm«, sagte Julia, als sie ihr Baby aus Susannes Händen nahm.

So genau wollte Susanne es gar nicht wissen. Sie war einfach froh, dass auf dem Schreibtisch anscheinend auch noch gearbeitet wurde. Die Blumen auf der Fensterbank ließen schon die Köpfe hängen. Wie so oft bei den Wochenbettbesuchen.

Julia legte ihr Baby an und streichelte über sein Köpfchen.

»Susanne, du bist echt die beste Hebamme, die ich mir vorstellen kann!«

»Danke.« Sie sah ihre Tochter voller Liebe an.

»Ich werde wiederkommen!«

Susanne zuckte zusammen.

»Also das war nicht unser letztes Kind.«

Wie hatte Susanne nur glauben können, Julia für immer aus dem Weg gehen zu können, wenn die Betreuung vorbei war?

»Und dein Studium?«

»Hey, du redest schon wie meine Mutter!«

Ich bin ja auch deine Mutter, dachte Susanne, sagte aber nichts und packte ihre Hebammentasche.

»Und meine Eltern kommen gleich. Eigentlich würde ich euch gerne einander vorstellen.« Julia legte ihr Baby über ihre Schulter. »Wir wollen nachher zum Standesamt. Den Namen eintragen lassen, nicht, meine kleine Susanne? Ich glaube, sie hat mich gerade angelächelt!«

Susanne nickte, lächelte und klemmte sich den Finger, als sie die Tasche schließen wollte. »Ich muss leider ganz schnell zum nächsten Termin! Aber ich wünsche euch viel Spaß miteinander.«

»Ach, wie schade, vielleicht ein anderes Mal.«

»Und schicke deinen Freund ruhig allein zum Standesamt. Du solltest dich lieber noch von der Geburt erholen. Bei dem Wetter holst du dir noch eine Erkältung und das Baby auch.«

Susanne verabschiedete sich schnell und hastete nach draußen. Julia wohnte jetzt in ihrer Nähe, in Ehrenfeld, einem etwas heruntergekommenen Viertel, das aber bei den Studenten immer beliebter wurde. Hier gab es eben noch Altbauten für wenig Miete. Aber auch schon wenig

Parkplätze. Auf der Straße traf sich ihr Blick für eine Sekunde mit dem des Autofahrers, der jedoch darauf konzentriert war, in die enge Parklücke vor dem Haus einzuparken. Die Frau auf dem Beifahrersitz schaute zum Glück woandershin. Susanne hastete weiter und zog ihren Schal enger um den Hals. Bloß keinen Blick zurück wagen. Nachher würde den beiden noch einfallen, woher sie sich kannten.

Ehe Susanne ihr Auto öffnen konnte, hörte sie eine Stimme.

»Hey, bleiben Sie sofort stehen. Was haben Sie hier zu suchen?«

Susanne hielt den Autoschlüssel noch immer in ihrer Hand und drehte sich um. Sie ballte die Faust, sodass der Schlüssel schmerzte.

»Ich bin hier als die Hebamme Ihrer Tochter. Als sonst nichts.«

Julias Adoptivmutter schaute sie eisig an. »Das kann kein Zufall sein.«

Ihr Mann legte die Hand auf ihre Schulter.

»Angela, lass gut sein.«

Sie schob ihn weg. »Gerd, ich lasse nicht zu, dass sie alles kaputtmacht.«

Susanne lief einen Schritt auf die beiden zu. »Bitte, glauben Sie mir. Julia wird nichts erfahren. Sie ist in unser Geburtshaus gekommen. Ich wollte sie erst ablehnen, aber … es ging einfach nicht. Ich, es tut mir leid!«

»Was tut dir leid?«

Das Fenster im ersten Geschoss stand weit offen. Julia schaute heraus.

»Ich hasse euch! Raus! *Raus!* Alle!«

Susanne hatte damals auch alle gehasst, aber sie hatte nicht geschrien. Sie hatte still geheult, als man ihr das Baby weggenommen hatte. Ihre Eltern waren nicht dabei gewesen. Und selbst wenn sie ihre Schreie gehört hätten, hätten sie diese ignoriert. Und der Kindsvater? Wusste nicht einmal, dass er Vater geworden war. Würde es nie erfahren.

Lukas hatte sie alle drei hochgeholt. Und vielleicht war es besser, sich in der Wohnung als unten auf der Straße anschreien zu lassen.

Julia kauerte auf ihrem Bett, den Säugling an sich gepresst, als hätte sie Angst, er würde ihr genommen. War doch ihre gewohnte Welt gerade schon zusammengebrochen.

Ihre Adoptiveltern standen neben ihrem Bett. Angela stocksteif, zur Salzsäule erstarrt. Gerd wirkte fast erleichtert, als wäre die lang erwartete Katastrophe endlich eingetroffen und damit vorbei. Susanne stand im Türrahmen.

»Es tut mir leid. Ich hatte keine andere Wahl.«

»Hören Sie auf. Man hat immer eine Wahl«, presste Julia hervor. Sie siezte Susanne wieder.

»Julia … bitte lass uns über alles reden.«

Das Baby fing an zu weinen.

»Ich will nicht reden! Ihr hattet zwanzig Jahre Zeit zu reden! Und habt mich angelogen! Ich würde euch sowieso nie wieder ein Wort glauben.«

Lukas ging zu Julia. »Julia, bitte lass uns über alles in Ruhe reden. Aber nicht jetzt. Wir haben gleich den Termin beim Standesamt.«

Julia hob ihren Blick und drückte ihrem Freund den

Säugling in die Hand. Auf ihrem T-Shirt breiteten sich Milchflecken aus. Susanne brach es das Herz. Gerd und Angela schauten betreten zur Seite.

»Lukas, wir beide gehen allein zum Standesamt. Zieh unser Baby an. Und ihr geht jetzt. Sofort! Und ich möchte euch hier nie wiedersehen!« Julia erhob sich wie eine alte Frau. Als täte ihr alles weh.

»Julia, ich verstehe deine Wut, aber als deine Hebamme würde ich dir davon abraten, jetzt so einen anstrengenden Termin wahrzunehmen. Denk an die Rückbildung.«

»Von Ihnen lasse ich mir bestimmt nichts mehr sagen. Schicken Sie das nächste Mal Ihre Kollegin vorbei.«

»In Ordnung. Falls du es dir anders überlegst, ich bin immer für dich da.«

Es hatte keinen Sinn zu kämpfen. Nicht jetzt. Sie hatte schon genug Schaden angerichtet. Susanne nickte Lukas noch einmal zu, den Blickkontakt zu Julias Adoptiveltern vermied sie.

Als sie sich umdrehte, rief Julia sie noch einmal zurück: »Und nur damit Sie es wissen. Ich werde gleich mit zum Standesamt gehen. Und darauf bestehen, dass sie nicht mehr Susanne heißen soll!«

Lukas, der dem weinenden Mädchen einen neuen Strampler überzog, schaute irritiert.

Julia ignorierte das und wandte sich an ihre Eltern. »Und natürlich wird sie mit Nachnamen Norderstedt heißen. Und ganz sicher nicht Müller!«

Lukas wandte sich nun an Angela und Gerd. »Ich glaube, es wäre wirklich am besten, ihr würdet uns jetzt alle allein lassen.«

Susanne lag in ihrem Bett. Seit Tagen schon. Ja, sogar der Piepser war ausgeschaltet. Das erste Mal, seit sie das Geburtshaus gegründet hatten. Sie hatten ihr Julia zum zweiten Mal weggenommen. Sie hasste die beiden Müllers. Und ihre Eltern. Und ja, auch auf Antonius war sie wütend, weil er gesagt hatte, dass es für die beiden auch schlimm sein musste. Und dass man ihnen ja nicht ankreiden könne, aus welchen Gründen das Kind zur Adoption freigegeben worden war.

Sie hatte Antonius gebeten, auf dem Sofa zu schlafen. Sie müsse allein sein. Und sie war noch trauriger, als er klaglos seine Decke genommen hatte.

»Du weißt ja, wo du mich findest«, hatte er noch gesagt. Und brachte doch immer wieder Tee mit Honig und belegte Brote vorbei. Das Schlimmste war, dass sie sich auch selbst hasste. Sie hatte alles kaputtgemacht. Ihre Tochter angelogen und damit dafür gesorgt, dass sie eine weitere große Lebenslüge aufgetischt bekam. Wie sollte sie je wieder Vertrauen in die Menschen haben? Antonius hatte ihr kein einziges Mal vorgehalten, dass er Susanne ja vorgewarnt hatte. Zum Glück. Sie nahm einen Schluck von dem Tee. Lauwarm war er. Das Telefon läutete. Vielleicht ist es ja Julia? Vielleicht gibt sie mir eine zweite Chance?

Sie hörte, wie Antonius um Geduld bat. Er stand im Türrahmen. Sah selbst übernächtigt aus.

»Susanne, für dich.«

»Wer ist es denn?«

»Ella, sie ist seit gestern aus ihrem Urlaub zurück, sagt sie. Sie wollte hören, wie es dir geht.«

»Sag ihr, dass es mir schlecht geht. Ich melde mich bei ihr.«

Dann drehte sie sich um. Und schloss die Augen. Schlafen erschien ihr als einzig gute Option.

»Susanne, bitte hole dir Hilfe.«

»Keiner kann mir helfen.«

Was würde es bringen, irgendeinem Seelenklempner, wie ihre Mutter Psychologen oder Therapeuten immer abfällig genannt hatte, von ihrem Schmerz zu erzählen? Davon kam Julia auch nicht wieder. Es sollte nur dabei helfen, dass sie wieder normal funktionierte. Wie sie es ja zwanzig Jahre getan hatte! Nein, es war fast so, als wäre Julia näher bei ihr, solange sie litt.

»Ich versuche, dir zu helfen.« Antonius war wieder reingekommen.

Susanne erschrak vor dem Gedanken, dass ihre Beziehung auch nicht unzerstörbar war. Wenn sie sich ewig in ihrer Trauer suhlen würde, dann wäre es irgendwann vorbei. Mit ihnen beiden.

»Ich weiß.«

Das war das einzige Zugeständnis, das sie ihm heute geben konnte.

* * *

»Es geht so nicht weiter!«, raunte Carola Ella zu. Die beiden hatten schon mehrmals für Susanne einspringen müssen. Carola glaubte, dass mehr dahinterstecken musste als Stress und ein Hexenschuss, den Susanne vorgab. Susanne hatte ihr erzählt, dass sie sich so sehr wünsche, selbst schwanger zu werden. Ob die Betreuung anderer Schwangerer doch zu viel für sie war? Jetzt saßen hier schon wieder ein Haufen werdender Mütter, um sich anzumelden! Der Vorstellungsabend war mittlerweile immer gut besucht.

»Ja, wir müssen Arbeit abgeben. Einen richtigen Computer anschaffen. Vielleicht auch eine Putzfrau einstellen?«

»Das sind alles Nebenschauplätze! Wir brauchen noch eine Hebamme!«

»Wir brauchen Susanne zurück.«

»Das auch!«

Als sich alle gesetzt hatten, stellten sie zusammen das Geburtshaus vor. Beantworteten geduldig die Fragen, ob die Geburten hier wirklich sanft wären, ob es nicht ohne Arzt viel zu gefährlich wäre, ob man wirklich mitten in der Nacht den Piepser anrufen dürfte … Immer dieselben Fragen. Aber für jede einzelne Schwangere fühlte sich alles neu an.

Nur eine Frau stellte mal eine erfrischend andere Frage. Sie war wahrscheinlich um die vierzig und trug eine Frisur wie Jane Fonda, als lebte sie noch im letzten Jahrzehnt.

»Icke wollte Sie ma' fragen, ob Sie noch Verstärkung brauchen. Icke habe zwanzig Jahre Erfahrung in der Charité und nebenbei noch Freundinnen bei Hausgeburten begleitet.«

Ella und Carola schauten sich an, beide freudig überrascht und gleichzeitig überrumpelt. Susanne war nicht da und wohl noch länger nicht greifbar. Carola nickte unmerklich, und Ella seufzte unmerklich.

»Kommen Sie gleich noch zu uns, dann reden wir darüber.«

»Wieso haben Sie nicht einfach eine Bewerbung geschickt?«

Sie saßen zu dritt an der Theke. Carola hatte Getränke auf den Tisch gestellt und zu Hause angerufen, dass es etwas später werden würde.

»Ach nee, ich weiß doch, wie das ist, so eine Bewerbung geht unter. Und wenn ich kein gutes Gefühl gehabt hätte bei Ihnen, dann wäre ich halt einfach wieder gegangen.«

Carola schmunzelte. Anett Weber hieß die Hebamme, die ihr Herz noch direkter auf der Zunge trug als die gute alte Oberschwester Hilde.

»Und warum hier und nicht im Krankenhaus?«, hakte Ella nach.

Anett Weber zögerte einen Moment. »Ich hab den Unterschied miterlebt. Bei uns in der Klinik durften die Eltern die Babys kaum anfassen. Angeblich wegen der Keime. Aber das ist doch Blödsinn.«

»Und was war Ihrer Meinung nach der wirkliche Grund?«, fragte Ella und erntete von beiden Frauen einen irritierten Blick, als käme sie von einem anderen Stern.

»Na, die Bindung sollte halt nicht zu eng sein. Ich hatte das aus erster Hand, weil meine Schwester …«, sie brach ab. »Wir kennen uns doch noch gar nicht. Vielleicht erzähle ich die Geschichten, wenn ich ein halbes Jahr hier gearbeitet habe.«

Ella lachte. »Sie machen es ja spannend! Ist das ein Trick? Damit wir Sie einstellen, um die Geschichte weiterzuhören? Also mich haben Sie neugierig gemacht!«

»So oder so, Susanne müsste Sie auch noch kennenlernen.«

Natürlich musste Susanne einverstanden sein. Ach, wenn es ihr doch endlich besser ginge. Was immer es auch war, was Susanne belastete, Carola warf sich vor, nicht genauer hingesehen zu haben.

✳ ✳ ✳

Susanne legte den Hörer wieder auf. Wieder und wieder hatte sie versucht, bei Julia anzurufen. Sie hatte wohl eins dieser moderneren Telefone mit Display, das die Telefonnummer des Anrufers anzeigte. Oder lebte sie nicht mehr bei Lukas? Zurück zu ihren Adoptiveltern gezogen? Nein, das war eher unwahrscheinlich. Sie wollte wohl einfach nicht mit Susanne sprechen.

Immerhin hatte Susanne heute wieder geduscht und den Schlafanzug gegen Jeans und T-Shirt getauscht. Hunger hatte sie immer noch keinen und nippte nur an ihrem Kaffee, während sie aus dem Fenster starrte.

Antonius war längst in der Buchhandlung. Carola und Ella versuchten alles für Susanne zu erledigen, was sie konnten. Gestern erst hatte Carola vor dem Vorstellungsabend Kekse und Multivitaminsaft vorbeigebracht. Als wenn Zucker und Konzentrat helfen würden. Gefreut hatte Susanne sich trotzdem. Als das Telefon läutete, zuckte sie zusammen. Kaffee schwappte über und tropfte auf die frische Jeans. Susanne wischte darüber und nahm den Hörer ab.

Vielleicht war Julia einfach auf einem langen Ausflug mit ihrer kleinen Familie gewesen und rief jetzt zurück.

»Winter?«

»Susanne, hier ist Carola.«

»Hallo Carola«, antwortete Susanne, ohne die Enttäuschung in ihrer Stimme verbergen zu können.

»Heute lag ein Brief im Briefkasten. Von Julia. Sie hat sich für alles bedankt, möchte aber aus privaten Gründen die weitere Wochenbettbetreuung von einer anderen Hebamme machen lassen.«

»Aha«, antwortete Susanne nur.

»Susanne, was war da los? Es lief doch alles gut?«

»Ja, aber bei einem Wochenbettbesuch gab es einen Streit«, öffnete sich Susanne ein Stück, obwohl sie niemals hätte die ganze Wahrheit sagen können. Viel zu sehr hätte sie sich für ihr Verhalten geschämt. Wenn Carola und Ella Bescheid gewusst hätten, sie hätten es niemals zugelassen, dass sie Julia betreuen würde.

»Möchtest du darüber reden? Man kann es nie allen Frauen recht machen. Und bisher waren alle glücklich mit dir. Meinst du nicht, ihr solltet noch mal ein klärendes Gespräch führen?«

»Nein, wir müssen das wohl einfach akzeptieren.«

»Ja, das müssen wir wohl. Aber was wir nicht akzeptieren müssen, ist die Situation hier im Geburtshaus. Ella und ich kollabieren bald. Bisher gab es noch keine drei Geburten gleichzeitig, aber wir schaffen das nicht alleine.«

Die Samthandschuhe hatte Carola abgelegt. Offenbar reichten ein paar Tage Rückzug in ihren Augen, egal wie schlecht es einem ging. Auf einmal wurde sich Susanne darüber bewusst, dass es auch ein Privileg war, sich zurückziehen zu können. Bei Carola zu Hause wären immer noch die Kinder gewesen, die ihr keine Ruhe lassen würden.

»Ich komme bald wieder.«

»Bald reicht nicht. Ich erwarte dich übermorgen. Da stellen wir dir eine neue Bewerberin vor, von der Ella und ich begeistert sind. Eine Hebamme mit fast zwanzig Jahren Erfahrung an der Charité und mit Hausgeburten.«

Diese Neuigkeit weckte Susannes Lebensgeister. »Wie, ihr stellt mir sie vor? Entscheiden wir nicht zusammen, wen wir zum Vorstellungsgespräch einladen?«

»Normalerweise ja, aber sie hat sich einfach bei uns vorgestellt. Und ganz ehrlich, unsere Befindlichkeiten stehen hinten an, wenn es darum geht, das Geburtshaus zu bewahren. Also übermorgen um 16 Uhr kommt Anett Weber noch einmal, um sich auch dir vorzustellen. Entweder du bist da oder nicht. Wir würden es gerne mit ihr versuchen. Und wenn sie direkt anfängt, kannst du auch noch länger krankfeiern.«

»Nach feiern fühlt sich das gerade nicht an.«

»Wie auch immer. Hatten wir nicht mal ein Gespräch darüber, dass wir uns für unsere Arbeit auch von unserem Privatleben abkoppeln müssen? Um nicht verrückt zu werden? Ich weiß ja nicht, was wirklich bei dir los ist, aber glaub mir, wenn ich jede Geburt im Kopf mit nach Hause nähme, würde einiges schiefgehen.«

Susannes erster Impuls war Ärger über diese unverschämte Formulierung ihrer Freundin und Kollegin, sie sollte einfach auflegen. Der zweite Impuls war, den Tritt in den Hintern als Freundschaftsbeweis anzunehmen. Jemanden zu kritisieren, den man nicht verlieren wollte, war für Susanne schrecklich. Vielleicht fiel es Carola etwas leichter. Aber noch viel schlimmer wäre für Susanne, ihren geliebten Job zu verlieren. Ohne das Geburtshaus wäre alles noch viel schrecklicher. Sie richtete sich auf und nahm noch einen Schluck von dem mittlerweile kalten Kaffee.

»Carola, ich werde da sein. Ich möchte mir anschauen, ob diese Frau zu uns passt.«

Und dafür sorgen, dass sie mich nicht einfach ersetzt, weil ich nicht zur Stelle bin. Nein, Susanne würde kämpfen. Damals hatte sie sich in ihr Schicksal ergeben. Heute konnte sie es zumindest ein Stück weit in die Hand nehmen. Sie verabschiedete sich von Carola und kippte den Rest des Kaffees in die Spüle. Sie hatte Übles durchgemacht. Das, was sie zwanzig Jahre mit sich herumgeschleppt hatte, war nun endgültig ausgebrochen. Wie ein Vulkan, der ewig gebrodelt hatte. Und wie bei einem Vulkan hatte sie auch um sich herum verbrannte Erde hinterlassen. Nun konnte sie nur dafür sorgen, dass sie Ordnung schaffte.

Die Türglocke bimmelte, als Susanne den Buchladen betrat. Antonius packte gerade bestellte Bücher in das Regal hinter der Kasse und schaute sie überrascht an. Es war voll. Zum Glück bestellten viele Menschen im Viertel ihre Bücher bei Antonius, auch wenn sie dann oft einen Tag länger warten mussten als bei den Riesen am Neumarkt, die fast alles vorrätig hatten.

»Susanne! Alles in Ordnung?«

Er wusste doch, dass nichts in Ordnung war, aber ihr Erscheinen versetzte ihn wohl noch mehr in Sorge. Als hätte sie die Wohnung nur nach der nächsten Katastrophe verlassen.

Sie schaute sich um, ob es Zeugen im Laden gab. Doch er war ausnahmsweise leer. »Ich wollte dich sehen. Und dir sagen, dass ich dich liebe, bevor ich mich auf den Weg mache.«

»Susanne, du …«

Sie unterbrach ihn, weil er sie nun noch besorgter ansah. »Du brauchst keine Angst haben, dass ich mir was antue. Ja, ich hatte ein paar Momente, in denen ich dachte, dass mein Leben keinen Sinn mehr macht. Aber das ist Blödsinn. Selbst wenn Julia mich für immer hasst, was ich verstehen könnte, habe ich ein gutes Leben. Mir ist so viel mehr geschenkt als genommen worden, seit ich dich das erste Mal gesehen habe.«

Sie ging auf ihn zu, umarmte ihn. Sie hielten einander fest. Bis die Tür wieder bimmelte.

»Die Pflicht ruft«, sie lächelte ihn an, »und ich fahre jetzt zu meinen Eltern.«

Es tat gut, über die Landstraßen zu fahren und dabei laut Musik zu hören. *I will survive* sang Gloria Gaynor, und auch sie würde überleben. Über zwanzig Jahre hatte eine einzige naive Entscheidung eine Kette an Ereignissen hinter sich hergezogen. Sie dachte an den Jungen, den sie damals so unglaublich süß gefunden hatte. An die Freundinnen, die vom ersten Mal geschwärmt hatten. Daran, dass sie damals keine Ahnung hatte. Weder von Liebe noch von Sex. Aber dass sie damit völlig allein gewesen war. Von zu Hause gab es nur Verbote. Von außen taten alle so, als müsse sie mitmachen, um kein Mauerblümchen zu sein. Um wirklich zu wissen, was sie in der Liebe und im Sex brauchte, hatten zwei Jahrzehnte vergehen müssen. Traurig, aber es war nicht mehr zu ändern. Aber die Zukunft, die gehörte ihr!

Sie bog in die kleine Straße in der Wohnsiedlung ein, in der ihre Eltern wohnten. Große Grundstücke mit penibel gepflegten Vorgärten. Auch dem Haus ihrer Eltern sah man an, dass sie stundenlang putzten und fegten. Wahrscheinlich nur nicht in ihrer Seele, dachte sie bitter. Doch dann besann sie sich. Sie war nicht hier, um Vorwürfe zu machen.

Sie parkte ihren Wagen und drückte die Klingel. Ihre Mutter öffnete.

»Susanne? Ist irgendwas passiert?« Ihr Erscheinen löste wohl heute überall Schrecken aus.

Ihre Mutter war deutlich gealtert, aber immer noch akkurat zurechtgemacht. Selbst wenn sie nicht mit Besuch rechnete.

»Ja, ihr seid Urgroßeltern geworden.«

Auf diesen Schock mussten sie sich erst einmal auf die Couch setzen. Ihre Mutter zitterte. Susanne fürchtete fast, sie würde einen Herzinfarkt bekommen, traute sich aber nicht, nach der Hand ihrer Mutter zu greifen. Solche Vertraulichkeiten waren bei ihnen nie üblich gewesen.

»Na, da fällt der Apfel ja nicht weit vom Stamm«, war die erste und ziemlich unpassende Bemerkung ihres Vaters gewesen, nachdem Susanne erzählt hatte, dass Julia auch sehr früh ungeplant schwanger geworden sei.

Aber immerhin holte er eine Schnapsflasche aus dem Wohnzimmerschrank und schenkte drei kleine Gläschen voll mit Eierlikör. Einen würde Susanne trinken. Da fühlte sie sich fast in die eigene Teenagerzeit zurückversetzt, in der Eierlikör schon mal heimlich auf den Feten im Partykeller ihrer Schulfreundin rumging.

»Ich bin ziemlich stolz auf Julia. Sie ist eine tolle, junge Frau, hat einen netten Freund an ihrer Seite, der sie bestimmt auch beim Studium unterstützt.«

Davon, dass sie auch zur Verfügung stehen würde und es auch die Adoptiveltern gab, sprach sie nicht. Beide Gedanken schmerzten, und Julia würde eher ihren Adoptiveltern als ihr verzeihen.

»Vielleicht haben sich die Zeiten doch etwas geändert. Eine ledige Schwangere, und dann noch so jung. Nein, das durfte bei uns nicht sein.«

Ihre Mutter zitterte noch, während sie das Schnapsgläschen zum Mund führte. Susanne betrachtete das faltige Gesicht. Dieser Frau war es vielleicht auch oft verwehrt worden, so zu leben, wie sie wollte. Die Jugend vom Krieg geraubt, die Träume sowieso. Illusionen. »Hirngespinste«, so hatte es Susannes Uroma mal genannt, wenn eine Frau mehr wollte als das, was ihre Umwelt für sie vorgesehen hatte. Susanne hatte ihre Mutter noch nie nach ihren Träumen gefragt. Sie war schon als Kind davon ausgegangen, dass sie keine hatte. Mutters Spruch war fast eine Entschuldigung. Susanne überwand sich und griff doch nach ihrer Hand.

»Ich finde immer noch, dass damals alles falsch gelaufen ist. Wir haben alle Fehler gemacht. Aber ich möchte euch verzeihen. Ich habe gespürt, wie schrecklich es ist, wenn das eigene Kind wütend auf einen ist. Ich habe Julia ausfindig gemacht und die Sache mit der Adoption ... nun, zwar nicht auffliegen lassen, aber es billigend in Kauf genommen. Weil ich es für richtig hielt, Kontakt aufzunehmen. Und ihr dachtet damals auch, dass ihr das Richtige tun würdet. Lasst uns einfach einen Schlussstrich darunter ziehen.«

Susannes Mutter nickte und murmelte: »Es tut mir leid.«

»Mir auch.«

Es war das erste Mal im Leben, dass ihr Vater sich bei ihr entschuldigte. Väter machten keine Fehler, seiner Meinung nach.

»Danke, das bedeutet mir viel.«

In die Arme fielen sie sich nicht. Aber sie erhoben ihr Glas und prosteten sich zu.

»Meinst du, wir lernen die beiden einmal kennen?«, fragte ihre Mutter.

»Ich weiß es nicht.«

Susanne fiel es nicht leicht, ihren Eltern zu verzeihen. Aber sie wollte es tun. Allein, damit sich das Drama nicht fortsetzte. Sonst würde die kleine Susanne oder wie immer ihre Enkeltochter nun auch hieß, vielleicht auch einen Grund finden, ihrer Mutter irgendwann nicht mehr zu verzeihen.

* * *

Ella kam in letzter Zeit bei jeder Geburt ein irritierender Gedanke, wenn sie Mutter und Kind inniglich zusammen sah. Da war das neue Leben, völlig unberührt und frei. Geboren in einer Zeit, wo nicht einmal der Gedanke daran, dass auch Mädchen irgendwann einmal Bundeskanzlerin, Soldatin oder Astronautin werden konnten, völlig absurd war. Okay, Bundeskanzlerin war vielleicht etwas weit hergeholt. Die Zeit schritt voran, es wandelte sich zum Besseren. Und diese Babys würden in Freiheit und Wohlstand aufwachsen, wie keine Generation davor es erlebt hatte. Fast eine Million neue Leben mit unendlichen Möglichkeiten. Geboren von einer Mutter, deren Möglichkeiten auch im Jahre 1991 noch auf ein mehr als überschaubares Maß zusammenschrumpften. Im Grunde war sie nur dazu da, dem Kind die Freiheit zu ermöglichen.

Auch wenn Ella nicht mehr naiv war, so spürte sie, dass keines der Kinder vollkommen frei war. Allein, in welche Familie es hineingeboren wurde, würde bestimmen, welche Möglichkeiten es hatte. Aber diese Gedanken waren ein Spiegel ihres eigenen Lebensgefühls. Ja, sie fühlte sich eingeengt. Zu viele Weichen schon gestellt. Weichen, die sich noch nicht hundertprozentig richtig anfühlten.

»Lass uns feiern gehen, dann kommst du auf andere Gedanken«, hatte Carla ihr zugeraunt und nicht eher Ruhe gegeben, bis Ella sich auch aufgebrezelt hatte.

Und nun saßen sie beide an der Bar im *Underground*, einem Club in Köln-Ehrenfeld, der ein Jahr vor ihrem Geburtshaus aufgemacht hatte. Ella nippte an einem Edgar, wie sich die Grapefruitschorle hier nannte, und Carla an einem Bier.

Der Club in einem Hinterhof einer ehemaligen Autowerkstatt war für einen Montagabend recht voll, galt er wegen Metal, Grunge und Punk doch als Geheimtipp.

»Hey, vielleicht gebe ich dir mal einen Cocktail aus, damit du nicht so stocksteif auf dem Barhocker sitzt. Der Typ mit den langen Locken dahinten schaut schon die ganze Zeit rüber«, schrie Carla fast, weil die Musik so laut war.

»Nicht so laut, sonst hört er das noch«, schrie Ella zurück und wedelte den Rauch etwas weg, der sie einlullte.

»Umso besser, dann können wir den Prozess abkürzen.«

Carla grinste. Ella fragte sich, warum ihre Schwester selbst nie an Männern interessiert war, obwohl sie immer alles über Ellas Liebesglück hören wollte.

»Ich habe doch Christoph.«

»Liebst du ihn?«

»Irgendwie schon.«

»Das Leben ist zu kurz für irgendwie!«

»Ach, sei still und lass uns tanzen gehen.«

Der Typ mit den langen Locken kam näher. Und lächelte Ella an. Ein Grund mehr, auf die Tanzfläche zu flüchten.

»Du und tanzen. Das kommt ja einer Orgie gleich«, rief Carla, die zum Glück nicht bemerkte, dass Ella weniger Ausgelassenheit statt Fluchttendenzen auf die Tanzfläche trieben.

Erst schaute Ella sich zögerlich um, wie die anderen wohl so tanzten. Eine Gruppe von Mädchen in Schlaghosen und bunten Blusen, die sie wahrscheinlich aus den Kleiderschränken ihrer Mütter geholt hatten, schwang zu dritt ihre langen Mähnen. Ella vergaß sich selbst, als sie tanzte, sich im Kreis drehte, die Hüften schwang. Es war ihr egal, wie es aussah. Sie war weder auf einem Tanzwettbewerb noch auf der Suche nach einem Mann. Sondern nur auf der Suche nach sich selbst.

Sie brauchte überhaupt keinen Alkohol, um sich wie im Rausch zu fühlen, ihr reichte die Musik. Ihre Schwester, die ihr immer wieder zulachte und auf den hübschen jungen Kerl zeigte, der jetzt auch tanzte. Sie zeigte immer nur dann auf ihn, wenn er woanders hinschaute. Ella lief rot an, als Carla in seine Richtung nickte, als er sie zufällig anschaute. Der Junge lächelte und tanzte dann weiter. Beschwingter.

»Wahrscheinlich überlegt er sich jetzt drei Stunden, wie er dich ansprechen könnte«, flüsterte Carla ihr zu. Nein, eigentlich brüllte sie ihr ins Ohr.

»In drei Stunden liege ich im Bett. Alleine.«

»Spaßbremse!«

»Sprich du ihn doch an!«

»Ach nee, lass mal.«

Ella tanzte weiter und lächelte dem Lockigen nun doch einmal zu. Er lächelte zurück.

Sie würde ihn nicht ansprechen. Aber es fühlte sich an, als wäre ihr Leben eben noch nicht festgezurrt, als läge es noch vor ihr, als hätte sie noch viel mehr die Wahl als jedes dieser Babys, die sie begleitet hatte.

* * *

»Dein Job ist absolut krisensicher. Ohne Hebammen wird es nie gehen, wobei die Welt auch gut ohne einen Autor mehr oder weniger auskommt.« Es war so ungewohnt, dass Andreas sich jetzt doch oft im Hemd auf den Weg zu dem Verlag machte und auch mal über Nacht weg war.

Und sein Agent aus Berlin wollte öfter einmal persönlich mit ihm sprechen, und Andreas freute sich, das erste Mal wirklich Kontakt zu anderen Schriftstellern zu bekommen. Carola hatte sich so sehr daran gewöhnt, dass er immer da war.

»Und wenn schon. Für mich bist du auf keinen Fall zu ersetzen.« Carola küsste Andreas an der Tür. Die Kinder waren schon seit einer Stunde in der Schule, und sie hatten die Zeit noch mal für etwas Zweisamkeit genutzt.

»Danke, andersrum genauso«, meinte er und zog sich sein Jackett über.

»Du siehst schick aus.«

»Danke. Fühlt sich auch gut an, nicht nur in T-Shirt und Jeans rumzusitzen, aber zu Hause sieht mich ja eh keiner.«

»Doch, ich, aber ich mag dich in allem.«

Carola musste an Rita denken, die ausgesehen hatte, als könnte sie auch in einer schicken Werbeagentur arbeiten. Zogen sich Frauen anders an, wenn sie in der Gegenwart von Männern arbeiteten? Carola wäre nie auf die Idee gekommen, sich für den Hebammenjob besonders aufzubrezeln, zumal es kaum Sinn machte, in hochhackigen Schuhen vor der Geburtswanne zu knien.

»Wart mal ab, irgendwann gibt es sowas, das wir letztens in der *Knoff-Hoff-Show* gesehen haben. Das Videotelefon. Dann kann man nicht mal mehr zu Hause in Schlunzklamotten rumlaufen.«

Carola musste lachen. Diese Fernsehsendung, die Technik der Zukunft vorstellte, hatte ein kurzes Video gezeigt, in dem eine Frau, die gerade nur mit Handtuch bekleidet von der Dusche zum Telefon rennt – und dabei vergaß, dass der Anrufer sie sehen konnte. Da hätte Carola auch kreischend aufgelegt. Eine Albtraumvorstellung, die Anrufer sprichwörtlich ins Haus zu holen. So einen Mist würde hoffentlich niemand entwickeln.

»Und wenn es sowas gibt, schaffen wir uns das jedenfalls nicht an!«

»Mal schauen. Ich muss jetzt los. Mein Lektor wartet. Danke, dass du immer an mich geglaubt hast!«

Und wenn Carola mal Zweifel hatte, hatte sie sie für sich behalten.

»Du hast ja auch immer an mich geglaubt. An unser Geburtshaus. Und jetzt haben wir bald schon die ersten zwei Jahre geschafft.«

»Ich bin stolz auf dich. Auf uns. Irgendwie machen wir das doch alles gut, ganz egal, was die anderen manchmal sagen.«

Beide nervte es, wenn andere die Nase darüber rümpften, dass sie nicht die klassische Vorzeigefamilie waren.

»Wir schauen uns heute eine neue Hebamme an. Susanne kommt wieder.«

»Das freut mich, aber auch, dass ihr jetzt doch jemanden einstellen möchtet. Das macht es für uns ja auch leichter.«

»Abwarten. Susanne wird wahrscheinlich ziemlich kritisch sein.«

»Aber sie ist nicht eure Chefin. Wenn du und Ella für sie seid, dann habt ihr sie überstimmt.«

»Susanne hat nie den Anspruch erhoben, unsere Chefin zu sein, auch wenn das Ganze ihre Idee war. Aber trotzdem müssen bei wichtigen Entscheidungen alle zustimmen.«

»Dann wünsche ich euch viel Glück.«

»Danke.«

Davon hatte Carola schon so viel, dass sie manchmal Angst hatte, ihr Vorrat wäre schon aufgebraucht. Gesunde Kinder, einen geliebten Partner, einen erfüllenden Beruf. Das war schon so viel mehr, als die meisten hatten. Sie umarmte Andreas noch einmal zum Abschied ganz fest, als wollte sie das Glück festhalten.

* * *

»Ich bin so froh, dass du wieder da bist!« Ella umarmte Susanne, und auch Carola drückte sie kurz.

»Wurde auch Zeit«, frotzelte Carola und hatte doch eine Träne der Rührung in den Augenwinkeln.

»Ich bin auch froh.« Susanne schaute sich um in ihrem geliebten Geburtshaus. Warum hatte sie nicht schon viel früher hier Trost gesucht? In dieses Haus zu kommen war immer wie eine Umarmung.

Gleich würde sie wieder die ersten Vorsorgeuntersuchungen wahrnehmen, aber vorher sollte sich erst mal die Hebamme vorstellen. Es lag nun an ihr, ob sie ihr Team vergrößern würden. Ella und Carola hatten sich längst entschieden. Und selbst wenn diese Anett die tollste Hebamme der Welt wäre, fürchtete Susanne sich ein wenig vor Teamverstärkung. Sie waren trotz kleiner Krisen so eine tolle Gemeinschaft. Würde das so bleiben? Und würden die anderen sie weiter für voll nehmen? Jetzt, wo sie selbst einmal schwach gewesen war? Was wäre, wenn sie Angst hätten, dass die nächste Geburt sie wieder aus der Bahn werfen könnte? Nein, das würde es nicht.

»Danke, dass ihr alle meine Dienste übernommen habt. Ich fühle mich wirklich getragen durch euch.«

»Kein Problem, die Babys haben eh auf deinen Einsatz gewartet. Wenn du Pech hast, musst du jetzt Tag und Nacht arbeiten. Eine deiner Frauen ist schon elf Tage überfällig. Wenn es bis morgen nicht losgeht, müssen wir sie ins Krankenhaus schicken«, bemerkte Carola trocken.

»Ach, da fallen mir schon ein paar Hausmittel ein.«

Susanne war dankbar, dass die beiden nicht weiter nachbohrten, was denn nun wirklich Susannes Problem war. Vielleicht würde sie irgendwann auch mit den beiden darüber sprechen können.

»Erst mal gibt es Kaffee und Kuchen für alle!« Ella hatte einen Apfelkuchen dabei, der erste, den sie selbst gebacken hatte.

»Sollen wir damit nicht auf Anett warten? Ich hätte schon keine Lust mehr, wenn ich ankomme und sehe, die anderen hätten sich schon ohne mich amüsiert.«

Carola liebte es so sehr, sich an gedeckte Tische zu setzen, weil sie selbst oft für alle anderen kochte.

Es klingelte an der Tür. Sie liefen alle drei auf die Eingangstür zu, und Susanne riss sie auf. Der Postbote. Sie hätte zu gerne schon »die Neue« kennengelernt, aber wenn sie pünktlich war, wäre das spätestens in einer halben Stunde.

»Die Damen, Sie schauen mich an, als seien Sie enttäuscht. Dabei habe isch misch heute Morgen extra schick gemacht«, begrüßte er sie im kölschen Singsang.

»Na, das kommt eher darauf an, was sie uns mitgebracht haben, junger Mann«, zwinkerte Carola dem Beamten zu, der eher so aussah, als wäre er kurz vor der Rente.

»Na, reinschauen kann ich auch nicht, schwer isses aber!«

»Ach, das werden die Windeln sein.« Carola nahm das Paket an, schließlich mussten sie sowas immer vorrätig haben.

»Und hier noch ein paar Briefe, isch hoffe, es sind nicht zu viel Rechnungen dabei!«

Susanne nahm die Briefe an, und der Postbote winkte und stieg wieder auf sein Fahrrad.

Ein Brief vom Finanzamt, Werbung, zwei bunte Umschläge. Das waren immer die schönsten. Einer der beiden war direkt an Susanne gerichtet. Ohne Absender. Aber es war üblich, dass die Eltern direkt an die betreuende Hebamme schrieben. Susanne riss ihn auf. Sie hatte so eine Ahnung. Oder war es nur ein Wunsch?

»Alles klar?«, fragte Ella. Susanne nickte und faltete die Karte auseinander. Alle Babys sahen sich ähnlich, aber das war doch … diese ungewöhnlich dichten Haare mit dem Rotton. Und tatsächlich. Neben der Karte stand so ein typisch im Copyshop ausgedruckter Text, der dann auf die Karte geklebt worden war.

Wir freuen uns über die Geburt unserer Tochter am
9. Januar 1991

Susy Müller-Norderstedt
54 cm und 3240 g

Und danken allen ganz herzlich für die Glückwünsche,
Geschenke und Unterstützung aller Art,

die glücklichen Eltern Julia Müller und Lukas Norderstedt.

Mit Unterstützung aller Art war wohl auch die Geburtsbegleitung gemeint. Susanne konnte sich nicht erinnern, wann ein Text sie das letzte Mal so gerührt hatte.

Susy. Nicht Susanne, was auch zu viel gewesen wäre. Aber Susy. Sie hatte ihr also verziehen. Niemand würde seinem Kind einen Namen von jemandem geben, auf den man wütend war. Und das Baby trug auch den Namen ihrer Adoptiveltern. Sie hatte diesen anscheinend auch verziehen. Eine persönliche Nachricht stand aber nicht drauf. Dennoch war das mehr als eine gereichte Hand.

Susanne konnte nicht reden, zeigte den beiden aber die Karte.

»Wie es scheint, hat Julia die Betreuung trotz unserer Meinungsverschiedenheit doch zu schätzen gewusst.«

Carola umarmte Susanne. »Wahrscheinlich lagen einfach die Nerven blank. Bei euch beiden. Lass uns irgendwann in Ruhe drüber reden«, beendete Carola das Thema, als es wieder an der Tür klingelte. Diesmal war es Anett. Susanne sah die freundliche Frau neugierig an. Die Frisur war etwas altmodisch, so Jane-Fonda-Style. Aber wenn sie sonst nichts zu meckern hatte. *Gib ihr eine Chance, sie wird dir nichts wegnehmen*, sagte Susanne sich und gab ihr als Erste die Hand.

»Guten Tag, Frau Weber, meine Kollegen haben mir ja schon viel von Ihnen vorgeschwärmt.«

»Ach, lassen wir doch die Süßholzraspelei. Ick bin schon janz aufgeregt. Nehmt ihr mich, oder nehmt ihr mich nicht?«

Susanne sah die Frau an, die nun hereinkam. Ihre Vita war perfekt. Sie wollte unbedingt ins Geburtshaus und hatte diesen Wunsch hartnäckig verfolgt. Die anderen hatten sich lange mit ihr unterhalten und sie für nett befunden. Sollte sie der Frau jetzt stundenlang auf den Zahn fühlen? Manchmal war es an der Zeit, einen Vertrauensvorschuss zu verschenken. Sie gab sich einen Ruck und dachte daran, dass Julia sich viel mehr als einen Ruck hatte geben müssen, um ihr zu schreiben.

»Ja, wir nehmen Sie, oder dich. Aber erst mal essen wir zusammen Kuchen und trinken Kaffee. Eine neue Mitarbeiterin in unserem Haus ist ja ein Grund zu feiern!«

»Verschaukelst du mich?« Anett sah fast erschrocken aus.

»Nee, ist heute sowieso ein guter Tag zum Feiern. Willkommen im Haus der guten Hoffnung!«

»Nix mit Probezeit oder so?«, fragte Anett.

»Natürlich! Wenn's nicht passt, lassen wir es. Kann ja auch sein, dass es nicht dein Ding ist«, antwortete Susanne, als wäre sie eben doch die Chefin.

Anett strahlte. Was auch sonst, wenn man gerade einen Platz im Haus der guten Hoffnung bekommen hatte.

Und als wollte ihnen jemand sagen, dass sie sich richtig entschieden hatten, gingen alle Piepser gleichzeitig los, noch ehe sie den Kuchen und Kaffee vertilgt hatten. Carolas und Ellas Schwangere hatten sich ohnehin für eine Hausgeburt entschieden. Carola stopfte sich schnell noch den Kuchen in den Mund und spülte ihn mit Kaffee herunter, bevor sie zum Telefonhörer griff und ihrem Mann sagte, dass sie wohl erst heute Nacht wiederkommen würde. Ella flitzte direkt los, ihre Schwangere hatte das letzte Baby erst vor einem guten Jahr hier bekommen und wollte diesmal zu Hause niederkommen, damit die große Schwester betreut war. Und es war zu erwarten, dass das zweite Baby schnell da sein würde.

Nur Susanne würde jetzt im Geburtshaus bleiben, aber erst würde sie die Frau in ihrer Wohnung besuchen und schauen, ob es wirklich schon so weit war.

»Anett, wenn die Schwangere nichts dagegen hat, freue ich mich, wenn du die Geburt direkt mit mir begleitest.«

»Danke, auch wenn das jetzt alles sehr plötzlich geht.«

Sie lächelten sich an.

Das war es doch, was einen Babys lehrten: offen für neue Menschen zu sein. Da zu sein, um sie in eine unbekannte Welt einzuführen. Irgendwann den eigenen Platz sogar frei zu machen für neue Anwärterinnen.

Dass Anett nun hier war, würde Susanne nichts wegnehmen. Ganz im Gegenteil, es würde den Fortbestand des Hauses der guten Hoffnung ermöglichen.

»Komm, fahren wir zu der werdenden Mutter«, noch ehe sie in das Auto gestiegen waren, ging Susannes Piepser erneut. Als sie auf die Nummer sah, wusste sie endgültig, dass es richtig gewesen war, Anett einzustellen. Wie es aussah, würden heute vier Geburtshausbabys das Licht der Welt erblicken.

Susanne und Antonius liefen mit Stefan, Julika und Anne

durch den Kölner Zoo. Seine Schwester und ihr Mann hatten sich so sehr mal wieder einen ganzen Tag zu zweit gewünscht, dass sie angeboten hatten, mit den Kindern etwas zu unternehmen.

Es war ein wunderschöner Herbsttag, die Sonne sorgte dafür, dass sie die Jacken in den Bollerwagen legen konnten, den sie sich ausgeliehen hatten. Anne und Julika hatten jeweils eine freie Hand ergriffen, nur Stefan lief immer vor, sodass Susanne sich sorgte, ob er auch nicht an einem der Gitter hochklettern würde. Die Bären erinnerten zwar beileibe nicht an Teddys, aber sie wirkten behäbig und ungefährlich, was sich jedoch ändern würde, sobald ein Mensch in ihr Gehege und damit Revier eindringen würde.

»Tante Susanne, du hast gesagt, dass das Babyhaus, in dem du arbeitest, hier in der Nähe ist. Können wir da auch gucken?« Die kleine Julika hielt sie fest an der Hand, als sie kurz vor dem Löwenkäfig waren.

»Wir sind vorhin schon dran vorbeigekommen. Das ist doch da, wo wir wohnen«, antwortete Susanne. Sie wollte die Hand des Mädchens gar nicht zu fest drücken, so zerbrechlich schien sie ihr.

»Wir können gleich auch mal reingehen.« Für Antonius' Nichte würde sie eine Ausnahme machen, nur Geburtszimmer wären tabu, wenn dort gerade jemand drin sein würde.

»Oh ja! Können wir auch sehen, wie ein Baby rauskommt?«

»Iiih, das will ich gar nicht sehen«, sagte Stefan.

Susanne musste an sich halten: Eine Geburt war kein Grund, sich zu ekeln. In Stefans Alter wurde es langsam peinlich, dass es überhaupt sowas wie das andere Geschlecht gab.

Sie blieben vor dem Löwenkäfig stehen. Der Löwe, der hinter Glas und Gitter eingesperrt war, lief unruhig hin und her. Der König der Tiere auf wenigen Quadratmetern. Eine Hütte, ein Futtertrog und Wasser. Wie bei einem Hofhund, nur dass der Boden mit Sand ausgelegt war.

»Ich habe Angst«, fiepste Anne und versteckte sich hinter Antonius.

»Brauchst du nicht. Der ist doch eingesperrt«, tröstete Stefan seine kleine Schwester.

»Warum bauen die nicht viel größere Käfige?«

»Na ja, der Zoo ist mitten in einer Großstadt.«

»Aber ich sehe da noch viel Platz!« Julika zeigte auf die Fläche dahinter, die voller Gestrüpp war.

»Ich glaube, der wirkliche Grund ist, dass die Besucher den Löwen so immer sehen können. Auf einem großen Gelände würde er sich bestimmt oft verstecken«, erklärte Susanne. Und dachte daran, dass das Tier zudem so viel leichter zu kontrollieren wäre. Wie so oft in der Welt war es vermeintlich einfacher, die großen Kräfte zu kontrollieren, berechenbar zu machen, zu zähmen. Genau, wie es oft den Frauen vermittelt wurde: Gebären war so gefährlich, dass sie gar nicht erst versuchen sollten, es aus eigener Kraft zu tun.

Der Löwe blieb stehen und riss sein Maul auf. Alle fünf wichen sie zurück, obwohl es eher ein Gähnen als ein Brüllen war.

»Lasst uns weitergehen«, sagte Stefan, und das nächste Tiergehege, an dem sie stehen blieben, bot ein sanfteres

Bild. Eine ganze Wiese pinker Flamingos, die es schafften, nicht umzukippen, obwohl sie nur auf einem langen Bein standen. Aber das war es nicht, was besonders Julika so faszinierte. Vielmehr war es die Frau, die ihnen mit einem Kinderwagen entgegenkam. Julika blieb stehen, um einen Blick in das Körbchen zu erhaschen, und die Mutter war so freundlich, stehen zu bleiben. Susanne nickte freundlich. Es war keine ihrer Schwangeren gewesen. Es verging kaum ein Ausflug in einen der großen Parks oder auf den Wochenmarkt, an dem Susanne nicht irgendeine ihrer Frauen traf. Als die Mutter weiterfuhr, zog Julika an Susannes Hand.

»Weißt du noch, an Silvester habe ich gesagt, dass ihr auch mal endlich ein Baby bekommen sollt.«

Susanne konnte sich sehr gut an diesen Moment erinnern. Antonius anscheinend auch. Sie wechselten einen Blick.

»Weißt du, Julika, ich finde Babys auch toll, aber manchmal kommt einfach keins, und das ist dann auch okay.«

»Find ich nicht«, antwortete Julika und rannte dann mit ihren Geschwistern weiter, weil sie den Spielplatz mit der großen Eisenbahn zum Klettern erreicht hatten. Alle drei eroberten sofort die Lok, als wären die Löwen, Elefanten, Bären und Affen langweilig dagegen, sich selbst zu bewegen.

Susanne und Antonius setzten sich auf die Bank am Rande des Spielplatzes. Es war ganz schön anstrengend, die Kinder die ganze Zeit im Blick zu behalten, und Susanne freute sich, einfach mal fünf Minuten in Ruhe zu sitzen. Antonius griff nach ihrer Hand.

»Hast du das wirklich ernst gemeint? Dass es okay ist, wenn keins mehr kommt?«

Susanne nickte. Seit sie wusste, dass es nicht an ihr lag, hatten sie kaum mehr über das Thema gesprochen. Und gerade in diesem Moment, als sie die kleine Julika wieder nach dem Thema gefragt hatte, wusste sie, dass es für sie wirklich okay geworden war.

»Es wäre zwar schön, aber es muss nicht sein. Vielleicht würde ich anders denken, wenn ich nicht Julia wiedergefunden hätte. Aber es ist alles so, wie es ist.«

»Susanne, ich liebe dich.«

»Weil ich kein Baby mehr will?« Sie lachte etwas unsicher, die Kinder immer noch im Blick, schließlich sollte keins vom Klettergerüst fallen oder auf den Affenfelsen ausbüxen.

»Hey, einfach so, ganz ohne Grund. Einfach weil du du bist.«

Einen Moment riskierte Susanne es, die Augen zu schließen und Antonius zu küssen. Als sie die Augen wieder öffnete, sah sie in ein paar so erschrockene Augen, dass sie beinahe nach hinten übergekippt wäre.

Die Kinder hatten offenbar einen Radar für spannende Momente. Sie kamen direkt angelaufen, obwohl Susanne noch nichts tat, als Julia und ihr Baby anzustarren. Ihr Anblick würde Julia so oder so aus der Fassung bringen, dachte Susanne, aber die eigene Mutter zu sehen, wie sie einen Mann küsste, war definitiv auch mit zwanzig noch mehr als unangenehm.

Sie starrten sich beide an, nur die kleine Susy strampelte

und lächelte Susanne an. Nach der Karte hatte Susanne Julia ebenfalls einen Brief geschrieben. Sie hatte verstanden, dass Julia Zeit für eine Antwort brauchte.

»Können wir noch ein Eis essen?«

»Oder Pommes?«

»Oder beides?«

Jetzt schaute Susannes Tochter auf die drei Kinder, als wäre sie die große Schwester, der man den Zutritt zur Familie verweigert hatte. Sie hatten nie über Susannes Familienverhältnisse gesprochen. Antonius hatte zwar viel von Julia gehört und ein Foto von ihr gesehen, sie aber nie persönlich getroffen. Wo auch? Er stand auf und ging einen Schritt auf sie zu.

»Hallo, ich bin Antonius. Susannes Mann. Und die Kinder hier sind meine Nichten und mein Neffe. Es freut mich, Sie kennenzulernen.« Dann drehte er sich zu Susanne, die sich ebenfalls erhob. »Susanne, wenn du möchtest, gehe ich mit den Kindern schon mal eine Pommes holen.«

»Au ja!«, riefen Stefan und Anne, aber Julika schaute das Baby an.

»Kommt das Baby auch mit?«

»Das Baby kann noch keine Pommes essen«, antwortete Antonius und hatte es nun eilig. Susanne war dankbar, dass er ihr wohl die Chance geben wollte, mit Julia allein zu sein.

»Aber ich würde gerne auch ein paar Pommes essen. Sollen wir nicht zusammen gehen? Dann kann Susy ihre Oma Nummer drei vielleicht auch mal besser kennenlernen.« Julia schaute Susanne an, als hätte sie für diese Worte allen Mut zusammennehmen müssen.

»Wer ist denn die Oma?«, fragte ausgerechnet Stefan, dem das Babythema viel zu viel war.

»Na, die Susanne!« Julia zeigte auf sie, lachte aber.

»Du bist die Oma?«, fragten nun Stefan und Julika gleichzeitig.

Susanne nickte und wurde dunkelrot. Wären sie doch einfach in den Rheinpark gegangen. Andererseits freute sie sich, ihre Tochter zu sehen.

»Kannst du deswegen keine Kinder kriegen, weil du schon Oma bist?«, fragte Stefan nun vorwitzig. Und bevor Susanne antworten konnte, wollte Anne wissen, ob Antonius denn dann der Opa sei. Schließlich hätte er schon ein paar graue Haare. Antonius schmunzelte.

»Ich würde sagen, wir besprechen das alles in Ruhe bei einer Portion Pommes.«

Julia zog sich einen Moment zurück, um den beiden Freundinnen, die sie bei der Rückbildung kennengelernt hatte, Bescheid zu sagen, dass sie später wieder dazustoßen würde.

Susanne nahm Antonius kurz beiseite. »Danke, dass du mein Fels in der Brandung bist.«

Und dann zogen sie als bunt zusammengewürfelte Gruppe an Affen und Tigern und Erdmännchen vorbei, um sich gleich einen Tisch zu suchen, an dem sie Pommes essen würden. Ein ganz normales Familienvergnügen für eine ganz und gar nicht normale Familie. Aber es war die beste Familie, die sie sich vorstellen konnte, auch wenn nicht alles optimal gelaufen war. Vor drei Jahren hatte sie zu keinem von ihnen auch nur den geringsten Kontakt, ja wusste nicht einmal, dass die Liebe ihres Lebens sich schon seit Jahren in derselben Stadt befand. Auch die Kinder hatte sie längst ins Herz geschlossen und umgekehrt auch. Und als Julia ihr die kleine Susy in den Arm drückte, damit sie in Ruhe essen konnte, da hatte sie die Hoffnung, dass auch dieser Mensch in ihrem Leben noch eine große Rolle spielen würde. Susanne war glücklich. So unendlich glücklich, dass sie aufpassen musste, nicht loszuheulen, als sie alle beieinander an einem Holztisch mit Blick auf das Elefantengehege saßen. Der Tisch sah aus, als hätte jemand ein Blutbad angerichtet, weil der Ketchup überall gelandet war, nur nicht auf den Pommes, und die Kinder schon quengelten, dass Susanne und Antonius zwei gleich tragen sollten und einer sich in den Bollerwagen setzen wollte, weil die Füße ihnen wehtäten.

»Nix da, das schafft ihr schon alleine«, sagte Antonius, und die Kinder stürmten dann doch leichten Fußes los, als Antonius versprach, dass es am Ende noch ein Eis geben würde.

Die kleine Susy lächelte und brabbelte in einer Tour, als kenne sie Susanne noch von der Betreuung.

»Sie mag dich«, sagte Julia, die Susanne gegenübersaß. Susanne spürte, dass die Brücke, die ihre Tochter schlug, sehr zerbrechlich war. Und dass sie nicht viel mehr machen durfte, als auf der anderen Seite zu warten. Aber sie ahnte, dass sie wieder zueinanderfinden würden. Und das gab ihr Hoffnung.

Und Hoffnung war es doch, die alles am Leben hielt.

Danksagung und Nachwort

Der Start ins Leben ist immer auch ein Spiegel der Gesellschaft. Seien es vergangene Zeiten, in denen eine Schwangerschaft nicht selten mit dem Tod endete und insofern als notwendiges Übel erschien, sei es die Entfremdung von Eltern und Kind in totalitären Systemen, sei es die Entmündigung von Frauen, denen eingeredet wird, jeder Arzt wisse besser über ihren Körper Bescheid als sie selbst. Oder sei es die Unterordnung der Geburtsbegleitung unter wirtschaftliche Erwägungen.

Das Kölner Geburtshaus habe ich genau wie Tausende andere Frauen als einen Ort erlebt, an dem Schwangerschafts-, Geburts- und Wochenbettbegleitung so ist, wie sie sein sollte: sicher, mit einer Eins-zu-eins-Betreuung, vertrauensvoll, ermutigend, bestärkend.

Natürlich kann das genauso auf die Geburtsbegleitung im Krankenhaus zutreffen, egal ob bei spontaner Geburt oder einer Sectio. Und dennoch zwingt das aktuelle Gesundheitssystem viele Hebammen dazu, hinter ihren Ansprüchen zurückzubleiben. Und viele Frauen finden nicht die Begleitung, die sie für einen guten Start in das (neue) Familienleben brauchen.

Das Kölner Geburtshaus zeigt wie mittlerweile rund einhundertdreißig Geburtshäuser (seit Kurzem gibt es ein zweites in Köln) allein in Deutschland, dass die bestmögliche Geburtsbegleitung keine Utopie, sondern eine Frage des Engagements, des Mutes und der Leidenschaft ist.

Als das Kölner Geburtshaus 1989 – noch nicht in der Cranachstraße 21, sondern in einem schönen Raum in der Frauenarztpraxis von Dr. Michael Müller – seine erste Heimat fand, hielten viele die Idee noch für verrückt. Heute ist die Warteliste so lang, dass das Los entscheidet, wer hier sein Kind bekommen kann.

Mein Anliegen mit dieser Romanserie ist es auch, Aufmerksamkeit für die wertvolle Arbeit von Hebammen zu schaffen und vielleicht dadurch sogar einen Teil dazu beizutragen, dass ihre Arbeits- und damit die Startbedingungen für Familien verbessert werden.

Weitere Informationen sind erhältlich beim

- Verband Hebammen für Deutschland, der unter anderem mit initiiert hat, dass das Hebammenwissen Teil des immateriellen UNESCO-Kulturerbes wird. www.hebammenfuerdeutschland.de/

- Netzwerk für Geburtshäuser:
  Netzwerk der Geburtshäuser – Wir für euch – Ihr für euch (netzwerk-geburtshaeuser.de)

- und natürlich beim Kölner Geburtshaus: www.geburtshaus-koeln.de

Apropos Geburtshaus ... das steht diesmal ganz oben auf meiner Dankesliste.

DANKE ...

... dem ganzen Team des Geburtshauses, ganz besonders Stefanie Lippelt für die Recherchehilfe, Gudrun Stentenbach und Ute Schnitzler für die hilfreichen und netten Kurse, Tamara Kanngiesser, Silke Mehler, Anja Pascher und vor allem Christiane Ippach – für die wunderbaren Geburtsbegleitungen. Dass ich dich, liebe Christiane, nicht nur als eine der Mitbegründerinnen des Kölner Geburtshauses als fachliche Beraterin und Vorableserin, sondern auch viermal als wunderbare Hebamme an der Seite hatte, ist ein großes Geschenk. Und dabei fing alles damit an, dass ich dich 1999 »zufällig« bei meinem ersten und einzigen Anruf bei der Hebammenberatung in Köln am Telefon hatte und du ganz salopp meintest: »Dann komm doch ins Geburtshaus.«

... und nicht nur der Vollständigkeit halber auch an die Frauenärztinnen Dr. Sabine Koesling, Dr. Anne Knoch und das Team aus dem St.-Elisabeth-Krankenhaus, das ich seit meinem geplanten Kaiserschnitt in bester Erinnerung habe – dank Ihnen beruhen die schwierigen Szenen nicht auf eigener Erfahrung.

... ganz besonders auch meinen Eltern, ohne die so vieles nicht möglich gewesen wäre, auch für ganz viel Inspiration, bei dir, Mama, besonders für die Liebe zum Lesen und bei dir, Papa, auch für die Gabe der Begeisterungsfähigkeit und bei diesem Buch über den Austausch über das Thema Computer.

…besonders auch an Christine für die liebe Unterstützung gerade in der Zeit, in der aus bekannten Gründen die ganze Organisation zusammengebrochen ist. Ohne dich wäre das Buch nicht pünktlich fertig geworden.

…ganz besonders an Alex seit Klasse 5 und hoffentlich bis mindestens 90. ☺

…in diesem Sinne auch Michael ♥ und unseren Kindern – es ist einfach schön, dass ihr da seid, danke, dass wir ein tolles Team sind, danke dir und euch für Superschnitten, bester Freund und mehr sein, PC-Support, Plotberatung, Ermutigung, Geduld, Anteilnahme, Liebe und so viele Dinge, die ein ganzes Buch füllen könnten.

…an alle, die ganz konkret dafür gesorgt haben, dass dieses Buch das Licht der Welt erblickt hat – vor allem dem Team von Blanvalet, insbesondere Anna-Lisa Hollerbach, Julia Abrahams und René Stein – und meinen Agenten Michaela und Klaus Gröner für die wunderbare Zusammenarbeit. Sie ist eine große Freude.

…auch an alle, die meine Bücher sichtbar machen: Hana Jantz, Claudia Feldtensen und Seon-Yeong Shin, Katharina Schleicher, Dr. Berit Böhm und alle aus dem Presseteam von Blanvalet, dem Team der Rather Bücherstube und allen meinen LeserInnen.

…für kollegiale Unterstützung in wichtigen Momenten ganz besonders Stefanie Gerstenberger, Vera Pandolfi und Beate Rygiert. Und für genau das richtige Buch zur richtigen Zeit (über die Kölner Hebamme Therese Schlundt), einen Buchtipp und für die Recherchehilfe danke ich noch Eliza, Chrissi, Nicole Seifert und Bernd Robker (auch wenn aus dem IT-Spezialisten dann doch ein Schriftsteller wurde). Ihr habt mir wirklich sehr geholfen.

…auch an Anja Fröhlich, der Literaturszene Köln e.V. und dem Kulturamt der Stadt Köln für den Platz im schönen Schreibraum Köln.

Ich wünsche Euch und Ihnen und allen LeserInnen alles Gute.

Sie suchen einander schon ein Leben lang …

Tanja Wekwerth

Das Geheimnis der Mitternachtstöchter

Roman

Das Band, das uns für alle Zeit verbindet … England in den 20er Jahren: In einer abgelegenen Pension an der Küste bringt eine junge Frau Zwillinge zur Welt – und verschwindet bald darauf. Die kleine April wird zur Adoption freigegeben, während ihre Schwester May in der Obhut der liebevollen Pensionswirtin aufwächst. Ohne voneinander zu wissen, haben die beiden Zwillinge ihr Leben lang das Gefühl, dass ihnen etwas fehlt. Selbst die Wirren des zweiten Weltkriegs und die Zeit des Neubeginns vermögen es nicht, diese Sehnsucht verblassen zu lassen. Aber gibt es für die Schwestern nach Jahrzehnten der Trennung wirklich noch die Chance auf ein Wiedersehen?

Jetzt überall, wo es gute eBooks gibt:
dotbooks
Der eBook-Verlag